아직 오지 않은 시

포스트휴먼 시대 시의 미래

아직 오지 않은 시 – 포스트휴먼시대 시의 미래

초판 1쇄 발행 2022년 1월 30일
초판 2쇄 발행 2022년 6월 8일

글쓴이 공현진, 백선율, 성현아, 윤은성, 이경수, 황선희 **펴낸이** 박성모 **펴낸곳** 소명출판 **출판등록** 제13-522호
주소 서울시 서초구 서초중앙로6길 15, 2층
전화 02-585-7840 **팩스** 02-585-7848
전자우편 somyungbooks@daum.net **홈페이지** www.somyong.co.kr

값 22,000원 ⓒ 공현진·백선율·성현아·윤은성·이경수·황선희, 2022
ISBN 979-11-5905-671-0 93810

이 논문 또는 저서는 2017년 대한민국 교육부와 한국연구재단의 지원을 받아 수행된 연구임.(NRF-2017S1A6A3A01078538)

아직
오지
않은
시

포스트휴먼 시대 시의 미래

Poetry Yet to Come
The future of poetry in the posthuman era

공현진
백선율
성현아
윤은성
이경수
황선희

넓은 의미의 인문학에서도 점점 변방의 영역으로 밀려나고 있는 시를, 어떤 면에서는 그런 이유에서 좋아하고 그러다 대학원에서 전공까지 하게 된 저자들에게 인공지능이니 포스트휴먼이니 하는 말은 처음에는 낯설고 멀게만 느껴졌다. 코로나–19가 앞당긴 팬데믹을 경험하면서, 비대면으로 생각보다 많은 일을 할 수 있음을 알아가고 적응해 나가면서 컴퓨터와 휴대폰을 마주하고 있는 시간이 대부분을 이루는 이런 일상이 지속되다 보면 자연스럽게 지금까지와는 전혀 다른 인간이 출현할 수 있겠다는 생각이 들었다. 무엇보다도 지구의 수명이 얼마 남지 않았다고 경고하는 기후위기를 현실로 절감하면서 포스트휴먼은 하나의 대안이자 새로운 가능성으로 떠오르게 된 듯하다.

불과 몇 년 사이에 포스트휴먼이라는 말이 어색하게 느껴지지 않는 시대가 되었다. 시의 영역에서도 이제 포스트휴먼은 낯선 말은 아니게 되었지만 현장에서 쓰이는 시와 담론이 활발한 것에 비해서는 그것을 담아낸 저서나 실제 시 교육 현장에서 쓸 수 있는 책은 거의 없다는 자각과 마주해야 했다. 인공지능이 소설을 쓰고 시를 쓰는 시대가 도래해도 그것이 당장의 시단이나 시 학계에 영향을 미칠 것 같지는 않지만 무서운 속도로 변화하고 있는 시대에 시와 관련해 우리가 무엇을 논의해야 하고 무엇을 살펴봐야 하는지 말하는 책이 이제는 나올 때가 되었다는 생각을 하지 않을 수 없었다. 시는 우리가 살아가는 일상의 속도와는 다른 속도를 살아간다는 생각을 늘 해 왔지만, 다른 방향과 속도로 사유하고 살아가기 위해서는 오늘의 시와 미래의 시에 대해 반드시 짚고 넘어가야 할 이야기가 있다.

이 책의 문제의식은 바로 여기서 시작되었다. 2016년 이후 시단은 한바탕 지각변동을 겪으며 급격히 변화하였다. 공교롭게도 '#문단_내_성폭력'으로 얼룩진 2016년은 '알파고' 파동으로 시끌벅적했던 시기이기도 했다. 시 쓰는 인공지능에 대한 농담 같은 이야기를 접할 때면 언젠가는 그런 날도 오겠지 하며 웃어넘기곤 했었는데, 2016년 이후로는 시와 시인이 오늘의 독자들이 기대하는 바를 충족하지 못하면 AI-시인에게 자리를 내주는 날이 올지도 모르겠다는 생각을 농담이 아닌 현실로 마주하게 되었던 것 같다. 인공지능과 공존하는 시대에 대한 상상, 더 이상 인간이 특권적 위치에 있지 않은 포스트휴먼 시대에 대한 상상이 점차 가까운 미래의 일이거나 현실이 되어 가면서 시를 읽고 쓰고 가르치고 연구하는 사람으로서 반드시 짚고 넘어가야 하는 논의들이 있다는 생각에 동의하며 저자들은 이 책을 기획하게 되었다.

이 책은 팬데믹 시대를 맞이하여 가속화하고 있는 포스트휴먼 시대에 시의 미래를 어떻게 예측하고 교육할 수 있을 것인지를 탐구하는 내용으로 이루어졌다. 전통적인 인문학에서 인간, 인간다움, 휴머니즘을 중시해 왔다면 급속도로 변화해 가는 포스트휴먼 시대는 우리가 오랫동안 인간다움, 인간성이라고 생각해 온 가치들을 놀라운 속도로 변화시키며 시험대에 올려놓고 있다. 인공지능의 발전으로 인간과 비인간, 가상과 현실, 주체와 대상을 가르던 경계가 유동적으로 변화하고 있고 그에 따라 기존의 질서와 가치관, 젠더 감수성이 급격히 변화하고 있다. 문학 역시 예외가 아니어서 포스트휴먼 시대가 요청하는 변화 속에서 시의 플랫폼, 등단 및 발표 제도, 독자의 요구, 젠더 감수성 또한 발 빠르게 변화하고 있다. 그러나 인문학의 핵심을 형성해 왔던 문학, 그중에서도 시를 중심으로 한 담론이나 시 교육 담론은 이러한 시대적 요구에 제대로 대응하고 있지 못한 추세이다. 여전히 오랫동안 전통적으로 읽고 쓰고 가르쳐 왔던 시를 대학의 시 교육 현장에서 반복 재생산하고 있는 상황에 대해 근본적이고 성찰적인 검토를 수행하고자 하는 데 이 책의 궁극적인 의의가 있다. 인간에 대한 전통적인 가치가 의심받는 포스트휴먼 시대에 시를 왜 읽어야 하며, 어떤 시를 어떻게 읽어야 하는지를 다시 생각해 보고자 하는 이 책의 문제의식에 독자 여러분도 공감하며 함께 지혜를 모아주기 바란다.

 '제1부 인공지능, 포스트휴먼, 그리고 시'에서는 「인공지능 시대 시의 윤리와 시적 정의」, 「포스트휴먼 시대 시 교육의 역할과 방향」이라는 두 편의 글을 통해 인공지능 시대에 요구되는 시의 윤리와 시적 정의를 마사 누스바움의 개념을 토대로 살펴봄으로써 인공지능 시대에도 여전히 우리가 시를 읽어야 하고 시를 통해 추구해야 하는 가치가 무엇인지 탐색했다. 또한 최근 활발히 논의되고 있는 포스트휴먼 담론을 반성적으로 검토하면서 포스트휴먼 시대에 요구되는 시 교육의 역할과 방향에 대해 제안하고, 이를 실현하기 위한 구체적인 시 교육 내용에 대해 고민해 보았다.
 머잖아 인간이 수행하는 업무의 대부분을 인공지능이 대체할 것이라는 전망이 구체적이고도 위협적인 현실로 다가오고 있다. 이미 음악, 미술, 문학 등 예술 분야에서도 인공지능이 창작한 결과물이 놀라운 속도로 진화하고 있고, 추론하는 능력을 갖춘 인공지능이 도래한다면 창조적인 예술 분야까지도 인공지능이 대체하는 시대가 올 것이라고 전망되고 있다. 이런 현실 속에서도 포스트휴먼 시대에 대해 관심을 가지고 연구하고 있는 많은 연구자들이 인공지능이 대체하기에 가장 어려운 분야로 손꼽고 있는 것이 시이다. 창작자인 시인과 창작물인 시작품 사이의 관계가 다른 어떤 예술 장르보다 밀접하다고 여겨지는 특성으로 인해 인공지능이 시를 쓰는 시대가 도래해도 시 창작과 창작자로서의 시인은 살아남을 것이라는 다소 낙관적인 전망이 제기되고 있는 것이다.

이 책의 1부에서는 인공지능에 대한 지나친 비관주의와 근거 없는 낙관주의를 넘어서, 다가올 포스트휴먼 시대에 시가 어떤 역할을 수행할 수 있으며 어떤 방향으로 시 교육이 이루어져야 하는지 논의해 보았다. 이 책은 포스트휴먼 시대에 도래할 위기의 상당 부분이 사실상 우리가 구축한 사회에서 기인한 것이라는 입장을 기본적으로 취하고 있다. 따라서 타자에 대한 혐오가 만연한 시대에 공감의 원리로서 시 교육의 필요성과 그 구체적인 역할과 방향에 대해 논함으로써 포스트휴먼 시대에 대비한 인문학으로서의 역할을 시 교육이 적극적으로 수행해야 함을 제안했다.

'제2부 포스트휴먼 시대 시의 변화'에서는 급격히 다가오고 있는 포스트휴먼 시대에 요구되는 시의 가치가 무엇인지 반성적으로 검토하고, 전통적인 시론의 개념적 틀을 벗어나 변화하는 시를 다각도로 살펴보고 포스트휴먼 시대에 읽고 가르쳐야 하는 시의 내용과 형식에 대해 본격적으로 탐구해 보았다. 포스트휴먼 시대에 인간, 인간성, 인간다움이라는 가치가 변화하고 있는 만큼 이러한 변화를 반영해 시의 새로운 주체/비주체에 대한 탐색이 필수적으로 요구된다. 주체와 대상 간의 관계 변화를 비롯해서 변화하는 젠더 감수성을 반영한 포스트휴먼 시대의 시와 젠더에 대해서도 본격적으로 탐구하고 구체적인 대안을 제시해 보았다. 포스트휴먼 시대의 시에 요구되는 중요한 역할 중 하나가 감정과 정동의 문제라고 할 수 있는데, 시가 이러한 감정 교육의 문제에 어떻게 새로운 비전을 제공할 수 있는지를 또한 살펴보았다. 그 밖에도 포스트휴먼 시대 시에서 시의 언어에 대한 관점과 감각이 어떻게 변화하고 있는지, 시의 이미지를 어떻게 확장해서 이해할 수 있는지 등에 대해서도 살펴봄으로써 새로운 시대의 요구에 걸맞은 시의 변화를 본격적으로 살펴보고 담론 투쟁을 통해 선도적인 비전을 제시하고자 했다.

2부에 실은 다섯 편의 글은 각각 비주체, 젠더, 감정, 언어, 이미지라는 주제를 통해 포스트휴먼 시대 시에 요구되는 가치와 지향을 구체적으로 살펴보고 전망해 보았다. 「세숫비누 일곱 개의 인간」은 시의 '주체'가 아니라 '비주체'가 힘을 갖는 방식에 주목하며, 시에서 주체의 자리를 밀어내고 비주체에 권력을 부여하려 한 글이다. 인간과 물질의 수직적 구분을 거부하는 시들에 주목하며, 인간이란 범주 안에서 주체로 당연하게 여겨져 왔던 것들을, 인간이라고 여겼던 것들을 생경하게 느끼도록 시도한 작업이다. 「죄성罪性을 극복하는 비인간의 '나'들」은 젠더 문제에 천착하여 인간으로 인정받지 못했던 여성, 퀴어와 같은 소수자들이 인간 중심의 사회에서 부여받은 죄성을 어떤 방식으로 극복하는지를 살피는 글이다. 비인간으로 내몰린 이들이 시인의 실제 이름에 근간한 '실존하는 청자'를 통해 일상의 폭력이 실재함을 서로 보증해주고, 연결되어 있음을 감각하는 최근의 경향을 분석하고자 했다. 「상실을 다루고, 나누고, 간직한 채 넘어서(지 않)기」는 포스트휴먼 시대의 도래에도 불구하고 여전히 흔들리고 넘어지는 나약한 인간 존재에 주목하며, 상실과 그로부터 파생된 일련의 감정이 어떤 의미를 지니는지 살펴보고자 한 글이다. 2010년대 중반 이후의 우리 시가 시대의 격변이라는 곤혹 속에서도 어떤 자리를 지키며 감정 공동체를 만들고 연대의 방식을 모색해 왔는지 말하려고 했다. 「관계성을 고민하는 생성의 언어」는 시라는 장르에 기대되어 온 윤리성이 시적 언어와 어떻게 연결되는지를 '인간성'에 대한 문제 제기를 바탕으로 이해하고자 한 글이다. 언어를 질료로 한 예술 장르인 시가 타자와의 관계를 고민하는 장이기도 하다는 점, 또 그 관계적 고민이 생성적인 시의 전개를 가능케 하는 점에 대해 주목했다. 「불순한 혼종들을 위한 잡상雜想/象」은 포스트휴먼 시대 시 이미지의 변화에 대해 분석한 글이다. 종種의 구분을 허무는 혼종들과 인간이 체험할 수 없는, 인간 아닌 존재의 고유한 생기를 그려내는 시를 통해 포스트휴먼 시대의 시가 인간 중심적 재현을 벗어나 새로운 이미지와 상상력을 보여주고 있다는 점에 주목해 보았다. 저자들 각각의 개성이 빛나면서도 포스트휴먼 시대에 요구되는 시에 대한 저자들의 공통적인 문제의식과 오늘의 시를 향한 사랑과 책임을 동시에 느낄 수 있는 글들이다. 저자들의 제안을 통해 독자 여러분도 오늘의 우리 시가 감당해야 하는 질문과 마주하고 미래의 우리 시에 대한 아름다운 상상에 동참하는 즐거움을 누릴 수 있을 것이다.

'제3부 플랫폼의 변화와 미래의 독자'에서는 최근 문학장에서 일어나고 있는 획기적인 변화의 흐름을 포스트휴먼 시대와 관련지어 적극적으로 해석하고 의미를 부여해 보았다. 2016년 '#문단_내_성폭력' 해시태그 운동 이후 시단에서는 기성의 문학 제도와 매체에 대한 전면적인 반성과 성찰이 요구되고 있다. 신춘문예와 추천제도, 신인상 등으로 대표되는 등단 제도를 비롯해서 시의 발표 매체와 제도, 유통 방식 및 독자와의 소통 문제 등에 대해 본격적이고 전면적인 문제 제기가 이어지고 있다. 3부에 실린 두 편의 글 「플랫폼의 변화와 시의 미래」, 「당신은 어떤 독자입니까?」를 통해 이러한 변화의 추세에 적극적으로 대응함으로써 플랫폼의 변화와 독자의 변화가 추동하는 시의 미래에 대해 새로운 비전을 제시하고 적극적으로 대안을 모색해 보고자 했다. 포스트휴머니즘이 전통적인 인간에 대한 가치관과 주체와 대상 간의 이분법적 패러다임을 바꾸고 있다는 데 착안해 포스트휴먼 시대에 우리가 읽고 쓰고 가르쳐야 하는 시는 무엇이며, 그것을 어떻게 가르쳐야 하는지를 본격적으로 탐구하고 시의 담론과 시교육의 담론을 선도하고자 하는 데 이 책의 궁극적인 목적이 놓인다.

중앙대학교에서 오랫동안 함께 시를 읽고 연구해 온 여섯 명의 저자들은 2016년 이후 어떤 곤혹과 마주해야 했다. 현실이 척박하고 곤궁해도 함께 시를 읽으며 오늘을 견딜 수 있었고 현실 너머를 꿈꿀 수도 있었는데 그런 마주침의 시간을 선물해 준 시가 누군가에게는 권력의 수단으로 악용되고 누군가에게는 고통을 안겨 주었다는 현실을 마주하는 것이 두려웠다. 우리가 직시하고 통과해야 하는 이 고통스러운 현실 앞에서 저자들은 우리가 사랑해 마지않았던 시가 무엇이었는지 돌아보고 시를 구함으로써 우리들을 구하는 글쓰기에 돌입하기로 했다. 약 1년여의 시간을 함께하며 포스트휴먼 시대라고 불리는 인류의 미래가 마주하게 될 시대가 와도 우리가 여전히 시를 읽고 그 시간을 사랑하게 된다면 어떤 시를 어떻게 읽어야 할지 우리의 고민을 함께 나누었다. 한 권의 책으로서의 문제의식을 공유하며 책의 체제에 맞게 글을 일부 수정하고 가독성을 높이기 위해 각주를 상당 부분 줄이고 형식을 통일하는 작업을 했다. 책을 준비하는 과정에서 일부의 글은 먼저 발표해 동료 연구자들의 의견을 청취하기도 했다. 수록 글의 발표된 원문은 부록에 따로 명기했음을 밝혀 둔다.

이 책을 내기까지 많은 분들의 독려와 도움이 있었다. 먼저 이런 책을 쓸 수 있는 기회를 제공해준 중앙대학교 인문콘텐츠연구소와 중앙대학교 국어국문학과 이찬규 선생님께 감사의 마음을 전한다. 인공지능 인문학이라는 새로운 학문 영역과 만날 수 있었기 때문에 이런 책을 기획하고 집필하는 일이 가능했다. 현대시 연구자로서 무엇을 고민하고 질문을 던지면서 우리 시대 인문학이 해야 할 역할을 감당할 수 있을지 앞으로도 계속 의심하고 질문하는 일을 게을리하지 않겠다. 저자들의 생각을 멋진 책으로 만들어준 소명출판의 노고가 없었다면 이 책이 이렇게 빨리 세상에 나오지 못했을 것이다. 박성모 대표를 비롯한 공홍 편집장, 이예지 편집자께 존경과 감사를 표한다. 이 책을 준비하며 함께했던 연대의 시간이 우리를 좀 더 단단하고 빛나게 할 것임을 믿는다.

2022년 1월,
저자들을 대표해 이경수 씀

인공지능 시대 시의 윤리와 시적 정의

인공지능 인문학을 위한 제언

이경수

1. 인공지능과 시

일찍이 역사학자 유발 하라리가 『호모 데우스』에서 예언했듯이, '호모 사피엔스Homo Sapiens'를 넘어 '호모 데우스Homo Deus'의 시대로, 지금까지 와는 전혀 다른 새로운 시대가 놀라운 속도로 도래하고 있다. '언어'를 사용할 줄 아는 능력을 지님으로써 세계에 의미를 부여하고 세계를 지배했던 호모사피엔스는 이제 지배력을 잃고, "개인은 점점 누구도 진정으로 이해하지 못하는 거대 시스템 안의 작은 칩이 되어가고 있다". 유발 하라리가 '데이터교'라고 지칭하고 있는, 데이터가 지배하는 세상에서 "데이터의 흐름은 아무도 계획하지 않고 제어하지 않고 이해하지 못하는 새로운 발명과 파괴를 일으"키고 있다. 인간 고유의 능력이라고 생각했던 많은 영역을 축적된 데이터를 바탕으로 한 도래할 인공지능이 대체하는 세상이 예상보다 빠른 속도로 다가오고 있는 것이다. 알고리즘과 데이터로 표상되는 인공지능 시대에 인간의 존재론과 인문학의 역할에 대해 철학 분야를 중심으로 본격적인 논의가 시작되었고 이제 인문학의 다른 분야로 점점 그 문제의식이 확장되어 가고 있다. 최근 문학 잡지 『숨』 8호에서 '인공지능의 도래, 문화의 미래'라는 특집이 다루어졌다는 사실은 문학 분야에서도 더 이상 인공지능 담론에 대해 무관심할 수만은 없음을 인정한 상징적인 사건이다.

신상규에 따르면 '인공지능'이라는 말이 처음 공식적으로 등장한 것은 1956년 다트머스 대학에서 열린 '인공지능에 관한 다트머스 여름 연구 프로젝트'라는 학술대회에서였다고 한다. 다트머스 대학의 수학과 교수 존 맥카시는 기계가 그동안 인간의 전유물로 여겨졌던 고등한 인지 기능의 일부 혹은 모두를 모방할 수 있다고 생각했다. 그러나 기계가 인간이 하는 일의 상당 부분을 대체할 거라는 인공지능에 대한 낙관적 전망은 현실의 장벽에 부딪혀 생각보다 오랜 시간이 소요되었고, 호황과 침체를 겪던 인공지능이, 2016년 3월 9~15일에 열린 '딥마인드 챌린지 매치'에서 알파고가 이세돌과의 대국을 압도적으로 승리한 사건을 기점으로 다시 호황기를 누리고 있다.

그럼에도 인문학, 그중에서도 문학 분야에서 인공지능을 바라보는 관점은 여전히 회의적이고 인공지능이 초래할 영향에 대한 전망 또한 대체로 낙관적이었다. 도래할 인공지능 시대가 가져올 위기에 대해 아직까지는 실감에 이르지 못했다고 말하는 것이 더 정확할지도 모르겠다. 물론 일본에서는 2016년 인공지능이 쓴 단편소설이 호시 신이치 문학상 1차 예심을 통과하면서 인공지능의 창작물에 대한 법적인 문제가 이슈로 떠오르고 있고 그 영향으로 한국에서도 일부에서 논의가 이루어지기도 했다. 김승래의 「AI시대의 지적재산권 보호전략과 대책」에 따르면, 현행 저작권법과 대법원 판례에서는 인간의 창작물만을 저작권으로 인정하고 있으므로 인공지능의 창작물은 저작권을 가질 수 없다. 다만, 인공지능의 창작물에 저작권자를 인간으로 편법 표기할 경우 구별이 쉽지 않다는 점, 인공지능을 활용한 결과물도 인간이 갖는 저작권 범주에 포함시켜야 한다는 견해 등이 이슈로 떠오르고 있다.김승래: 166쪽 최근 김수이는 인공지능 시대 인문학의 책무에 대해 역설하는 글에서, 인공지능 시대 글쓰기의 의미와 인문학의 역할에 대해 총론은 쓰이기 시작했으나 각론에서 이루어져야 할 세부 논의는 본격화되지 않았다고 인문학 분야에서 인공지능을 대하는 태도를 정확히 진단한 바 있다. 인문학 분야에서는 '강인공지능'의 도래에 대해 대체로 회의적이었다면 김수이의 글에서는 '강인공지능'의 시대가 생각보다 멀지 않다고 보고 '강인공지능'의 실현이 가능해진다면 글쓰기 주체로서의 인간과 인류 사회에 어떤 일이 벌어질지를 구체적으로 예측해 보기도 한다.

   리처드 왓슨은 『인공지능 시대가 두려운 사람들에게』에서 인공지능 시대에 대해 잘 모르면서 막연한 두려움을 가지고 있는 사람들을 겨냥해 인공지능 시대가 초래할 예측 가능한 위기와 문제점을 진단하며 인공지능 시대에 대한 전망과 대비를 시도하였다. 특히 그는 "기계는 객관적이고, 하나밖에 모르며, 환원주의자"인 반면 "인간은 가슴을 따른다"고 보면서 우리의 삶이 "냉철한 이진연산의 연속이 아니라 수많은 사고와 실수를 포함하는 사건의 축적 속에서 벌어진다"는 사실에 주목한다. 그가 감정이야말로 우리가 지닌 것 중에서 가장 소중하다고 보면서 특히 그중에서도 가장 강력한 감정인 사랑에서 인공지능 시대를 헤쳐 나갈 가능성을 찾는 이유도 여기에 있다. 이 글에서는 이러한 리처드 왓슨의 관점을 수용해 인공지능 시대에 시에 요구되는 윤리의 문제를 사유하고자 한다. 마사 누스바움이 제안한 '시적 정의'라는 개념이 리처드 왓슨의 문제의식을 확장해 인공지능 시대에 시가 감당해야 할 역할을 사유하는 데 하나의 착안점을 제공해 줄 것이다.

맥스 테그마크는 『맥스 테그마크의 라이프 3.0』에서 전통적으로 인간들이 스스로의 존재 가치를 인간예외주의에서 찾곤 했다고 말하면서 인공지능AI의 부상은 인간이야말로 지구에서 가장 영리하고 독특하고 우월한 존재라는 확신을 포기하고 우리로 하여금 더 겸손해지도록 만든다는 데 주목한다. 인간만이 유일한 주체라는 오만에서 벗어나 타자와의 관계 속에서 주체 또한 구성됨을 인정한다면 인공지능과의 관계 또한 그렇게 맺어질 수 있음에 착안한 것이다.

인공지능 시대 인문학의 역할에 대해 철학 분야에서 제기된 문제의식을 바탕으로 최근에 글쓰기를 비롯한 교양교육 및 교육학 분야에서 인공지능 시대 인문학의 책무에 대한 문제의식을 드러낸 시론적試論的 글쓰기가 시도되고 있다. 최근에는 인공지능 시대에 인문학이 감당해야 할 책무를 '인공지능 인문학'이라는 개념 정립을 시도함으로써 본격적으로 사유한 논문이 쓰이기도 했다. 김형주·이찬규의 논문에서는 자기정립과 자기부정의 핑퐁게임을 되풀이해온 인문학의 역사를 돌아보고, 전통 인문학의 분과 위에 인공지능 시대의 변화를 수용하여 재구조화된 인공지능 인문학 5개 연구 영역으로 인공지능 기술비평학, 인공지능 관계·소통학, 인공지능 사회·문화학, 인공지능 윤리·규범학, 인공지능 인문데이터해석학을 제안한다. 그러나 한국 현대시 분야에서는 아직 인공지능 시대가 현대시에 가져올 위기라든가 변화, 그에 대한 대응 같은 문제에 대해 본격적으로 논의한 글을 찾아보기는 어렵다. 다만, 본격적인 논의라고 할 수는 없어도 2017년 가을 『모 : 든시』 창간호에서 'AI 테크놀로지 시대와 시'라는 특집 아래 조재룡의 「시詩, 그리고 인공지능」과 오연경의 「쓰는 기계의 존재론」이 실린 것은 주목할 만하다. 점차 현대시 분야에서도 인공지능에 대한 관심과 사유가 시작되고 있다고 볼 수 있으니 말이다.

그 밖에도 '인공지능 인문학'이 한편에서는 감정어 온톨로지를 구축하는 방향으로 시도되고 있다는 점에서 현대시의 감정어에 대한 연구들이 조금은 느슨하게 인공지능 인문학의 관심사와 맞닿아 있다고 판단되지만, 인공지능 시대가 현대시를 쓰는 주체인 시인에게나 읽는 주체인 독자에게 어떤 변화를 가져올지에 대해 본격적으로 논의가 이루어졌다고 볼 수는 없다. 이때의 인공지능은 인문학 연구를 위해 기술적 도움을 제공해 주는 역할을 담당한다고 볼 수 있다. 물론 이 경우에도 데이터와 알고리즘만으로 유의미한 의미를 도출해내기는 어렵고 실질적으로 한 편의 시나 특정 시인의 시에서 감정어가 어떻게 활용되어 어떤 의미를 지니는지 그 의미를 해석하고 도출해낼 수 있는 연구자의 역할이 중요하다.

이 글에서는 넓은 의미의 포스트휴먼 시대의 한 축을 이루는 인공지능 시대에 예견되는 윤리적 쟁점을 시의 역할과 관련해 점검하고, 인공지능 시대에 요구되는 윤리를 마사 누스바움이 제안한 시적 정의라는 개념과의 연관 속에서 살펴보고자 한다. 2000년대 초반 한국 현대시 분야에서도 디지털 시에 대한 논의가 활발히 이루어졌던 적이 있었지만, 일시적 유행으로 그쳤을 뿐 이후 디지털 시나 디지털 문학에 대한 논의는 진전되지 못했다. 인공지능 인문학이라는 맥락에서 현대시의 가능성과 윤리적 담론을 살펴본 논문은 없었다는 점에서 이 글은 다분히 시론적試論的인 성격을 지닌다. 어떻게든 첫발을 내디뎌야 한다는 문제의식을 가지고 인공지능 인문학으로서 현대시의 역할과 가능성을 윤리 문제와 연관지어 사유해 보고자 한다.

2. '알파고' 이후의 시에 대한 담론

알파고가 이세돌과의 대국에서 압승을 거둔 후 알파고는 2016년 초중반을 달군 가장 뜨거운 화제로 부상했고, 도래할 인공지능 시대에 대한 암울한 전망이 빠른 속도로 퍼져 나갔다. 그러나 한편에서는 반대급부로 인공지능에 대한 무지나 무관심에서 비롯된 불신과 지나친 낙관주의가 부상하기도 했다. 인공지능 시대에 가장 먼저 사라질 직업이라든가 가장 오래 살아남을 직업, 가장 늦게까지 살아남을 것으로 예측되는 학문 영역에 대한 전망이 끊이지 않았고 한편에서는 그것을 위안으로 삼는 씁쓸한 풍경이 연출되기도 했다.

알파고와의 대국 이후 5년 이상의 시간이 흐른 지금에 와서는 생각보다 빠른 속도로 인간 고유의 영역에 대한 인공지능의 대체 가능성이 높아져 가고 있다. 인공지능이 대체하기 어려울 것이라고 전망되어 왔던 창의적인 영역, 예술 분야까지도 대체 가능하다는 판단과 사례들이 점점 늘어가고 있다. 이제는 음악과 미술은 물론 문학의 영역에까지 인공지능이 창작의 주체로 등장하는 일이 현실화되고 있다.

사실상 현대시 분야는 가장 마지막까지도 인공지능이 대체할 수 없을 거라고 전망되는 영역 중 하나이다. 물론 일본에서는 인간의 도움을 상당 부분 받았다고는 하나 인공지능이 창작한 소설이 문학상 예심을 통과하는 일이 벌어지기도 했고, 시 쓰는 인공지능 또한 이미 등장한 것이 사실이다. 데이터가 축적될수록 훨씬 더 뛰어난 창작의 결과물이 나올 것임은 충분히 짐작 가능하다. 모든 기능을 다 충족시키는 인공지능의 출현까지는 많은 시간이 소요되겠지만, 알파고처럼 특정 기능에 최적화된 인공지능은 생각보다 여러 분야에서 예상보다 빠른 속도로 만들어질 가능성이 높다. 그중에는 물론 시 쓰는 인공지능도 있을 것이다.

이수명은 일찍이 알파고와 이세돌의 대국 이후 쓴 글 「시는 괜찮다– 인공지능 시대의 시」에서 "어떤 끝을 알 수 없는 비가역적인 길"에 우리가 이미 들어섰음을 정확히 인식하면서 인공지능의 위력에 대한 지나친 비관주의와 낙관주의 사이에서 필요한 질문을 제기하였다. 미술과 음악의 영역에서 이미 인공지능의 창작물이 상당한 성과를 내고 있음을 살펴본 후 문학을 지나 시에 대한 인공지능의 개입을 냉정하게 들여다본다. "인간과 자연, 인간과 문명의 혼효에 이어, 이제 인간과 인공지능의 충돌이라는 과정이 눈앞에 도래해 있다"고 분석하면서 이수명은 "하이브리드야말로 인간이 생존해온 방식이요, 조건"이며 우주의 무한과 인간의 불가항력에는 변함이 없다고 말한다. 그러므로 그는 "광대한 우주 속 우리의 쓸쓸함과 무력함도" 괜찮다고, "시는 괜찮다"고 담담히 진술한다. 다시 한번 판이 바뀌는 전혀 새로운 시대가 도래하겠지만 누가 쓰든 시는 괜찮고 신경 쓰지 않는다는 이수명의 전언에서 비관주의든 낙관주의든, '강인공지능strong AI'을 예상하든 '약인공지능weak AI'을 예상하든 지나친 호들갑을 떨 필요는 없다는 시인의 자존감이 느껴지기도 한다. 시 쓰는 인공지능이 등장해 설사 인공지능과 시 쓰기를 겨루게 되는 상황이 온다 해도 일찍이 황현산이 「말라르메의 언어와 시」에서 말했듯이 어떤 상황에서도 굴복하지 않으며 "패배를 말하는 시까지도 패배주의에 반대"하는 시의 정신은 지속될 것이라는 판단일지도 모르겠다.

그런가 하면 조재룡은 인공지능이 쓰는 시에 대해 자신의 판단에 변화가 생겼음을 솔직히 인정하며 자동번역기와 인공지능의 번역 작업을 중심으로 인공지능과 시의 관계에 대해 성찰한다. 파파고를 비롯한 자동번역기의 놀라운 진화가 현재진행형으로 계속되고 있다는 사실이 그의 판단에 변화를 가져온 것으로 보인다. 그런데 조재룡도 강조하며 언급하고 있듯이 "시는 반드시 문법적 카테고리에 속한다고 할 수는 없지만 그렇다고 문법을 벗어난다고도 할 수 없는 상태의 말들"조재룡 : 54쪽로 쓰여 왔으므로 어쩌면 바로 이 자리야말로 인공지능이 문장을 생성하고 번역을 훌륭히 해내는 시대가 오더라도 '인간-시인'이 쓰는 시와 인공지능이 쓰는 시를 구별할 수 있는 차이를 가능케 할지도 모른다. 다만 이러한 예측은 아직까지는 공허해지기가 쉽다. 아마도 그런 까닭에 조재룡은 더 중요한 것은 인공지능을 상대로 인간성을 무조건 옹호하거나 도덕의 필요성을 외치는 것이 아니라 "언어의 고안 방식과 사유의 탐구 방식, 예술의 재현 방식을, 인간의 삶과 역사 속에서 마주해야 하는 '윤리ethic'의 문제와 마주"하게 될 것임을 받아들이는 일임을 통찰한다. 머잖아 실현 가능할, 시를 쓰는 인공지능의 도래는 인공지능이 인간에 대해 다시 사유하게 했듯이,

시의 재현 방식과 우리가 시라고 믿어왔던 것의 근본을 뒤흔드는 윤리의 문제와 우리를 직면하게 할 것이다.

『舍』8호 특집 '인공지능의 도래, 문화의 미래'에 실린 글들 중에서 백욱인의 「인공지능과 문화」는 인공지능의 문화에 대해 다루고 있다는 점에서 주목을 요한다. 백욱인은 인공지능의 문화는 기계문명이라는 큰 틀 안에 있고 인간이 만든 또 다른 인공물로서 인간의 확장물이자 대리자일 뿐이라고 보면서도, 인공물이 행위자로 바뀔 경우 문화의 위상 또한 달라질 것이라고 상상한다. 다만, 그 가능성에 대해서는 대체로 부정적으로 보는데, 그것은 문화를 꽃피우는 진정성이 결핍에서 나온다는 생각을 그가 가지고 있기 때문이다. "결핍은 문화가 열매를 맺는 조건이고 진정성은 그를 위한 태도"인데 인공지능에게는 결핍이 없다는 그의 판단은 인공지능 시대 시의 존재 조건과 역할을 사유하는 우리에게 의미심장한 시사점을 던져준다. 인공지능이 창작물을 만들어낸다 해도 그것이 문화가 될 수는 없을 거라는 판단, 놀이와 여가 없이 데이터와 알고리즘만으로는 문화가 만들어질 수 없다는 판단, 무한 경쟁 시대의 인공지능은 싸우는 기계와 죽이는 기계로 발전할 가능성이 크다는 판단은 인공지능에 대한 두려움을 넘어서 우리가 사는 사회와 우리 자신에 대해 성찰하게 한다는 점에서 숙고할 만한 의미를 지닌다.

일본의 사례를 참고하여 문학작품을 쓰는 인공지능을 살펴본 선정우의 글 「문학작품을 쓰는 인공지능」도 주목할 만하다. 선정우가 지적하고 있듯이 인공지능이 쓰는 문학에 대해서는 부정적 반응이 적지 않았지만 인간의 도움을 받아 인공지능이 쓴 소설이 호시 신이치 문학상 1차 심사를 통과하고, 구글이 컴퓨터가 쓴 시를 발표하고, 특정 작가의 문장을 만들어

주는 인공지능이 연구되는 등 문학작품을 쓰는 인공지능의 사례들이 점차 늘어가면서 인공지능이 단순히 소설을 쓰는 것은 가능하다는 정도까지는 받아들여지는 단계에 이른 것으로 보인다. 선정우의 글에서는 몇 가지 흥미로운 문제 제기를 하는데, 우선 인공지능이 작가의 죽음을 가져오기 전에 편집자, 심사위원, 평론가의 죽음을 초래할 것이라는 견해는 이미 평론가의 권위가 사라져가는 시대를 겪고 있다는 점에서 어느 정도 설득력이 있어 보인다. 또한 서사에 구조가 존재한다는 사실이 인공지능의 소설 창작을 가능하게 할 거라는 견해 또한 눈여겨볼 만하다. 그런 점에서 시보다는 소설의 자리를 인공지능이 더 빨리 대체할 거라는 예측이 좀 더 설득력을 얻고 있는 것으로 보인다.

　김대산의 글 「'인공지능-기계-동물'과 마주한 '자연적-인간적-경험적 자아'의 입장」도 흥미로운 견해를 제공한다. 레이 커즈와일의 주장에 나타나는 '종교적인 초월적 충동의 왜곡된 해석'에 주목하면서 김대산은 '유물론적 진화론의 사고방식과 결합한 테크놀로지'는 그토록 종교적 사유나 의지를 무시하고 부정하면서도 사실은 어떤 '기이한 종교적 관념'을 품고 있다고 보는데 이러한 견해는 인간중심주의를 극복하거나 초월하려는 욕망이 '물질중심주의'를 통해서는 이루어질 수 없음을 통찰하고 있다는 점에서 특기할 만하다. 이 글은 "자연적-정신적 유기체로 이해될 수 있을 경험적-초월적 자아의 자유가 구체적으로 사유되면서 실행될 수 있을 때만" "인공지능-기계-동물에 지배당하지 않고 그것과의 적절한 관계성 속으로 자율적으로 들어설 수 있게 될 것"이라는 결론에 도달한다. 인공지능이 가져올 미래에 대해 섣부른 비관주의나 낙관주의의 태도를 드러내지 않고 거리를 두면서 '인간'을 잃지 않되 변화하는 시대에 맞춰 몸을 바꾸면서도 인공지능과 바람직한 관계를 맺어 나가는 가능성을 사유한다는 점에서 곱씹을 만한 글이다.

문장 생성 인공지능 GPT-2에 관한 기사를 읽고 그것이 일반화된 세상을 '헬멧'을 쓰고 쓰는 세상으로 상상해 본 신해욱의 글 「헬멧을 쓴다」는 도래할 인공지능 시대에 시인과 인공지능이 어떻게 역할을 나누고 소통하고 공존할 수 있는지에 대해 생각해 보게 한다는 점에서 신선한 자극을 준다. "헬멧은 쓰고 나는 헬멧을 쓸 뿐이지만 상관없다. 헬멧이 대신 써주어도 나는 여전히 쓰는 사람일 것이다"라는 문장에서는 이수명의 글에서 느꼈던 것과 같은 시인의 자존감이 엿보이기도 한다. 생각해 보면 근대 이후 시는 늘 주변의 장르였다. 시는 늘 세상의 발 빠른 속도와는 다른 속도를 살고 있었다. 신해욱의 상상처럼 인공지능이 문장을 생성하는 시대가 본격적으로 도래해도 쓰는 사람은 쓰는 행위를 멈추지 않는 한 여전히 쓰는 주체일 것이다. 문장 생성 인공지능의 도움을 받으며 공존하는 법을 자연스럽게 터득하게 될지도 모른다.

데이터의 축적에 의해 나날이 진화하는 인공지능을 상상하는 것은 이제 더 이상 어렵지 않다. 인공지능은 이미 우리의 일상에 상당 부분 진입해 들어왔다. 가장 고도의 능력을 요하는 분야라고 여겨진 예술 영역에서도 인공지능의 창작물을 만나는 일은 더 이상 희귀한 일이 아니다. 그럼에도 시 분야에서 인공지능에 대한 대응은 대체로 무관심이나 낙관주의로 일관해 온 것이 사실이다. 인공지능이 인간의 일자리를 비롯해 인간이 할 수 있는 모든 능력을 대체하리라는 비관적 전망과 그럼에도 시만은 살아남으리라는 근거 없는 낙관주의에서 이제는 벗어날 필요가 있다. 지나친 비관주의와 낙관주의 사이에서 우리가 놓치고 있는 질문, 지금-여기에서 우리가 사유해야 하는 질문은 무엇인지 이제 진지하게 물을 때가 되었다.

오래 전에 만들어진 리들리 스콧 감독의 SF영화 〈블레이드 러너〉1982에서도 인간보다 더 인간다운 복제인간 '로이'를 통해 인간이란 무엇이며 인간다움이란 무엇인지 묵직한 질문을 던졌었다. 인공지능은 그 실체를 감각하고 경험하기 전부터 우리 자신을 돌아보고 성찰하게 하는 매개로 기능했다. 이제 우리 삶 속으로 본격적으로 진입해 들어온 인공지능은 여전히 우리 자신과 우리가 만들어 놓은 세계, 우리가 구축한 문화에 대해 성찰해 보게 한다. 인공지능이 초래할 거라고 예측되는 위기의 상당 부분은 우리가 만들어 놓은 사회가 초래한 결과이기도 하다. 김대식 또한 최근 한 국제학술대회의 기조 강연에서 인간의 편견을 기계가 학습하므로 기계를 통해 사회의 편견과 선입견이 더 증폭될 수 있다고 말한 바 있다.[1] 인공지능이 문학과 예술을 대체할지도 모른다는 두려움과 위기의식 또한 인공지능에 의해 촉발된 것일 뿐 사실상 우리의 문학과 예술이 이미 안고 있는 위기일 가능성이 높다. 인문학의 본질이 자기와 시대에 대한 성찰에 있었음을 기억하면서 이제 더 이상 회피하지 말고 인공지능 시대의 인문학의 역할에 대해 사유해야 할 때가 온 것인지도 모르겠다. 이 글이 인공지능 인문학의 가능성을 시에서 찾고자 하는 문제의식 아래, 인공지능 시대에 예견되는 윤리적 쟁점과의 관련 속에서 시가 가지는 의미와 가능성을 탐구해 보고자 하는 까닭도 여기에 있다.

---

1   Daeshik Kim, "The concept of truth in the age of A.I.", *The Impact of Artificial Intelligence on Human and Society*, ICAIH 2019 : The 2nd International Conference on Artificial Intelligence Humanities, Chung-Ang University, Centennial Hall(#310), 2019.8.14.

3. 인공지능 시대에 예견되는 시의 윤리

인공지능과의 공존이 가까운 현실로 다가온 지금, 『쉼』 8호 특집에서 김민우가 던진 '당신의 생각과 감정을 우리는 이해할 수 있는가?'라는 질문은 중요해 보인다. 우리가 무엇을 하고 있는지 모르는 상태로 인공지능을 만들고 인공지능을 인류를 위해 봉사하게 하는 일이 벌어지는 것이야말로 어쩌면 위험천만한 일이 아닐 수 없다. 공존에 앞서 전제되어야 할 것은 소통이고, 소통을 가능하게 하기 위해서는 서로의 감정을 이해하는 것이 필요하다. 그런 이유 때문인지 최근의 인공지능 담론에서는 감정의 문제가 부각되고 있다. 리처드 왓슨도 인간다움을 규정하는 데 감정을 중요하게 생각했으며, 데이터와 알고리즘을 중시하며 '인간에게는 자유의지가 있다'는 인본주의의 근간을 이루는 생각을 비판한 유발 하라리조차 감정에 대해서는 특별히 장을 할애해 상세히 다루었다. 한 인터뷰에서 유발 하라리는 미래를 대비한 '감정 지능 교육'의 중요성을 강조하기도 했다.[2] 인공지능 연구의 일부가 감정에 대한 탐구로 이어지는 것은 결국 인간성의 핵심이 감정에 있다는 판단 때문이겠다. 아마도 이것은 인간과 상당히 닮은 인공지능이 앞으로 우리의 삶에 어떤 영향을 끼칠 것인가라는 질문으로부터 파생된 문제이기도 할 것이다. 인공지능이 인간과 지나치게 닮아 인간의 영역을 침범하고 대체할 것이라는 불안감이 인공지능에 대한 초기의 반응이었다면, 이제 오히려 기계화되고 공감 능력을 상실한 인간들이 출현하면서 어쩌면 거꾸로 인간이 인공지능을 닮아가고 있는지

---

2 '인류의 과제에 도전한다' 유발 하라리 교수 인터뷰, 「AI에 수학·과학 맡기고, 우린 감정 지능 과목 만들자」, 『조선일보』, 2017.3.21.

도 모른다는 두려움, 그로부터 파생된 인간다움, 인간적인 것이란 무엇인가라는 질문이 다시 제기되고 있다고 말할 수도 있겠다.

인공지능 시대의 도래는 미래에 대한 유토피아적 전망과 디스토피아적 전망을 모두 열어놓고 있다. 사실상 두 가지 가능성은 모두 열려 있다. 과학기술이 그러했듯이, 인공지능이 열어줄 새로운 세계도 우리가 살고 있는 세계와 무관할 리는 없다. 우리가 만들어놓은 세계가 승자독식의 괴물 같은 세계라면 인공지능 시대 또한 위험하고 자기 파괴적인 디스토피아의 모습으로 도래할 것이고, 인간과 인공지능이 상호 소통하며 평화롭게 공존할 수 있는 가능성을 우리가 찾는다면 다른 미래도 가능할 것이다. 우리 자신과 우리가 만들어 놓은 사회, 시대에 대한 성찰이 중요한 까닭은 여기에 있다. 미래는 어느 날 갑자기 낯선 곳에서 날아오는 것이 아니라 과거와 현재가 축적되어 만들어지는 것이다. 따라서 지금-여기의 우리의 모습을 성찰하는 것이야말로 인공지능 시대를 전망하고 다가올 위기를 진단하는 길이라고 할 수 있다.

그런 점에서 인공지능 시대에 시의 자리를 전망하고 시로부터 자기를 성찰하고 공동체를 성찰할 수 있는 가능성을 찾아내는 것은 중요한 과업이 아닐 수 없다. 시 장르가 가지고 있는 고유의 특성 때문이기도 하고, 시가 독자와 소통하며 공감을 형성하는 방식 때문이기도 하다.

시는 아직까지도 시를 쓴 주체로서의 시인과 가장 밀접히 연결되어 있는 장르다. 소설을 읽으면서는 이미 허구임을 전제하는 독자들도 시 앞에서는 여전히 시를 쓴 시인을 염두에 두고 시를 읽는다. 생물학적 실체로서의 시인과 전혀 상관없어 보이는 요즘의 실험적인 시들 앞에서도 시의 독자들은 여전히 시와 시인을 완전히 별개의 것으로 분리시키지 않으려는 태도를 보인다. 이러한 시 장르의 특성은 인공지능이 문학작품을 창작하는 시대가 오더라도 시인이 쓰는 시와 인공지능이 쓰는 시를 구별해 줄 수 있는 중요한 지표가 될 수 있을 것으로 보인다. 시를 쓰는 인공지능 역시 문장을 생성하는 인공지능처럼 특정 시인의 문체와 표현을 흉내 내거나 그럴 듯해 보이는 시를 쓰는 것은 가능하겠지만, 그리고 그 시를 읽은 독자들이 그 시를 좋아하거나 감동을 받을 수도 있겠지만, 그것이 인공지능의 창작물임이 밝혀지는 순간 아우라는 사라질 것이다. 기술적으로는 완성도를 높일 수 있지만 사실상 시가 독자들에게 감동을 주는 것은 오히려 실수나 틈, 어딘가 비어 있고 어긋나는 자리로부터 발생하는 경우가 많다는 점을 기억할 필요가 있다. 철저한 계산이나 구성에 의해서도 잘 만들어진 시를 쓸 수는 있지만 그런 시가 반드시 독자들의 마음을 울리는 것은 아니다. 오히려 모자란 듯 비어 있는 자리가 더 큰 울림을 주는 경우가 있는 것은 그것이 시를 쓴 시인과 연결되는 창작물이기 때문이기도 할 것이다.

'#문단_내_성폭력' 해시태그 운동이 벌어졌을 때 시의 독자들이 문제가 된 시인들의 시집을 불사르고 내다 버리는 등 단지 시집을 불매하는 데 그치지 않고 훨씬 더 감정적으로 분노를 표출한 현상은 이러한 시 장르 고유의 특성을 고려하지 않고는 설명하기 어려운 것이 사실이다. 일제강점기에 저항 시인으로 옥중에서 해방을 보지 못하고 세상을 뜬 윤동주나 이육사의 시가 시대를 뛰어넘어 여전히 사랑받는 이유, 언어 미학의 절정을 보여주는 서정주의 시를 시인의 친일 행적과 독재 정권에 영합한 행보를 알고 나면 예전 같은 감동을 받으며 읽을 수 없는 이유도 이와 무관하지 않을 것이다.

시 쓰는 인공지능이 축적된 데이터를 활용해 학습함으로써 점점 더 나은 완성도를 지닌 시를 생산하리라는 것은 의심의 여지가 없다. 다만, 시가 독자들에게 일으키는 반응 효과라는 것은 사실상 그렇게 단순하지 않아서 아무런 정보 없이 인공지능이 쓴 시를 향유하던 독자들이라 하더라도 그것이 인공지능에 의해 쓰인 시임을 아는 순간, 아우라는 사라지고 독자가 받은 감동과 복잡한 감정의 결은 분명 달라질 것이다. 시라는 창작물이 다른 장르에 비해 특히 시인과 밀접히 관련되어 있다는 사실을 깨닫는 것이 여기서 중요하다. 시를 쓰는 인공지능을 기술적으로 만들어내는 일은 가능하지만 결국 그것은 시를 흉내 낸 것일 뿐 시인의 삶과 체험과 감정이 복합적으로 관여하며 쓰인 시와는 전혀 다른 효과를 만들어낼 것이다.

또 한 가지 기호로서의 의미화의 자리에 인공지능이 다가가는 것은 기술적으로 충분히 가능하겠지만, 의미 바깥의 잉여의 자리를 침범하지는 못할 것이다. 또는 그렇게 되기까지는 긴 시간이 소요될 것이다. 그 사이 인간에게 변화가 생겨서 인간과 인공지능 사이의 구별이 사라진다면 이 또한 더 이상 변별 지표가 되지는 못할 것이다. 이런 맥락에서도 '감정지능' 교육은 중요해 보인다. 알파고를 비롯해 현재의 인공지능이 성능 개선만이 과제로 남은 완성된 형태의 인공지능이 아니라고 단언하고 있는 천현득은 인공지능이 진정한 지능이 되기 위해 채워야 할 것으로 "컴퓨터가 처리하는 기호들이 의미와 지향성의 세계에 정초해야"「인공지능의 존재론」함을 역설한다. 이러한 천현득의 문제 제기는 인공지능 시대 인문학의 역할, 그중에서도 시의 역할과 윤리를 사유하고 있는 우리에게 의미심장한 시사점을 제공해준다. 사실상 시가 우리에게 불러일으키는 미적 효과나 감동의 경우, 완벽하게 의미화된 텍스트에서 발생하기보다는 그러한 해석을 비껴간 잉여의 자리, 의미화에 완전히 포섭되지 않는 바깥의 자리에서 발생하는 경우가 적지 않다. 어쩌면 인공지능 시대에 시가 여전히 독자적인 고유성을 지킬 수 있는 가능성은 바로 여기에 있는 것이 아닐까 싶다. 구성주의적으로 시를 사유하는 것, 철저히 체계와 구조를 통해 시를 의미의 영역 안으로 포섭하고자 하는 시도는 그런 점에서 시의 고유성을 훼손하는 길을 앞당길 수도 있다.

여기서 다시 한번 말라르메의 『시집』을 번역, 해설하는 자리에서 황현산 평론가가 쓴 글을 상기할 필요가 있어 보인다.

> 네게 보내는 편지를, 또는 이 번역에 붙이는 해설을, 여기서 끝낸다. 네가 앞으로 하게 될 일은 말라르메나 그의 『시집』과는 크게 관계가 없을 것이다. 그렇더라도 내가 이 시집을 번역하면서 시인에게 바쳤던 존경심을 네가 기억해주기 바란다. 중요한 것은 끝까지 간다는 것이리라. 생각하는 것의 끝에까지 간다는 것은 어쩌면 인간적인 것이 아닐 수도 있다. 그러나 인간 너머를 생각하지 않는 인간적인 삶은 없다. 게다가 지금 인간적이라고 믿고 있는 것이 항상 인간적인 것은 아니다. 지난 역사를 돌아보면 극도로 비정한 삶을 인간의 운명이라고 생각할 때도 있었다. 시는, 패배를 말하는 시까지도, 패배주의에 반대한다. 어떤 정황에서도 그 자리에 주저앉지 말라고 말할 수 있는 용기가 시의 행복이며 윤리이다. 네가 어떤 일을 하든 이 행복과 윤리가 너와 무관한 것은 아닐 것이다.
>
> ―황현산, 「말라르메의 언어와 시」
>
> (스테판 말라르메, 황현산 역, 『시집』, 문학과지성사, 2005, 45쪽, 강조는 인용자)

말라르메의 시를 번역하며 번역가이자 불문학자이자 평론가인 황현산은 생각하는 힘을 밀어붙여 끝까지 가 보았던 것 같다. 피상성에 대해 늘 비판해 온 황현산의 태도를 여기서도 읽을 수 있다. 자기 한계를 넘어 끝까지 가본 경험 속에는 무수한 실수와 실패와 절망의 자리가 있었을 것이다. 말라르메의 시를 한국어로 옮기는 일은 그 절망감을 가속화했을 것이다. 그러나 그런 특별한 경험이 결국 말라르메의 시에 대한 번역자의 해설을 이토록 아름다운 시 같은 문장으로 쓰이게 했다. 아니, 거기서 더 나아가 "인간 너머를 생각하지 않는 인간적인 삶은 없다"는 깨달음을 안겨주었다. 이 깨달음은 인공지능 시대를 상상하는 우리에게도 선지적이고 예지적인 순간을 선사한다. 인공지능은 인간 너머에 존재한다고 할 수 있지만, 그렇기 때문에 오히려 인간적인 것을 성찰하고 사유하게 한다. 인간 너머를 생각하지 않는 인간적인 삶은 없다는 아포리즘은 인공지능 인문학을 구축하고자 하는 연구자들이 기억해 두어야 할 문장이다. 지금 인간적이라고 믿고 있는 것이 항상 인간적인 것은 아니라는 열린 태도도 인공지능 인문학을 구축할 때 염두에 두어야 할 태도이다. 그리고 패배를 말하는 시까지도 패배주의에 반대하는 바로 그 정신은 시를 시이게 하는 정신의 핵심이라고 할 수 있다. 시의 행복과 윤리를 바로 그 굴복하지 않는 정신이자 태도에서 찾은 황현산의 혜안은 인공지능 시대의 시에도 여전히 해당되는 윤리이다. 인공지능 인문학으로서 시가 역할을 할 수 있다면 그것은 바로 이런 시의 윤리를 지키는 데 있을 것이다. 이런 태도와 윤리를 인공지능에게 기대할 수는 없다. 시의 본질이자 정수를 가장 치열하게 지키는 자리야말로 인공지능 시대에도 시가 여전히 쓰이고 읽히고 사랑받을 수 있는 유일한 길이 아닐까 생각해 본다.

4. 인공지능 인문학으로서의 시적 정의

인공지능이 인간의 지능을 앞서는 시대는 이미 도래했다고 해도 과언이 아니다. 알파고와의 대국 후 이세돌이야말로 단 한 번이라도 인공지능에게 승리한 유일한 인간으로 기억될지도 모른다는 비관적 전망이 쏟아져나온 것도 그런 예감 때문이었을지도 모른다. 한편에서는 인공지능을 인류의 역사에 긍정적으로 활용할 방법을 고민하며 기술적 진전을 이루어가고 있지만, 다른 한편에서는 인공지능에 대한 막연한 두려움이 싹트고있다. 그리고 인문학 분야에서는 여전히 인공지능 시대에 대해 크게 관심을 두고 있지는 않다. 당장의 산적한 문제들이 더 많다는 판단 때문이기도하겠고 인문학이 할 수 있는 역할이 별로 없을 것이라는 섣부른 판단 때문이기도 하겠다.

오랫동안 SF영화에서는 인공지능 시대를 디스토피아적 미래로 그려 왔다. 인공지능이라는 존재는 인간은 도대체 누구이며, 인간을 인간이게 하는 특성은 무엇인지, 인간다움이라는 것은 도대체 어디에서 발생하는지등 많은 질문을 낳았다. SF영화의 고전이라고 할 수 있는 〈블레이드 러너〉에서 인간보다 더 인간적인 복제인간 로이가 자신을 악착같이 죽이려들었던 데커드를 살려주는 장면이나 그가 죽어가면서 했던 아름다운 독백, "난 네가 상상도 못할 것을 봤어. 오리온 전투에 참가했었고 탄호이저기지에서 빛으로 물든 바다도 봤어. 그 기억이 모두 곧 사라지겠지. 빗속의 내 눈물처럼……"이 주는 긴 여운은 우리가 인간성, 혹은 인간다움이라고 믿어 왔던 것에 대해서, 그리고 그것이 오로지 인간의 것이라고 믿어왔던 신념에 대해서 의심하게 하고 질문을 던지게 만든다. 이처럼 인공지능의 도래는 인류의 역사에서 오랫동안 던져온 인문학적 질문과 다시 마주하게 한다.

인공지능 인문학의 분과 중 인공지능 기술비평학에 해당하는 시에 대해 우리가 해야 하는 고민은 인공지능 시대에 던져진 많은 인문학적 성찰을 위해 시가 무엇을 할 수 있는지를 사유하는 일일 터이다. 리처드 왓슨은 감정, 그중에서도 사랑에서 그 가능성을 찾는다. 그것은 결국 관계와 소통의 문제로 귀결된다. 사랑만큼 치열한 타자와의 관계는 없을 것이다. 그것은 시가 추구하는 궁극이기도 하겠다.

이 장에서는 리처드 왓슨의 문제의식에 마사 누스바움의 문제의식을 덧붙여 인공지능 시대에 시의 역할과 윤리를 사유하고자 한다. 월트 휘트먼은 문예가란 정치에 깊이 참여하는 자라 정의하면서 시인은 "다양성의 중재자"이자 "자신의 시대와 영토의 형평을 맞추는 자"라고 보았다. 마사 누스바움은 『시적 정의』에서 공적인 시의 필요성에 대한 휘트먼의 요청이 그의 시대뿐만 아니라 지금 이 시대에도 적절한 것으로 보인다고 판단하고 있다. 이러한 문제의식은 지금 우리에게 '감정지능' 교육이 필요하다는 유발 하라리의 판단과도 맥이 닿아 있다고 볼 수 있다.

시 장르가 가진 공감 능력의 중요성은 최근 들어 더욱 부각되고 있다. 인공지능 시대가 도래하면 인간의 창의적인 활동까지 인공지능이 대체하게 될 거라는 전망은 위기감을 고조시키고 있다. 그런데 앞서 살펴보았듯이 이러한 위기감은 인공지능 자체가 가져오는 것이라기보다는 사실상 우리 자신이 초래한 것이다. 한병철이 진단한 바 있듯이 우리가 구축한 승자독식의 경쟁 사회, 성과 중심의 '피로 사회'는 우울증 환자와 낙오자를 낳고 점점 타자에 대한 공감 능력을 마비시키고 있으며 마침내 나와 다른

타자에 대한 혐오 감정을 부끄러움 없이 드러내는 지경에 이르렀다. 김종
갑은 『혐오, 감정의 정치학』에서 "혐오에는 '왜'나 '이유'가 없"고 "혐오의
감정이 지배적이면 지배적일수록 언어가 파괴되고 소통이 거부된다"고
본다. 실제로 오늘의 한국 사회에서는 상대방을 타자화하고 자기와의 차
이를 강조하는 혐오 정치가 두드러지고 언어가 개입할 여지 없이 소통이
거부되는 현상이 곳곳에서 벌어지고 있다. "혐오는 다수자가 소수자를,
가진 자가 가지지 못한 자를, 강자가 약자를 비하함으로써 자신의 사회적
정체성을 다진다는 점에서" "본질적으로 정치적"이라는 김종갑의 판단에
이 글 또한 동의한다. 타자에 대한 혐오 감정으로 똘똘 뭉친 방어적인 심
리로 무장한 기계적 존재가 우리의 모습이라면, 그리고 그런 우리들로 가
득 찬 세상에 인공지능 시대가 도래한다면 그것은 상상만으로도 끔찍하
다. 인공지능 시대에 들어서서도 우리가 인간임을 잊지 않고 인간으로서
자존감을 지키며 살아가기 위해서는 타자의 아픔에 공감하고 늘 인간 너
머를 상상하며 패배주의에 반대하는 시의 정신을 잊지 말아야 한다.

　마사 누스바움은 휘트먼의 시를 인용하며 그가 시인이 갖는 민주화의
임무로 상상력, 포용하기, 공감하기, 목소리 내기 등의 과제를 제시했다고
말한다. 휘트먼에 따르면 시인은 배제된 자들의 "오랫동안 말이 없던 목
소리들"이 장막을 벗고 빛 속으로 나올 수 있도록 하는 매개자다. 그들이
목소리를 되찾고 빛 속으로 걸어 나올 수 있도록 도와주는 역할을 오늘의
시가 해야 함을 그는 분명히 선언한다. 휘트먼은 시적 상상력의 빛이 이
모든 소외된 자들을 위한 민주적 평등의 결정적인 동인이라고 주장했으
며, 마사 누스바움은 휘트먼처럼 풀잎사귀들 속에서 모든 시민들의 평등
한 존엄을 보는 오늘의 시인들이 '시적 정의'를 추구해야 한다고 주장한

다. 시의 쓸모없음만을 강조하기보다는 시에서 구현해 보여주는 시적 정의야말로 현재와 미래의 우리 사회가 구축해야 할 법과 사회정책의 모델이 될 수 있음을 마사 누스바움은 역설한다.

이러한 마사 누스바움의 견해는 인공지능 시대에 대비한 인공지능 인문학을 상상하는 데도 시사하는 바가 크다. 타자의 아픔에 공감하고 그들에게 목소리를 되돌려주는 일이야말로 시가 오랫동안 지켜왔던 정신이자 오늘날의 시가 감당해야 할 중요한 책무이다. 시가 언어놀이에만 기대거나 구성주의에만 함몰된다면 인간-시인이 담당해 왔던 많은 역할을 인공지능-시인이 대신하게 될 것이다. 창의적인 영역 역시 예외가 아닐 것임을 이미 앞에서 살펴보았다. 중요한 것은 타자의 아픔에 공감하는 사회를 구축하고 우리 자신의 공감 능력을 최대치로 끌어올리는 일, 그리고 시에 의미화 바깥의 잉여의 자리를 끊임없이 만들어 가는 일이다. 그리하여 누구도 대체할 수 없는 시를 패배주의에 반대하는 태도로 쓰는 일, 인공지능과 싸우다가 괴물이 되는 것이 아니라, 시의 정신에 입각해 인공지능과 평화롭게 공존할 수 있는 타자 존중의 사회를 만들어 가는 일에서 인공지능 시대 시의 가능성을 찾아야 할 것이다. 이것이야말로 '시적 정의'를 우리 사회에 구현하고 더 나아가 시와 우리의 삶을 구원해 줄 가능성을 열어 줄 것이다.

시, 또는 시인이 인공지능으로 대체되거나 사라질 위험이 있다면 그 자체보다 더 위험한 것은 오히려 시를 읽지 않거나 읽을 필요를 느끼지 않는 독자들, 읽어도 공감하지 못하거나 인공지능과 시인의 창작물로서의 시의 차이를 구별할 수 있는 능력을 상실한 독자들의 출현에 있다고 볼 수 있다. 이것이야말로 더욱 문제적이라 하지 않을 수 없다. 그런 점에서 창작 주체로서의 시인의 노력도 중요하지만 시 교육의 중요성, 시적 정의가 법과 제도, 정책의 모델이 되는 사회에 대한 사회적 인식의 제고와 합의 또한 중요하다고 하지 않을 수 없다.

5. 인공지능 인문학을 위한 제언

인공지능 시대가 실제로 인문학과 시에 직접적인 영향을 끼치는 시대는 아직 도래하지 않았지만 머잖은 미래로 다가오고 있다. 인공지능 시대를 막연하게 두려워하거나 기피하는 대응만으로는 변화하는 시대에 인문학의 역할을 다하는 것이라 말하기 어렵다. 좀 더 적극적으로 인공지능 시대에 개입하는 인문학적 사유를 통해 앞으로 열리게 될 인공지능 시대에 대한 인문학적 사유와 상상을 하는 일이 이제 우리에게 필요하다. 근미래의 일로 다가온 인공지능 시대를 언제까지 모른 척하는 방식으로 대응할 수는 없을 것이다. 인공지능과의 바람직한 공존 방식에 대해 인문학도 적극적으로 개입하고 상상함으로써 그동안의 SF영화나 문학이 상상한 디스토피아로서 인공지능 시대를 상상하는 데서 더 나아가 인간과 인공지능이 공존 가능한 세계에 대한 상상이 필요해 보인다.

이 글에서는 이러한 문제의식 아래 인공지능 시대에 시에 요청되는 윤리와 시적 정의를 사유해 보았다. 이는 궁극적으로 인공지능 인문학을 위한 제언이라고도 할 수 있겠다. 우선 이 글에서는 '알파고'와 이세돌의 대국 이후 인공지능 시대 시에 대한 담론이 어떻게 전개되어 왔는지 살펴보았다. 시 쓰는 인공지능이 초래할 결과에 대한 무관심이나 근거 없는 낙관주의나 비관주의에서 벗어나 시 쓰는 인공지능이 던지는 우리 자신과 우리가 구축한 사회에 대한 성찰적 질문과 마주해야 한다는 문제의식을 가지고, 인공지능 시대에 예견되는 시의 윤리와 가능성을 리처드 왓슨과 마사 누스바움의 견해를 토대로 논의하였다. 특히 이 글에서는 패배주의에 반대하는 시의 정신을 환기하는 것과, 의미화에 완전히 포섭되지 않는 바깥의 잉여의 자리를 끊임없이 발생시키는 데서 시의 윤리와 가능성을 찾고자 했다. 또한 타자의 아픔에 공감하고 그들에게 목소리를 되돌려주는 일이야말로 시가 오랫동안 지켜왔던 정신이자 오늘날의 시가 감당해야 할 중요한 책무임을 규명하고자 했다. 인공지능과 평화롭게 공존하는 타자 존중의 사회를 만들어 가기 위해서는 창작 주체로서의 시인의 노력도 중요하지만, 시 교육의 중요성, 시적 정의가 법과 제도, 정책의 모델이 되는 사회에 대한 사회적 인식의 제고와 합의 또한 중요함을 강조했다.

포스트휴먼 시대 시 교육의 역할과 방향

새로운 시대의 윤리를 표방하는 시 교육 내용에 대한 시론試論

이경수

1. 포스트휴먼 시대와 시

포스트휴먼 사회로의 전환을 앞당기는 4차 산업혁명은 손화철이 지적한 바 있듯이 인공지능, 자율주행 자동차, 로봇기술 등으로 대표되는 기술의 융합과 힘의 불균형을 특징으로 한다. 자본과 권력의 집중으로 전혀 다른 세계를 앞당길 것으로 예측되는 포스트휴먼 사회에서 대다수의 인류가 사용자에서 주변인으로, 기술의 대상으로 점점 밀려나게 될 것이라는 비관적인 예측은, 포스트휴먼이라는 새로운 인간의 출현을 예고하며 새롭게 도래할 포스트휴먼 시대에 걸맞은 인문학의 과제를 요청하고 있다. 그러나 포스트휴먼 사회에 대한 진단이나 포스트휴먼 사회가 바꿔놓을 미래 사회의 모습에 대한 연구, 딥러닝이나 머신러닝, 애플리케이션 등을 구체적으로 활용하는 방법에 대한 연구가 활발히 진행된 것에 비해 상대적으로 포스트휴먼 사회가 인문학, 또는 문학에 가져올 변화와 포스트휴먼 시대에 인문학 또는 문학이 가져야 할 역할과 방향에 대한 논의는 충분히 이루어지지 못한 것이 사실이다.

철학 분야에서 전통적인 인간 개념에 의문을 제기하며 포스트휴먼을 정의하고자 하는 연구들, 인공지능 시대가 가져올 변화를 예측하고 이에 대한 대응을 전망하는 논의들이 이루어지기는 했지만 정작 교육학이나 법학 등의 개별 분과학문에서는 딥러닝을 어떻게 교육에 활용할 것인지의 기술적인 문제나 당장 제기되는 법적인 이슈에 논의가 집중되어 왔다고 할 수 있다. 최근에 글쓰기를 비롯한 교양교육 분야에서 인공지능 시대의 글쓰기를 사유하거나 인공지능 시대라는 문제의식 속에서 감정지능교육 방안을 구안해 보는 연구가 일부 이루어졌고 현대소설 분야에서 최근 주목받고 있는 SF소설을 대상으로 포스트휴먼에 대한 논의가 비교적 활발히 이루어지고 있다.

이 글에서는 선행연구를 통해 축적된 포스트휴먼 담론을 바탕으로 포스트휴먼 시대의 시 교육의 역할과 방향에 대해 논의해 보고자 한다. 구체적인 방법론에 대한 고민이라기보다는 전혀 새로운 인간형이 출현할 것으로 예측되는 포스트휴먼 시대에 여전히 시를 읽고 쓰고 가르친다면 시 교육의 역할은 무엇이어야 하며 어떤 방향성을 지녀야 하는지에 대해 논의하는 데 관심을 둔다.

로지 브라이도티는 『포스트휴먼』에서 포스트휴먼 조건에 대한 매혹과 그것의 비인간적 · 비인도적 측면에 대한 염려의 연속적 변이들을 분석하면서, 포스트휴먼에 이르는 역사적·지적 도정, 포스트휴먼이라는 새로운 주체성의 형식, 우리 시대 비인간적·비인도적 특징에 대한 포스트휴먼의 저항, 포스트휴먼 시대 인문학과 이론의 기능 등에 대해 논의한다. 이러한 로지 브라이도티의 관점은 포스트휴먼 시대 시 교육의 역할과 방향을 고민하는 이 글에도 많은 시사점을 던져준다.

포스트휴먼의 문제의식은 지구환경의 위기, 기후위기 등 자연과 인간의 관계에 대한 재조정, 인간에 편입되지 못했던 새로운 주체들과 인간중심주의가 아닌 관점에서 새롭게 관계를 설정하는 문제, 인공지능으로 대표되는 기계와 인간의 관계를 재정립하는 문제 등을 포괄하고 있다. 이는 지금은 물론 가까운 미래의 인류가 직면하게 될 수많은 문제들을 내장하고 있다. 신의 자리를 대체한 '인간–신'은 멸종의 위기 앞에서 새로운 도전에 직면하게 되었다고 해도 과언이 아니다. 이 글에서 논의하고자 하는 포스트휴먼 담론은 인공지능이 인간을 대체할 것으로 예측되는 미래에 대한 전망을 포함해 인간중심주의를 넘어서 인간과 비인간의 경계에 대해 근본적으로 다시 성찰하고자 하는 포스트휴먼의 포괄적인 문제의식을 바탕으로 하고 있다.

인문학, 휴머니즘의 정당성이 의심받지 않았던 시대를 지나 이제 공공연하게 그 폐기가 요청되거나 시대의 흐름이 휴머니즘을 넘어 포스트휴먼으로 향하는 시대를 통과하고 있다. 인문학이, 또는 시가 위기 아닌 적이 있었냐는 식의 방어적 대응으로 회피하거나 대처할 수 없는 전격적이고 전면적인 위기가 도래했다고 해도 과언이 아니다. 인문학과 휴머니즘에 대한 확고한 믿음을 바탕으로 '인간'에 대한 성찰을 통해 위기를 극복하고자 했던 지금까지의 대응 방식이 실효성을 상실해 가고 있다고 말할 수도 있을 것이다. 이제는 인간과 비인간의 경계에 대한 고찰을 통해 '인간'이란 무엇이었고 무엇이기를 요청받았는지를 근본적으로 탐구하고, 인간 주체와 타자들과의 관계를 재조정해야 한다는 바깥의 요구에 직면해야 한다. 로지 브라이도티는 인문학 및 대학의 위기와 관련해 포스트휴먼의 문제를 짚고 있기도 하다. 특히 마사 누스바움을 향한 로지 브라이도티의 비판을 숙고할 필요가 있어 보인다. 시적 정의와 윤리를 강조한 마사 누스바움의 문제의식에 이 글의 필자도 공감하지만 그 바탕에 인문학과 휴머니즘에 대한 무한한 신뢰가 깔려 있다는 비판은 참조할 만하다. 우리가 인간인 이상 인간 너머를 상상하는 일이 쉽지는 않겠지만 앞으로의 시교육이 어떤 방향을 향해야 하는지를 논의하는 데 있어서는 마사 누스바움의 견해뿐만 아니라 그에 대한 로지 브라이도티의 비판 역시 염두에 둘필요가 있다. 이 글에서도 과거와 같은 방식의 대응, 인간의 가치를 되새기고 휴머니즘의 가치를 옹호하는 방식의 대응으로는 한계가 있다는 견해에 기본적으로 동의한다. 우리에게는 새로운 상상력이 요청되고 있다.

　그런가 하면 최근 몇 년 사이에 우리 시단에도 전격적인 변화가 있었다. 2016년 '#문단_내_성폭력' 해시태그 운동으로 촉발된 시단의 분위기는 '문단 내 성폭력'은 물론 시단의 젠더 감수성과 잘못된 관행에 대해서 근본적인 성찰이 필요함을 요구하고 있다. 이러한 자성의 움직임은 시를 쓰는 주체들에 의해 일어나기도 했지만 시단 바깥의 독자들의 요구가 강했던 것도 사실이다. '독자 시대'라 불릴 만한 독자들의 변화와 그것이 추동한 플랫폼의 변화를 빼놓고는 오늘의 시단을 논하기는 어려울 것이다. 문단 시스템에 대한 근본적인 변화를 요청하는 목소리가 문단 시스템의 균열과 변화를 낳고 있다고 해도 과언이 아니다. 예고 문창과와 대학 문창과를 중심으로 교육 현장에서도 변화가 일어난 것은 물론이다. 이러한 현상은 일시적인 유행이거나 시간이 흐르면 지나갈 풍경은 아니다. 2000년대 초반 문학 권력 논쟁은 사실상 문단 내의 논쟁으로 그쳤고 문단 바깥으로 확산되지는 못했지만, 지금의 변화를 추동하는 주체는 비평가가 아니라 독자라고 볼 수 있다. 독자가 달라졌다는 것은 이 변화에 적절히 대응하지 못하면 시가 좀 더 빨리 황혼을 맞이하게 될 거라는 뜻이기도 하다.

이미 우리 안에서도 포스트휴먼이라 불릴 만한, 인간과 세계와의 관계를 다시 성찰하고자 하는 주체들이 등장하고 있다. 최근 시의 변화는 이를 날카롭게 보여주고 있기도 하다. 그에 비해 시 교육의 현장, 시단과 학계의 변화와 대응은 느린 편인데, 학교 현장에서의 시 교육에 균열이 발생하고 있는 자리를 눈여겨볼 필요가 있다. 이 글은 포스트휴먼 시대에 요구되는 시 교육의 역할과 방향에 대해 제안하고, 이를 실현하기 위한 구체적인 시 교육의 내용이 어떻게 구성되어야 하는지 고민해 보는 시론적試論的 성격의 글이다. 일찍이 유발 하라리가 제안한 바 있듯이, 인공지능 시대를 맞이해 '감정지능교육'의 필요성이 대두되고 있다. 약인공지능 시대를 지나, 강인공지능, 더 나아가 초인공지능 시대가 도래한다면 인간이 수행하는 업무의 대부분을 인공지능이 대체할 것이라는 전망이 구체적이고도 위협적인 현실로 다가오고 있다. 이미 음악, 미술, 문학 등 예술 분야에 있어서도 인공지능이 창작한 결과물이 놀라운 속도로 진화하고 있고, 추론하는 능력을 갖춘 인공지능이 도래한다면 창조적인 예술 분야까지도 인공지능이 대체하는 시대가 올 것이라고 전망되고 있다.

이런 현실 속에서도 포스트휴먼 시대에 대해 관심을 가지고 연구하는 많은 연구자들이 인공지능이 대체하기에 가장 어려운 분야로 손꼽고 있는 것이 시이다. 소설뿐만 아니라 시 쓰는 인공지능도 이미 만들어지긴 했지만 그 결과물이 만족스럽지 못한 데다 시라는 장르가 가지고 있다고 여겨지는 특성—창작자인 시인과 창작물인 시작품 사이의 관계가 다른 어떤 예술 장르보다 긴밀하다는 특성, 데이터와 알고리즘으로 포획되지 않는 잉여의 자리가 시 창작의 영역에 중요하게 관여하고 있다는 점 등—으로 인해 인공지능이 인간의 자리를 본격적으로 대체하는 시대가 도래해도 시 창작과 창작자로서의 시인은 살아남을 것이라는 다소 낙관적인 전망이 제기되고 있는 것이다.

이 글에서는 인공지능에 대한 지나친 비관주의와 근거 없는 낙관주의를 넘어서, 다가올 포스트휴먼 시대에 시 교육이 어떤 역할을 수행할 수 있으며 어떤 방향으로 시 교육이 이루어져야 하는지 논의해 보고자 한다. 인공지능이 본격화되는 포스트휴먼 시대에 도래할 위기의 상당 부분이 사실상 우리가 구축한 사회가 만들어낸 것이라는 관점을 이 글은 기본적으로 취하고 있다. 따라서 타자에 대한 혐오가 만연한 시대에 공감의 윤리로서 시 교육의 필요성과 시 교육의 구체적인 역할과 방향에 대해 논함으로써 포스트휴먼 시대에 대비한 인문학으로서의 역할을 시 교육이 적극적으로 수행해야 함을 주장하고 그 구체적인 교육 내용에 대해 제안하고자 한다.

2. 인간/비인간에 대한 새로운 질문

도래할 포스트휴먼 시대는 인간 개념을 근본적으로 흔들고 있다. 인간은 무엇이며, 생명이란 무엇인지, 인간답게 산다는 것이 무엇을 뜻하는지 돌아보게 하는 것이다. 인간과 비인간의 절대적인 차이를 전제하는 인간 중심주의에서 벗어나 인간의 특권의식을 포기하고 인간과 기계의 공존을 모색하는 포스트휴머니즘의 입장이 대두되고 있다.[1] 2010년대 중반 무렵부터 우리 시에도 인간이란 무엇이며 '인간/비인간'의 경계를 어떻게 보아야 하는지에 대해 새로운 성찰적 질문을 던지는 시들이 본격적으로 출현하고 있다. 사실상 인간의 가치를 중시하는 휴머니즘의 시대, 인문학의 시대에도 모두가 동등하게 '인간'으로서 그 가치를 인정받았던 것은 아니다. 여성의 인권, 아이의 인권이 어떻게 취급받아 왔는지를 돌아본다면 '인간'이라는 보편에 포함되지 않고 소외되거나 배제되어 온 역사적 시간으로부터 우리가 그렇게 멀리 떨어져 있지 않음을 알 수 있다. 오늘의 한국문학에서 담론의 중심을 차지하고 있는 퀴어적 상상력과 담론은 역설적으로 아직도 한국 사회에 성소수자를 향한 편견이 강하게 남아 있음을 보여주는 것이기도 하다. 동성 결혼이 법적·제도적으로 인정받지 못하는 것은 물론 차별금지법의 제정도 난항을 겪고 있는 한국 사회에서 여전히 타자로서 남아 있는 영역이기 때문에 퀴어적 상상력이 최근의 한국 문학에서 본격적으로 그려져 왔다고 볼 수도 있다.

　2010년대 중반 이후 우리 시에도 인간/비인간의 경계에 대해 질문을 던지는 시들이 지속적으로 출현하고 있다. 김현과 신해욱의 시가 인간/비인간에 대해 어떤 질문을 새롭게 던지고 있는지 먼저 살펴보자.

　　밤이 떠돌아 왔습니다. 인간은 헐벗은 몸 어둡고 웅크린 욕조 속으로 들어

1　김종갑, 「포스트휴먼, 그는 누구인가?」, 몸문화연구소, 『지구에는 포스트휴먼이 산다』, 필로소픽, 2017, 56~65쪽.

갑니다. 처음 물이 닿은 인간의 발가락 끝부터 쑥빛 비늘이 쑥쑥 돋습니다. 인간은 오랜만에 미끈거리는 감촉에 젖습니다.

인간은 두 다리보다 지느러미에 맞는 생물이야.

인간은 되눕니다. 침대에 걸터앉아서 인간은 목을 늘립니다. 늘어진 목과 머리는 여럿이 나눠 먹을 수 있는 밥상을 두리번거리며 불어터진 먼지를 쓸고 욕실까지 흘러갑니다. 흘러온 얼굴이 인간의 지느러미를 따라 움직입니다. 인간은 아가미로 숨 쉬고 숨죽입니다.

인간의 호흡을 잃었구나, 인간.

인간의 표정이 백랍처럼 빛납니다. 인간의 목덜미가 납빛으로 찢어집니다. 점점 희미해지는 어린 인간이 찢어지는 인간 곁으로 와 앉습니다. 어린 인간은 자라나는 혀를 불규칙적으로 잘라내며 모처럼 인간이 알아들을 수 없는 말을 발명하려고 합니다.

인간은 인간의 말을 하지 않아도 돼!

늘어난 인간은 꿈틀거리고, 사라지는 인간의 혀들은 더듬거리고, 변신한 인간은 한결 자연스러운 움직임을 갖고, 멈춰 있습니다. 욕조의 수면이 밤의 수면까지 밀려갑니다.

돌아온 밤 고공은 기중기처럼 깊습니다. 인간들은 각자의 생활을 발견합니다. 인간들은 인간적으로 따로 놉니다. 인간이 곁에 없는 인간의 말은 뜻 없습니다. 인간들은 조용합니다. 침묵합니다. 그림자 없이 농성을 시작한 한 유령이 집으로 들어와 촛불의 노동을 밝힙니다. 인간 인간 인간은 마침 표 사라집니다.

— 김현, 「비인간적인1)2)3)4)5)」(『글로리홀』, 문학과지성사, 2014) 전문

김현의 첫 시집 『글로리홀』의 제일 앞에 수록된 「비인간적인」이라는 시의 제목에는 다섯 개의 각주가 붙어 있다. 각주의 내용은 다음과 같다. "1) 인간들로부터 밤은 왔다 / 2) 이 밤 인간들의 집회는 시인을 앞장세운다 / 3) 밤의 인간들은 우리도 인간이 되고 싶다는 불구의 구호를 외친다 / 4) 한 소설가는 인간적인 관점에서 어느 밤에 대한 인간이란 시를 쓴다 / 5) 인간을 잃어버린 인간들의 밤으로 유령 한 자루가 꺼질 듯 걸어가고 있다". 각주에만도 인간이라는 시어가 8번이나 나온다. '시인'에 들어있는 '인간'과 '유령'으로 표상된 비인간까지 포함한다면 10번인 셈이다. '비인간적인'에 달려 있는 각주지만 각주를 볼수록 인간적인 것이란 무엇이며 비인간적인 것이란 무엇인지 점점 혼란스러워진다. 인간에 특권의식을 부여한 우리의 모든 말들이 사실은 비인간적이라는 생각이 든다. "인간을 잃어버린 인간들의 밤으로" "꺼질 듯 걸어가"는 "유령 한 자루"야말로 가장 인간적인 모습처럼 느껴지기도 한다.

LGBTQ 중 게이 화자를 전면에 내세운 이 시집의 첫 페이지를 장식한 시에서 시인은 인간과 비인간을 가르는 경계에 대해 질문을 던진다. 대체 인간의 호흡, 인간의 표정이란 어떤 것일까? 살면서 우리는 종종 보편성

으로서의 '인간'의 경계에서 벗어나는 경험을 하게 된다. 보편의 범위, 정상성의 범위가 너무 좁다는 생각을 종종 하는 인간이라면 더욱이 그렇겠다. 피곤에 절어 욕조 안으로 몸을 깊이 누인 인간이라면 "인간은 두 다리보다 지느러미에 맞는 생물"이라는 생각쯤은 자연스럽게 하게 될 것 같기도 하다. 이 시가 쓰일 무렵 광장에는 시인을 앞장세운 집회에서 인간들의 외침이 가득했고, 깊은 밤에도 크레인 위에서 고공 농성을 하는 외로운 인간이 있었지만(지금도 있지만) 밤이 되면 광장을 가득 채운 인간들은 집으로 돌아가 욕조에 몸을 풀었다. "인간들은 각자의 생활을 발견"하고 "인간적으로 따로" 놀기도 했다. "인간이 곁에 없는 인간의 말은 뜻"이 없는 것이나 다름없을 테니 인간들은 침묵하고 "인간 인간 인간은 마침 표 사라"졌을 것이다. "우리도 인간이 되고 싶다"는 구호도 한 목소리의 외침은 아니었음을 우리는 광장의 경험을 통해 잘 알고 있다. 어떤 광장은 보편과 정상 안에 포함되지 못하는 사람들을 '인간' 바깥으로 배제시킨다. 김현의 이 시는 함께 구호를 외치면서도 소외감을 절감했을 광장의 경험을 바탕으로 인간/비인간에 대한 질문을 던진다. 인간과 비인간을 가르는 경계는 무엇이며, 그것을 결정하는 것은 누구인지, 우리는 같은 '인간'이라고 장담할 수 있는지 묻는다.

「종의 기원」『syzygy』, 2014에서 "치마를 입고 두 개의 다리로" "달리기를 하"다가 "여자인간에 거의 / 가까워지고 있었"던, '여자인간'을 연기perf-ormance하고 있던 자신을 깨닫는 새로운 주체를 그린 바 있는 신해욱은 2019년 12월에 나온 네 번째 시집『무족영원』에서 본격적으로 '인간/비인간'에 대해 탐색한다. 사실상『생물성』2009에 수록된 시들에서도 신해욱은 '비성년 주체'를 통해 보편적인 인간 바깥에 대해 끊임없이 탐색해 왔다.

철컥. 철컥. 예수의 쌍둥이 동무를 찍어내는 기계가 부지런히 돌아가고 있습니다.

철컥. 철컥. 속에 들어 있는 것은 팥일까요. 크림일까요. 성령일까요. 아니면 생명이라는 고름일까요.

생명. 생명이라니. 철컥. 그렇게 고귀한 것이라니. 철컥.

박자에 맞춰 그저 춤을 추면 좋을 텐데요. 용가리와 함께 트위스트를. 장국영과 함께 맘보를.

나는 앞이 깜깜합니다. 철컥. 철컥.

영능력이 형편없습니다. 철컥. 철컥.

십자 대신 엑스자로 성호를 긋고, 긋고, 부르르르 거듭 그으며

맹목의 질료들을 있는 그대로 구원하는 일에는 어떻게 일조해야 합니까.

한 마리, 두 마리, 다섯 마리, 열세 마리, 부활한 쌍둥이 동무들은

길흉을 초월하고

동무애로 하나가 되어

생명을 넘고 넘어

미래의 시체를 넘고 또 넘어

철컥. 철컥. 이만큼 가까워집니다.

나는 거절할 권리가 없습니다.

나는 실수할 자격이 없습니다.

너를 두 번 죽게 만들 수는 없습니다.

엑스자 대신 갈지자로, 아니다, 모른다, 아니다, 모른다, 베드로와 함께 차
차차를, 마리아와 함께 왈츠를,
박자에 맞춰 춤을 추는 흉내를 내다 발을 밟히게 되면
나의 입에서는 무엇이 튀어나올까요.
철컥. 철컥. 팥일까요. 크림일까요. 위액일까요. 걸쭉한 욕이 섞인 가르강
튀아의 침일까요.
이런 입으로는 어떻게 영생을 면해야 하는 겁니까. 철컥. 철컥.
— 신해욱, 「클론」(『무족영원』, 문학과지성사, 2019) 전문

'유전적으로 동일한 세포군'을 뜻하는 클론은 '복제품'을 가리키는 말로
의미가 확대되어 쓰인다. 최근에는 기계나 소프트웨어는 물론 유사한 신제
품들이 연달아 출시될 때 그것을 가리키는 말로도 쓰이고 있다. 생명과 관련
된 용어가 비생명을 지칭하는 영역으로까지 확장된 대표적인 예라고도 볼
수 있다. 바로 여기서 착안해 신해욱의 시는 '인간'이라는 생명에 대해 질문
을 던진다. "철컥. 철컥. 예수의 쌍둥이 동무를 찍어내는 기계가 부지런히
돌아가고 있"는 이런 시대에 생명이라는 것이, 그리고 고도의 생명체라고
여겨져 왔던 인간이라는 존재가 더 이상 고귀함을 독점할 수 없음을 말한다.
시의 주체인 '나'는 "앞이 깜깜"하고 "영능력이 형편없"고 "십자 대신 엑
스자로", "엑스자 대신 갈지자로," 믿음의 성호 대신 "아니다, 모른다, 아
니다, 모른다,"를 되뇌며 "철컥. 철컥." 기계 돌아가는 소리를 낳는다. 이
쯤 되면 누가 원본이고 누가 복제품인지 구별하기 어려워질 것이다. "맹

목의 질료들을 있는 그대로 구원하는 일에" 일조하는 일도 요원하고, 나에게는 "거절할 권리"도 "실수할 자격"도 없다. 그러므로 '나'는 고백한다. "너를 두 번 죽게 만들 수는 없습니다"라고. '너'라는 타자의 죽음에 대해 모종의 죄책감을 느끼는 '나'는 영생을 거부하는 방식으로 윤리적 주체의 자리를 지켜낸다. 어쩌면 이제 이 무한반복의 악무한에서 벗어날 길은 "영생을 면"하는 것밖에는 없을지도 모르겠다. 이런 시대에 우리는 원본을, 고유성을, 단 하나의 정체성을 주장할 수 있을까? 신해욱의 시는 "생명을 넘고 넘어 / 미래의 시체를 넘고 또 넘어" "이만큼 가까워"진 인간-기계를 향해, 흐려지고 뭉개진 인간/비인간의 경계를 향해 질문을 던진다. "철컥. 철컥." 기계음을 내뱉으며.

인간/비인간을 가르는 경계에 대해, 그리고 인간이란 무엇이며 어디까지 인간이라고 볼 수 있는지 질문을 던지는 김현과 신해욱의 최근 시를 읽고 있으면 포스트휴먼 시대에 한 걸음 더 가까워졌음을 실감하게 된다. 김현의 시는 우리도 모르게 양산해 왔던 '인간'이라는 편견으로 가득한 개념에 대해 다시 생각해 보게 하고, 신해욱의 시는 인간과 기계의 경계를 다시 생각해 보게 하며 무한복제라는 영생의 궤도에서 이탈하고자 하는 의지야말로 인간으로서 우리가 할 수 있는 선택지가 아닌지 묻는다.

3. 새로운 시대의 윤리를 드러내는 퀴어와 페미니즘 시

2010년대 중반부터 시대의 젠더 감수성에 커다란 변화가 나타나면서 문학사의 정전에 포함되어 있거나 시론에서 대표성을 띠며 다루어지던 시들, 반드시 읽어야 한다고 생각했던 앞세대의 시들에 대한 독자들의 판단과 가치평가에 변화가 일어나기 시작했다. 새로운 시대에 걸맞은 윤리가 요청되고 있고 새로운 시대의 윤리를 담아내고 있는 시들에 대한 교육의 필요성 또한 중요하게 대두되고 있다.

젠더 감수성의 변화를 동반한 포스트휴먼 시대를 맞아 우리 사회에도 여러 가지 윤리적 문제들이 대두되고 있고 이에 대해 인문학이 어떤 방식으로 대응해야 하는지에 대한 문제 제기가 일어나고 있는 상황이다. 그동안은 '인간'의 본질에 대한 탐구와 법적·제도적 문제에 대한 탐구가 주로 이루어져 왔다면 이제 인문학의 중심에서 '휴머니즘'의 가치를 오래도록 옹호해 온 시가 포스트휴먼 시대를 맞이해 어떤 역할을 담당할 수 있는지에 대한 성찰과 마주해야 할 때가 왔다. 어쩌면 시가 낡은 가치를 수호하는 자리에 상징적으로 붙박이느냐, 새로운 시대의 가치를 긍정적인 방향으로 이끌어내며 더불어 살아가느냐의 기로에 오늘의 시가 놓여 있다고 말할 수도 있겠다.

2010년대 중반 이후 한국 현대시의 현장에서 새로운 시대의 윤리를 드러내는 시로는 단연 퀴어의 문제의식이나 페미니즘의 문제의식을 드러내는 시를 들 수 있다. 다문화 정체성을 드러내는 시들도 여기에 해당된다고 볼 수 있는데, 이에 대해서는 오히려 국어와 문학 교과서를 중심으로 중고등학교 교육 현장에도 적극적으로 수용되고 있다면 퀴어의 상상력을 드러내는 시와 페미니즘의 문제의식을 드러내는 시는 여전히 학교 현장이라는 제도권 바깥에 놓여 있다고 볼 수 있다. 독자들의 변화를 오늘의 시 교육이 따라잡지 못하고 있는 셈이다.

이 글에서는 대학 교양교육으로서의 시 교육을 염두에 두고 퀴어와 페미니즘의 문제의식을 본격적으로 드러내는 시를 대상으로 새로운 시대의 윤리를 드러내는 시 감상 교육의 필요성을 본격적으로 제기해 보고자 한다.

"밤의 천사는 밤에 찾아와
사람의 **뺨**을 만지며 축복하는 천사입니다"

이 구절은 습작하던 시절 적어둔 메모에서 발견한 것입니다 불안과 평온함이 어쩌고 하는 그런 시를 생각했던 것 같은데 왜 **뺨**을 만지며 축복을 하는지, 축복은 무엇인지, 왜 밤의 천사인지, 스스로도 까닭을 알 수 없어 쓰기를 그만두고 말았습니다

그런데 밤의 천사가 밤에 찾아와
우리의 두 **뺨**을 만지고는 놀라 떠나가는군요

그리고 이 시는 가까스로 시작에서 멀어지는 것입니다 너무 급해서 급하게 찾아간 서울역 근처의 모텔, 손잡고 있는 나와 그를 보자 있던 방이 사라지는 것처럼

무서운 영화를 보면 잠들지 못하던 어린 시절, 나도 인간이 되고 싶다던 어린 요괴를 본 뒤로 아직 잠들지 못하는 것처럼

나도 잡아가라
그렇게 외쳐도 아무도 잡아가지 않는 것처럼……

이것은 사람의 말이 아닙니다

그러므로 피어나는 것은 꽃이 아니고, 잡혀가는 것은 사람이 아니고, 무너지는 것은 마음이 아니고

사람이 꽃보다 아름답다면
이것은 아름다움이 아니군요

이 시는 군대에 있는 동안 다시 써낸 시입니다
이 시는 군대에 있는 동안 발표할 수 없던 시입니다

그와 함께 종로삼가까지 가는 택시를 잡아타고서, 이런 일은 시로는 못 쓰겠지, 그런 생각을 하며 그의 손을 꼭 잡는 일도 있었지만

이것은 시가 아닌 것 같으니까요
이것이 시가 아니라고 생각한다면……

방에서 가만히 서로의 심장에 번갈아 귀를 대보고는 아무 소리도 들리지 않아서 놀라는 두 사람처럼
그뒤로 영원히 잠들지 못해 충혈된 두 눈으로 서로를 마주 보는 두 사람처럼

아주 닮고 닮은 어떤 은유 한쌍처럼

......나는 두렵지가 않습니다

그러나 이것이 시라서, 그저 형편없는 시라서,

두려움과 함께, 지옥 같은 불면과 함께, 이것이 시가 아니었으면 좋겠다는 그런 비열한 소망과 함께

사람 아닌 것들과 함께

사람의 거리를 걷습니다 나에게 사랑은 없고, 사랑 같은 것은 사실 관심도 없지만

사람 아닌 자가 사람의 거리를 걷는다는 기쁨만으로
즐거움과 쾌감만으로
쾌감에 중독되어버린 사람의 비참한 황홀함으로

시청에서 다시 시청까지
밤에서 다시 밤까지

이것이 그저 형편없는 시이기 때문에
이것은 사람은 안 해도 될 말

마지막 장면으로는 천사와 밤새 씨름을 하다 허벅지를 다치고 천사의 축복

을 받았다는 야곱의 이야기

축복이라도 받을까봐 씨름은 안 하고 싶다는 그런 이야기

나는 걷고 있습니다 허리와 목을 반듯이 세우고
턱은 조금 들어 올리고

방금 누군가를 죽이고 왔다고 생각하는 사람의 표정으로
　　　　—황인찬, 「우리의 시대는 다르다」(『사랑을 위한 되풀이』, 창비, 2019) 전문

　세 번째 시집 『사랑을 위한 되풀이』에서 황인찬은 퀴어 주체의 말하기를
부각시키면서 퀴어적 상상력을 본격적으로 드러낸다. 시의 제목인 '우리
의 시대는 다르다'는 시집에서 황인찬도 밝히고 있듯이, 2017년 4월 7일
성소수자차별반대 무지개행동이 주최하고 대학성소수자모임연대 QUV가
주관하는 성소수자 촛불문화제에서 내건 '변화는 시작됐다, 우리의 시대
는 다르다'라는 캐치프레이즈에서 따온 것이다.
　습작 시절 적어둔 메모, "밤의 천사는 밤에 찾아와 / 사람의 뺨을 만지며
축복하는 천사입니다"라는 구절을 우연히 발견하는 데서 이 시는 시작된
다. 메모를 끄적인 때로부터 시일이 많이 흘러 그때의 느낌을 정확히 알
수 없지만 이제 밤의 천사조차 "우리의 두 뺨을 만지고는 놀라 떠나"갈 뿐
더 이상 자신들을 축복해주지 않음을 시의 주체는 깨닫고 만다. 그리고 이
내 떠오르는, "너무 급해서 급하게 찾아간 서울역 근처의 모텔"에서 "손잡
고 있는 나와 그를 보자 있던 방이 사라지"던 기억은 밤의 천사가 모두를

차별 없이 축복해주지 않는 것처럼 사랑하는 연인이라고 모두가 같은 대우를 받는 것은 아님을 일깨워준다. "나도 인간이 되고 싶다던 어린 요괴"의 갈망이 시의 주체에겐 지금까지도 남의 일로 느껴지지 않는다. '인간'이라는 범주에 모든 인간이 차별 없이 속하는 것이 아님을 이미 너무 잘 알고 있기 때문일 것이다.

시의 주체의 고백은 계속 이어진다. 2009년 이 땅에서 벌어진 많은 죽음 앞에서 '이것은 사람의 말'을 외치며 행해졌던 '6·9 작가선언'조차, 아니 '이것은 사람의 말'이라는 슬로건조차 어떤 이에겐 상처의 말이 될 수 있음을 황인찬 시의 주체는 일깨운다. "시청에서 다시 시청까지 / 밤에서 다시 밤까지" 같은 광장과 거리를 걸어도 "사람의 거리를" 하나 되어 걷는 경험과 "사람 아닌 것들과 함께" "사람의 거리를" 걷는 경험은 분명 다른 것이겠다. 사람의 거리에서 소외감을 느껴왔을 시의 주체는 "사람 아닌 자가 사람의 거리를 걷는다는 기쁨만으로 / 즐거움과 쾌감만으로 / 쾌감에 중독되어버린 사람의 비참한 황홀함으로" 이 거리를 걷는다. 그것이 온전한 기쁨일 수 없고 비참함의 감정을 동반하는 데서 의심 없이 '사람'이라고 자신을 생각해 온 이들도 혐오의 시대에 '사람' 바깥에서 살아가는 타자들의 심정을 조금은 느껴볼 수 있지 않을까. 이것은 "그저 형편없는 시"이며 "사람은 안 해도 될 말"임을 황인찬의 시가 자조적으로 자꾸 반복하는 이유도 혐오가 창궐하는 시대에 이런 시는 이해받지 못할 거라는 생각에서일지도 모른다.

마사 누스바움은 『타인에 대한 연민』에서 "대부분의 사회는 인종, 성별, 성적 지향, 장애, 나이, 종교로 사람을 배제한 추한 역사를 갖고 있"고 "과거에 배제되었던 집단의 평등과 존엄에 대한 요구는 안타깝게도 혐오 발언이나 범죄로 곧잘 이어졌다"고 말한다. 혐오가 낙인과 배제를 유발한다면서 마사 누스바움이 특히 심각하다고 본 것이 "아프리카계 미국인의 신체에 대한 혐오와 게이, 레즈비언, 트랜스젠더의 신체에 대한 혐오"임을 상기해 볼 필요도 있겠다. 마사 누스바움은 혐오의 원인을 "변화에 대한 두려움, 전통적인 경계를 지키고자 하는 욕구, 투사적 혐오의 대상이나 이와 몹시 비슷한 취약한 사람들에게서 느끼는 신체적 위축"에서 찾고 있다.

비극 : 형평성의 탄생

그리하여 나의 책에는 비극이 형평성의 탄생이란 의미로 쓰여 있습니다.
유해한 여성이 만들어졌기 때문에 유해한 남성도 만들어진 것 아니겠습니까?

대화를 나눕시다.
나는 나 이외의 사람과 대화를 나눈 적이 없으므로,
대화를 나눕시다.
당신은 한 번도 나와 대화를 나누려 하지 않았으므로,
대화를 나눕시다.
그런데 대화는 어떻게 해야 합니까?

대화1 : 플라스틱이거나 새벽의 벤치이거나 북동부 외곽에서 발견된 덫이거나
대화2 : 거절1
거절2 : 빵!

거절3 : 세련된 방식의 삿대질

이번에도 벼락을 꽉 붙잡고 있을 수 없었습니다.

나는 아직 내 이름조차 제대로 짓지 못했으므로 피뢰침 위에 걸려 있는 헐렁한 살 껍데기를 걷어 온 뒤,

이번에는 기상관측소에서 관측된 "새로운 흉측함"을 따라가 붙잡겠습니다. "새로운 흉측함"을 붙잡고, 흉측함의 흉측함으로써,

조언하겠습니다.

이름이 없는 사람은 말이 없는 사람이어야 한다는 편견이 대화를 거절한다면, 편견의 노예에게, 편견은 편견이 없다는 편견에게,

똑같은 방식으로, 삿대질하라고!

"나에 대해 묻는 나는 왜 괴물입니까?"

그러니까, 왜, 나는 없는 이름입니까?

— 권박, 「마구마구 피뢰침」(『이해할 차례이다』, 민음사, 2019) 부분

그럼에도 불구하고 인류의 역사는 나아갈 것이라는 희망을 마사 누스바움은 버리지 않는다. 두려움이 우리를 위축되게 한다면 희망은 날개가 있고 새처럼 높이 솟아올라 우리를 나아가게 할 거라고 본 것이다. 권박의 시도 혐오와 배제의 역사를 뚫고 자신을 긍정하는 것으로부터 다시 쓰기

를 시작한다. 2019년에 김수영문학상을 수상한 권박의 시는 이름을 얻지 못해 제대로 된 말도 할 수 없었던 여성의 역사에 대해 이야기한다. 타인과 대화를 나누기 위해서는 소통 가능한 공통의 언어가 있어야 하고 다름을 받아들이는 이해의 태도가 전제되어야 할 것이다. 형평성이 주어진 적이 없었기 때문에 나와 당신의 대화는 불가능했던 것이겠다. 제대로 된 대화를 한 번도 나눈 적이 없었고 "아직 내 이름조차 제대로 짓지 못했으므로" "이름이 없는 사람은 말이 없는 사람이어야 한다는 편견"에 사로잡혀 있는 이들을 향해 권박 시의 주체는 "똑같은 방식으로, 삿대질"을 하겠다고 선언한다. "나에 대해 묻는 나는 왜 괴물입니까?"라는 물음을 통해 나에 대한 물음을 금지해 온 세계야말로 금기를 어긴 이들을 괴물로 내몰았던 것임을 폭로한다. "없는 이름"으로 살 수밖에 없었던 지금까지의 자신을 버리고 새 이름을 얻은 권박 시의 주체는 "마구마구 피뢰침"을 날리며 "새로운 흉측함"을 계속해서 낳겠다고 선언한다.

로지 브라이도티는 『포스트휴먼』에서 포스트휴먼 시대에 "포스트휴먼적 준거틀을 향해 발전하고자 인식 주체가 자신이 익숙했던 자아에 대한 지배적인 규범적 전망에서 자신을 떼어냄으로써 깨어나는 과정"을 '낯설게하기'로 명명한다. 복수의 타자들과 연결된 관계적 주체는 휴머니즘과 인간중심주의의 경계선들을 폭파시킨다는 것이 로지 브라이도티의 관점인데, 권박의 시가 새로운 주체로 탄생하는 과정은 이러한 낯설게하기 전략을 연상시킨다. 오늘의 우리 시에서 가장 첨예한 자리를 견디고 있는 퀴어와 페미니즘 시야말로 새로운 시대의 윤리를 표방하는 시라고 볼 수 있다. 포스트휴먼 시대에 시 교육에서 무엇을 가르쳐야 하는지 교육의 방향과 교육 내용의 구성에 이 시들이 유효한 시사점을 던져주고 있다.

4. 자기 안의 결핍과 마주하는 공감의 윤리로서의
시 교육의 가능성

2016년 알파고 쇼크 이후 예술과 같은 창의적인 영역 또한 인공지능이 대체할지도 모른다는 불안감이 퍼지기 시작했고 이제 그것은 미래 사회를 그린 영화에서나 그려지는 비현실적 이야기는 아니다. 인공지능이 그렸다는 그림과 작곡했다는 음악을 접하는 일이 그다지 놀랍지 않은 일이 되었고, 문학의 영역까지 인공지능이 진출한 지도 오래되었다. 일본에서 인공지능이 쓴 소설 「컴퓨터가 소설을 쓰는 날」이 호시 신이치 문학상 초단편소설 부문 1차 심사를 통과했다는 사실이 알려질 무렵까지만 해도 시는 괜찮을 거라는 낙관론이 지배하기도 했지만, 최근에는 미국의 인공지능 연구소인 오픈에이아이OpenAI가 개발한 언어처리 인공지능 'GPTGenerative Pre-trained Transformer-3'의 능력이 알려지면서 GPT-3가 쓴 시가 화제가 되기도 했다.

GPT-3라는 인공지능이 테슬라의 일론 머스크 대표에 대해 비판하는 내용의 시를 생성한 것이 화제가 되었는데 특정 작가의 문체를 모방한 점이 특히 주목받았다. 제로케이터의 아람 사베티Arram Sabeti는 GPT-3 알고리즘을 사용하여 「일론 머스크-닥터 수스 지음」Elon Musk by Dr.Seuss이라는 시를 썼다고 밝혔다. 일론 머스크에 대한 정보를 담은 짧은 문단을 데이터로 GPT-3에 입력하니 퓰리처상을 수상한 미국의 유명한 동화작가 닥터 수스Dr. Seuss의 스타일로 시를 써냈다는 것이다. GPT-3가 쓴 것으로 알려진 시는 GPT-3와 일론 머스크가 대화하는 형식으로 진행된다. GPT-3가 "머스크, / 당신의 트윗은 병충해다. / (…중략…) 당신은 트윗

활동을 중단해야 한다"고 말하자, 머스크가 "왜? 내가 작성한 트윗은 별 의미가 없는데"라고 반응하고, 다시 GPT-3가 "당신의 트윗은 시장을 움직일 수 있다 / (…중략…) / 당신이 천재 억만장자라고 해서 그걸 남용할 권리는 없다!"라고 응수하는 식이다.[2]

인터넷상의 방대한 데이터를 활용하는 GPT-3의 놀라운 능력이 화제가 되고 있기는 하지만, 현재까지의 인공지능 기술은 이미 존재하는 작가나 시인, 화가, 음악가의 스타일로 작품을 창작하는 것일 뿐 전혀 새로운 자신의 스타일을 만들어내고 있는 것은 아니다. 그러나 팬데믹 시대가 앞당기는 인공지능의 미래에 그러한 창의적인 능력이 생기지 말란 법은 없다. 인공지능이 쓴 시와 '인간-시인'이 쓴 시를 가려내는 것이 어려워지는 시기가 올 거라는 전망이 오히려 더 현실감이 있어 보인다. 여기서 영화 〈2019 블레이드 러너〉를 보며 줄곧 인간보다 더 인간적인 복제인간들 앞에서 당혹스러웠던 기억을 떠올릴 수 있을 것이다. 데커드를 구하고 맞이한 로이의 죽음은 숭고하기까지 했다. 공상과학영화에서 우리가 상상했던 미래는 머잖아 실현될 가능성이 높아 보인다.

그렇다면 우리는 무엇을 해야 할 것인가? 창의성만이 '인간-시인'의 시를 지켜낼 수 있는 보루라는 생각으로 더 새로운 시를 추구하는 것도 가능하겠지만, 아마도 그런 방식으로는 인공지능 시인과의 마주침에서 살아남을 가능성이 그리 높아 보이지 않는다. 구본권과 백욱인은 인간의 결핍에서 오히려 가능성을 찾고 있기도 한데,[3] 이러한 발상의 전환은 의미 있

---

2 https://www.businessinsider.com/elon-musk-poem-tweets-gpt-3-openai-2020-8
3 구본권, 『로봇 시대, 인간의 일』, 어크로스, 2015; 백욱인, 「인공지능과 문화」, 『詩』 8, 사단법인 문학실험실, 2019.3, 63쪽.

62   제1부_인공지능, 포스트휴먼, 그리고 시

어 보인다. 인류의 역사와 문명은 결핍과 고통에서 느낀 감정을 동력으로 발달해 온 고유의 생존 시스템이며 이처럼 결핍과 고통에서 벗어나는 과정에서 인류가 체득한 생존 방법이 유연성과 창의성이라는 것이다. 포스트휴먼 시대에 인간을 넘어 우리가 추구해야 하는 가치는 무엇이며 그런 가치를 실현하기 위해 시가 할 수 있는 몫이 있다면 무엇일까.

사실 우리가 더 두려워해야 하는 것은 인공지능의 기술력이 아니라 인간의 폭주와 무절제이다. 최근 몇 년간 젠더 감수성의 급격한 진보에도 불구하고 한국 사회가 어떻게 혐오 사회가 되어 왔는지 돌아보면 타자에 대한 이해와 공감, 소통을 어렵게 만드는 혐오를 벗어나도록 하는 데 시 교육이 역할을 해야 한다는 생각이 강하게 든다. 일찍이 감정지능교육의 중요성을 강조한 바 있는 유발 하라리는 최근 코로나-19가 앞당긴 팬데믹 시대를 진단하고 전망한 글에서도 글로벌 연대만이 앞으로의 세계에서 인류가 살아남을 수 있는 길임을 역설하였다.[4] 슬라보예 지젝 또한 『팬데믹 패닉』2020에서 "새로운 벽을 쌓고 격리를 강화하는 고립만으로는 일을 제대로 처리할 수 없"고 "조건 없는 전면적 연대와 전 지구적으로 조율된 대응이 필요"함을 강조한다.

혐오 또한 타인에 대한 몰이해와 두려움, 시기심에서 오는 경우가 적지 않음을 기억한다면 사적인 경험과 고백에 가장 밀착되어 있는 시에 대한 감상 교육을 통해 타인에 대한 공감을 불러일으키는 효과를 얻어낼 수도 있을 것이다. 자기 안의 결핍을 들여다보고 이해하는 일로부터 시 쓰기가 시작되는 경우가 적지 않음을 기억할 필요도 있겠다. 시 읽기 역시 시에

---

4   Yuval Noah Harari, "the world after coronavirus", *Financial Times*, 2020.3.20.
     https://amp.ft.com/content/19d90308-6858-11ea-a3c9-1fe6fedcca75

드러난 시적 주체의 결핍을 통해 독자가 자기 안의 결핍을 마주하는 과정이기도 하다. 마사 누스바움은 휘트먼을 인용하며 "신비하고 무한한 복잡성을 '타인'들과 서로 나누고, 동시에 개인으로서 말하고 행동하고 존재하게 한다"는 점에서 시인의 필요성과 시의 가능성을 역설했다. 이 글에서는 최근 독자들에게 많이 읽히고 사랑받은 이원하의 시를 통해 그 가능성을 살펴보고자 한다.

> 유월의 제주
> 종다리에 핀 수국이 살이 찌면
> 그리고 밤이 오면 수국 한 알을 따서
> 착즙기에 넣고 즙을 짜서 마실 거예요
> 수국의 즙 같은 말투를 가지고 싶거든요
> 그러기 위해서 매일 수국을 감시합니다
>
> 나에게 바짝 다가오세요
>
> 혼자 살면서 나를 빼곡히 알게 되었어요
> 화가의 기질을 가지고 있더라고요
> 매일 큰 그림을 그리거든요
> 그래서 애인이 없나봐요
>
> 나의 정체는 끝이 없어요

제주에 온 많은 여행자들을 볼 때면

내 뒤에 놓인 물그릇이 자꾸 쏟아져요

이게 다 등껍질이 얇고 연약해서 그래요

그들이 상처받지 않았으면 좋겠어요

앞으로 사랑 같은 거 하지 말라고

말해주고 싶어요

제주에 부는 바람 때문에 깃털이 다 뽑혔어요,

발전에 끝이 없죠

매일 김포로 도망가는 상상을 해요

김포를 훔치는 상상을 해요

그렇다고 도망가진 않을 거예요

그렇다고 훔치진 않을 거예요

나는 제주에 사는 웃기고 이상한 사람입니다

남을 웃기기도 하고 혼자서 웃기도 많이 웃죠

제주에는 웃을 일이 참 많아요

현상 수배범이라면 살기 힘든 곳이죠

웃음소리 때문에 바로 눈에 뜨일 테니깐요

— 이원하, 「제주에서 혼자 살고 술은 약해요」

(『제주에서 혼자 살고 술은 약해요』, 문학동네, 2020) 전문

비교적 최근에 출간되어 화제가 된 이원하의 시에는 시인을 강하게 연상시키는 시의 주체가 등장한다. 제주도에 혼자 살고 있는 시인의 경험과 감정이 한 권의 시집 전체를 통어하고 있다. 한 권의 시집을 다 읽고 나면 어떤 연애의 실패가 시의 주체를 혼자 제주도에 머물게 했음을 어렵지 않게 짐작할 수 있다. 실연의 경험을 가지고 있을 많은 독자들은 시적 주체의 결핍에 일차적으로 공감하며 자신의 결핍을 들여다본다. 오래전 실연의 상처를 되짚어보는 독자도 있을 테고, 잊고 있던 그리움의 감정을 꺼내보는 독자도 있을 터이다.

이원하 시의 주체가 자기 자신에 집중하고 자기 감정을 낱낱이 섬세하게 들여다보는 까닭은 이 실연의 상태와 그로 인해 갖게 된 외로움이라는 환경과 무관하지 않다. 타인과의 관계에서 빚어진 상처는, 얼마간 상처가 아물고 그 상처를 마주할 수 있을 정도의 시간이 지나고 나면 자기 자신과 자신의 주변에 집중하게 하는 방향으로 작용하는 경우가 적지 않다. 이원하의 시에서 시의 주체가 "매일 수국을 감시"하며 "수국의 즙 같은 말투"를 갖고 싶다고 말할 정도로 수국을 오래 들여다보는 일과 "혼자 살면서 나를 빼곡히 알게 되었"다고 고백하는 일은 사실상 다르지 않다. 이원하 시의 주체는 제주도에서 혼자 살며 자신을 정직하게 마주하고 자기의 상처를 들여다본다. 그리고 같은 태도로 자신을 둘러싼 자연을 바라보고 마주하며 자연과 관계 맺는다. 그것은 일종의 자기 치유의 과정이기도 하다.

이런 자기 치유의 과정을 거치고 난 시의 주체에게는 비로소 타인이 보이기 시작한다. 제주도에 여행 온 사람들이 더 이상 남 같지 않게 느껴진다. "제주도에 온 많은 여행자들을 볼 때면 / 내 뒤에 놓인 물그릇이 자꾸 쏟아"지는 까닭은 여기에 있다. 물그릇이 쏟아진다고 말했지만 사실 시의 주체의 마음이 기우뚱 쏟아지려고 하는 것이다. "그들이 상처받지 않았으면 좋겠"다는 마음이 자꾸 자기와 닮은 여행자들을 돌아보게 하고 마음 쓰이게 한다. "앞으로 사랑 같은 거 하지 말라고 / 말해주고 싶어요"는 어쩌면 자신을 향한 말이기도 할 것이다. 멈춤을 이야기하지만 시의 주체의 마음은 쏟아질 듯 여전히 자신을, 그리고 자신과 닮은 낯선 타인을 향하고 있다.

"매일 김포로 도망가는 상상을" 하는 주체의 모습과 "김포를 훔치는 상상"을 하는 모습에서 돌아가고 싶어하는 주체의 마음을 읽을 수 있지만 어디까지나 상상에 그칠 뿐 그렇다고 도망가거나 훔치지는 않을 거라고 말한다. 넘칠 듯 넘치지 않는 절제의 감정을 여기서 읽을 수 있다. 그리고 시의 주체의 그리움과 갈망과 결핍과 슬픔과 자제의 마음은 웃음으로 승화된다. 스스로 "웃기고 이상한 사람"이라 규정하며 슬픔과 아픔이 넘쳐서 상하지 않게 다스린다.

이 시에 펼쳐지는 이런 마음의 나부낌이 독자들의 공감을 불러오고 독자들의 저마다의 결핍과 상처를 치유하는 효과를 발휘한다. 시를 읽으며 위로받는 느낌이 무엇인지, 그것이 값싼 위안에 그치지 않고 자기 이해와 타인에 대한 이해에 어떻게 이를 수 있는지 이원하의 시는 어렵지 않은 방식으로 알려준다. 사랑의 감정만큼 여러 가지 결을 지닌 감정도 없을 것이다. 그런 점에서 이원하의 시는 시를 감상함으로써 자기 자신의 감정을 좀 더 잘 이해하고 타인에 대한 이해의 폭을 넓히는 공감의 힘을 발휘하고 있다.

포스트휴먼 시대에 출현하게 될 새로운 인간이 어떤 모습일지 정확히 알기는 어렵겠지만 그 어느 때보다도 공감 능력이 중요해질 거라는 전망은 종종 나오고 있다. 낯선 타자에 대한 두려움으로 혐오를 발산하는 오늘의 세계를 바라보고 있자면 더욱 그런 생각이 든다. 타자의 감정뿐 아니라 자신의 감정을 들여다보는 일에도 어려움을 느끼는 경우가 점점 더 많아지고 있다. 더구나 코로나 이전으로 다시는 돌아가지 못할 거라는 비관적 전망이 쏟아지면서 비접촉의 일상이 익숙해지고 나면 타자에 대한 이해와 공감 부족이라는 현상은 더욱 가속화될 것이다. 시 감상 교육은 그런 점에서 공감의 윤리를 바탕으로 한 감정 교육의 중요한 모델로 기능할 수 있을 거라 전망해 본다.

5. 포스트휴먼 시대 시 교육의 가능성

이 글은 포스트휴먼 시대에 요구되는 시 교육의 역할과 방향에 대해 제안하고, 이를 실현하기 위한 구체적인 시 교육의 내용이 어떻게 구성되어야 하는지 고민해 본 시론적試論的 성격의 글이다. 포스트휴먼 시대를 맞이해 대두되고 있는 '감정지능교육'의 필요성에 공감하면서, 인공지능에 대한 지나친 비관주의와 근거 없는 낙관주의를 넘어서 다가올 포스트휴먼 시대에 시 교육이 어떤 역할을 수행할 수 있으며 어떤 방향으로 시 교육의 내용이 구성되어야 하는지 논의해 보았다.

먼저 인간/비인간에 대해 새로운 질문을 던지는 김현과 신해욱의 시를 통해 포스트휴먼 시대 시가 포착하고 있는 문제의식을 살펴보고자 했다. 김현의 시는 우리도 모르게 양산해 왔던 '인간'이라는 편견으로 가득한 개념에 대해 다시 성찰해 보게 하고, 신해욱의 시는 인간과 기계의 경계를 다시 생각해 보게 하며 무한복제라는 영생의 궤도에서 이탈하고자 하는 의지야말로 인간으로서 우리가 할 수 있는 선택지가 아닌지 질문을 던진다. 그리고 2010년대 중반 이후 전격적으로 등장한 퀴어 상상력과 페미니즘 문제의식을 드러내는 황인찬과 권박의 시를 살펴봄으로써 새로운 시대의 윤리를 드러내는 시 감상 교육의 필요성을 역설했다. 마지막으로 타자에 대한 혐오가 만연한 시대에 자기 안의 결핍과 마주하는 공감의 윤리와 감정 교육으로서의 시 감상 교육의 가능성을 이원하의 시를 통해 살펴보고자 했다.

이 글은 인공지능이 본격화되는 포스트휴먼 시대에 도래할 위기의 상당 부분이 사실상 우리가 구축한 사회가 만들어낸 것이라는 관점을 기본적으로 취하고 있다. 따라서 타자에 대한 혐오가 만연한 시대에 공감의 윤리로서 시 교육의 필요성과 그 구체적인 역할과 방향에 대해 논함으로써 포스트휴먼 시대에 대비한 인문학으로서의 역할을 시 교육이 적극적으로 수행해야 함을 주장하고 그 구체적인 시 교육 내용에 대해 제안하고자 했다.

제2부
포스트휴먼 시대 시의 변화

[비주체] 세숫비누 일곱 개의 인간

공현진

일반적으로 인간의 몸을 이루고 있는 지방으로는 세숫비누 일곱 개를 만들 수 있다. 철분^{Fe}으로는 중간 크기의 쇠못 하나를 만들 수 있고, 당분으로는 커피 한 잔을 달게 할 수 있다. 인간의 몸에는 2,200개의 성냥개비를 만들 수 있는 인^{P}이 함유되어 있고 마그네슘^{Mg}으로는 사진 한 장을 찍는 데 필요한 빛을 얻을 수 있다. 또한 약간의 칼륨^{K}과 황^{S}도 있지만 활용할 수 있는 정도의 양은 아니다. 이러한 다양한 원재료를 지금의 가치로 환산하면 25프랑 정도가 된다.

—조르주 바타유, 「옴므(Homme)」, 『도큐망』, 1929

1. 필수 미네랄로서의 인간

박물관의 한 벽면에서 다음과 같은 말을 보았다. "필수 미네랄로서의 인간Humans as Vital Minerals." '인간, 물질 그리고 변형'이라는 주제로 국립중앙박물관에서 진행되었던 전시회에서였다.[1] 아래에는 "인간도 물질일까?"라는 질문과 함께 이렇게 적혀 있었다. "인간의 신체를 귀한 활성 물질의 조합으로 보는 관점은 선사시대부터 존재하였다. 어떤 문화에서는 샤먼으로 인정받기 위하여 견습생에게 크리스털을 먹이는 경우도 있었다. 신체의 구성 요소 중 96%가 산소, 탄소, 수소, 질소임을 볼 때 인간을 화학 성분과 활성 물질의 조합으로 보는 해석은 사실과도 크게 다르지 않다. 인간이 돌에서 탄생하였다는 신화를 가진 문화도 있다."[2] 인간의 신체를 물질로 접근하여 바라보는 것은 역사 문화적으로든 생물학적으로든 근거가 없는 견해가 아니며 사실에 기반한 것임을 '벽'은 설명하고 있었다.

인간을 물질로 보는 관점이 지금에 와서 갑자기 출현한 것은 아니다. 기술의 발전과 함께 '인간'과 '기계'의 공존에 대하여 묻고, 인간과 무기물의 구분에 의문을 제기하는 목소리들이 최근 곳곳에서 들려오고 있다. 이

---

1 현재 '기술과 인간의 대화가 이루어지는 인공지능 시대'라는 이면에 한편에서는 여전히 '갈등과 불평등, 환경과 자원 문제가 존재'하고 있음을 상기하며, 이러한 때에 인간의 역할은 무엇인지, 인간과 사물 사이의 관계를 어떻게 살펴야 할 것인지 묻고자 한다는 기획 의도로 열린 전시이다. 이 전시가 흥미로웠던 것은 물질은 살아 움직이는 것이라고 보고, 사물의 가치를 강조하고 있었기 때문이다. 결국은 우리가 도래할 미래에 더 나은 '활용'을 하기 위하여 사물과의 공존을 모색하는 것이기도 했다는 점에서 아쉬운 점이 없지는 않았으나 그럼에도 이 전시는 다음과 같은 효과를 발생시켰다. 인류의 역사에서 발견과 착취를 동반해 온 인간과 사물 사이의 관계를 짚어보게 했고, 그동안 수직적으로 위치했던 '인간과 사물'의 관계가 사뭇 기이하게 다가오도록 만들었다.
2 플로렌시아 콜롬보·빌레 코코넨, 「물질은 살아 움직인다」, 『인간, 물질 그리고 변형―핀란드 디자인 10 000년』, 국립중앙박물관, 2019, 56쪽.

러한 견해들은 곧 '충격적'이고 '도발적'이라는 수식을 포함한 채 우리에게 소개되곤 하는데 사실 인간을 물질로 해석하는 시도 자체가 그리 새로운 것은 아니다. 하지만 이러한 말은 우리에게 늘 '충격'적인 것으로, 또는 '위험'한 것으로 들린다. 인간 역시 물질이라는 말, 인간이 살아 있듯 사물 역시 생동하는 힘을 가지고 있다는 말, 인간과 사물은 동일한 것일 수도 있다는 말, 나아가 인공지능 시대에는 무기물이 '인간'의 정의에 포함될 것이라는 말 같은 것들은 우리에게 좀처럼 익숙해지는 것이 아니라 언제나 기묘한 모습으로 온다.

이 모든 말들에 모두 동의하는 것은 아니며 어떠한 견해는 내게도 매우 급진적이고 도발적인 것으로 다가와 주춤하게 만든다. 그러나 여기에서 이 도발적인 주장들에 대한 동의 여부를 떠나 이 모든 말들에 전제되어 있는 다음과 같은 질문을 취하고자 한다. 그것은 바로 '그래서 왜 인간인가, 왜 인간이어야 하는가'라는 근본적인 질문이다.

'그래서 왜 인간인가'라는 질문 앞에 서기까지 우리에겐 많은 질문들이 있어 왔다. 인간이란 무엇인가라는 물음에서 '무엇'은 구성에 대한 것으로도, 존재에 대한 것으로도 뻗어 나갔다. 인간을 구성하는 것은 무엇인가. 이에 대해 우리는 물질적인 대답을 내어놓을 수도 있었고, 역사적이고 사회 문화적인 차원에서의 대답을 내어놓을 수도 있었다. 이 질문은 이렇게 달리 물을 수도 있었다. 무엇이 인간일 수 있는가. 무엇은 인간일 수 없는가. 우리 사회에서 오랫동안 어떤 존재는 '인간'일 수 없었다는 것을 우리는 알고 있다. 현재 이 질문들은 아직까지도 진행 중이고 분투하고 있기에 이 질문들을 계속해서 묻고, 또 묻는 것이 중요하다는 것도 알고 있다. 어떤 범주의 '인간' 존재들은 인간이란 무엇인가란 근원적인 질문에 당도

하는 것조차 쉽지 않(았)다는 것을 우리는 모르지 않는다. '인간' 범주에 대한 의문은 곧 젠더 규범에 대한 질문으로 이어질 수밖에 없었다. 이처럼 세심히 다루어져야 할 많은 질문들이 있지만 많은 전제와 맥락을 안고(혹은 건너서), 인간이란 무엇인가란 질문으로 바로 가고자 한다.

'인간'을 규정해왔던 근대의 역사는 배제와 구분에 능했다. 인간과 비인간을 구분했고, 인간에 무엇을 넣을 것인가, 비인간에 무엇을 넣을 것인가 뺄 것인가 따위를 저울질해왔다. 그것을 차별이라고 여기지 않았고, 이성이라 불렀다. 인간 중심적인 시각에서 오직 인간만이 생기와 힘을 가졌으며 이 세계의 주체가 될 수 있다고 오랫동안 믿어 왔다. 인간은 생명을 지녔고, 사물은 생명을 지니지 않은 것으로 구분하는 것은 이성적으로 당연해 보였다. 다음은 생명을 지닌 인간을 주체로 지칭하는 작업이 당연하게 받아들여졌고, 그 다음으로는 '인간 주체' 안에 무엇을 넣을 것인가의 분류 작업으로 넘어갔다. 『포스트휴먼』의 저자 로지 브라이도티는 "우리는 늘 인간이었다거나 단지 인간일 뿐이라고 누구나 확실하게 말할 수 있는 것은 아니"8쪽라고 말한다. 로지 브라이도티의 지적은 '인간 주체' 항에서 삭제된 '무엇'이 있었다는 사실을 짚어낸다. "과거뿐 아니라 지금도 어떤 이들은 충분히 인간으로 인정받지 못하고 있다"8쪽는 말 역시 그러하다. 이러한 말들은 우리에게 '인간'의 규범과 위상을 다시 생각하게 만든다. 이제 되물을 필요가 있다. 왜 의심하지 않았는가. '인간'이라는 개념을 생경하게 여기지 않았나. 인간만이 주체가 될 수 있다고 생각하는 동안 비주체의 자리로 밀려나 힘을 잃었던 존재들은 어디에 가 있었을까. 이제 우리는 이 모든 구분에 의문을 제기해야 할 때이다.

인간이란 범주 안에서 주체로 당연하게 여겨져 왔던 것들에 의문을 갖고, 의아하게 여기고, 그 당연했던 규범들을 생경한 것으로 만들어내는 목소리들을 최근의 시인들에게서 발견하게 된다. 그 목소리에 주목한다는 것은 그동안 견고하게 다져져 왔던 인간 중심의 역사를 의심하고, 반문하고, 저항한다는 의미를 갖는다. 그 의심의 목소리들을 따라가 보고자 한다.

앞서 '벽'이 설명하던 "인간도 물질일까?"라는 질문으로 돌아가 보자. 이러한 관점이 선사시대 때부터 존재해왔음에도 불구하고 이 문장이 여전히 질문의 형태를 띠는 것은, 그리고 이 물음이 때때로 위험하고 도발적인 것으로 우리에게 다가오는 까닭은 우리가 물질과 인간을 구분하는 것을 당연하게 여기고 있기 때문이다. 그러나 실은 인간과 물질을 같은 것으로 보는 것이 위험한 것이 아니라 정말로 위험한 일들은 인간과 물질 사이의 관계를 수직적으로 설정하는 데서 발생한다. 우리는 인간과 물질 사이를 구분하고 수직적 관계로 두면서 인간에게는 권력을 부여했고, 물질에게선 힘을 제거했다. 물질은 생명이 없는 것으로, 수동적인 존재로 규정했다. 이 구분은 인간 주체에서 밀려난 것들을 모두 수동적이고 활력이 없는 것으로 규정할 수 있게 하는 것에 힘을 실어주었다.

제인 베넷은 저서『생동하는 물질』에서 "세계가 마치 수동적인 대상들과 그것들을 규정하는 메커니즘을 바라보고 제어하는 능동적인 인간 주체로만 구성된 것으로 여"20쪽기는 인간 중심적 시각의 위험성에 대해 날카롭게 비판한다. 제인 베넷은 물질과 생명을 가르는 근대적 가치관을 비판하며 이 경계를 뒤흔들려는 기획을 시도하는데 그 일환으로 "세계를 활력 없는 물질(그것, 사물)과 생동하는 생명(우리, 존재자)으로 나누어 분석하는"7쪽 근대적 습관에 저항한다. 그러면서 근대인의 이성을 통해 '비주체'로 일컬어져 왔던 것들에 주목하고, 비주체가 갖는 능동적인 힘을 강조한다. 이러한 제인 베넷의 주장과 작업에 주목할 필요가 있다. 인간 주체라는 규범에 환멸을 느낀 우리라면, 주체로부터 밀려나 수동적인 것으로 있어야 했던 '무엇'이라면, 아예 '인간 주체'라는 정의 자체를 부수고자 하는 어떤 존재라면.

그리고 어떤 시들은 이미 그런 작업을 시를 통해 우리에게 보여주고 있다. 마치 이렇게 말하는 듯하다. 인간 주체는 필요 없다. 거기에 포함되기 위해 기웃거리지 않겠다. 아예 비주체에 힘과 권력을 부여하는 방식을 택하자, 라고. 제인 베넷의 문제의식을 빌려 그러한 시의 '비주체'를 분석하고, '비주체로부터 비롯되는 능동적인 권력들'을 말하려 한다. 즉 시의 '주체'가 아니라 '비주체'가 움직이는 것을 응시하고, 힘을 갖는 방식에 주목해 볼 것이다. 이때 '주체'와 '비주체'를 이원적으로 구분하지는 않으려 한다. 시에서 주체와 비주체는 겹쳐질 수도 있고 흩어질 수도 있다. 이 글에서 '비주체'는 주체의 상대적 개념이나 객체, 대상을 지칭하는 표현이 아니라 '생동하는 물질', '생기로운 물질'을 가리키는 의미로 사용하고자 한다. 이 글은 조심스럽게 인간과 비인간의 구분을 회피하여 돌아가려 한다. '생명/물질'의 이원론을 거부하는 제인 베넷의 주장을 수용하면서 모두 수평적 관계의 물질성으로 놓고 파악하고자 한다. 시에서 작동하는 물질의 힘, 혹은 힘을 촉발하는 행위나 계기^{행위소}들을 주목하고 강조하면서 그것들이 '지금'의 시에서 새로운 가능성을 갖는 '비주체'가 되기를 희망하며 글을 쓰겠다.

인간은, "우리는 걷고 말하는 무기질"[3]일 뿐이다.

---

3   제인 베넷, 문성재 역, 『생동하는 물질』, 현실문화, 2020, 56쪽.

2. 사물들의 힘 – 물질도 인간일까?

자라나는 사물

물질을 수동적이고 활력 없는 것으로 여기는 생각은 철저히 인간 중심적인 사고에서 기인한 것이다. 제인 베넷은 "인간과 다른 물질성들 사이의 관계를 보다 수평적으로 경험하는 것은, 보다 생태학적인 감수성을 향해 나아가는 것"53쪽이라고 주장한다. 비유기적 사물들이 갖는 '권력'과 인간이 갖는 권력을 수평적인 관계로, 같은 힘으로 인식하는 제인 베넷의 시각은 눈여겨볼 만하다. 제인 베넷의 이 같은 주장은 사물을 수동적인 것으로 대해 왔던, 그리하여 인간이 아닌 자연과 생물과 사물, 모든 것들을 모두 '상품'으로 대해 왔던 인간에 대한 비판적인 물음과 반성을 동시에 유도한다는 점에서 중요한 지적이다.

사물 역시 살아있는 것이라고 말할 때 인간의 역사는 사물을 착취해온 것이 된다. 인간과 사물 사이의 관계를 수직적인 것으로 여겨왔던 당연함이 왜 당연한 것인지 질문하게 된다. 그러한 의문에서 출발하여 사물을 대하고 사물과 관계 맺는 태도를 임승유의 시에서 살펴볼 수 있다.

오래되었다.

노출되었고 옮기려면 나 혼자는 안 되지만 여럿이 달라붙으면 한꺼번에 치울 수 있는

그것은

내가 뭔가를 하고 있을 때 있었다. 가만히 두면 감자에 싹이 나는 물건이
아니라서 뭘 하는지 몰랐지만 한 번도 없었던 적이 없던

그것은

더는 사용할 수 없는 크기로 있었다. 이제 나는 그것이 옆에 있으면 뭐든지
할 수 있다는 느낌이 드는데

옆에 두는 방법이 생각나지 않았다.

─임승유, 「물건」(『그 밖의 어떤 것』, 현대문학, 2018) 전문

임승유의 시에서 인간과 사물의 관계는 수직적이지 않고, 사물은 활기
와 권력을 지닌 능동적인 존재로 나타난다. 시 「물건」에서 '그것은'이라는
주어는 한 연에 배치가 되어 단독적으로 발화된다. 한 연으로, 독자적으로
거듭 배치가 될 만큼 '그것은' 이 시에서 중요한 위치를 점하고 있다. 제목
「물건」이 가리키듯 '그것'은 사물이다. 어떠한 사물인지는 구체적으로 나
타나지 않는다. 주목할 것은 '그것' 사물이 이 시에서 그저 수동적인 성질
로만 머무르지 않는다는 것이다. "가만히 두면 감자에 싹이 나는 물건이
아니라서 뭘 하는지 몰랐지만" 이 시의 화자가 눈치채지 못하는 사이 '그
것'은 어느새 "더는 사용할 수 없는 크기"가 되어 있다. 이때 이상한 지점
이 발생한다. 우선 심상치 않은 첫 번째는 "뭘 하는지 몰랐지만"이라고 화
자가 곱씹을 때 '하다'라는 행위의 주체가 자신이 아닌 '그것'을 가리키고
있다는 점이다. '하다'라는 동사의 주어가 '그것'이 되면서 '그것'은 인간

에게 사용되어야만 하는 무력한 물질이 아니라 스스로 무언가를 '하는' 것이 가능한 힘을 지닌 '생동하는 물질'이 된다. 여기에서 다음의 정황이 이해가 된다. 인간 중심적인 세계에서 물건은 당연히 인간이 사용하기 위한 용도로 만들어지는 것이다. 사용가치가 없는 물건은 쓸모가 없으므로 버려야 할 대상이 된다. 그런데 화자는 '그것'이 더는 사용할 수 없는 크기로 있자 "이제"야 '그것'이 내 옆에 있으면 무엇이든 할 수 있을 것 같은 기분을 느낀다. '그것'은 내게 무언가를 할 수 있도록 하는 힘을 지닌 존재로 변형이 된다. '그것'은 인간의 사용가치로서 존재하는 것이 아니라 그 자체로 '있는' 것이 된다.

이쯤에서 화자는 자신에게 능동적인 힘을 전달해줄 '그것'이 내 옆에 있길 바라지만 옆에 두는 방법이 생각나지 않는다고 말한다. 이때 슬쩍 '나'와 '그것'의 관계와 위치가 뒤바뀌며 재설정된다. '그것'은 '내'가 원한다고 해서 옆에 그대로 있어 주는 대상이 아니라 옆에 두는 방법을 도저히 떠올리지 않으면, '내' 옆에 있어 주지 않는 것이 된다. 인간이 둔 자리에 고정되어, 인간에게 사용될 때만 가치를 획득하는 대상이 아니게 된 것이다. "옆에 두는 방법이 생각나지 않"는다는 화자의 말은 '그것' 물건이 '소유'의 개념을 넘어섰다는 것을 의미한다. "'소유'는 인간이 사물과 맺는 매우 전형적으로 인간적인 방식"[4]의 관계인데 이 시에서의 물건은 그러한 근대적 소유의 계약과 합의를 깨버리고 있는 것이다. 물질적 사물에 대한 소유가 사물화된 인간(예를 들어 노예나 여성)에 대한 소유뿐만 아니라 노동과 노동력의 상품화 등과 같은 맥락에 놓여 있음을 상기한다면 임승유의

---

[4] 이재혁, 「인간-사물 범주와 근대 소유권 문제」, 『한국사회학』 53-2, 한국사회학회, 2019, 100쪽.

시에서 '물건'이 인간의 소유를 벗어나는 자리에 위치한다는 것은 의미심장하다. 근대적 소유권의 개념이 닦여왔던 역사의 궤적을 아예 이탈해버리고 있기에 말이다.

이제 시를 다 읽고 나면 이 시에서 '그것'이라는 물건이 대체 무엇인지 구체적으로 명시되지 않고, 추상적인 대명사 '그것'으로만 나타난 까닭에 대해 이러한 독해가 가능하다. 물건에 이름을 붙이는 방식은 인간의 사용 용도에 따른 명칭일 터인데 이 시에서의 '물건'은 인간의 사용가치와는 무관한 존재가 된다. 더 이상 인간이 붙인 용도의 이름으로서 기능하는 대상이 아닌 그 물건을 화자는 '그것'이라는 추상적인 명칭으로 부를 수밖에 없을 것이다.

임승유의 시에는 인간이 아닌 비신체들이 스스로의 힘을 지닌 채 등장한다. 인간이 이름 붙이지 않더라도, 인간과는 무관하게 그들은 알아서 자라고 움직인다. 특히 식물들의 자라남과 성장이 두드러진다. 임승유의 시 곳곳에서 식물들이 자라나고 있는데 이때 이러한 식물의 성장은 식물 자체의 힘에서 기인하는 것이지 인간으로 인한 것이 아니다. 인간이 의미를 부여해야 식물이 되는 것이 아니다. 인간의 '시선'과도 무관하다.

휴일이 오면 가자고 했다.

휴일은 오고 있었다. 휴일이 오는 동안 너는 오고 있지 않았다. 네가 오고 있지 않다는 것을 어떻게 아는지 모르는 채로 오고 있는 휴일과 오고 있지 않은 너 사이로

풀이 자랐다. 풀이 자라는 걸 알려면 풀을 안 보면 된다. 다음 날엔 바람이 불었다. 풀을 보고 있으면 저절로 알게 된다. 내가 알게 된 것을

모르지 않는 네가

왔다 갔다는 걸 이해하기 위해 태양은 구름 사이로 숨지 않았고 더운 날이 계속되었다. 휴일이 오는 동안

　　—임승유, 「휴일」(『나는 겨울로 왔고 너는 여름에 있었다』, 문학과지성사, 2020) 전문

"오고 있는 휴일과 오고 있지 않은 너 사이로" 풀이 자랐다는 것을 '나'는 깨닫는다. 이 시가 실린 시집의 해설에서 김태선은 "풀이 자랐다"는 것은 "서로 어긋난 시간과 기대 사이에서" "지금 여기의 시간이 흘러갔다는 사실"을 보여주는 것이라고 설명한다. 이러한 설명을 참고하면 이 시는 시간의 움직임을 사유하도록 하는데, 이 사유의 가운데 풀이 자라고 있었다는 사실이 배치되어 있음에 주목해 보자. '나'는 풀이 자라는 것에 대해 다음과 같은 경험의 사유를 보여준다. "풀이 자라는 걸 알려면 풀을 안 보면 된다"고. 우리의 경험을 환기하게 하고, 안 보는 사이에 자라나 있는 식물들을 떠올리게 하는 이 감각적인 문장을 면밀히 들여다보면 풀이 자라는 일에 인간은 관여한 바가 없다는 전제가 담겨 있다. 인간이 보지 않아도 풀은 자란다. 인간의 시선이 닿지 않는 곳에서도 풀은 성장하고, 풀이 된다.

　임승유의 다른 시 「표현」에서 화자는 "나무는 자라고 자라서 길 끝에 서 있는 나무가 되고 뭐가 되었다는 곳에 가면 사람들이 모여 있다"고 진술한다. 이 시의 화자는 나무가 자라는 것과 변화하는 것에 관심을 기울인

다. 또한 나무는 인간이 붙인 '나무'라는 이름만으로 규정되는 것이 아니라 인간이 알지 못하는 "뭐가" 될 수도 있는 존재이다. 나아가 그렇게 나무가 '뭐가 되었다는 곳'은, 나무의 변화한 성질로 인하여 사람들이 모이게 된다. 사람들을 모이게 하는 원동력이 나무가 갖는 힘에서 기인하는 것을 알 수 있다.

임승유의 시는 식물들을 펼쳐놓는다. "풀밭이 펼쳐"지고 풀밭은 "눈꺼풀 안쪽까지 따라"「문법」온다. "화초가 미친 듯이 자라나"「그림 같은 아름다움」고 "풀도 길게 자"라서 "풀숲에 당도하"「긴 여름과 가을」려는 것처럼 보인다. 임승유의 시는 식물이 자라는 것과 변화하는 것에 유독 관심을 기울인다. 거기에 인간의 성질을 부여한다. 우리가 인간 주체 고유의 성질이라고 믿어왔던 성질들을 말이다. 그래서 그의 시에서 "나무는 천천히 걸어 나"「나무가 하는 일」오기도 하고 '멈추거나 다시 가기도'「결혼식」, "나무를 보다가 나무가 멈춘 걸 알았다. 그래도 너한테 말하고 있어. // 나무가 다시 갈 때는 간격이 있고" 한다. 「나무가 하는 일」이란 제목을 둔 시에서 화자는 "나무가 천천히 걸어 나"오면서 하는 일에 대해 말한다. 이 시의 "나무는 천천히 걸어 나왔다"는 진술은 "나는 거기 남겨놓고" 나무가 한 일을 가리키는 것이다. '나'는 '거기'에 두고 "나무는 천천히 걸어 나"오는 정황에서 '나'와 '나무'의 관계가 뒤집혀 있는 것을 발견하게 된다. 즉 나무는 권력을 가진 존재가 된다.

오렌지의 분명한 색깔
오렌지의 유통 경로
오렌지를 먹겠다고 생각하며 짐들었을 때 오렌지는 뭘 하고 있었는지 잠을
자긴 한 건지

여기서

내가 더 나간다면 오렌지는 용서를 알게 된다.

용서가 색깔을 갖게 되고 용서가 달콤해지고 잘못했다가는 용서가 벗겨지
면서

— 임승유, 「오렌지와 잠」(『나는 겨울로 왔고 너는 여름에 있었다』) 부분

인간만이 갖고 있는 감정과 능력이라고 치부했던 성질이 아무렇지 않게
식물이나 사물 등에서 나타나는 모습을 보여주는 시들이 있다. 위의 시도
그러하다. 오렌지의 색과 유통 경로와 같은 오렌지를 구성하고 둘러싼 환
경을 생각하며 오렌지에 대해 따져보다가 '나'는 잠이 든다. 그 순간에 시
는 오렌지의 물질적 속성에 생동적인 성격을 불어넣는다. 화자는 '내'가
잠을 잘 때 오렌지는 "뭘 하고 있었는지" 궁금해하고 오렌지도 자신처럼
잠을 자긴 한 것인지 묻는다. 다른 누군가에게는 이와 같은 자신의 물음과
발상이 지나치게 '나간' 생각이 될 수도 있다는 것을 화자는 모르지 않는
다. 그럼에도 '나'는 "여기서" 멈추지 않고 더욱 질문을 밀고 나간다. 그리
하여 "오렌지는 용서를 알게" 되고, 용서라는 감정은 다시 오렌지의 분명
한 "색깔"과 같은 물질성을 지니는 것이 가능해진다. 이 세계에서는 모든
것들이 동일한 무게를 갖고 평등해질 수 있기 때문이다.

나이절 스리프트는 "매력 중의 매력은 대개 살아 있는 것과 살아 있지
않은 것, 물질적인 것과 비물질적인 것 사이의 경계가 점차 흐려져 버린
세계들이 창조됨으로써 생산된다"[5]고 주장한다. 그러한 매력을 '글래머'
라고 표현하는데 이것은 "인간과 비인간을 뒤섞는 환경에서 생겨난다"[46][4]

쪽고 나이절 스리프트는 설명한다. 물론 나이절 스리프트의 '글래머' 개념은 자본주의가 세계를 매혹적인 것으로 만들어내는 방식을 밝혀내고 소비 자본주의 사회의 환상을 비판하기 위해 사용된 개념이기에 문제의식까지 포함하여 이 시를 들여다보긴 무리가 있다. 그러나 물질적인 것과 비물질적인 것의 경계가 흐려질 때 '매혹'과 같은 힘이 발생한다는 시각을 일부 참고하면 '오렌지 – 용서 – 색깔'이 섞이는 과정을 더욱 매력적인 생산의 순간으로 이해할 수 있을 것이다. 또한 나이절 스리프트는 "색깔 물질들이 고유의 울림을 갖고"469쪽 있어 세계를 구축하는 특별한 물질이 되는 데 중심적인 역할을 한다고 설명한다. 이 역시 참고하여 시를 본다면 '용서'와 같은 비물질이 '색깔'을 가지며 매력적인 물질성을 확보하게 된 것으로 해석할 수 있다.

조금 더 나아가 보자. 용서를 아는 오렌지를 '상품'이라고 볼 수 있는가. 인간이 만들어 낸 오렌지가 아니라 오렌지 스스로 용서를 갖고, 또 그 용서가 이 세계를 구성하는 중심요소인 '색깔'을 스스로 갖는다고 할 때 이 오렌지는 유통과정에서 변질되지 않은 상품이 맞는가. 이 상품이 인간의 조작과 생산으로부터 조금 비껴나가 있다고 말하는 것은 너무 "나간" 생각인 것일까.

다시 돌아와서, 오렌지가 분명한 색을 갖고 있듯 사물은 분명하게 존재한다. 이 세계에서는 선명하고 분명한 모습으로 존재한다는 것 자체가 '힘'이 될 수도 있다. 임승유의 시를 읽으면 식물과 사물, 풍경, 장소와 같은 것들이 선명하게 전면으로 드러난다. 때로는 사람보다 사물, 풍경, 장

---

5   나이절 스리프트, 「글래머의 물질적 실행에 대한 이해」, 『정동 이론』, 갈무리, 2015, 462~463쪽.

소와 같은 것들이 더 선명하고 분명하게 존재하는 것처럼 보인다.

　　창문을 열면

　　나와 있는 그 사람이 보였다. 그보다 먼저 나와 있는 의자가 보였다. 날마
다 앉아야 할 타이밍을 놓치게 되는 건

　　좋아서다.

　　그 사람을 기다리는 의자와 그 뒤의 건물과 그 옆의 나무와 그 사람이 사라
지고 난 후의 고요가 좋아서다.

　　무엇보다 좋은 건

　　하루도 **빼**먹지 않고 모든 게 거기 있다는 것이다.
　　　　　　　　　　　　　　　　—임승유, 「미래가 무섭다」(『그 밖의 어떤 것』) 전문

「미래가 무섭다」라는 제목의 시는 분명하게 자신의 자리에 '있는' 사물
들과 풍경의 모습을 제시한다. 위의 시에서 선명하게 떠오르는 것은 어떤
풍경이다. 화자의 속도로 조용히 이 시를 쫓아가고 나면 의자가 놓여 있고
건물과 나무가 보이는 모습이 환하게 남는다. 그리고 사람은 사물과 같은
배경 속에 함께 배치되어 있다. 이 시에서 화자는 창문 밖으로 보이는 장
면을 관찰하고 설명한다. 창문을 열면 보이는 풍경은 이와 같다. 밖에 나

와 있는 '그 사람'이 보이고, 그보다 앞서 나와 있는 '의자'가 보인다. '내'가 본 창문 밖의 세계에서 그 사람과 의자는 모두 같은 동작을 수행한 것이 된다. 밖에 "나와 있"기로 결정한 것은 그 사람과 의자이다. 의자와 그 사람은 똑같이 "나와 있는" 동작의 주체가 된다. 그리고 이어 이러한 것들이 놓여 있다. "그 사람을 기다리는 의자"와 건물, 나무가 있다. 또한 고요가 있다. 시의 끝에서 화자는 "하루도 빼먹지 않고 모든 게 거기 있다는 것"이 무엇보다 좋다고 고백한다.

임승유의 다른 시 「과거」에도 "언덕은 어디 안 가고 거기 있었다"는 구절이 나온다. 시의 일부를 옮기면 이렇다. "언덕은 먼저 가서 언덕이 되어 있었다. 기다리고 있었다. 기다리기 싫어서 먼저 안 간 어느 날 // 언덕이 사라지기라도 한 것처럼 눈앞이 캄캄한 적도 있지만 언덕을 보면서 언덕을 오르면 // 언덕은 어디 안 가고 거기 있었다. 한번 언덕이 되면 언덕은 멈출 수 없다."『나는 겨울로 왔고 너는 여름에 있었다』 이 시에서 화자는 "언덕이 사라지기라도 한 것처럼 눈앞이 캄캄한 적도 있"었다고 고백한다. 그런 시간과 날들도 있었지만 그래도 "언덕은 어디 안 가고 거기 있었다"고, "한번 언덕이 되면 언덕은 멈출 수 없다"고 말한다. 언덕이 사라지지 않고 거기에 있기 때문에 화자는 "눈앞이 캄캄한 적"들을 다행스럽게도 지나갈 수 있다.

모든 게 거기 있다는 것. 존재한다는 것. 그것은 그 자체로 '나'에게 좋다는 마음의 정동을 촉발할 수 있는 힘을 지닌다. 인간에 의해서가 아니라, 인간이 아닌 비신체들은 인간과는 상관없이 '거기'에 있다. 무엇이 무엇을 착취하지 않는 공평한 세계에. 그렇기에 '거기'가 좋은 것이라는 것을, 시는 알고 말하고 있다.

3. 사물들의 배치 - 같은 위치에서

위험한 사물

임승유의 시는 인간과 오렌지가 같은 물질적 속성으로 배치되며 평등할 수 있듯이 감정도 물질적 속성을 지닌 것으로 사유하였다. 인간이든 인간이 아니든, 모두 물질이었다. 그러한 맥락에서 우리는 신해욱의 시가 펼쳐내는 세계도 여기에 같이 불러올 수 있을 것이다.

삼복염천에. 누가 삼각자를 들고. 무더위의 모서리를 찾아 헤매는 것 같습니다.

가자. 가까운 데로. 가장 가까운 데로. 더 가까이. 맨발로. 스텝을 밟고. 턴을 하고.

골목이 있다. 문이 있다. 문턱이 있다.

벽은 없다. 산은 높다. 들판은 넓다.

발끝으로 서서. 누가. 삼각자로 잰 높이. 무릎걸음으로. 삼복염천에. 삼각자로 잰 길이. 삼각자에는 각이 있다. 눈금이 있다. 닮은꼴이 있다. 원점의 원점으로부터. 높이의 높음. 넓이의 넓음. 삶은 물질로 이루어져 있다. 영혼은 무기질로 이루어져 있다.

바위는 단단하다. 에테르는 투명하다.

넘어지는 것 같습니다. 누가. 삼각자로 재야 하는 기울기. 두 번. 세 번. 네 번. 삼각자가 더듬는 깊이. 힘을 준다. 다시 두 번. 다시 세 번. 짚이는 데를 짚고. 각은 날카롭다. 눈금은 치밀하다. 찾지 못한 깊이. 들킬 수 없습니다. 삼복염천에. 잘못 찾은 깊이. 삼각자에 찔려 경험론자의 경험이 대신 찢어지고 경험의 틈이 벌어지고

벌어진 틈으로 미지의 액체가 콸콸 흘러 흙이. 숲이. 습함이. 병듦이.

상처는 생각보다 깊고 여름은 비참하게 길고 병듦이. 붉음이. 시듦이. 슬픔이.

보잘것없는 상념이. 건조불멸의 시름이. 어지러운 빈혈의 마음이.

깜부깃병에 휩쓸린 보리밭이. 개구리밥에 뒤덮인 연못이. 향토색에 찌든 자연이.

바람이 분다. 삼복염천에. 도무지 갈피를 잡을 수 없는 바람.

나무가 있다. 삼복염천에. 이글이글 타 죽은 나무.

타 죽은 나무에 등을 기대고 앉아. 누가. 머리를 식히는 것 같습니다. 삼각자를 이마에 대고. 목을 꺾고. 흙은 붉다. 살갗은 얇다. 껍질은 떫다. 연못은

깊다. 잘못 깊다. 부러진 삼각자에 찔려. 흥청망청 쏟아지는 것들. 곤드레만
드레 흘러내리는 것들.

삼복염천에. 누가 잡초를 움켜쥐고. 통곡을 하는 것 같습니다.
— 신해욱, 「파훼」(『무족영원』, 문학과지성사, 2019) 전문

누군가 삼각자를 들고 삼복염천 더위 속을 헤맨다. 무언가를 찾아서 계
속해서 걷는다. 가장 "가까운 데" 놓여 있는 것들을 측량하려 할 때 이러
한 것들이 앞에 있다. 골목과 문이, 문턱이, 높은 산과 넓은 들판이 있다.
삶이 있고, 영혼이 있다. 계속해서 같은 위치에 놓여 있는 것들을 보자.
삶, 영혼, 바위, 흙, 숲, 습함, 병듦, 붉음, 시듦, 슬픔, 상념, 시름, 마음, 보
리밭, 연못, 자연이 있다. 나무가 있고, 흘러내리는 것들이 있다. 통곡이
있다. 이러한 모든 것들이 이 시에서는 같은 무게로, 물질의 속성으로 '있
는 것'이 된다. 이 모든 것들을, 삶이나 영혼처럼 보이지 않는 것을 보리밭
이나 연못과 같은 무게로 둔다는 것은 어떠한 의미를 갖는가. 또한 무슨
이유에서인가.

"삶은 물질로 이루어져 있다. 영혼은 무기질로 이루어져 있다"라고 이
시의 화자는 말한다. 마치 바위가 단단하듯이, 에테르는 투명한 속성을 지
니고 있듯이 이 시에서 삶과 영혼은 물질적 속성을 갖는 것으로 나타난다.
이 시의 화자는 삼각자로 삶을 측량하고 영혼을 재어볼 수 있다고 믿는 듯
하다. 그렇게 삼각자를 들고 "두 번. 세 번. 네 번" 더듬어 삶과 영혼의 깊
이를 재어본다. 삼각자라는 도구는 도구로서의 기능을 제대로 갖추고 있
다. 각은 날카롭고 눈금은 치밀하다. 그런 삼각자로 "다시 두 번. 다시 세

번" 짚고 더듬는데 삼각자를 든 측량자는 재야 할 곳을 "잘못 찾"고야 만다. 그런데 이때 여기에서 주목할 지점이 생겨난다. 물질과 무기질로 이루어진 삶과 영혼은 "잘못" 더듬은 "삼각자에 찔려" 그 틈을 드러낸다. 벌어진 틈으로 쏟아지고 액체처럼 흘러나오는 것들이 있다. "흙이. 숲이. 습함이. 병듦이" 액체처럼 흘러나온다. 영혼으로부터, 삶으로부터. '잘못'이라고 규정된 곳에서 오히려 그 본질을 숨김없이 드러낸다. 삶을 물질성으로 이해하려는 시의 제안은 그 틈으로부터 흘러나오는 상처와 상념과 시름과 같은 것들도 '물질성'을 지닌 것으로 만들어낸다. 그리하여 병듦과 상처와 슬픔과 같은 감정을 실재하는 것으로 변주해내어 이 세계에 펼쳐놓는다.

어떤 상처와 어떤 아픔 같은 것들을 진짜가 아니라고 말하는 이들이 있다. 어떤 상처와 어떤 아픔이 마치 이 세상에 없는 것처럼 구는 시선도 있다. 그런 시선과 세상에 맞서 이 시는 누군가의 상처와 슬픔을 구체화해 아예 물질로 만들어버린다. 물질이 세상에 '있듯'이, 상처와 어지러운 빈혈의 마음이 똑같이 '있다'고 말하는 듯하다. 그래서 이 시는 누가 잡초를 움켜쥐고 통곡을 하는 것을, 외면하지 않는다. 세상의 한 모서리에 통곡이 있다는 것을, 통곡하는 마음과 누군가가 있다는 것을 분명히 한다. 보이지 않기에 그 존재와 실체를 믿지 않겠다는 근대적 사고 앞에 이 시는 아예 그렇다면 '보여주겠다'는 전략과 태도를 취한다. 보이지 않아도 존재하는 것들이 있음을 이해해 달라고 구태여 설득하려 들지 않는다. 시는 그러한 설득을 뛰어넘어 규정하고 선언한다. 슬픔이 보이지 않기 때문에 없는 것이 아니라, 거기에 '있다'라는 것을 분명히 한다.

세상에 없는 것처럼, 존재하지 않는 것처럼 여겨져 온 누군가의 '마음'

이 이 시에서는 물질성의 힘을 가지면서 구체적이고 실재하는 것이 된다. 즉 삶과 영혼이 물질과 무기질로 구성되어 있다고 말하는 목소리는 지금껏 이 세상에서 보이지 않는다는 이유로, 선명하지 않다는 이유로 '없는 것'처럼 취급됐던 누군가의 상처와 슬픔을 실존의 것으로 이 세계에 위치하게 한다. 경험의 틈 사이로 "홍청망청 쏟아지"고 "곤드레만드레 흘러내리는" 마음들이 있다. 골목이 있고 문이 있고 문턱이 있고 나무가 분명하게 있듯이.

   철컥. 철컥. 예수의 쌍둥이 동무를 찍어내는 기계가 부지런히 돌아가고 있습니다.
   철컥. 철컥. 속에 들어 있는 것은 팥일까요. 크림일까요. 성령일까요. 아니면 생명이라는 고름일까요.

   생명. 생명이라니. 철컥. 그렇게 고귀한 것이라니. 철컥.
   박자에 맞춰 그저 춤을 추면 좋을 텐데요. 용가리와 함께 트위스트를. 장국영과 함께 맘보를.

   나는 앞이 깜깜합니다. 철컥. 철컥.
   영능력이 형편없습니다. 철컥. 철컥.
   십자 대신 엑스자로 성호를 긋고, 긋고, 부르르르 거듭 그으며
   맹목의 질료들을 있는 그대로 구원하는 일에는 어떻게 일조해야 합니까.

   한 마리, 두 마리, 다섯 마리, 열세 마리, 부활한 쌍둥이 동무들은

길흉을 초월하고

(…중략…)

박자에 맞춰 춤을 추는 흉내를 내다 발을 밟히게 되면

나의 입에서는 무엇이 튀어나올까요.

철컥. 철컥. 팥일까요. 크림일까요. 위액일까요. 걸쭉한 욕이 섞인 가르강

튀아의 침일까요.

이런 입으로는 어떻게 영생을 면해야 하는 겁니까. 철컥. 철컥.

—신해욱, 「클론」(『무족영원』) 부분

위의 시에서도 추상적인 것들이 사물과 같이 배치되면서 물질성을 획득하는 모습을 발견할 수 있다. 가령 '성령'이나 '생명'과 같은 것들이 신해욱의 시에서는 '팥'과 '크림'과 같은 성질을 띠며 나타난다. 유전적으로 동일한 세포군을 뜻하는 '클론'이라는 제목을 가진 이 시는 마치 붕어빵 기계가 돌아가는 듯한 장면을 연상하게 한다. 그런데 이 "철컥. 철컥" 돌아가는 "기계"에서 "찍어내는" 것은 붕어빵 같은 것이 아니라 "예수의 쌍둥이 동무"이다. 마치 붕어빵 기계에서 여러 개의 붕어빵들이 쌍둥이처럼 나오듯이 이 시에서는 "부활한 쌍둥이 동무"들이 "한 마리, 두 마리, 다섯 마리, 열세 마리" 기계 속에서 돌아간다.

'예수의 쌍둥이 동무'란 정체가 무엇인지는 분명하지 않지만 이는 신령한 것일 수도 있고 인간의 형상을 닮은 무엇일 수도 있을 것이다. 또한 어떤 의미에서 신령한 것과 인간의 형상은 같은 것이 될 수도 있겠다. 성경에서 인간은 하나님의 형상을 닮아 만들어진 존재이다. 그것이 짐승과 인

간을 구분하게 한다. 인간 중심의 세계에서도 인간과 짐승을 구분하는 기준은 이와 다르지 않았다. 사실 인간을 짐승보다 우월하다고 여길 근거는 어디에도 없다. 우리 인간은 그 근거를 종교에서 찾을 수밖에 없었다. 인간은 짐승과는 다른 '신령한' 영을 가진 존재라는 말에 기댈 수밖에 없었다. 이를 고려한다면 여기에서 지칭하는 "예수의 쌍둥이 동무"를 '인간'으로 읽는 것이 가능해진다. 인간의 형상을 띤 모습이지만 이들은 '명'이 아니라 '마리'라는 단위로 지칭된다. 인간 중심적 세계는 인간과 짐승을 철저히 구분하지만 이 시에서 인간과 짐승은 공평한 자리에 놓이며 같은 단위로 호명된다. 또한 화자는 인간을 구성하고 있는 것이 신령한 '성령'이나 '생명'과 같은 영혼일 수도 있지만 '팥'이나 '크림'과 같은 물질일 수도 있지 않을까 의심한다. 인간의 생명이나 영 같은 것을 "맹목의 질료들" 속에 포함하는 순간 인간의 우월함과 신성함을 강조했던 인간의 역사는 그 근거가 희박한 것이 된다. 똑같은 물질성으로 구성되어 있기 때문에.

화자는 짐짓 과장된 말투로 "생명. 생명이란. 철컥. 그렇게 고귀한 것이라니"라고 말한다. 생명이 "그렇게 고귀한 것이라니"라는 발화는 생명을 고귀한 것으로 여긴다고 보기보다 그에 대한 조소로 읽는 것이 더 합당해 보인다. 화자는 생명의 고귀함을 논하기보다는 차라리 그럴 시간에 "박자에 맞춰 그저 춤을 추면 좋을" 것이라 제안한다. "용가리와 함께 트위스트를. 장국영과 함께 맘보를" 추는 것이 어떻냐며 가벼워질 것을 제안한다. 이 가벼움 속에서 인간이 아닌 '비주체'들을 인간 주체와 구분하려 했던 세계는 우스운 것이 된다.

이처럼 신해욱의 시는 지난 문명의 역사 속에서 '고귀한' 존재였던 인간이, 인간 아닌 다른 대상을 지배하고 도구로 삼을 근거를 제거해버린다.

인간이 아닌 대상들이 무력하고 활기가 없다고 볼 근거는 없다. 인간의 대타 항으로서 존재하는 것이 아니며, 사물들은 그 자체로 '있는' 것이니 말이다. 인간의 생각과는 달리 사물들은 활기가 넘치고 때로는 위험한 것일 수도 있다. 어쩌면 우리가 규정하는 것보다 더욱 위험한 물질일 수도 있다. 신해욱의 시에서 사물들은 무력하고 활기가 없는 것이 아니라 아예 '위험'한 것으로 등장한다.

가방이 열려 있습니다. 너는.

구슬이 가득하다.

쏟아질 것 같아서. 눈을 뗄 수가 없습니다. 나는. 안경을 쓴다. 껌을 씹는다. 풍선을 분다. 의혹이 부푼다. 저것은 구슬인가. 알인가. 소우주인가. 생명보험회사의 사은품인가.

무차별의 햇빛과. 보도블록의 패턴과.

모퉁이를 돈다. 풍선이 터진다. 법원을 지나. 도서관을 지나. 머리를 묶는다. 너는. 가르마가 가리키는 운명을 숨기려는 것 같습니다. (…중략…)

씹던 껌을 다시 씹는다. 터진 풍선을 다시 분다. 가방이 열려 있다. 신고를 해야 할까. 가방이 열려 있다. 암거래를 해야 할까. 교차로 건너에 터미널. 계단 아래에 지하상가. 사이렌이 울린다. 생명보험에 들어야 할까. 먼지가 날린

다. 만원 버스를 타야 할까. 풍선이 터진다. 인구론을 읽어야 할까. 주역을 공
부해야 할까.

깨진 맥락과. 무너진 간격과. 삭제된 심층과.

가방이 열려 있습니다. 너는.

머리끈이 풀린다. 머리카락이 날린다. 정오를 지나. 터미널을 지나. 뿔뿔
이. 낱낱이.

—신해욱, 「정오의 신비한 물체」(『무족영원』) 부분

　가방이 열려 있는 상황으로부터 이 시는 시작한다. 그리고 그 열린 가방
안에는 구슬이 가득 담겨 있다. 시적 상황을 살펴보면 아마도 '너'는 '나'
의 앞에서 걸어가고 있고, '나'는 '너'의 뒤에서 '너'를 지켜보며 걸어가고
있는 듯하다. 화자는 '너'에게서 "눈을 뗄 수가 없"는데 그 이유는 '너'의
열린 가방 때문이다. '나'는 열려 있는 가방을 불안한 시선으로 계속 쫓아
간다. 가방 안에 가득한 구슬이 쏟아질 것 같아서 눈을 뗄 수가 없다고 말
한다. 가방이라는 사물 자체는 '내'게 평소라면 관심을 끌지 못하는 물체
였을지 모른다. 그러나 이 '가방'은 열려 있는 상태이기 때문에 '내'게 위
험하게 인식된다.
　이 시에서 '나'는 거듭 반복해서 '너'의 가방이 열려 있다는 것을 언급한
다. 그리고 불안해한다. 금방이라도 무슨 일이 일어날 것만 같은 분위기가
조성된다. "가방이 열려 있다"는 상황은 불안을 야기하는 원인이 된다. 정

확히 어떠한 상황을 불안해하는지 이 시에 드러나지는 않는다. 구슬이 떨어지고 난 후에 그 후에도 연쇄적으로 사건들이 발생할 것이라고 화자는 예감하는 듯하다. 법원과 도서관, 조달청, 병원을 지나가는 거리에서도 불안해하고, 인파를 헤치는 동안에도 불안해한다. "가방이 열려 있"어서 불안해하는 '나'는 신고를 해야 하지 않을까 고민한다. 즉, 열린 가방은 화자에게 "신고를 해야 할까" 고민하게 만드는 위험한 물체라는 신호를 보내고 있는 것이다. 그리고 그러한 위기감을 고조시키듯 사이렌이 울리고, 먼지가 날린다. 열린 가방을 쫓아가며 위험을 예감하는 동안 '나'는 "깨진 맥락과. 무너진 간격과. 삭제된 심층"들을 떠올린다. 결국 이렇게 깨지고 무너지고 삭제된 상황을 예감하고 생각하도록 유도하는 것은 '가방'이다. 그 모든 가능성들은 바로 '가방'으로부터 촉발된다. 시의 마지막 상황에서 화자가 예감하는 불안한 사건에 대한 징후는 '머리끈'이 알린다. '네' 머리를 묶었던 머리끈이 풀리며 '너'의 머리카락이 날린다. 무언가가 "뿔뿔이. 낱낱이" 흘러내리는 듯한 모습을 그리며 시는 끝이 난다.

적어도 이 시에서 가방, 구슬, 머리끈과 같은 물체들은 '나'의 주의를 끌지 않는 얌전한 사물이 아니다. 화자는 그것들에게서 시선을 떼지 못하고 곧 일어날 불안한 사건과 미래를 두려워한다. 이 같은 시적 화자의 태도는 긍정적인 힘이든 부정적인 힘이든, 어떠한 '힘'을 사물이 내재하고 있다고 인식하는 것이라 할 수 있다. 이는 마치 제인 베넷이 길 위에서 '장갑, 꽃가루, 쥐, 병마개, 나뭇가지' 등을 조우했을 때 취했던 태도를 연상하게 한다. 제인 베넷의 말을 여기에 옮긴다.

장갑, 꽃가루, 쥐, 병마개, 나뭇가지. 내가 이것들과 조우했을 때, 그것들은 잔해와 사물 사이에서 앞, 뒤로 흔들리고 있었다. 한편으로 그것들은 (노동자의 노력, 쓰레기 투척, 취약의 성과 같은) 인간 활동의 조짐을 나타내는 경우를 제외하면 주의를 끌지 않는, 다른 한편으로 인간의 의미, 습관 혹은 기획과의 연합을 넘어서는 존재로서 고유한 권리를 갖는, 주의를 끄는 것 사이에서 앞, 뒤로 흔들리고 있었다. 두 번째 순간에 그것들은 자신의 사물-권력을 드러냈다. 그것들은 심지어 내가 그들이 말하는 것을 완전히 이해하지 못했음에도 분명 내게 신호를 보내고 있었다. 적어도, 그것들은 나에게 정동을 촉발했다. 죽은 쥐(아니면 단지 자고 있었을 뿐인 쥐?)는 내게 혐오감을 불러일으켰고, 쓰레기는 나를 동요시켰으나, 나는 그 외의 다른 것도 느꼈다. 그 쥐, 그 꽃가루의 배열, 다른 경우에는 지극히 평범했을, 대량생산된 그 플라스틱 병마개의 있을 수 없는 독특성에 대한 형언할 수 없는 앎을 말이다.

—제인 베넷, 『생동하는 물질』, 현실문화, 2020, 41~42쪽

제인 베넷은 길에서 '장갑, 꽃가루, 쥐, 병마개, 나뭇가지'와 같은 사물을 보고 그것들이 자신에게 보내는 '신호'를 발견하고, '힘'을 발견한다. 특별한 일이 아니라면 인간에게 주의를 끌지 않는, 길에서 그저 지나쳐버릴, 쓰레기나 혹은 단순한 '잔해'로 여겨지고 넘어가버릴 사물들에게서 생동적인 힘을 목격하는 것이다. 제인 베넷은 사물들이 '거기 있음'에 주목하며 다음과 같이 말한다. "그것들은 있는 그대로 그곳에 있었으며, 그래서 나는 일반적으로 무력하다고 여겨지는 각각의 사물들 내부에 있는 강력한 활기를 엿볼 수 있었다. 이 배치에서, 객체들은 사물로서, 즉 (인간) 주체가 그것들에 부여하는 맥락으로 온전히 환원될 수 없는, 그것들의 기호로 절대 완전히 고갈되지 않는 생생한 실체로서 드러난다."42~43쪽 사물

들이 놓여 있는 배치에서 인간 주체가 부여하는 맥락으로 환원되지 않는 '사물의 문화'를 발견하는 것이다. 그렇기에 사물들은 스스로 그것들만의 '활기'와 '권력'을 지니는 존재가 된다.

제인 베넷의 태도처럼 이 시의 화자 역시 "적어도, 그것들은 '나'에게 정동을 촉발"제인 베넷, 42쪽했다고 여긴다. 이 시에서 화자가 마주한 "신비한 물체"들은 수동적 사물이 아니라 어쩌면 위험할 수도 있는 존재들이다. 사물들은 어떤 사건을 일으킬 수도 있는 역동적인 존재로 나타난다. 무력하고 활기가 없는, 쓰레기가 아니라 미래의 징후이자 계기가 될 수도 있는 사물들이다. '열린 가방', '가득한 구슬'은 화자의 시선을 붙잡고 "인간과 다른 신체들을 혼란스럽게 하고 전환시키는 힘"제인 베넷, 38쪽을 지녔다. 비주체가 일종의 '사물-권력'을 지니며 시에서 생동하고 있다.

4. 겹쳐지는 물질과 인간 – 되어가는 인간

앞서서 사물들은 '거기'에 있었다. 사물들은 거기에 그대로 있는 것 자체로 능동적인 권력을 보여주었다. 임승유의 시에서는 식물, 물건, 풍경의 선명함이 특징적으로 읽혔다. 사람보다 사물이 더 선명하고 분명하게 존재하는 것처럼 보이기도 했다. 임승유의 시에서 모든 게 '거기' 그대로 있는 사물들의 명료함에 비하여 '나'는 그렇지 않다. 사람은 어딘가 희미하고 모호하게 그려진다. 계속 사라진다.

　　라이터를 살 때마다

어딘가에 두고 온 내가 생각났다

나는 화요일마다 같은 장소에 있었는데
에스컬레이터는 기억을 감쪽같이 감아버리고
에스컬레이터의 내면에는 서랍이 얼마나 많을까

나는 목요일의 술자리에서 속삭였지
싱고늄 종아리가 하얗게 얼고 있는 걸
본 적이 있냐고
누군가를 부둥켜안고 싶은 적이 없었냐고
의도하지 않았는데도 사건은 일어나고
그때마다 발생하는 기분들
그 기분들을 다 써먹지도 못했는데

누군가는 결정적으로 신문을 장식하고
꼬리에 꼬리를 무는 관심과 함께
서랍 속으로 사라졌다

탁자의 단순한 힘에 기대어
나는 사라진 라이터들과 한통속이다
당신의 목덜미에 손을 얹고
무슨 말이든 하기 위해서는
당신이 주머니에 넣어 간 그 기분이 필요하고

당신의 얼굴을 돌려세우려면

양손의 의지보다 확실한

몇 분 전의 느낌들이 필요한데

입술이 끌어모으는 결심은 너무 늦거나 빨라

화요일의 에스컬레이터를 오를 때마다

칸칸마다 서랍을 열고

잘 있었니?

안부를 물어야 할 것 같고

—임승유, 「라이터들은 다 어디로 갔을까」

(『아이를 낳았지 나 갖고는 부족할까 봐』, 문학과지성사, 2015) 전문

　위의 시에서 화자는 "라이터를 살 때마다 / 어딘가에 두고 온 내가 생각
났다"고 말한다. 이 시의 제목인 "라이터들은 다 어디로 갔을까"라는 질문
은 라이터를 살 때마다 지금껏 잃어버린 라이터들을 생각하며 이전에 샀
던 라이터들의 행방을 묻는 화자의 모습을 떠올리게 한다. 그런데 화자는
정작 시 안으로 들어와서는 대체 "라이터들은 다 어디로 갔을까"라고 계
속 묻는 것이 아니라 "어딘가에 두고 온" '나'를 떠올린다. '라이터들'을
어딘가에 두고 왔듯이 '나'를 두고 왔다고 인식하는 것이다. 화자는 두고
온 '나'를 생각하며 마치 알리바이를 찾듯 화요일과 목요일에 자신이 있
던 장소를 떠올린다. "나는 화요일마다 같은 장소에 있었"고, "목요일의
술자리"에 있기도 했는데 어쩐지 모두 '나'를 조금씩 두고 온 장소처럼 보
인다. 화요일마다 갔던 '에스컬레이터'는 분명 "두고 온" '나'를 기억하고

있을 텐데 "기억을 감쪽같이 감아버리"고 '나'에 대한 기억을 꺼내놓지 않는다. "목요일의 술자리에"도 '나'는 '나'의 '기분'을 분명하게 드러내지 못한 이유로 계속해서 남아 있다. 누군가 "서랍 속으로 사라졌"듯이 화자는 자신이 사라졌다고 느끼며, 그리하여 "나는 사라진 라이터들과 한통속이다"라고 발언하게 된다.

자신이 사라졌다는 인식은 임승유의 시에서 자주 등장한다. 임승유의 화자는 거듭 "나는 언제 사라진 걸까요"「오래 사귀었으니까요」라고 묻는다. 그런데 이때 사물과 '나'를 단순히 비교하여 '나'를 무력한 존재로 단정해버려서는 안 된다. 사물들이 선명하게 드러나는 방식으로 인해 언뜻 시를 읽으면 발화자의 모습이 희미하게도 보이는데, 그렇다고 이를 수동적 주체로 단정 짓기에는 의아한 부분들이 곳곳을 가로지르고 있다. 사물들이 있는 곳에 사람도 '배치'되어 있는 모습을 발견하게 되기 때문이다. 임승유의 시에서 사물들과 인간은 수평적인 관계로 놓여 있다.

나를 두고 왔다.

앉아서 일어날 줄 모르는 나를 두고 오는 수밖에 없었지만 그때 보고 있던 게 멈추지 않고 흐르는 물이라서

어디 갔는지도 모른다. 어디 갔는지도 모르면서 여름이 오고

여름엔 장미가 피었다 지기도 하니까 붉어지는 데 집중하다 떨어진 장미를 집어 들고 어떻게든 해보려는 사이

장미는 다 어디로 갔다.

남겨두기 위해서라면 한 번쯤 비유를 끌어다 쓰는 수밖에 없었고 결국 모여 있던 아이들이 빠져나간 후에 남은 의자처럼

찾아가지만 않는다면

거기 그대로 앉아 있을 것이다.
—임승유, 「공원에 많은 긴 형태의 의자」(『나는 겨울로 왔고 너는 여름에 있었다』) 전문

이 시에서도 화자는 어딘가에 "나를 두고 왔다"고 말한다. 화자는 공원의 의자에 앉아 있다가 "앉아서 일어날 줄 모르는 나를 두고" 온 모양이다. 그리고 그럴 수밖에 없었다고 말한다. 두고 온 '나'는 어쩌면 "어디 갔는지도" 모르는 일이라고 화자는 추측하는데 '나'를 어딘가에 두고 오고, '내'가 '어디'로 가버리는 일은 계절에 따라 여름의 장미가 피고 지는 일과 같이 자연스러운 일로 배치된다. 어느 순간 "장미는 다 어디로 갔다"고 깨닫듯이 '나'도 '어디'로 갈 수도 있는 것이다. 이 시에서 '나'는 공원의 의자처럼, 여름의 장미처럼 어딘가에 놓여 있다. '많은 의자'들이 공원에 그대로 있듯이, 장미들이 '어디'론가 가서 있듯이. 의자와 장미 같은 비주체들의 '거기 있음'이 능동적 권력을 지니고 있다는 믿음은 '나'에게도 그대로 적용된다. 공원 의자에 두고 온 '내'가 "거기 그대로 앉아 있을 것"이라는 믿음은 '나'에게도 사물 권력의 가능성이 이어질 수 있음을 시사한다. '사물'과 '나'는 함께 배치되어 있고, 사물들이 '거기'에 있는 자체로

'사물 권력'을 지니고 있듯 '나' 역시 그러할 수 있다.

  물질의 능동적인 힘을 강조하는 것이 '나'라는 인간의 주체성을 부정하고 감소시키는 일로 이어지는 것은 아니다. 인간과 사물이 수평적 관계를 형성한다는 것의 의미가 인간의 지위를 격하시키는 것으로 오해되어선 안 될 것이다. 제인 베넷이 말했듯 "인간의 권력은 그 자체로 일종의 사물-권력"54쪽이 될 수 있으니 말이다. 중요한 것은 인간의 권리를, 또한 인간이라는 종만을 "주어진 것"로지 브라이도티, 8쪽으로 여기지 않는 태도이다.

  인사를 했다. 그건 사람의 일이다. 사람의 일을 끝내고 돌아설 때 뒤를 보는 사람은 뒤에 뭔가 있는

  사람이지만

  뒤를 털어놓을 때 사람은 얼마나 무섭고 얼마나 가까이 있는지 알면서도 뒤를 보고

  물을 마셨다.

  물을 안 마시는 사람은 없겠지. 물을 마시면서 나는 사람이 되어간다. 내가 물을 주지 않았는데도 길게 자라는 풀숲이 있고

  어느 날

풀숲이 나를 덮친다는 장면에서는 도망치는 사람도 있었다.

—임승유, 「산소」(『그 밖의 어떤 것』) 전문

임승유의 시 「산소」에는 "물을 마시면서 나는 사람이 되어간다"라는 구절이 나온다. 그러면서 화자는 "내가 물을 주지 않았는데도 길게 자라는 풀숲이 있"다는 것을 신기하게 생각한다. 인간이 인간 아닌 대상보다 낫다고 여길 이유에 대해 할 수 있는 말은 좀처럼 없다. 오히려 신기하고 대견한 것은 물 없이도 자라나는 '풀숲'과 같은 것일 수 있다. 사람은 '물'을 마시면서 '되어가는' 존재이지 당연하게 인간인 것이 아니다. 임승유의 시에서는 종종 '내'가 "사람이 되어"갈 수 있었던 원인이자 행위소로 '물'이 제시된다. '물'이라는 구성 요소로 사람이 이루어지고 또한 되어간다고 인식하는 모습을 발견할 수 있다.

이 시에서 화자는 사람이 '사람의 일'을 하는 행위라든가, '사람이 되어간다'는 과정을 의식한다. '내'가 사람인 것을 당연하게 여기는 것이 아니라 어떤 과정과 행위로 인하여 '사람'일 수 있다고 보는 것이다. 사람이 '사람의 일'을 의식하고 '사람이 되어간다'는 것을 의식해야 한다는 것은 바꾸어 말하면 그런 과정과 의식이 없다면 사람이 되지 못할 수도 있다는 뜻이기도 하다.

돌아와서 보니

사람이 있다. 어디서 본 사람이다. 사람은 살아 있고 움직이다가 안 움직이기도 하니까

의자에 앉아 있는 사람에게

물 한 잔 드려요? 물어본다. 꺾어 온 장미를 화병에 꽂으며 아까 소리 들었
죠. 문이 쾅 하고 닫혀서 깜짝 놀랐잖아요. 뒤돌아보면 사람이 있고

바람이 불고

정수기에서 따뜻한 물을 받아 의자에 앉는다. 오늘 같은 날은 다시 안 오겠
지. 오게 되면 무슨 말을 해야 할지 생각하면서

창틀의 높이를 생각하면서

사람이 되는 것이다.

— 임승유, 「산책」(『나는 겨울로 왔고 너는 여름에 있었다』) 전문

    임승유의 다른 시 「산책」에도 사람은 '되는 것'이라는 인식이 나타난다.
이 시편에서도 사람은 사물과 똑같은 물질적 속성을 갖고 같은 위치에 배
치되어 있다. 화자는 "사람이 있다"고 말하면서 그 '사람'에 대해 설명하
는데 "사람은 살아 있고 움직이다가 안 움직이기도 하"다는 물질적 속성
을 말한다. 이는 임승유의 시가 사물의 속성을 그려내는 태도와 동일하다.
임승유의 시에서 사물은 살아 있고 움직이다가 그대로 있기도 하였다.
「산책」에서 화자는 의자에 앉아 "안 움직이"는 사람에게 "물 한 잔 드려
요?"하고 물어본다. '내'가 아닌 다른 이에게 물을 권하고 건네려는 화자

의 마음은 따듯하다. 앞서 살핀 시 「산소」에서 물을 마시며 '내'가 사람이 되어갔듯이, 화자는 자신만이 아니라 그 경험과 기억을 다른 이와도 나누고 공유하려 한다. 다른 이에게도 사람이 되어가는 가능성을 전달하려 한다. 화자 자신도 "따뜻한 물을 받아 의자에 앉"고서는 여러 가지를 생각한다. 그리고 생각을 하는 과정의 끝에서 "사람이 되는 것이다"라고 말할 수 있게 된다.

　이처럼 임승유의 시에서 사람은 '되는 것'이다. 과정, 변화 혹은 명명으로 인하여 되어 가는 것이다. 당연히 인간인 것이 아니라, 당연하게 인간으로 존재하는 것이 아니라 일부러 '의식'하고 '발화'해야 하는 것이다. 또한 임승유의 시는 사물과 인간의 관계를 수평적으로 둔다. 사물들과 인간에 같은 힘과 질서를 부여하면서 '인간'인 것을, 혹은 인간적인 것을 자연스럽게 여기지 않는 태도를 보여준다. 그렇기에 이 세계는 '인간 주체'만으로 이루어진 것이 아닌 세계가 된다. 임승유의 시 「프릴 폴라」에는 다음과 같은 구절이 나온다. "가다가 오른쪽으로 빠지면 목재소가 나온다. 목재소에서 뒤로 더 들어가면 덤불이 있고 그 안에 신이 살고 있다. 나보다 오래 살았을 것이다." 목재소 뒤의 '덤불' 안에는 "신이 살고 있"고, 그것은 "나보다 오래 살았을 것"이라는 화자의 말은 세계를 구성하는 다양한 주체/비주체들이 함께 존재할 가능성을 보여준다. 우리의 오른쪽이나 왼쪽에, 뒤쪽이나 안쪽에.

　　　몇 번씩 얼굴을 바꾸며
　　　내가 속한 시간과
　　　나를 벗어난 시간을

생각한다

누군가의 꿈을 대신 꾸며
누군가의 웃음을
대신 웃으며

나는 낯선 공기이거나
때로는 실물에 대한 기억

나는 피를 흘리고

나는 인간이 되어가는 슬픔
— 신해욱, 「끝나지 않는 것에 대한 생각」(『생물성』, 문학과지성사, 2009) 부분

인간이 '되어 가는' 존재라고 여기는 태도는 신해욱의 시에서도 동일하게 나타난다. 신해욱의 시에서 화자는 자신이 '인간'이라는 것을 확신하지 않는다. 때로는 인간이 된다고 느끼지만 때로는 인간이 되기에 충분하지 않다고도 느낀다. 또한 인간이 된다고 해서 그것이 특권처럼 여겨지는 것도 아니다. 화자는 자신이 '나'라는 신체를 확실히 지니고 있다고 확신하지 않는다. 얼굴을 몇 번씩 바꾸기도 하고 '나'는 '나'의 시간을 벗어나기도 한다. 낯설게, 머뭇거리는 태도로 '나'를 감각하고 기억하면서 "나는 피를 흘리고 / 나는 인간이 되어가는 슬픔"을 느낀다. 인간이 되어가는 것에서 '슬픔'을 느끼는 화자의 태도는 '인간'이라는 결과를 권리로만 받아

들이지 않는 태도로 이해할 수 있다.

임승유의 시적 화자가 인간을 구성하는 중요한 물질로 '물'을 제시하였다면 신해욱의 화자가 제시하는 인간의 물질은 '피'이다. "피를 흘리"는 물질로서 "나는 인간이 되어"간다. 인간인 "나에게는 셀 수 없이 피가 많"「구구단」고, 그것은 살아 있는 생물이라는 조건이 될 수 있을 것이다. 그러나 신해욱의 시에서 그것만으론 생물이 되기에 충분하지 않다. 오히려 수를 세는 동안 "구구단은 생물로 가득"해지는데 "나는 숫자가 되어간다"고 화자는 느낀다. 인간이 되어가는 과정이 인간이라는 확신으로 이어지지는 않는 것이다. 신해욱의 화자는 보다 조심스럽고 신중하다.

신해욱의 화자는 다른 시에서도 인간을 '되는 것'이라 말한다. 「눈 이야기」라는 시에서 화자는 "한 번에 한 사람이 된다는 건 충분히 좋은 일"이라고 말한다. 그러면서 "한꺼번에 한 사람이 될 수 없다는 건 조금 슬픈 일"이라고 말하기도 한다. 인간은 주어진 것이 아니라 '되는 것'인데 '인간 되기'에 있어서 그것이 언제나 성공하지는 않는 것이다. 한 번에 한 사람이 '되는 것'에 성공할 수도 있지만 '한 사람이 될 수 없'기도 하다는 화자의 말은 인간을 '되는 것'으로 사유하는 모습의 한 예로 읽어낼 수 있다. 동시에 인간이라는 감각에 대해서 의심하고, 인간이라는 존재에 대해서 확신하지 않는 태도로 볼 수도 있을 것이다.

> 머리를 세게 흔들며
> 이래서는 안 된다고 생각했다.
>
> 나도 한 사람이 아닌가.

그러나 나는 점점

부축이 없이는 곤란해지고 있었다.

"혼혈아는 어쩔 수 없다."

칼에 찔린 것처럼 어지러웠다.

나에게서는

두 가지의 피가 흐르는 중이었다.

거짓말처럼 선명했다.

다른 사람의 피를 확인하는 일이

필요해지고 있었다.

— 신해욱, 「줄 속에서」(『생물성』) 부분

　위의 시에서 '나'는 "나도 한 사람이 아닌가"에 대해 묻는다. 자신이 '한 사람'의 몫을 충분히 해내고 있는 '인간 주체'라는 사실이 명확할 때는 너무나 당연한 사실이기 때문에 그것에 대해 일부러 의식할 필요도 없고 질문할 필요도 없을 것이다. 그러니 "나도 한 사람이 아닌가" 묻는다는 것은 이 시의 화자가 자신이 '한 사람'이라는 것에 대해 확신하지 못한다는 사실을 드러낸다.

　이 시를 보면 '내'가 '한 사람'의 온전한 인간 주체로 자신을 확신하지 못하는 이유는 외부의 환경 때문인 것으로 보인다. "혼혈아는 어쩔 수 없다"라는 혐오를 담은 말이 '나'를 향할 때 '나'는 "칼에 찔린 것처럼 어지러"움을 느끼며 '한 사람'이 되는 것에 대해 확신할 수 없게 된다. '나'에게선 '한 사람'의 피가 아니라 "두 가지의 피가 흐르는 중"이라는 사실을 인식한다. "혼혈아는 어쩔 수 없다"는 말을 아무렇지 않게 내뱉는 이 세계는 '나'를 온전히 한 사람으로 인정하지 않으려 한다.

'혼혈混血'이라는 단어는 순수하고 깨끗한 피라는 '순혈純血'의 의미를 전제로 한 차별의 말이다. 우리 사회에서 오랜 시간 동안 혼혈은 순혈의 상대적 개념으로 강조되어 왔다. 우리나라뿐만 아니라 세계 어디든 '혼혈'에 대한 편견과 차별은 존재한다. 그런데 특히 한국 사회에서 혼혈에 대한 부정적 인식은 '피가 섞였다'는 일차적인 편견 외에 집단적 신경증을 덧쓴다. 이는 한국의 역사적 상황과 관계한다. 한국 사회에 혼혈인이란 타자가 등장한 시기가 해방과 한국전쟁 이후였다는 사실을 상기하면 한국의 민족주의가 혼혈을 시대적 비극의 소산으로 여겨왔다는 것을 이해하기 어렵지 않다. 한국 사회는 "'훼손된 누이(엄마)의 몸' 또는 '양공주'에 대한 집단적 기억 속에 내재한 부끄러움의 다른 표현"[6]으로서 혼혈을 여겨왔다. 혼혈인의 존재를 '제국주의가 훼손시킨 공동체의 아물지 않는 상처의 흔적'과도 같은 것으로 상정해온 것이다.강진구, 48쪽 그에 대한 반응으로 오랫동안 한국 사회에서는 혼혈인이란 말보다 '혼혈아'라는 말이 사용되어 왔다. 미성숙한 존재이자 온전하지 못한 존재로 호명되었다. 그들은 훼손된 몸으로부터 태어난 '아이'였다. "혼혈아가 성인이 되고 아무리 나이가

---

6   강진구, 「자기서사를 통해 본 한국사회의 혼혈인 인식」, 『중앙대학교 문화콘텐츠기술연구원 학술대회 자료집』 12, 중앙대 문화콘텐츠기술연구원, 2008, 48쪽.

많아도 혼혈인이 아닌 혼혈'아兒'로 남는 것은 한국 사회가 이들을 정상적인 사회 구성원으로 인정하기 싫기 때문"[7]이라는 지적은 우리 사회의 혼혈에 대한 차별이 얼마나 깊고 노골적인지 보여준다. 결국, 한국 사회에서 아이 이후의 혼혈은 아예 '없는' 존재인 것이다.

신해욱의 시에서 "혼혈아는 어쩔 수 없다"는 말은 한국적 특수성을 상기하도록 하기에 더욱 의미심장하다. '나'를 찌르는 이 목소리가 '혼혈인'이란 단어 대신 '혼혈아'는 어쩔 수 없다고 말하였다는 사실을 다시 돌이켜보자. 이 말은 상상 속에서 부유하는 말이 아니라 오랫동안 실제 현실에서 칼을 휘둘렀던 말이다. 오랜 시간 동안 그리고 여전히 '혼혈아'를 향해 반복되었다. 혐오와 편견의 말에 "칼에 찔린 것처럼" 주저앉아야 하는 존재는 '혼혈아'만 있는 것이 아니다. "혼혈아는 어쩔 수 없다"는 말에서 '혼혈아'로 표상된 자리에는 우리 사회에서 배제된 다른 대상들이 들어갈 수 있다. 다른 존재의 서발턴Subaltern들이 이 자리에 들어갈 수 있을 것이고, 그 대상들을 향해 저 차별의 목소리는 똑같이 말할 것이다. '너'는 어쩔 수 없다고. 그런 식으로 어떤 존재의 정체성을 무참하게 살해하며 피를 확인한다. 그렇다면 배제된 서발턴들은 말할 수 있는가. 자신의 목소리를 낼 수 있는가.

2. 나는 사람이다

나의 웃음과 함께

---

7   박종현, 「침묵의 디아스포라-양공주와 혼혈아 재현방식」, 『기초조형학연구』 17-1, 한국기초조형학회, 2016, 234쪽.

시간이 분해되고 있다.

그런데 왜 나는 나로
사람은 사람으로
환원될 수 없는 것일까.

—신해욱, 「레일로드」(『생물성』) 부분

「레일로드」에서 화자는 "나는 사람이다"라고 강조한다. 이러한 목소리는 자신의 '몫'을 인정해달라고 요구하는 '인정의 정치politics of recognition' 투쟁을 연상하게 한다. 찰스 테일러는 타자의 정체성을 왜곡하지 않기 위해 타자를 인정해야 한다고 주장한 바 있다. 이러한 주장에는 우리 사회에 배제된 존재가 있다는 사실을 먼저 '인지'해야 한다는 전제가 담겨 있다. 무지는 곧 인정의 부재로 이어지기 때문이다. 또한 이는 차별의 행위로 이어진다. 우리가 살아가는 현대 사회가 한편으로는 '배제'의 논리로 작동하고 있음을 그는 지적하였다. 배제된 자들은 자기 몫을 요구할 수밖에 없다. 배제되지 않은 자들과 마찬가지로 그들도 이 세계에 존재하는 자들이기에. 같은 몫을 요구하는 것, 그것은 같은 인간이라는 당연한 사실을 '말'하는 것이다.

　신해욱의 화자는 자신의 몫을 요구한다. "나는 사람이다"라는 요구는 통합의 세계에 속한 주체들에게는 요구할 필요도 없고 선언할 이유도 없는 당연한 권리이다. 이 당연한 권리를 자신에게도 달라는 요구는 정당하다. 그러나 '나는 사람이다'라는 발언 뒤에 '나'는 억울한 울분을 토로한다. "그런데 왜 나는 나로 / 사람은 사람으로 / 환원될 수 없는 것일까"라는 의문에는 '사람'으로 환원되지 않는 사람들이 있다는 전제가 담겨 있다. "원칙적으로 각 영역의 사물은 자신의 영역 내에서만 교환될 수 있다" 이재혁, 97쪽고 여기는 이 세계의 규칙은 사람으로 환원되지 않은 사람을 '비주체'로 밀어내려 한다. 그러나 신해욱의 '나'는 '비주체'가 된다는 것을 무력하고 수동적인 의미로 내버려두지 않는다. 이때 '내'가 인정의 정치를 벌이는 방식은 유연하게 신체를 바꾸는 것이다. '나'는 다른 사람의 피를 자신에게서 확인하고, "사실 나는 다른 사람이야"「방명록」라고 밝히기도 한다.

한 사람이 한 사람으로 환원되는 이들만 '인간 주체'로 남겨놓는 것이 이 세계의 규칙이라면 우리가 앞에서 만난 화자들은 이 세계의 규칙을 어기고 근대적 교환의 질서를 교란해 버린다. 단일한 하나의 주체가 아니라 여럿의 주체가 되기도 하고, 사물들과 몸을 나란히 하기도 한다.

무족영원의 순간이라 중얼거려봅니다.

열대에 서식하는 백여 종의 눈먼 생물이
양서류 무족영원목 무족영원과에 속한다고 합니다.
—신해욱, 「무족영원」(『무족영원』) 부분

우리는 이제 모든 사물들이, 비주체들이 평등한 관계를 맺는 세계를 생각하는 것이 가능하다. 인간/비인간, 생명/물질의 경계는 그렇게 중요하지 않다는 것을 확인하였다. 이 땅의 모든 것들은 "백여 종의 눈먼 생물"일 뿐이다. 비주체들의 힘을 모르지 않고 믿었던 목소리들이 곳곳에 있다

는 것을 우리는 함께 살펴보았다. 모든 사물들이 "무족영원목 무족영원
과"에 속한다는 믿음에는 배제되고 소외되고 남는 '무엇'이 없길 바라는
마음이 담겨 있다. 그러한 세계는 보다 슬프지 않을 것이고 모두 '살아 있
을' 것이다. 그러한 시간과 세계를 신해욱 시의 표현을 빌려 '무족영원'의
순간이라 할 수 있을 것이다.

5. 인간이 아닌 자가 '있다'

현대 사회의 억압은 은밀하게 작동한다. 억압의 대상이 있다는 사실을
은폐하기도 한다는 점에서 은밀하고, 교묘하다. 많은 이들이 특별히 악하
고 나쁜 사람이라서 배제된 누군가가 '있다'는 사실을 외면하는 것은 아
니라고 생각한다. 정말로 보이지 않는 것이다. 알지 못하는 것이다.

우리가 언제나 다수이기만 한 것은 아니고, 언제나 소수이기만 한 것은
아니다. 하지만 많은 경우 '주체'로(혹은 인간으로, 혹은 국민으로) 살아온 '우
리'들의 경험은 '우리'에 포함되지 못한 자가 있다는 사실을 상상하지 못
하도록 한다. 예를 들어 "이 법은 국민이 되는 요건을 정함을 목적으로 한
다"는 문장에서 당신은 은폐된 배제의 신호를 발견할 수 있는가. 국적법
은 국민이 되는 요건을 규정함으로써 국민이 아닌 자를 규정하고 배제한
다. 이미 우리는 통합과 배제의 논리에 익숙하다. 언제나 '국민'으로 살아
왔던 경험이 국가 안에 국민이 아닌 자가 있다고 상상하기 어렵게 만들듯
이, 국민이 아닌 자로서 살 수밖에 없는 존재의 상황을 떠올리기 어렵게
하듯이, 우리의 세계 안에 인간이 아닌 자가 있다고 상상하는 것도 어려운

일이다. '우리'는 간신히 우리의 바깥을 떠올릴 수 있다. 간신히 노력해서라도, 통합의 논리가 누군가에게는 배제의 논리로 작동한다는 것을 잊어서는 안 된다. 그러한 우리의 '바깥'을 환하게 펼쳐 놓으려는 시도와 노력들을, 우리는 시를 통해 만날 수 있었다.

우리는 이런 질문들을 경유하며 시들을 살펴보았다. 인간이란 무엇인가. 우리가 '인간'이라고 여기는 것들이 생경하게 느껴지지는 않는가. 왜 꼭 인간이어야 하는가. 그리하여 '인간'이 무엇인지, 왜 당연하고 자연스러운 것인지 의아하게 생각하는 목소리들이 있었다. 혹은 거부하고 저항하는 존재들이 있었다.

우리가 지금 이 시대에 안고 있는 모든 문제가 '인간중심주의' 때문이라고 말하는 것은 어쩌면 순진한 말일 수 있다. 하지만 그 순진함이 인간중심주의로 인해 비롯된 문제들을 낱낱이 헤치는 것의 필요성을 약화시킬 수는 없다. 우리가 앞으로 마주할 시대가 어떤 미래이든. 인간을 건너가거나 혹은 다시 '인간'으로 돌아오더라도. 포스트휴먼을 말하는 시대에 우리가 어떻게 인간이 되었는지, 될 수 없었는지 질문하는 일은 앞으로 우리가 어떤 인간이 될 것인지를 그리기 위한 작업이기에 중요하다. 이 작업은 인간을 소외시키기 위한 목적이 아니다. 오히려 그 반대이다. 빠짐없이 모두가 인간으로 돌아오기 위해.

더욱, 우리가 '인간'이라고 여기던 것들이 생경하게 느껴지기를 바란다.

[젠더] 죄성罪性을 극복하는 비인간의 '나'들

포스트휴먼 시대 시와 젠더

성현아

1. 인간을 배제하여 완성한 인간다움

코로나-19로 인해 우리는 전례 없는 새로운 일상을 마주했다. 급변하는 사회 분위기 속에서 다시 인간에 대해 사유하게 되었고, 더불어 새로운 인간의 시대 또한 멀지 않았음을 체감했다. 달라진 삶의 방식은 적응력을 높여주기보다 앞으로 달라질 삶에 대비하지 못할 것이라는 불안감을 불러왔다. 이 같은 팬데믹 상황에서 사람들은 미래를 예측하는 일에 더 많은 관심을 보이고 있다. 그렇지만 우리가 간과하지 말아야 할 점은 지금의 재난이 갑작스러운 재앙이 아닌 현대 문명의 산물이라는 점이다. 포스트휴머니즘이 아예 새로운 삶의 형태를 불러올 것처럼 보이지만, 몇몇 선별된 인간만을 위해 고안된 휴머니즘이 양산해온 기이한 차별을 답습할지도 모르는 일이다.

그렇다면 최근 자주 맞닥뜨리게 되는 '포스트휴머니즘'이 무엇인지부터 명확히 짚어볼 필요가 있겠다. 포스트휴머니즘은 인간의 육체적·정신적 능력이 향상된 포스트휴먼이 등장할 것임을 예고하는 '포스트휴먼-이즘'트랜스휴머니즘과 기술의 발달이 휴머니즘의 극복을 선도한다고 보는 '포스트-휴머니즘'으로 나누어 볼 수 있다.[1] 후자에 집중해보자면, 포스트휴머니즘은 '인간'이라는 이름하에 자행되었던 억압이 기술의 혁신으로 극복된다는 뜻이다. 더는 인간과 비인간을 분별하지 않게 되므로 억압과 차별 또한 불필요해지는 수순이다. 주목할 점은 포스트휴머니즘으로 인해 억압에서 해방될 '비非인간'에 사전적 정의로는 인간으로 분류되어야 할 대상들이 대거 포함되어 있다는 점이다. 인간은 비장애-이성애자-시스젠더-백인-남성만을 칭하는 명사로 오용되어왔으며 휴머니즘은 이들에게만 한정적으로 적용되는 사상이었다. 휴머니즘의 어원 격인 '인간다움humanitas'이 이방인과 문명인을 구별 짓기 위해 고안된 단어인 것처럼, 여성, 퀴어, 트랜스젠더 등의 소수자들이 야만의 비인간으로 치부되어온 역사는 유구하다.

따라서 포스트휴머니즘을 통한 인간으로부터의 해방을 논하기보다 인간이라는 제한적이고 선별적인 명명을 반성적으로 사고하는 일이 더욱 시급해 보인다. 최근 포스트휴머니즘이 회자됨으로써 인간을 주체로 상정하여 자동적으로 대상의 자리에 고정되었던 비인간에 대해 새롭게 사

---

1   손화철, 「포스트휴먼 시대의 기술철학」, 한국포스트휴먼연구소·한국포스트휴먼학회 편저, 『포스트휴먼 시대의 휴먼』, 아카넷, 2016, 277~278쪽.

고해야 한다는 철학적 성찰이 잇따랐다. 대표적으로 제인 베넷은 『생동하는 물질』에서 비인간 신체나 완전히 인간적이지는 않은 신체에도 물질의 생기가 있다는 점에 주목하여 인간 개념을 재사유하도록 유도하였다. 이러한 반성적 사고는 인간중심주의의 폐해를 바로잡는 긍정적인 기능을 하게 될 것임에 틀림없으나, 여기에만 집중할 경우 인간으로 분류되지만 인간으로 인정받지 못했던 비인간에 대한 논의는 생략하게 되는 우를 범할 가능성이 있다. 자칫 허물어야 할 경계가 '인간 대 동물', '인간 대 기계', '인간 대 사물' 정도로 비치며, 다시금 여성, 퀴어와 같은 소수자들은 명칭만 인간으로 분류된 채 비가시화될지도 모르는 일이기 때문이다. 정상적인 인간에서 탈락된 채 타자화되어온 존재들을 하나로 범주화하기는 어렵지만, 이 글에서는 인간이면서 인간이 아닌 가장 모순적인 위치를 점하게 되는 젠더 문제에 초점을 맞추고자 한다.

시단에서 벌어진 문단 내 성폭력과 같은 일련의 사건들을 상기하면 반성적 사고의 첨단이 여전히 '시'인지 확신하기는 어렵지만 적어도 시가 앞장서서 반성적 사고를 이끌어야 하는 책무를 맡고 있음은 자명하다. 더불어 인공지능이 시를 대체하기는 어려우리라는 전망은 다른 어떤 장르보다 시가 1인칭 발화와 인접하다는 점, 그 언술이 여러 혁신을 거치면서도 여전히 고백적 성향을 갖는다는 점에서 기인한다. 이는 인간이나 여전히 인간으로 인정받지 못하는 비인간의 당사자성을 구현해낼 수 있는 최적의 매체이자 목소리로 기능할 수 있다는 가능성을 의미하기도 한다. 그러므로 포스트휴머니즘에 관한 논의가 풍부해진 지금-여기에서 시는 어떤 방식으로 현현하고 있는지, 또 인간이라는 명명에 대해 어떤 질문을 던지고 있는지 살펴볼 필요가 있다.

2. 비인간 – 죄성罪性의 존재들

지금껏 인간으로 인정받지 못했던 다양한 젠더는 인간 중심의 사회에서 원죄를 타고났다고 여겨져 왔다. 그러므로 인간 행세를 강요받으면서 동시에 인간이 아니라는 점을 늘 마음속으로 상기해야 하는 이들이 시에 등장할 때 가장 많이 표출하는 혹은 기저에 깔린 감정은 죄책감이다. 이들은 자신들이 받은 부당한 처사에 항의할 때마다 번번이 좌절되었던 경험을 갖고 있다. 인간의 범주에 포함되지 않는 젠더에게 가해진 폭력은 죄로 인정되지 않기 때문에, 이를 고발하거나 이에 감정적으로라도 대응한 당사자는 타인(실제 가해자)을 죄인 취급했다는 이유로 역으로 가해자의 입장으로 전환된다. 따라서 이들은 언제든 가해자 신분으로 내몰릴 처지에 놓여 있으며 주입된 죄책감을 떠안고 살아가야 하므로 '죄성罪性', 즉 범죄가 될 만한 성질을 지니고 있는 존재들로 간주된다.

밥 먹다 웃다 수다 떨다
칼로 눈동자를 도려냈다

악의는 없어?

물음은 칼이다
무분별해서 우스워 보이고 계속, 계속, 나는

이런 얼굴

저런 웃음

낄낄낄 꽃다발처럼 떨고 있는 고백이다

가령, 60도로 기울어진 언덕에서 걸어오던 사람이 인사했다고 하자
나는, 사랑은 60도 각도에서 시작된다, 라고, 고백했다고 하자
아니, 그런 종류의 고백이 아니라고 정정당했다고 하자

부딪치는 순간 잠깐만요 고개를 갸웃거리고
스쳐 지나가고 함부로 인연을 믿고
정말? 비가 내리면
발랄하게, 치욕스럽게,

어떤 것이든 반성해야 해?

되묻는 고백은 모서리
움푹움푹 파먹힌 기분

그러므로
들쥐 들쥐들
입술 입술들

덫이 필요하다고 하자

쓰다듬으면 얼굴 할퀴는 고양이가 등장해

모자를 쓰고 모래가 되었다가 유충처럼 산양의 입을 뒤집은 다음 다시 모
자를 쓰고

벗고

유쾌해
정말? 무례해

칼로

눈동자를
도려내고

아무렇지 않아서 기만이다
아니, 기만이 아니다, 갸웃거리는 고개를 잡고서
기어코, 기만이다, 고백은

채식주의자처럼 극단적으로 유순하고
사육제처럼 즐거움의 가면을 쓰고 불의의 사고를 기대하는 경향이 있다
— 권박, 「고백」(『이해할 차례이다』, 민음사, 2019) 전문

시집에 수록된 다른 시들과의 연관성을 고려하면 이 시의 "나"는 여성

화자로 보인다. 화자 자신에 대한 질문이 곧 피뢰침이 되어버리듯「마구마구 피뢰침」 악의는 없냐는 물음이 곧 "칼"이 되므로 상호 텍스트적 맥락에서 보면 '칼로 눈동자를 도려내는 행위' 역시 여성 주체가 행하는 것이 된다. 그렇다면 왜 질문하는 행위가 곧 "칼"이라는 폭력의 도구와 연결되는 것인가. 시 속에서 여성의 "물음"은 누군가의 "웃음"에서 촉발된 감정에서 비롯한다. "저런"이라는 수식으로 유추해보건대 웃음은 "나"의 행동이 아니다. "낄낄"거리며 웃는 이는 즐거운 상태이지만 "나"는 그러한 행위가 무례하다고 느낀다. 유추하건대 여성인 "나"도 참석한 식사 자리에서 사람들이 여성이 불쾌해할 만한 말들을 농담처럼 주고받고 있고 "나"는 그런 모욕적인 말들이 단순히 "악의는 없"다는 이유로 용인될 수 있느냐고 반문한 것으로 보인다. 그러나 여성을 향한 유머는 성차별이 만연한 사회 분위기 속에서 시종일관 유쾌한 것으로 여겨질 뿐 죄로 성립하지 않기 때문에, "나"의 이해는 정정 당한다. 누군가는 "치욕"스러워할 만한 언행에 반응하는 자의 이해방식과 과민함을 문제 삼는 수순의 전개는 우리에게 이미 익숙한 것이다. 그로 인해 "나"의 질문은 적절한 이의제기도, 최소한의 방어도 아닌 갑작스러운 공격으로 받아들여진다.

이때 잘못이 있어서 그 잘못을 바로잡는 행위가 필요한 게 아니라 "정정"의 행위로 인해 소급해서 여성의 잘못이 생겨난다는 점에 주목해야 한다. 그러므로 "어떤 것이든 반성해야 해?"라는 여성의 정당한 반박은 오히려 굴종하지 않는 여성을 비난하기 좋은 핑계거리가 되어 여성 주체를 찌르는 질문이 되어버린다. 기이하게 비틀린 인과는 "쓰다듬으면 얼굴 할퀴는 고양이"의 등장과 맞물리며 더욱 선명한 인상을 남긴다. 고양이에게 인간이 건네는 손길은 그것이 호의적인 것이라 할지라도 불안과 공포를

야기한다. 고양이의 관점에서 "쓰다듬"기는 공격에 가까운 행위이므로 고양이는 방어의 수단으로 할큄을 택한다. 그러나 문장으로 남는 것은 입장의 차이가 아니라 선의에서 내민 인간의 손길에도 공격을 가하는 과민하고 괘씸하기 짝이 없는, 소통 불가능한 짐승이라는 낙인이다.

고양이와 같이 낙인을 지닌 "나"는 이에 대해 되묻고 따지면서도 상대방의 죄를 확정 짓지 못하고 고개를 갸웃거린다. 그것을 과연 무례로 해석해도 되는지에 대해 여전히 스스로 묻는 여성들은 상식선線 아래에서 지속적으로 생활해왔으므로 어디가 선인지 또 어떤 것이 선을 넘는 행위인지 구분하기 어렵다. 그리하여 안타깝게도 반문하고 저항하기도 하는 비교적 진보적인 여성인 "나"조차도 단 한 번도 확정된 말을 하지 못한다. 자신에게 행해진 폭력이 감각적으로 죄라는 것을 느끼지만 지배문화에서 죄로 인정된 경험이 없기 때문에 확신하기 어려운 것이다. 끝내 "경향이 있다"는 유보된 말로 문장을 마무리 짓게 되는 이 시는 인간에서 배제되어온 여성이 오히려 다시금 가해자로 상정되어버리는 현체제의 모순을 환기한다. 의문을 제기한 비인간은 다시금 "파먹힌 기분"에 휩싸인다. 이는 표출되지 못한 분노가 방향성을 잃고 내면으로 굴절될 때 생기는 감각이다.

> 아무 데서나 펼쳐지는 초록을 지날 때
> 머리에서 발끝까지
> 어떤 감정이 치밀어 오르는지
>
> 초록은 왜 허락 없이 돋아나는가

귀가 없으므로

초록은 명령한다
초록은 힘이 세다

초록에 동의한 적 없습니다
초록을 거절합니다
초록이 싫습니다
합의하의 초록이 아닙니다

"문란하구나"

누구에게 하는 말입니까?

"초록을 싫어하는 인간은 없다"

나를 떠메고 가는 바람이 없다는 것을 알아챈 오후
웃음을 열었다가 닫는다

툭, 불거지는 질문처럼
아, 내가 지나치게 피를 많이 가지고 있었구나
―이소연, 「초록의 폭력」(『나는 천천히 죽어갈 소녀가 필요하다』, 걷는사람, 2020) 전문

"초록"은 허락도 동의도 없이 행해진다는 점에서 성폭력을 연상케 한다. 이 시의 화자가 그러하듯 성폭력 피해자는 폭력을 명확히 거절했음을 입증해야 한다. 동의는 상대에게 구해야 마땅한 것이지만, 한국 사회에서는 피해자의 거절 의사가 명확하지 않으면 '암묵적'으로 승인한 것으로 해석하여 동의를 구하지 않은 가해자에게 면죄부를 주는 방식으로 법이 적용되기 때문이다. "초록"에 동의한 적 없다는 문장 끝에 큰따옴표로 인용되는 말은 "문란하구나"라며 피해자를 단죄하고 모욕하는 말이다. 이어지는 "초록을 싫어하는 인간은 없다"라는 말은 강간이 살인에 더 가까운 중범죄임에도 호불호를 가릴 수 있는 성관계로 인식되는 양상을 보여준다. 강간을 당한 여성도 이 범죄를 즐겼으리라는 왜곡된 성인식은 여지없이 발화된다. 대화적 어조를 취하는 여러 언술 중에서 큰 따옴표 속에 묶일 수 있는 것은 오로지 2차 가해가 되는 모욕의 말뿐이다. 결론적으로 "어떤 감정이 치밀어 오르는지" 아느냐는 반문은 "귀가 없는" 초록의 권력에 의해 묵살된다. 시인은 이를 직접 인용하지 않음으로써 이러한 항변들이 타인에게 전해진 적 없는 말임을 드러낸다. 피를 흘린 "나"는 나를 피 흘리게 한 대상의 죄를 문제 삼을 수 없음을 깨닫고 "지나치게 피를 많이 가지고 있"었던 자신의 잘못으로 비난의 화살을 돌리게 된다. 이러한 반응은 폭력적인 남성 중심 사회에 대한 위악으로 읽히든 순응으로 읽히든, 비인간으로 간주되어 온 여성이 갖게 되는 죄책감을 드러내 보여준다. 여성들이 폭력을 문제 삼을 때면 역으로 내면에서 불거지던 자기검열의 목소리이기도 하다.

이는 여성뿐 아니라 남성 퀴어에게서도 나타난다.

집으로 돌아온 리는 오래된 플라스틱 박스를 들고 퀴토 예배당에서의 일을 떠올렸다.

그 계집애처럼 말랑말랑한 앨러턴 녀석이 이따위 쥐새끼 두 마리를 두고 갈 줄이야.

리는 베이비 리의 방에서 땀에 젖은 그림자와 셔츠와 팬츠를 벗었다. 전신 거울 앞에 서서 새도 스텝을 밟았다. 얼룩줄무늬 트렁크를 입은 털복숭이 리를 향해 연타로 훅을 날렸다.

내 젖꼭지는 크고 내 배레나룻은 짙고 내 퍼넛버터peanut butter[1] 는 고약한 냄새를 풍겼다고.

리는 거울 속 리를 바라보며 상체를 빠르게 움직였다. 잽을 잽싸게 구사했다. 왼발과 오른발을 재차 앞뒤로 바꿨다. 리의 시커먼 마호메트불알[2] 은 율동했다. 리는 트렁크를 끌어내리고 힝힝 숨을 내쉬었다. 문이 열렸다. 리가 거울 밖으로 소리 내어 사라졌다.

나는 비트걸beatgirl[3] 의 푸딩pudding[4] 을 뚫은 열 세 명의 럭비부원 중 하나였어.

주방에 우뚝 선 리는 아이스박스에서 정키 스트라이크를 꺼내 마셨다. 마르가라스사의 조미 정어리를 한 입 베어 물었다. 우적우적 씹었다.

*앨러턴의 평화로운 손아귀에서*5) *할로우 미키마우스 스토리를 들어준 건 순전히 썩은 맥주와 마리화나 탓이었지.*

맛은 환상이었다. 식탁 위에 놓인 원통형의 깊고 비좁은 시간 속에서 두 마리의 햄스터는 서로의 얼굴을 밟으며 정답게 버둥거렸다. 베이비 리는 그곳으로 토막 난 정어리를 던져 넣었다. 투명한 믹서 안의 세계가 폭력적으로 고요해졌다.

나는 햄스터가 아니야.

리는 뚜껑을 닫았다. 버튼을 눌렀다. 작고 땅딸막한 비명이 두서없이 갈렸다. 다정한 털과 살과 뼈와 피가 정어리의 암갈색 살코기와 뒤섞였다.

이 쓰레기 호모새끼야.

채 갈리지 못한 눈동자가 리의 붉은 눈과 마주쳤다. 리는 주근깨 곱슬머리 앨러턴의 눈빛을 떠올렸다. 버튼을 다시 짓이겼다. 리는 눈동자가 사라진 우중충한 정어리 주스를 따라 마셨다.

나는 햄스터가 아니야, 이 쓰레기 호모새끼야.

베이비 리는 퀴토 예배당의 검은 마리아상을 생각했다. 리는 사실적으로 부끄러운 울상이 되었다. 베이비 리는 믹서의 뚜껑을 열었다. 미키마우스들을 사랑의 카드가 담긴 플라스틱 디즈니랜드에 되돌려놓았다. 둘은 다시 각자의 영역으로 돌아가 조용히 잠을 청했다. 리는 이 믿을 수 없는 고요함이 입 안에 퍼진 조미 정어리의 더러운 맛 때문이라고 다짐했다. 곧 리의 눈물은 알몸이 되었다. 곧 리는 벌거벗은 채 속삭였다. 늘 하는 이야기를. 집으로 돌아온 베이비 리의 이야기를.

---

1) 사정 주기가 길거나 감정의 수가 많아서 누렇거나 젤리 같은 형태로 배출되는 정액을 일컫는 말. 1985년 베어클래식 출판사에서 출간된 윌리엄 Y. 버로스의 『퀴어스』에서 처음으로 사용되었다.
2) 유난히 크고 늘어진 불알을 일컫는 말. 1959년 프랑스의 프랑수아 출판사에서 출간된 윌리엄 Y. 버로스의 『홀딱 벗은 점심』에서 처음 사용되었다. 이 단어 때문에 버로스는 수십 년 동안 암살 협박에 시달려야 했다.
3) 성적 매력이 넘치는 소녀를 속도감 있게 이르는 말. 1953년 회복되지 못한 마약 중독자의 고백 출판사에서 출간된 『정크』에서 처음으로 사용되었으나 후에 그룹 Queers의 노래 「비트걸 랩소디」가 큰 성공을 거두며 전 세계적으로 알려지게 되었다.
4) 여성의 처녀막을 이르는 속어. 『익스프레스 사전』(노바, 1964) 참조- 옮긴이 주.
5) 손으로 성기를 애무하여 평온을 가져오는 기적 또는 기술(hand job)을 체험했다는 은유로 읽을 수 있다- 옮긴이 주.
　　　　　　　　　　　　　─ 김현, 「퀴어; 늘 하는 이야기」(『글로리홀』, 문학과지성사, 2014) 전문

　퍼즐 조각처럼 흩어져 있는 이 시의 서사를 정리해보자면 이러하다. 남성인 "리"는 퀴토 예배당에서 동성인 "앨러턴"에게 성기를 애무받는다. *"피넛버터"*가 불러왔던 후각을 회상하는 것으로 보아 "리"는 그 애무 끝에 사정했던 것으로 보인다. 그는 집으로 돌아와 자신의 방 전신 거울 앞에 서서 이를 회상하며 괴로워한다. 아주 단순한 서사임에도 선뜻 이해되지 않는 이유는 이 간단한 사실을 받아들이기 힘들어 이리저리 방황하는 "리"의 의식을 독자도 따라다니도록 시가 설계되어있기 때문이다. 그 헤

맴 속에서 틈입하는 목소리들은 "리"의 내면의 소리이기도, 자신을 검열하는 "리"의 초자아가 창출하는 명령이기도, 세계가 퀴어에게 쏟아내는 비난이기도 하므로 다층적이다.

먼저 "리"의 내면적 발화로 보이는 기울임 표시된 문장들에 주목해보자. "리"는 앨러턴과 보낸 시간을 회상할 때 자신과 그를 *쥐새끼 두 마리*라며 혐오적으로 묘사한다. 더불어 자신이 *비트걸*이라 일컬어지는 여성의 처녀막을 뚫어보기도 했다며 자신을 폭력적이고 고압적인 이성애남성으로 전시한다. 자신은 이성애자이며 단지 "앨러턴"이 건넨 *마리화나*와 *맥주*라는 보상 때문에 그러한 일이 일어났을 뿐이라고 합리화하려는 의도가 엿보이는 대목이다. 그러나 곧바로 이어지는 문장에서 "리"는 그 맛이 "환상이었다"고 회고한다. 썩은 맥주와 마리화나의 맛이라기보다 앨러턴의 *손아귀*를 통해 경험한 감각에 대한 서술임을 짐작할 수 있다. "리"가 이 경험의 표상이자 그 시간 속의 자신과 앨러턴을 나타내는 "햄스터"들을 믹서기에 넣고 갈아버리려 할 때에도 이들은 서로 정다운 모습으로 묘사된다. 앨러턴과 보낸 시간에 대해 "리"는 일관되게 부정적으로 묘사하려 노력하지만 실상 이를 수식하는 말들은 모두 긍정적이다. 이렇듯 "리"가 당시 즉각적으로 느낀 감각과 이후 사회적 시선을 의식하며 해석해낸 감각은 판이하다. "리"는 감정이 어떠하든 비인간으로 내몰리지 않기 위해 그 시간 속의 자신마저 부정하며 *나는 햄스터가 아니야*라는 결론으로 나아간다. 이때 *이 쓰레기 호모새끼야*라는 비속어가 나란히 놓인다. 이 욕설은 "리"라는 개인에게 가해지는 비난이기도 하면서 동시에 제목에서 알 수 있듯 퀴어에게 사람들이 "늘 하는 이야기"이기도 하다.

마지막 연에서 "고요함이 입안에 퍼진"다는 것은 비인간으로 내몰릴 법한 정체성에 대해서는 극단적으로 침묵해야 하는 사회에의 순응을 의미한다. "리"는 이처럼 "폭력적으로 고요"해질 수밖에 없는 이유가 자신과 앨러턴이 품었던 마음과 나눈 스킨십 때문이라고 자책한다. 동성애를 더럽고 추한 것으로 단정 지을 뿐 아니라 자신의 부덕함에 그 책임을 돌리는 것이다. 단, 그저 자책하는 게 아니라 자신을 탓하기로 다짐한다는 부분은 중요하다. 그러한 경험에서 죄의식을 느끼고 자기를 탓하는 일이 자연스러운 현상은 아니나 지속적으로 강요되어왔고, 이에 반항해봤자 별다른 도리가 없기 때문에 의지적으로 그렇게 하려는 것이다. 그리하여 인간이 될 수 없는 남성 퀴어들은 *"쥐새끼"*라는 자조 섞인 멸칭에서 더 나아가 "미키마우스"라는 가상의 캐릭터로 변환되어 현실에서 말끔하게 추방된다. "플라스틱 디즈니랜드"라는 가상공간으로 돌려보내지는 이들의 결말은 남성 퀴어가 실존하지 않는 판타지의 영역에 머물러야 하며, 그것이 사회에서 부여한 그들의 "영역"이라는 점을 환기한다. 없는 것으로 치부되어야 마땅한 "리"의 경험은 "리"로 하여금 "부끄러운 울상"을 짓게 만든다. 주의할 점은 "리"가 당시에 그런 감정을 느꼈던 것이 아니라 자신의 경험을 회상하며 기억으로 변환하는 과정에서 사회적 시선을 가미하며 죄책감과 수치심을 포괄하는 부끄러움의 감정을 만들어 느낀다는 점이다.

여성이자 퀴어로서 중층의 억압을 견뎌야 하는 경우 죄의식은 더욱 극대화된다. 김현의 시에서 확인할 수 있듯, 남성 퀴어는 동성애자임을 밝히지 않으면 호명 권력을 갖는 주체의 자리에 머무를 수 있는 데 반해 여성 퀴어의 경우 퀴어임을 표명하지 않더라도 이미 여성이라는 정체성만으로 혐오 받는 존재이기 때문이다. 따라서 동성애자임을 자각하지 않을 때도 지속적으로 위축되어 있으며, 비인간으로 내몰리는 소수자들이 갖는 죄

책감이 증폭되어 나타나는 경향이 있다.[2]

너는 하루 종일 썰고 있지
차갑고 딱딱한 감정을
도마는 불쌍해, 아주 불쌍해
눈물을 줄줄 흘리면서

눈과 입술이 반대라니
끼럭끼럭 웃음을 참고 참다가
불이 닿기도 전에 끓는 주전자

우리 집에는 우리가 살았고
유령 같은 구름 한 점 없었는데
대문 앞을 지나가는 이웃들은
소금을 끼얹고 잠든대

엎드려서 일어날 줄 모르는
이런 접시에는 무엇을 담지
그런 그림자는 아무도 안 사 가고

미안해 미안해 오늘은 햇빛처럼

---

2   성현아, 「무지개면서 지우개인」, 『현대시』 2021.7, 104쪽.

여러 가지 각도를 가져서

해가 돌아눕도록 가만히 두어서

까마귀들이 손등을 쪼는 동안

침대보가 펄럭이며 머리를 덮으면

눈보다 먼저 구두를 엎어둬

세상에 비슷한 발들은 많으니까

너는 하루 종일 꾸고 있지

싱겁고 납작한 꿈을

우리는 깨끗해, 아주 깨끗해

눈물을 줄줄 흘리면서

　　　　　　　　　　─강혜빈, 「홀로그램」(『밤의 팔레트』, 문학과지성사, 2020) 부분

　　강혜빈이 자신의 첫 시집 출간을 두고 여성 시인이자 퀴어 당사자로서 정체성을 드러낸 것이라 말했던 점과 시집 전반에서 나타나는 맥락을 고려할 때 "우리"가 여성 퀴어임을 어렵지 않게 유추해볼 수 있다. 이들을 여성 퀴어로 한정하지 않고 독해한다 하더라도 "우리"가 인간에서 배제되고 소외된 이들을 의미한다는 점에서는 동일하다. 이들은 "우리집"에 "우리"가 사는 당연한 일상 속에서도 박해받는다. 단지 "우리"라는 불온한 존재가 자신들의 삶을 이어나간다는 이유만으로 이웃들은 "소금을 끼얹"는다. "대문"이라는 가시적인 경계를 통해 "우리"가 충분히 이웃으로부터 분리되어 있으며 그들의 삶에 해를 끼칠 만큼 가까이 있지도 않다는 점을 시

는 분명히 밝혀둔다. 그럼에도 이웃들은 이들의 '살아감' 자체를 문제 삼는 것이다.

　아무런 이유도 없는 폭력에 시달리는 "우리"는 비인간의 처지에서 감당해야 하는 고통을 더욱 예리하게 감지하게 된다. "우리"는 "칼질"을 하며, 그 칼질을 견뎌야 할 "도마"에게, 무언가를 담으며, 내용물을 담기 위해 일어나지 못하고 엎드려 있어야만 하는 "접시"에게 적극 감응한다. 비인간의 입장에 공감하며 종내에는 "미안해 미안해"라며 하염없이 사과의 말을 되풀이하게 된다. 이는 자신이 당한 고통을 동력 삼아 타자의 고통에 더욱 민감하게 반응하게 되는 윤리적인 태도이기도 하지만 주입된 죄책감에 온전히 노출되는 과정이기도 하다. "불쌍해, 아주 불쌍해"라는 말이 후에 "우리는 깨끗해, 아주 깨끗해"라는 말로 변주된다는 점이 이를 선명하게 보여준다. "우리"는 유령도, 불길한 존재도 아니지만 쫓아내야 할 더러운 대상으로 간주된 채 자신들의 깨끗함을 재차 입증해야 하는 처지에 놓인다. 이소연의 시 「사과의 여인」『나는 천천히 죽어갈 소녀가 필요하다』 속 여인이 자신의 몸을 둘러싸고 있는 죄를 닦아내는 행위를 지속할 수밖에 없는 것처럼, 선천적으로 죄성을 지녔다고 낙인찍힌 이들은 언제나 죄를 짓지 않았다는 자신의 결백을 주장해야 한다.

3. 커버링covering 거부하기 – 괜찮지 않은 것이 괜찮지 않습니다

　부여된 죄성은 털어내고 닦아내고 부정하는 행위를 통해 오히려 피부 속으로 스며들어 강화되기도 한다. 죄가 없는 이들은 죄가 있다는 억지스러운 주장에 부딪히며 '죄 없음'을 계속 증명해야 하는데 그 과정에서 '죄 없음'은 객관의 사실이라기보다 주장의 성격이 강해지기 때문이다. 자신의 결백함을 밝히는 과정이 죄가 있을지도 모른다는 의심에 노출되는 과정이 되는 셈이다. 이때 소수자들은 죄가 없다는 자신의 주장이 전혀 통하지 않는다는 점에 무력감을 느끼고 이 사회에서는 자신의 존재 자체가 죄일지 모른다는 자기검열, 자기비판을 경험하게 된다.

검열은 표현의 내용을 향해 행해지는 것으로 지칭되지만 텍스트에 선행하여 수용 가능한 표현과 수용 불가능한 표현을 미리 제약함으로써 표현을 생산할 수 있다.[3] 소수자들은 수용이 가능한 표현과 수용 불가능한 표현의 경계를 반복적으로 학습해왔다. 외부로 드러나는 검열이 아닌 내면에서의 은폐된 검열은 이들의 삶 전반에서 이루어진다고 할 수 있다.

> 괜찮지 않습니다. 대부분의 나는 나에 대한 예의가 결여되어 있습니다. 괜찮지 않음에도 괜찮습니다 말하는 데 익숙해져 있습니다.
>
> ─권박, 「예의의 결여」(『이해할 차례이다』, 민음사, 2019) 부분

괜찮지 않은 일에 "괜찮지 않습니다"라고 진솔하게 말하고 나서도 "나"는 곧바로 이 말을 시정해야 한다는 내면의 소리를 듣게 된 것으로 보인다. 이는 소외된 자들에게는 허용되지 않는 의사 표현이기 때문이다. 이들은 괜찮지 않은 것을 참지 않고 표현할수록 사회에서 수용될 가능성이 희박해진다. 따라서 '괜찮지 않다'는, 최소한의 인권을 보장해줄 것을 요청

---

3   주디스 버틀러, 유민석 역, 『혐오 발언』, 알렙, 2016, 240~241쪽.

하고 그렇지 않은 불합리한 일에 항의하는 말은 그들의 내면에서 먼저 검열되므로 좀처럼 발화되지 않는다. 그리하여 괜찮지 않음에도 오히려 괜찮다, 라고 말하는 데 익숙해져 있을 수밖에 없는 이들은 대체로 자신에게 일어난 불편한 일들을 덮고 넘기지만, 주지하다시피 이는 스스로에 대한 "예의"를 지키지 않는 일이다.

> *절대로…… 미안하다고 말하면 안 돼*
> *미안해할 사람이 없는데*
> *미안하다고 말하면*
> *용서를 받아야 할 것 같고*
> *용서를 받으면*
> *이해를 받아야 할 것 같고*
> *시시한 일이 무서워지고*
>
> *그런 칼이 아니었는데*
> *그런 자세가 아니었는데*
>
> *아직 꿈속이구나?*
>
> *그만 일어나자, 타는 냄새가 나*
> *너는 자고 나는 머리를 흔들지*
> *흔들고 흔들면 몸속에서 누가*
> *먼저 흔들리는 것 같아서*

연기 속에서 목소리가 졸아든다
잘못 빨고 잘못 말린 스웨터처럼
순서를 잘못 배워서
뒤늦게 잘잘못을 따지는 사람들처럼
그럼에도
서로를 껴안는 날실과 씨실처럼

절대로…… 괜찮다고 말하면 안 돼
괜찮아도 되는 일이 없는데
괜찮다고 말하면
용서를 해야 할 것 같고
용서를 하면
우리가 졌다는 미신이
정말 사실이 되고
시시한 일이 무서워지고

그럴 사람이 아니라니
그런 믿음은 잘 썰리고

나의 검은 천사
그렇게 말하려다 말고
나는 너를 쓰다듬는다
너의 뒤통수, 동그란 뒤통수를

우리 집에는 우리가 당연히 살았는데

아무도 나오지 않으니까

몸이 조금 차가워지고

뒤를 돌아보게 돼

나는 아직도 코가 막혀서

누가 방 안을 들여다보고 있어서

우리만 한 동그라미를 빼면

세상은 까맣게 그을릴 수 있겠지만

방바닥에 모르는 접시들이 누워 있네

나는 여기에 앉아

밥도 먹는다

―강혜빈, 「홀로그램」(『밤의 팔레트』, 문학과지성사, 2020) 부분

이 시에서는 "*절대로…… 미안하다고 말하면 안 돼*", "*절대로…… 괜찮다고 말하면 안 돼*"라는 다짐이 반복적으로 드러난다. 이 강한 부정은 화자가 오랫동안 습관적으로 사과와 허용의 표현을 사용해왔음을 의미한다. "주류에 부합하도록 남들이 선호하지 않는 정체성의 표현을 자제"켄지 요시노, 『커버링』, 9쪽하고 인간 사회에 잘 녹아들 수 있도록 적절히 자신의 불편함을 숨기는 커버링covering을 반복해왔다는 말이다.

앞선 시들에서 커버링이 성공적으로 거부되었다고 보기는 어렵다. 그러나 괜찮지 않은데 괜찮다고 말하게 되었던, 억압과 자기검열의 과정 자체

를 가시적으로 형상화하여 시에 내보인 데는 큰 의의가 있다. 이는 반복과
변주를 거치면서 커버링 요구를 받는 대상이 단순히 여성, 동성애자 등의
소수자들에게만 국한되지 않는다는 점을 드러내기 때문이다. 젠더를 수
행성 개념으로 사유하는 주디스 버틀러에 의하면 젠더란 안정된 정체성
으로 구성되는 것이 아니라 "양식화된 행위의 반복"『젠더 트러블』, 349쪽을 통
해 유지되는 환영이다. 고정된 젠더를 수행하도록 요구받아온 비인간들
이 커버링을 거부하려는 모습은 시적으로 형상화되어 균열을 일으키고
정상적인 젠더, 정상적인 인간이라는 허상을 존속시키려는 사회구조의
이면을 드러내 보인다. 이를 통해 젠더 구분을 유지하기 위해 진정한 자신
을 숨기고 거짓된 행동을 꾸며내야 했던 이들이 비단 소수자들만은 아닐
것이라는 추론이 가능해진다. 비로소 커버링이 비인간에게만 해당하는
문제가 아니라 이들을 억압하려는 모든 인간까지 옭아매어 온 족쇄였음
이 분명해진다. 자신의 젠더와 불일치하는 '젠더 경합'gender dysphoria이
단순히 트랜스젠더에게만 한정되는 경험이 아니라 '젠더 체화과정 자체
가 불화와 경합을 통하지 않고서는 실현될 수 없기 때문에 트랜스젠더와
비트랜스젠더 모두 이를 경험한다'[4]는 루인의 논의처럼 커버링 또한 젠더
경합을 경험할 수밖에 없는 "모든 집단에 적용 가능한 동화주의 전략"켄지
요시노, 『커버링』, 123쪽이라는 점에서 오히려 이는 재현될수록 그 억압의 구조
를 상기시킨다.

---

[4] 젠더 경합은 트랜스젠더의 젠더 경험을 설명하기 위해 의학에서 주로 사용하는 용어로, 태
어날 때 지정받은 젠더에 불만, 불편, 불일치를 느끼는 경험을 지칭하지만 루인은 이를 태어
날 때 지정받은 젠더에 적합한 존재로 살아가기 위해 취하는 일련의 노력 전반을 포괄하는
언어로 재해석하고자 한다(루인, 「젠더, 인식, 그리고 젠더폭력-트랜스(젠더)페미니즘을
모색하기 위한 메모, 네 번째」, 『여성학논집』 30(1), 이화여대 한국여성연구원, 2013.6,
219쪽).

성실하고 유능한

구인 공고가 났습니다

나는 성실한 수강생입니다.

밤에는 잠꼬대로 진실을 흘려보내고

어제에서 갓 딴 악몽 한 컵으로

아침을 시작합니다

낙관, 희망, 혁신, 미래…… 눈앞에

펄럭이는 단어들은 얼마나 위생적인가요

내년에는 더 유능해질 겁니다.

정사각 통에 차곡차곡 담긴 티슈처럼

내면을 숨기는 법을 배웠습니다.

흰 테이블보에 스민 얼룩을 감쪽같이 지우듯

슬픔의 귀퉁이를 솜씨 좋게 잘라내는 건 서툴지만요

나는 실용을 좋아합니다.

새나 구름을 키우지 않고

불규칙동사를 외우듯 인생을 이해하지요

퀴즈는 다 풀지 못했어요.

꿈이 나를 놓아주지 않아서

그만 오늘에 늦게 도착하고 말았거든요

반복과 위생을 좋아합니다.
이불을 탈탈 털어
지난 내가 떨어뜨린 부스러기 절망을 깨끗이 정리하고
아침에 도착한 퀴즈의 답을 달달 외우면서
무럭무럭 새로운 세포로 분열합니다

네모난 종이처럼 반듯하며
나무 연필처럼 구르다 잠시 멈출 수도 있지만

사람을 모집합니다

아무렴요, 내년에는 꼭 사람이 될 예정입니다

오후에는
조금 좁아진 고요 주변을 돌며 운동을 하고
성실하게 배가 고프겠습니다

쏴아, 변기 구멍으로 빨려내려가는 구겨진 얼굴 대신
웃는 얼굴을 뒤집어쓰고

성실하게

들숨과 날숨을

차례대로 멈출 것입니다

　　　　　—김경인, 「인간 연습」(『일부러 틀리게 진심으로』, 문학동네, 2020) 전문

　자연스럽다고 여겨지는 '인간'으로 거듭나기 위해 "구겨진 얼굴"과 같은 수용되기 어려운 모습은 제거되어야 한다. 누구든 "웃는 얼굴"을 거듭 "연습"해야 한다는 점에서 '인간'이란 인간으로 인정받는 이들에게도 극복의 대상이라는 점이 분명해진다. 인간으로 이미 승인된 이들 또한 비인간으로 내몰리지 않으려면 고정된 역할을 수행해야 하고 그로 인해 생겨난 "슬픔", "절망"과 같은 불편한 감정을 숨겨야 한다. 이렇듯 괜찮지 않은 것을 괜찮지 않다고 말하는 일은 시 속에서 번번이 실패하지만, 반복되며 특정 집단의 일이 아닌 모두의 일임을 드러낸다.

4. 詩人인 시, 시인 in 시 – '실존하는 청자'로 당한 모욕을 증언하기

　커버링이 인간과 비인간 모두에게 강제됨을 재현하여 젠더 불화를 확장적으로 사유하게 하는 지금의 시가 죄성을 극복하고자 취하고 있는 전략에 대해 좀 더 구체적으로 살펴보자. 고봉준은 시에서 "정서적 호소력은 시인이 자신의 삶의 내력을 고백하기 때문에 생기는 것이 아니라 세계의 모든 것이 시인-개인이라는 주관성을 지나가기 때문에 생기는 것"「서정의고고학」, 241쪽이라고 본다. 물론 이러한 주장은 '서정'이 진술한 감정의 표현 정도로 한정되어왔음을 지적하고 역사적 맥락에 따라 다양한 방식으로

표출된다는 점을 밝히는 데 주안점을 두고 있지만 시인-개인이라는 주관성을 통과하기 때문에 개인의 경험이자 감정이 공동의 것으로 확산될 수 있다는 이야기는 더 많은 논의를 가능케 한다. 이를테면 시인들이 자신의 실제 이름을 시 속에 기입하여 독자가 실제 시인의 목소리를 시적 화자의 것과 겹쳐 읽도록 유도하는 현상들에 관한 논의 말이다.

조대한「1인칭의 역습, 그리고 시」, 90~111쪽은 실제 작가의 이름이 작품 속에 기입되며 행해지는 1인칭 발화가 소설뿐 아니라 시에서도 대거 등장하지만 시가 본래 1인칭 발화에 가까운 성격을 지녔기 때문에 상대적으로 이러한 현상이 주목받지 못했음을 지적한다. 그는 실제 시인의 목소리와 시 작품 내부의 목소리를 겹치는 작업이 현실로부터 유리되었다고 여겨지는 지면에 이질적인 층을 덧입히며 시의 언어를 확장시켜줄 가능성을 제기했다. 신형철「시적 시민성의 범주론」, 343쪽 또한 이러한 논의에 동의하며 문학의 주어가 '나'로 되돌아가 얻어낸 이 목소리를 정체성, 즉 자기의 모든 '살아진'lived 삶의 구체성을 말하는 능력이 인간에게 있음을, 그리고 그것을 강조하는 일이 중요함을 말하는 목소리로 읽어낸다.

이러한 분석에 동의하며 필자는 소설에서의 이 같은 현상을 "1인칭 작가 주인공 시점"성현아, 「이차원의 사랑법」, 237쪽으로 지칭한 바 있는데, 이 개념은 1인칭의 성격이 두드러지고 허구의 세계라는 인식이 덜한 시 장르와 더욱 긴밀하게 연동되는 개념일 수 있다. 따라서 시인이 직접 시 속에서 발화하는 '나'로 등장하는 것은 앞선 논의에서 살핀 것처럼 시적 화자가 곧 시인으로 동일시되던 과거의 독법으로 회귀하자는 움직임이 아니라, 이야기된 적 없는 삶과 그 현장의 생생한 목소리를 지면으로 된 시에 기입하는 과정일 수 있다.

이는 작가의 말, 작가 인터뷰나 약력 등의 곁텍스트paratext와 상호작용하며 독자에게 더 큰 감정적 동요를 일으킨다. 강혜빈이 자신의 메일링 서비스에서 커밍아웃 경험담을 이야기하며 시 「커밍아웃」이 자신의 사적 체험으로 읽히도록 돕거나, 황인찬이 제대 이후 시집을 냈다는 실제 삶을 팟캐스트 〈책읽아웃〉에서 노출하며 "이 시는 군대에 있는 동안 다시 써낸 시입니다 / 이 시는 군대에 있는 동안 발표할 수 없던 시입니다"「우리의 시대는 다르다」라는 구절에 독자들이 표현론적 관점에서 접근하도록 유도하는 점을 상기해볼 수 있다. 더불어 2020년 3월에 출시된 음성기반 소셜 미디어 '클럽하우스clubhouse'에서 최근 문보영, 이소호, 정다연 등 다수의 시인들이 방을 개설하여 개별 시편을 창작하게 된 계기 등을 공유하고, 독자들은 자유롭게 질문하며 시인과 독자(관객)로 다소 경직되어 있던 기존 낭독회의 구도를 허물며 쌍방향적 소통을 시도하고 있다. 이를 통해 실존하는 시인의 목소리가 시에 덧씌워지며 시 속의 발화자가 시인이라는 인상은 더욱 강렬해지고 있다.

토스트를 사먹다가 알던 선배와 마주쳤다. 다희야 내가 너 걱정돼서 하는 소린데 시 그렇게 쓰는 거 아니야. 나도 예전에 시 진짜 열심히 썼거든. 너도 알지? 나는 적당히 대답하면서 토스트를 먹는다. 오늘 점심은 차라리 굶을 것을. 굳이 먹겠다고 내려와서 선배랑 마주쳤다.

다희야 소문 들었어. 그 형이랑 왜 헤어졌어? 아니 욕하지는 말고…… 네가 사람을 소중하게 생각하지 않는 것 같아서 그래. 선배는 토스트를 먹는 입으로 자꾸 내 근황을 물어본다. 나는 선배가 그냥 토스트만 먹었으면 좋겠다고 생각한다. 그런데 난 처음부터 네가 아깝다고 생각했어. 나는 앞으로 볼 일 없으니 그냥 참자고 생각했다.

다희야 오빠가 하는 말 다 시 이야기거든. 그러니까 오해하지 마. 그리고 넌 신춘문예는 내지 마. 너랑 안 어울려. 그런데 너 만나는 남자는 있니? 난 토스트를 입에 욱여넣었다. 빨리 먹고 도망칠 생각이었다. 그래도 네가 시인이 되면 좋겠다. 너 진짜 멋있겠다. 선배는 자기 토스트를 다 먹고 나를 쳐다본다. 나는 입에 토스트가 가득 들어 있어서 아무런 대답도 하지 않는다. 너 시인 되면 어디 가서 매일 자랑할게. 시집 나오면 많이 살게. 넌 끝까지 써야 돼. 선배는 씩 웃었다. 선배는 어색하게 내 어깨를 두 번 두드리고 토스트 가게를 나갔다. 처음엔 무겁게, 나중엔 가볍게. 나는 토스트가 입에 가득 들어서 고개만 끄덕거렸다.

― 이다희, 「시 창작 스터디」(『시 창작 스터디』, 문학동네, 2020) 전문

이 시에서 "나"는 한마디도 하지 않는다. 다만 마음속으로 "차라리 점심을 굶"을 걸 그랬다고 후회하는 대목에서 선배와의 조우가 "나"에게 매우 불편한 일임을 짐작하게 한다. 선배는 "시 그렇게 쓰는 거 아니야", "신춘문예는 내지 마. 너랑 안 어울려"라며 "나"를 재단하는 말들을 단정적인 어조로 마구 쏟아낸다. 면박을 주는 말들은 모두 "나"가 시인이 되기를 응원하는 선배의 조언으로 포장된다. "시 이야기"로 가장하여 "나"의 남자관계를 캐묻는 선배는 "나"가 만나던 연인과 헤어진 사실을 두고도 "네가 사람을 소중하게 생각하지 않는"다며 여성에게 책임을 전가하는 말을 서슴없이 뱉는다. 더불어 "나"가 그러한 말에 불쾌함을 느낀다는 것을 알지만,

선배는 "오해"하지 말라는 당부를 통해 듣는 이의 부정적인 해석을 탓하며 자신의 발언을 문제 삼는 행위를 미연에 방지한다.

이 시가 실린 시집의 겉면에는 "이다희"라는 시인의 이름이 선명하게 새겨져 있다. 더불어 시가 시작함과 동시에 선배를 마주친 "나"는 "다희야"라며 시인의 이름으로 불린다. 시인이 신춘문예로 등단했다는 이력이 알려져 있고, 제목이 시인이 한 번쯤 참가해 보았을 만한 「시 창작 스터디」이며, "신춘문예"를 준비하던 시절로 보이는 정황은 이 시가 사실에 기반한 기록물일 것이라는 추측을 유도한다. 이는 시적 화자가 실재하는 인물, 즉 시인 본인일 것이라는 강력한 믿음을 준다.

이소호의 경우 좀 더 적극적으로 시집에 여러 차례 등장하는 "경진"이 자신의 개명 전 이름이며, "시진"은 동생의 실명임을 밝혔다.

> "자는얼마나깨끗하다고유난이야못생긴주제에기어서라도집에있어야지"
>
> ─ 이소호, 「가장 사적이고 보편적인 경진이의 탄생」(『캣콜링』, 민음사, 2018) 전문

한 줄로 끝나는 이 시의 전문은 직접 인용으로 처리되어 있다. 따옴표 속의 말은 한국 사회에서 성범죄의 원인을 피해자의 부도덕한 행실 탓으로 돌릴 때면 흔히 사용하는 표현이다. 시인은 "경진"이라는 개명 전 실명을 제목으로 삼아 시의 내용을 실제 체험으로 읽히도록 유도하여 이와 같은 2차 가해가 여성 피해자들의 과대망상에 불과하다는 반박을 불식시킨다. 더불어 이것이 범죄에 쉽사리 노출될 수밖에 없는 여성들이 자주 듣게 되는 말이므로 가장 사적인 체험이면서 동시에 보편적인 체험이기도 하다는 점을 제목을 통해 분명히 한다.

소호 뭐해? 다른 사람들한테 아직 내 이야기 안 했지? 나중에 우리 여행 갈래. 이 말을 하려고 전화한 건 아니고 그냥 오늘 너무 슬퍼. 같이 있어 주면 안 돼? 나 있는 곳으로 올래? 여기 연남동이거든 택시 타면 금방이야. 이상하게 술 마시니까 네 생각이 나네. 그냥 너 같은 여자랑 사귀면 어떤 기분이 들까 그런 생각. 아니다. 우리는 남들처럼 그렇게 유치하게 만나지 말자. 그냥 좋으면 좋은 대로. 나는 소호가 쿨해서 좋아. 예술하는 여자들은 보통 여자들이랑 다르잖아. 자유롭잖아. 얽매어 있는 거 싫어하지 나처럼. 그러니까 구속하지 말자. 마음이 서로 맞는다는 게 중요한 거잖아. 그냥 이렇게 만나서 술 먹고 더 맞으면 자고 그러자. 야. 우리가 무슨 사이냐니. 그게 뭐가 중요해. 너나 나나 나이 먹을 만큼 먹었잖아. 도대체 네가 생각하는 연애의 기준이 대체 뭔데? 남녀가 정기적으로 만나 놀고 먹고 자고. 그거 우리 지금 하고 있는 거잖아. 꼭 연인끼리만 그런 걸 해야 해? 난 아직도 네가 뭐가 불만인지 모르겠어. 여자들은 정말 이상하지. 멀쩡히 잘 만나다 꼭 이러더라. 됐어 기분 다 망쳤어. 너는 있는 그대로의 우리를 볼 줄 몰라.

—이소호, 「마시면 문득 그리운」(『캣콜링』) 전문

개명 전 이름뿐 아니라 아예 시집에 기재되어 있는 작가의 이름도 시에 등장한다. 연인으로의 권리는 주지 않으면서 성적인 요구는 들어주기를 원하는 남성은 "소호"가 그것을 거절하자마자 그를 "있는 그대로의 우리를 볼 줄" 아는 능력이 결여된 존재로 낙인찍어버린다. 여성의 거절은 의사 표현이 아니라 "불만"이자 남성의 기분을 망치는 나쁜 행위로 치부된다. 이 시에서도 "소호"가 "예술하는 여자"로 등장하며 시 속의 인물이 시인 본인일 것이라는 추측을 강화한다. 나아가 시집 『캣콜링』에 실린 다른 시 「사과문」에서는 아예 "안녕하세요, 시 쓰는 이소호입니다"라는 문장으로 시를 시작하는데, 이는 화자인 "나"가 곧 시인 자신임을 명확히 인지해 달라는 요청으로 보인다.

시인이 의도한 '시적 화자가 곧 시인'이라는 믿음이 독자의 오해에 불과하다 하더라도 이 믿음이 불러오는 파장은 "나도"라는 의사 표현, 즉 'Me, too'를 적극적으로 가능하게 한다. 실제 경험으로 굳어지는 시적 정황으로 인해 나도 그러한 경험이 있다는 아주 사적이지만 그럼에도 보편적인 체험에 대한 공감이 쉽게 이루어질 수 있다. 시 속에 등장하는 감정이 실제 체험에서 비롯된 감정이라면 한 개인에 의해 주관적으로 해석되거나 왜곡된 것이 아니라 '그렇게 느낄 수밖에 없는' 정황이 있으며 '대부분이 그렇게 느낄 것'이라는 보증이 된다. 독자들은 자기검열을 멈추고, "나도 그래"라는 적극적인 감응을 시작할 수 있다.

물론 이러한 시적 경향이 최소한의 구성도 없이 미학적 형상화도 없이 그저 있었던 일을 시에 재현하기만 하는 것으로 비칠 수 있다. 그렇다면 단순히 리얼리즘으로 퇴행하는 것이 아니냐는 비판으로 이어질 수 있다. 그러나 되짚어보자면 리얼리즘이라는 사조는 어떤 전형성을 전제로 해왔다. 이는 전형적인 현실 속에서 전형적인 인간상을 재현하는 일이었고, 그 전형적 인간상이란 언제나 그랬듯 여성, 퀴어, 트랜스젠더들이 배제된 좁은 범주의 인간을 의미했다. 그렇다면 전형적이지 않은, 비인간으로 여겨지는 인간들의 보편적인 체험과 감정은 이제껏 재현된 적 없다는 이야기가 된다. 그러므로 재현된 적이 없어 공유되지 못했던 비슷한 경험들을 시에 기입하는 일은 중요하다. 특히 그 경험이 단순히 개개인의 예민하고 날카로운 성격 탓에 느끼게 되는 불편함이 아니라 만연해 있지만 참고 수용하라고 강요받아온 불쾌감임을 확인하는 과정이라면 더더욱 그러하다.

이를테면 어떤 사적인 희롱을 지적할 때 흔히 마주치게 되는 "진짜 그 말이 불편해?"라는 질문은 "다른 사람들은 불편하지 않을 수 있는 일을 불편하다고 네가 주관적으로 생각하는 것일 수 있어"라는 평서문에 의문문의 포장지를 입힌 설의법에 불과하다. 확신을 품은 질문은 매번 답변해야 하는 이들을 함정에 빠뜨린다. 불편하다고 대답하더라도 "나'는' 그래"라는 자기 한정성을 내재한 답을 뱉도록 하기 때문이다. 이러한 답변을 뒤집고 나 '또한' 그러하다고 자신있게 대답할 수 있도록 기능하는 시는 여성, 퀴어, 트랜스젠더 등의 소외된 집단이 자신의 죄성을 향한 의심을 거두게 한다.

이씨 집안 대는 다 끊겼네.(1988, 아빠) 설거지는 네가 할 일이야.(2011, 아빠) 이년아.(2002, 아빠) (…중략…) 너랑은 놀고 싶지 연애는 하고 싶지 않아.(2008, 남자 1) 결혼은 너 같은 또라이 말고 다른 사람이랑 해야지.(2012, 애인) 내 말투 원래 이런 거 알면서 상처받는 네가 바보 아냐?(2014, 애인) 넌 사람 대하는 법을 몰라.(2008, 남자1) 다 너 때문이야.(2014, 애인) 넌 좀 사람을 질리게 해, 알지?(2017, 남자 2) 너무 퍼주면 질려.(2017, 남자 3) 네 성격이 그 모양이니까 다른 사람이 눈에 들어오지.(2015, 애인) 내가 잘못했어. 그런데 내가 그 정도로 개새끼니?(2017, 남자 4) 야, 나니까 좋아하지 너는 사람들이 진짜 싫어할 스타일이야.(2000, 친구) 요즘 여자 시인들은 서정이 없어. 쌍욕 쓰고 섹스 쓰고 발랑 까져서.(2015, 선배) 나 진짜 놀랐잖아. 네 시 읽고. 너무 별로여서.(2016, 선배) (…중략…) 우리 회사니까 소호 씨 써주는 거야. 생각이라는 걸 하지 말고, 시키는 거나 잘 해.(2016년, 직장 상사) (…중략…) 괜찮아 경진이는 줏대가 없

어서 내가 하자는 대로 다 해.(2009, 애인)

　　─이소호, 「일요일마다 쓰여진 그림」(『불온하고 불완전한 편지』, 현대문학, 2021) 부분

　이 시는 함께 실린 손목 그림 위로 위의 문장들을 타이포그래피 형식으로 겹쳐 두어 글자들이 손목을 그어내는 모습을 연출하고 있다. 시인은 이렇다 할 설명 없이 폭력적인 말들을 직접 인용하고 괄호 속에 이를 들었던 연도와 그 말을 한 당사자를 기록하고 있다. 이러한 말로 인해 유발된 정서를 직접적으로 제시하지 않으면서도 그 문장들로 죽음을 암시하는 그림을 형상화해내며 죽음에 이를 정도로 강도 높은 피해자의 고통을 시각화한다.

　시 속의 청자는 시인의 실명인 "소호" 혹은 개명 전의 이름 "경진"으로 불리는데, 그로 인해 이 모든 언어폭력은 실제로 시인에게 일어난 사건으로 읽힌다. 폭력의 말을 듣는 청자가 실존하는 시인이므로 시인에게 폭언하는 화자들 또한 현실에 살아 움직이는 사람들이 된다. 없다고 믿어지는, 그러므로 있어도 극소수의, 우연한, 재수 없는 사건으로 치부되었던 치욕과 폭력의 경험들이 적극 공유될 수 있는 기반이 마련되며 이것이 누군가에게는 일상에 가깝다는 점을 확인할 수 있게 된다. 시집 속에서 "소호"로 불리기를 자처하며 실제 삶과 시 속 정황을 혼동하게 만드는 시인은 '소호들'로 증식하며 누구나 폭력의 경험을 마음껏 '호소'할 수 있도록 하는 공동의 장場을 만든다. 이때 우리는 1인칭 화자에서 '실존하는 청자'의 개념까지 나아갈 수 있다. 물론 의사소통 상황에서는 화자가 곧 청자가 되기도 하지만 시는 독백의 성격이 강하기 때문에 대화가 없는 한, 시 속에 청자는 잘 드러나지 않아 왔다. 언제나 화자에 방점이 찍혀 있던 시 장르를

역으로 청자들이 바로 설 수 있는 공간으로 이용해보는 것이다. 소수자들이 실로 번번이 모욕을 당하는, 언제나 위협받는 당사자라는 점은 '실제 시인=실존하는 청자'라는 등식을 통해 인식 가능해진다.

　모욕으로 인정되지는 않는 모욕을 일상에서 받게 되는 소수자들은 자신의 모욕감을 드러내고 항의하게 되면 그것이 오히려 죄가 되는 경험을 갖고 있다. 이는 불평등한 사회의 구조 속에서 차별받는 집단에게는 받아들여야만 하는, 차별하는 집단에게는 당연해 보이는 의례였기 때문이다. 하대하는 말이나, 모욕을 주는 언사는 실로 인간으로 인정받기에는 미달인 집단에게 행해도 되는 표현으로 비춰져 왔다. 구조에 의한 모욕은 '굴욕'의 모습으로 얼굴을 바꾸고 나타나므로, 나를 모욕한 가해자 또한 '없음'으로 처리되며 "내가 느끼는 굴욕감은 전적으로 나 자신의 문제"[5]가 된다. 지금의 시는 모욕을 언어화하는 일을 시인을 경유한 실존적 1인칭의 말하기와 듣기를 통해 적극 수행하고 있다. '들었다'는 사실 자체를 부정당하지 않도록 '실존하는 청자'는 부당한 반박을 사전에 차단하며 '나'들이 각자의 경험을 허심탄회하게 공유하고, 그러한 경험의 진위 여부를 무리하게 증명하지 않아도 공감 받을 수 있는 시를 탄생시킨다.

5　김현경은 신자유주의하에서 모욕이 흔히 굴욕의 모습을 띠고 나타난다는 점을 지적한다. 단지 시장의 법칙에 따라 행동하는 사람들에게도 누군가는 모욕감을 느끼지만, 이론적으로 모욕은 구조가 아니라 상호작용 질서에 속하는 문제이기 때문에 구조에 의한 모욕을 문제 삼기 어렵다. 따라서 이때의 모욕감은 굴욕감으로 간주되고 전적으로 이를 느낀 "자신의 문제"가 된다. 구조에서 발생하는 모욕이 개인의 자존감 결여 탓으로 돌려지는 것이다(김현경, 『사람, 장소, 환대』, 문학과지성사, 2015, 160쪽).

5. 서로의 고통을 보증해 주는 공동의 '나'들

포스트휴먼 시대가 도래하며 인간/비인간의 경계가 허물어질 것이라는 전망은 비인간에게 해방을 선사하는 긍정적인 역할을 할 것처럼 보이지만 인간에 이미 포함되어 있던 비인간 존재들을 은폐하기도 한다. 이를 명확히 짚지 않고 다음 담론으로 넘어가기를 반복한다면 포스트휴머니즘이 인간을 극복하는 것이 아니라 인간/비인간의 구분을 "기계를 가진 인간 대 기계가 없는 인간의 대결"[6]로 답습하는 차원에 그칠 수 있다. 분류상 인간임에 틀림없으나 줄곧 비인간으로 내몰렸던 여성, 퀴어 등의 소수자들은 인간 행세를 강요받음과 동시에 인간이 아니라는 멸시를 받으며 죄책감에 시달려왔다.

지금의 시는 죄가 없음에도 강요된 죄의식이 성소수자들로 하여금 자기검열과 자기비판을 생활화하게 만들었다는 점을 반복적으로 드러내며 비인간이 죄의 성질을 이미 타고난 이들로 내몰리게 되는 양상을 지적한다. 또한 커버링을 적극 거부함으로써 정상적인 인간으로 수용되는 것과 정상성을 판가름하는 기준이 작동하며 억압의 구조를 이어가는 것 자체에 반감을 표출한다. 이러한 시들은 커버링이 특정 집단에게만 강요되는 것이 아니라 전 인류를 옭아매는 족쇄로 기능해왔다는 점을 밝혀 모든 젠더란 수행 없이 존속되기 어려운 허구의 개념이라는 점을 분명히 한다. 나아가 시인의 실명을 담보로 하는 '실존하는 청자'를 내세워 비인간을 향한 일상의 폭력이 실재한다는 사실을 공동으로 사유하게 한다. 이는 전통서

---

6   김재인, 『인공지능의 시대, 인간을 다시 묻다』, 동아시아, 2017, 358쪽에서 도밍고스의 말을 재인용.

정시 속 1인칭의 '나'로 되돌아가는 것이 아니다. 주체가 되지 못했던 '나'들이 서로의 고통에 적극 감응하며 그 고통이 실재함을 보증해주고, 연결되어 있다는 감각을 가질 수 있도록 하는 것이다.

> 쟤는 분명 지옥에 갈 거야.
> 우릴 슬프게 했으니까.
>
> ─이소호, 「작가의 말」(『캣콜링』)

 확신에 찬 저주의 말에서도 감옥이 아닌 "지옥"을 이야기하는 점은 시사적이다. 비인간으로 치부되는 "우리"에게 지은 죄는 사후세계에서나 인정받을 수 있다는 생각을 바탕으로 하고 있기 때문이다. 이는 반대로 "쟤"로 지칭되는 "우리"를 "슬프게" 한 누군가가 살아서는 정당한 죗값을 치르지 않을 것을 의미한다. 비인간으로 낙인찍힌 이들은 자신에게 폭력을 가한 가해자를 처벌받게 하기 어렵다. 그러나 지금-여기의 시는 죄로 입증할 수는 없었으나 분명 우리를 아프게 했던 행위를 '실존하는 청자'를 통해 많은 이들이 공동으로 사유하고 서로 보증해주도록 한다. 그리하여 그것이 명백한 죄라는 확정적인 인식을 가질 수 있게 한다.

 시는 문학장에서 걸어 나와 실제 삶과 적극 공명하며 납작한 재현이 아닌 입체적 현실을 구현하는 방향으로 나아가고 있다. 그리하여 뿔뿔이 흩어져 어딘가에서 고통 받고 있을 '나'들을 '우리'로 연결해낸다. 공동으로 연결되어 있다는 감각은 비대면 시대에서부터 도래할 인공지능 시대에까지 인간에게 가장 필요한 감각이다. 혼자서는 죄의식 속에 살아가도록 내몰리는 비인간에게는 더욱 절실한 느낌이다. 인공지능이 실로 인간을 대체하더라도 인간인 적 없었던 이들은 시라는 장르를 통해 끊임없이 서로를 보증해주며 오래도록 뭉치고 소통할 것이다. 터무니없는 낙관을 제시하는 것이 아니라 지금-여기의 시에 근거한 전망이 그러하다.

[감정] 상실을 다루고, 나누고, 간직한 채 넘어서(지않)기

포스트휴먼-팬데믹 시대 시와 감정

황선희

1. 겹겹의 곤혹

바야흐로 포스트휴먼과 코로나 팬데믹의 시대이다. 다른 말로 하면, 우리는 이중의 곤혹 앞에 놓여 있다. 포스트휴먼 시대가 가속화하며 인공지능이 인간을 대체할 수 있다는 것은 상상 아닌 현실이 되었고, 이에 기본소득이 중요한 의제로 떠올랐다. 여러 가지 모색이 완결되지 않은 와중에 코로나라는 재난 상황까지 겹치면서 재난에 대한 국가의 지원망 확충은 피해 갈 수 없는 사안이 되었다. 4차 산업혁명이라는 익숙한 말은 정책의 차원을 넘어서 우리 삶의 문제와 뗄 수 없게 되었고, 신종 감염병 확산에 대한 대응의 일환으로 시작했던 '사회적 거리 두기'는 이제 상식이 되어

버렸다. 당초 예상했던 것보다 긴 터널이 이어지면서 우리는 이전엔 상상조차 해 보지 못했던 온갖 장면들과 조우하게 되었다. 코로나를 경험하며 강대국들이 보여 준 너무나 터무니없는 무능과 무력, 분열, 제 나이에 누려야 할 것들을 대부분 놓친 채 불안과 조심부터 배우게 된 아이들, 매일매일 새롭게 발견되는 취약계층의 고통, 사회 안전망의 사각지대에서 은밀하게 자라나는 혐오와 폭력의 문제들, 그리고 이 모든 것들과 함께 점점 더 극심해지는 온갖 격차의 양상. 신종 인간 소외라고 해도 무방할 정도로 감염병과 더불어 맹렬하게 확대 재생산되는 인간 소외의 모습은 겪어 본 적도 없고 짐작해 본 적도 없는 것이기에 나날이 놀랍고 새롭다.

특히 한편으로는 억눌려 있고 한편으로는 쏟아져 나오는 감정의 결핍과 과잉은 인정하지 않을 수 없는 우리의 현실이자 과제가 되고 말았다. 감염병 상황이 장기화하며 활동에 극심한 제약을 받고 생활 반경이 좁아지면서 전에 없던 신조어가 출현하고 있는데, 그중에서도 코로나 블루Corona Blue, 코로나 레드Corona Red, 코로나 블랙Corona Black 등 감정에 대한 신조어가 널리 확산하고 있는 현상은 눈여겨볼 만하다. 마스크 착용을 둘러싼 갈등 또한 코로나 이전에는 상상할 수 없었던 형태의 감정 갈등이다. 코로나 팬데믹이 장기화하며 청년 세대의 자살률이 치솟았고, 학교와 학원, 노인기관 등이 문을 닫으면서 가정 내 아동학대와 노인학대가 사회적 문제로 떠올랐다. 소위 '평범'한 삶을 영위하는 사람들조차 우왕좌왕할 수밖에 없는데, 직장이나 학교가 생활의 터전이자 일종의 대피처였던 사회적 취약계층에게 코로나는 편함과 불편함을 넘어서 생존의 근간을 뒤흔드는 문제다. 온갖 변화가 일상의 터전을 뒤흔들고 생존마저 위협하게 된 상황 속에서 우리는 저마다의 삶을 새롭게 계획해야 하는 처지가 되었다. 개개인뿐 아니라 우리 사회를 구축하는 거의 모든 분야에서 그동안 자명하다고 믿어 왔던 가치들, 늘 거기에 있었기에 누구도 의심하지 않았던 모든 것들에 대한 의문이 적극적으로 제기되고 있다. 포스트휴먼과 코로나 팬데믹이 이끄는 겹겹의 곤혹 앞에서 국가의 몫, 종교의 역할, 인간이라는 존재 등 여러 가지 사안에 대해 따져 묻지 않을 수 없게 된 것이다. '소확행'조차 어려워진 이 시대에 우리는 일상의 뜰을 어떻게 돌보아야 하는가? 무수한 변수 앞에서 우리의 마음과 감정을 어떻게 챙기고 돌보아야 하는가? 한때 의심의 여지 없는 이성적 주체였지만 이제는 새로운 변화를 끊임없이 요청받는, 인간이란 어떤 존재일까?

6·9 작가선언과 시와 정치 담론, 세월호에 이어 '#문단_내_성폭력' 해시태그 운동을 통과한 문학계에서도 일련의 사회 변화와 그로부터 파생된 질문들에 대응하려는 다양한 시도가 있어 왔다. 창작 주체들은 자기갱신과 성찰로 포스트휴먼 시대 주체의 보다 다양한 목소리를 시와 소설에 녹여냈다. 진화한 독자들은 문단이 더 치열하고 깊이 있는 고민을 하도록 요구하고, 함께 고민하고, 필요한 경우 투쟁도 불사했다. 코로나 팬데믹 시대를 통과하고 있는 지금도 문단에서는 나날의 일상을 돌보고 삶을 회복하려는 크고 작은 움직임이 계속되고 있다. 포스트휴먼 시대와 관련한 문학 담론은 소설, 대중 서사 등 시 이외의 장르 중심으로, 혹은 총론 중심으로, 포스트휴먼이라는 소재나 주제 중심으로 이루어져 온 것이 사실이다. TV보다는 유튜브가 득세하고 대하소설이나 대하드라마가 실종되었다고 해도 과언이 아니며 카드뉴스와 인스타그램 등 짧은 호흡의 매체가 각광 받는 콘텐츠의 파편화 시대에 시는 적절한 대안적 장르가 될 수 있다. 그러므로 포스트휴먼 시대 시에 대한 담론은 양적으로나 질적으로 지

금보다 더 축적될 필요가 있다. 특히 포스트휴먼 소재나 주제에 머물지 않고 보다 거시적으로 시대를 조망할 수 있는, 그러면서도 시의 몫을 찾을 수 있는 시도가 필요하다. 이런 문제의식을 가지고 곤혹을 성찰의 기회로 전환할 수 있는 시의 가능성을 모색하기 위해 이 글에서는 다소 낡아 보이기도 하는 오래된 질문에 부딪혀 보려고 한다. 자주 잃어버리고 자꾸 슬퍼하는 나약한 존재인 인간에게 상실과 그로부터 파생된 일련의 감정은 어떤 의미를 지니는가? 시작점과 끝점을 알 수 없는 이 기나긴 터널에서 시가 할 수 있는 몫은 무엇일까? 포스트휴먼과 코로나 팬데믹 시대를 살아가는 우리는 이 모든 변화와 어떤 방식으로 공존해야 하는가?

2. 어떤 목소리가 있다 – 상한 마음을 다루고 옆을 발견하기

포스트휴먼 담론의 축적과 사회현상의 변화를 통해 이제 우리는 인간중심주의의 오만과 한계를 잘 알게 되었다. 포스트휴먼뿐 아니라 인류세類世, Anthropocene 담론, 그린 뉴딜 등 인간이 초래한 여러 가지 문제들을 성찰적으로 조망한 일련의 논의를 거치며 우리는 인간중심주의를 탈피하고 넘어설 때 비로소 더 넓고 높은 차원이 열린다는 것을 확인하게 되었다. 비인간과 반인간, 포스트휴먼, 동물, 기계 등 인간 아닌 존재들이 주목받고 그들과 인간의 관계가 재정립되면서 인간중심주의의 극복 필요성에 강하게 공감한 논의들이 지속적으로 제출되어 왔다. 이런 논의들은 인간이 아닌 존재를 염두에 두면서도 이 시대를 살아가는 우리 인간이 지키거나 감당해야 할 몫을 고심하고 있다. 우리는 인간중심주의에 도전하고 그것을 비판적으로 검토하면서도 여전히 인간 존재로 살아갈 수밖에 없고, 인간 너머를 상상하면서도 인간의 존재론을 고민하지 않을 수 없다. 그 와 중에 '감정'은 여러 방면에서 중요한 의제로서 그 지위를 꾸준히 유지해 오고 있다. 감정이 다뤄지는 방식은 크게 두 가지로 나누어 볼 수 있다. 먼 저 감정이 사회현상으로서 다뤄지는 경우이다. 2010년대 초반부터 인터 넷 커뮤니티와 SNS 등을 통해 급속하게 생성되고 확산하여 온 혐오와 혐 오표현은 무대응으로 일관하기 어려운 수위에 도달한 지 오래되었고, '갑 질'이라는 신조어의 등장과 함께 재발견된 감정노동의 고충은 노동하는 인간 내면의 상처를 중요한 문제로 다루게 하였다. 젠더 이슈에서도 '젠 더 감수성'과 '여성혐오Misogyny' 등 감정이나 그 인접 개념에 주목하려는 움직임이 꾸준하다. 코로나 팬데믹 시대의 여러 가지 감정 문제들도 사회 현상의 일환으로 다루어지고 있는 상황이다.

감정을 다루는 두 번째 방식은 포스트휴먼 조건 하에서 인간의 역할과 가능성을 감정에서 찾고자 하는 경우이다. 이때 감정은 인간성의 핵심 요 소 중 하나로 이해된다. 인간(성)의 위기에 대한 고민의 자리에서 인간과 분리해서 생각하기 어려운 장르인 시를 호출하는 것은 언뜻 보기에도 자 연스러워 보인다. 시와 시인의 분리론이 주장되기도 했지만 시적인 것에 대해 질문을 던져 온 많은 논자들은 실험적인 시에서조차 시와 시인을 완 전하게 분리해서 보기는 어렵다는 결론에 종종 도달하곤 했다. 시 장르의 역사만큼이나 켜켜이 축적된 시론 역사의 국면마다 우리는 '시란 무엇인 가'라고 물어 왔다. 흔히 알려져 있듯 (서정)시는 '나'의 문제에서 출발한 다. "자기 성찰과 고백 그리고 정직성이라는 축"과 "우리가 일상 속에서 망각하고 살아가는 가치들에 대한 새삼스런 발견의 감각과 의지"[1]야말로 시적인 것을 이룬다고 할 수 있다. 시적 주체가 시 표면에 드러나 있든 그렇지 않든, 시는 모종의 '나'에게서 배태되고 길러진다. 그러니까 시의 가장 첫 번째 감각을 '발견'의 감각이라고 해도 좋을 듯하다. 나의 문제와 대면한 상태에서 침착하게, 혹은 대면하기도 전에 이리저리 방황하다가 우연히, 나에게 중요한 어떤 장면이나 감정을 발견하는 일. 시는 바로 그 지점에서 출발해 길을 떠난다. 우리에게는 시적 주체의 구체적인 마음과 상실에 대해 다루면서도 그것이 인간 고유의 것임을 알게 하는 일을 소홀히 하지 않는, 성실한 시의 사례가 많다. 그런 시들은 안 보면 사라지는 것들을 계속해서 본다. 이 장에서는 안미옥, 안희연의 시를 통해 상실과 결핍을 다루는 시의 방식들을 살펴보고자 한다.

어린 나는
무너지는 마음 안에 있었다―

무너지는 것이 습관이 된 줄도 모르고
무너지고 무너지면서
더 크게 무너지는 것에 대해 생각했다

주저앉을 마음이 있다는 건
쌓아올린 마음도 있다는 것
새가 울면

---

1   유성호, 「우리 시대의 '시적인 것'과 윤리성」, 『서정의 건축술』, 창비, 2019, 27쪽.

또다른 새가 울었다

또렷하게 볼 수 있다면

상한 마음도 다시 꺼내볼 수 있을까

도마 위에 방치된 생선이나

상온에 오래 놔둔 두부처럼

상한 것은 따듯하고

상한 것은 부드럽게 부서진다

감당할 수 없는 일은

감당할 수 없는 일로 남아

마음을 놓는다는 것이 무엇인지도 모른 채

빛이 물속으로 들어간다

물을 찢으며 들어간다

어린 나는 그것을 보고 있었다

손바닥이 열려

흐른다면

흐른다는 이유만으로

아침이 오지 않을 거라고 생각한 적 없었다

두꺼운 이불을 덮고

맞물리며 돌아가고 있다는 것을
잊지 않으려 했다

덜 자란 나무는 따뜻할 수 있다
한번 상하고 나면 다음은 쉬웠다

—안미옥, 「톱니」(『온』, 창비, 2017) 전문

"마음의 건축물"[2]이라고 평가받기도 하는 안미옥의 첫 시집 『온』에는 '마음'이라는 단어가 꽤 여러 차례 반복적으로 나타난다. 위의 시 「톱니」는 "진짜 마음을 갖게 될 때까지"라는 제목이 붙은 시집 제1부에 배치되어 있다. "무너지는 마음 안에" 있었던 '어린 나'는 "무너지는 것이 습관이 된 줄도 모르고 / 무너지고 무너지면서 / 더 크게 무너지는 것에 대해 생각했다". 무너지는 마음은 무너지는 '나'와 구별되지 않아 보인다. 마음이 무너지자 내가 무너지는 것은 하나의 습관이 되어 버렸고, 무너짐을 멈추지 못하게 된 상황에서 '나'는 그 상황을 원망하거나 거부하지 않고 "더 크게 무너지는 것"을 생각하기에 이르렀다. 무너짐의 반경을 확장하는 일이 어떤 의미가 있을까 싶을 수 있지만 그런 의구심까지도 3연의 시적 주체는 보듬는다. "주저앉을 마음이 있다는 건 / 쌓아올린 마음도 있다는 것"이다. '나'가 무너지고 무너질 수 있었던 것은 무너질 때마다 마음을 다시 쌓아올렸기 때문이고, 더 크게 무너진다는 것은 더 크게 쌓아올린 마음이 있었기에 가능한 일이었을 터이다. 톱니처럼 맞물려 돌아가는 이 신

---

2   김영희, 「해설—간결한 마인드맵」, 안미옥, 『온』, 창비, 2017, 119쪽.

비한 세계의 연쇄작용은 "새가 울면 / 또다른 새가" 우는 데서도 발견된다. 혹자는 그것이 우연이라고 말할 수도 있겠지만, 톱니의 세계에서는 그렇게 단언하기 어렵다. 내가 울면 또 다른 내가, 혹은 나 아닌 누군가가 울게 되기도 하는 것이 그 세계의 법칙이기 때문이다.

마음이 무너지고 내가 무너지고 때론 더 크게 무너지고, 그렇게 무너지고 주저앉은 마음을 쌓아 올리고, 다시 잠잠해진다. 그러면 언젠가 "또렷하게 볼 수 있"는 순간이 찾아오기도 한다. 또렷하게 볼 수 있다는 것은 두 가지로 이해할 수 있다. 우선 '나'의 마음을 상하게 했던 일로부터 어느 정도 거리를 유지할 수 있게 되었다는 것. 이런 객관화를 위해서는 물리적인 시간이 필요하다. 또 하나는 어떤 장면을 상상하여 비약하는 방법이다. 눈가에 물방울이 맺혔다가 스며든 뒤에 우리는 잠시나마 더 나은 시력을 갖게 된다. 여기에는 상한 마음을 가진 자의 눈물이 필요하다. 그 밖에도 여러 가지 상상력을 동원할 수 있다. 그래서 "또렷하게 볼 수 있다면 / 상한 마음도 다시 꺼내볼 수 있을까"라는 시적 주체의 담담한 질문은 결코 가볍게 읽히지 않는다. "도마 위에 방치된 생선이나 / 상온에 오래 놔둔 두부처럼" 상한 것은 때로 따듯하고, 부드럽게 부서져 제 몸을 열어 보여 준다. 상한 것들에서 온기와 유연함을 발견하는 시적 주체의 지혜는, 결코 쉽지 않았을 마음의 재건을 가능하게 한다.

'어린 나'는 감당할 수 있는 것과 없는 것을 알게 되기까지, 마음을 놓는다는 것이 무엇인지 알게 되기까지, "물을 찢으며" "물속으로 들어"가는 빛을 오래도록 보고 있었다고 말한다. 손바닥이 열려 흐르기도 하는 생소한 광경을 목도했음에도 불구하고 "아침이 오지 않을 거라고 생각한 적 없었다"라고 시적 주체는 말한다. 물속으로 들어가 영영 돌아오지 않을 것 같았던 빛도 어둠의 시간을 통과하고 나면 태양의 얼굴을 하고 떠오른다. 손바닥이 열려 흘러도, 흐른다면 그것은 멈춘 것이 아니다. 무너지는 마음 안에서 자신을 가장 안전하게 만드는 두꺼운 이불 속에서 '어린 나'는 "맞물리며 돌아가고 있다는 것을 / 잊지 않으려 했다"라고 말한다. 모든 것은 맞물려 돌아가니까 "덜 자란 나무"도 따듯할 수 있고, 무엇이든 한번 상하고 나면 다음은 쉽다고 말한다. 누적된 상처와 그로 인한 고통이 곧장 성장으로 이어질 수 있는 것은 아니어서 "다음은 쉬웠다"는 말을 문면 그대로 받아들이기는 어렵다. 다만 시적 주체는 '톱니'의 방식으로, 상한 마음에도 다음이 있다고 믿으며 마음의 딱지를 여러 번 통과해 마음의 시력을 회복해 나간다. 그렇게 이 시에서 생략된 아픔과 슬픔의 시간을 단련하고 '온' 힘을 다해 담담하게 살아간다. "아무렇지도 않은 얼굴은 / 어떻게 울까"「캔들」 궁리하면서, "무릎이 깨지더라도 다시 넘어지는 무릎 / 진짜 마음을 갖게 될 때까지"「한 사람이 있는 정오」 말이다. 이렇게 안미옥의 시적 주체들은 상한 마음을 다루고 계속해서 그다음을 '보려고' 애쓴다.

돌부리에 걸려 넘어진다고 쓰면
눈앞에서 바지에 묻은 흙을 털며 일어나는 사람이 있다

한참을
서 있다 사라지는 그를 보며
그리다 만 얼굴이 더 많은 표정을 지녔음을 알게 된다

그는 불쑥불쑥 방문을 열고 들어온다

지독한 폭설이었다고

털썩 바닥에 쓰러져 온기를 청하다가도

다시 진흙투성이로 돌아와

유리창을 부수며 소리친다

"왜 당신은 행복한 생각을 할 줄 모릅니까!"

절벽이라는 말 속엔 얼마나 많은 손톱자국이 있는지

물에 잠긴 계단은 얼마나 더 어두워져야 한다는 뜻인지

내가 궁금한 것은 가시권 밖의 안부

그는 나를 대신해 극지로 떠나고

나는 원탁에 둘러앉은 사람들의 그다음 장면을 상상한다

단 한권의 책이 갖고 싶어

아무것도 쓰여 있지 않은

밤

나는 눈 뜨면 끊어질 것 같은 그네를 타고

일초에 하나씩

새로운 옆을 만든다

             —안희연, 「백색 공간」(『너의 슬픔이 끼어들 때』, 창비, 2015) 전문

시력詩歷의 개시 이래 '슬픔'의 문제를 섬세하게 다루어 온 시인인 안희

연의 위 시에서 '나'는 "돌부리에 걸려 넘어진다고 쓰면" 흙을 털며 일어나는 사람을 볼 수 있는 존재이다. 그저 "돌부리에 걸려 넘어진다"라고 썼을 뿐인데 이미 돌부리에 걸려 넘어진 뒤 다시 일어나는 사람이 눈 앞에 펼쳐지는 것이다. 실재하지 않는데도 한참 동안 서 있다 사라지는 '그'를 보며 시적 주체는 "그리다 만 얼굴이 더 많은 표정을 지녔"다는 깨달음에 이른다. 그는 불쑥불쑥 시적 주체의 방문을 열고 들어오기까지 한다. 지독한 폭설에 지쳐 온기를 청하다가도 진흙투성이로 가 유리창을 부수며 소리를 지른다. 심지어 "왜 당신은 행복한 생각을 할 줄 모릅니까!"라며 '나'에게 일갈하기도 한다. 그런데도 그를 불청객으로 여기는 것은 아닌지 '나'는 특별한 반응을 보이지는 않는다. 오히려 그는 '가시권 밖의 안부'를 궁금해하는 "나를 대신해 극지로 떠"나는 희생까지 감내하는 대리인의 면모마저 보인다. 그가 넘어졌다 일어나고, 소리치고, 행동할 때 '나'는 이상하리만치 관조적인 태도를 보인다. 돌부리에 걸려 넘어진다는 문장을 쓴 뒤의 시적 주체는 그를 보았고, 어떤 사실을 알게 되었고, 그의 말을 들었으며, 원탁에 둘러앉은 사람들을 상상할 뿐이다.

그러나 이 시의 '나'는 일정 부분 '그'이기도 하고, '그'는 '나'의 이면이기도 하다. '백색 공간'의 고요에 살던 이 담담한 시적 주체는 그가 떠난 자리에서 "단 한권의 책이 갖고 싶어 / 아무것도 쓰여 있지 않은"이라고 말하며 최초의 바람을 드러낸다. 사실 이 바람조차 명확하게 '나'의 것이라고 단언하기는 어렵지만 말이다. 갖고 싶은 책은 어떤 말도 쓰여 있지 않아야 하며, '나'가 타는 그네는 눈 뜨면 끊어질 것 같은 사물이다. 보통의 상식대로라면 그네를 타는 사람은 앞뒤로 왕복하는 행위에 몰두해야 하겠지만, '나'는 그네를 타고도 "일초에 하나씩 / 새로운 옆을 만"들며 없었던 공간을 실재하는 공간으로 창출해 낸다. 그러니 '밤'은 "아무것도 쓰여 있지 않은"데도, "눈 뜨면 끊어질 것 같은 그네를 타"는 '나'에게도 걸릴 수 있는 시간이자 공간인 것이다. 실재하는 것에 대해 쓰는 것이 아니라, 쓴 뒤에야 실재하게 되는 것들이 있다. 따라서 안희연의 시 「백색 공간」은 시에 대한 시로도 읽을 수 있다. 이 시의 '나'가 그랬듯이 시는 그렇게 '옆'을 발견하고, 옆의 감정을 돌보기 시작한다. 새로운 공간이 만들어지고 미처 보이지 않았던 내 이웃의 새로운 목소리가 들려오기 시작한다. 마치 "무릎을 켜면 지금껏 들어보지 못한 음악이 흘러나오는 것처럼"「고트호브에서 온 편지」 말이다.

이 장에서는 인간중심주의에 도전하면서도 여전히 인간적인 것과 인간의 가치를 성찰해야 하는 현실 속에서 '감정'을 들여다보는 일이 어떤 의미를 갖는지 살펴보았다. 인간의 감정은 사회현상으로서 다뤄지기도 하고, 포스트휴먼 조건 속에서 인간의 역할과 가능성을 찾고자 하는 자리에서 특별하게 논의되기도 한다. 시와 시인을 분리해서 보아야 한다는 분리론의 축적에도 불구하고 시와 시인을 완전히 분리해서 보기 어렵다고 보는 시각은 여전히 존재하며 유효하다. 그렇기 때문에 인간과 인간성에 대해 고찰해야 하는 국면마다 시라는 장르를 주목하게 되는 것은 자연스러운 귀결로 보인다. '나'의 문제를 발견하고 상상적으로 재구성함으로써 보지 않으면 사라지고 마는 감정을 돌보는 시의 시적 주체들은 시의 오래된 가치를 지키면서도 타자라는 '옆'을 발견하고 돌볼 수 있게 된다. 이때 '옆'의 범주에는 다양한 타자들이 포함될 수 있겠지만, 감정의 문제를 주로 다루고자 하는 이 글에서는 인간-타자를 중심으로 시적 대응의 양상을 살피고자 했다. 다음 장에서는 '옆'을 발견하는 데서 한 걸음 더 나아가 '옆'의 존재들과 마음을 토로하고 슬픔을 나누는 시의 사례를 살펴보고자 한다.

3. 경험의 간극을 메우는 연민의 상상력과 세월SEWOL의 서정

'옆'을 발견했다 하더라도 내가 아닌 타자의 소리를 듣기란 쉽지 않다. 사별로 대표되는 상실 이후의 풍경을 그려 낸 요아킴 트리에의 영화 〈라우더 댄 밤즈Louder Than Bombs〉2016에서처럼 폭탄보다 시끄럽게 요동치는 내면은 때로 누구에게도 포착되지 못한 채 그 주인과 함께 정지된 시간 안에 갇히기도 한다. 이 영화는 폭탄보다 시끄럽지만 겉보기에는 믿을 수 없이 고요한 인간의 내면에 대해 다룬다. 이 영화에서 '죽은 자'이자 종군기자인 이자벨은 돌아올 때마다 가족을 새로 배워야 하는 이방인이자 경계인이었다. "하찮은 기억의 파편이 마지막 순간에 함께"할 뿐이었던 그녀에게, 남겨진 가족들은 어떤 것도 해 줄 수 없어 무력한 존재다. 떠난 자를 어떤 사람으로 명명하느냐를 두고 벌어지는 여러 갈등은 누군가를 잃은 자들이 침묵과 고요 속에서도 마음속에 어떤 폭탄을 터뜨리며 살아가게 되는지를 보여 준다. 마치 물속에서 듣는 바깥의 소리 혹은 바깥에서 듣는 물속의 비명처럼, 아주 시끄러운 고독과 한없이 고요한 외침이 세계 곳곳에 있다. 아무리 특수관계인이라 할지라도 상대가 '나' 아닌 다른 누군가라면 그 마음을 읽어 내기란 결코 쉬운 일이 아니다.

그럼에도 불구하고 마음의 문제를 다루고자 할 때에는 경험주의의 테두리를 부수고 그 너머의 자리로 나아가야 한다는 사실을 기억할 필요가 있다. 『비통한 자들을 위한 정치학』을 통해 민주주의에서 마음의 중요성을 강조한 파커 J. 파머의 말대로, 세상을 보는 눈이 경험의 의미를 바꿀 수 있다. 포스트휴먼과 팬데믹이라는 곤혹스러운 삶의 조건으로 인해 우리는 저마다 서 있는 자리에 따라 특수한 경험을 하게 될 가능성이 커졌다. 불확실성이 심화할수록 경험만으로 채울 수 없는 간극은 커지기 때문에 경험주의적인 태도만으로 삶을 꾸려 나가기는 더 어려워질 것이다. 경험함으로써 시각을 바꿀 수도 있지만 시각을 바꿈으로써 경험의 의미를 바꿀 수도 있다. 마음의 습관을 들이고, '함께 있음'에서 '함께 느낌'으로 나아가는 연민의 상상력을 배양하고, 그것이 익숙한 삶의 양식이 되도록 훈련할 필요가 있다. 나의 슬픔을 돌볼 수 있는 사람은 언젠가 타인의 슬픔에도 손을 내밀 기회가 생긴다. 나의 슬픔을 나의 목소리로 표현하다 보면 누군가의 아주 작은 목소리도 포착하게 되는 순간이 온다. 그 믿음은 각각의 개별자인 동시에 '쓰는 사람'인 시인들을 눈 밝고 귀 밝은 자로 만들고 심연을 들여다보게 만든다. 들여다보는 행위 자체가 어떤 효과로 나아갈지 알 수 없지만, 시인은 우선 끈질기게 무언가를 본다. 이 장에서는 상실을 바라보고 마음을 토로하고 슬픔을 나누는 데까지 나아간 세월호 관련 시편을 살펴봄으로써 시의 역할과 윤리를 묻고자 한다. 가까운 과거에 시작되어 여전히 현재 진행형인 애도의 시간을 톺아보는 일은 감정 교육과 치유로 나아가기 위한 과정이 될 수 있다.

빛이 새어든다. 너를 본다. 너를 비추는 햇빛을 본다. 너의 어깨 너머로 흐르는 구름을 본다. 구름 속 석양을 본다. 석양 속 코끼리 무리를 본다.

너를 본다. 너의 눈동자 속에 비친 내 얼굴을 본다. 그림 안과 밖에서 서로를 마주 보는 심정으로 너를 본다. 우리의 간격을 본다. 네 얼굴을 만진다. 형상은 온기로 잡힌다. 한 번도 부화한 적 없는 심장을 품고 너를 만진다. 잠든 너의 심장을 본다.

거대한 것들의 죽음은 거대해서 작은 것들의 죽음은 작아서 슬프다.

코끼리는 마음이 너무 아프면 죽을 수 있다고 말하던 너의 입술을 본다. 나는 슬픔 속에 죽어가는 코끼리를 본 적은 없지만
너를 통과해 빠져나가는 붉은 코끼리를 본다. 그 코끼리가 너의 그림자를, 나의 그림자를 지고 멀어져 가는 것을 본다.

너를 본다. 모래사장을 걷는, 바다를 걷는 너를 본다. 잠기는 두 발목을 본다. 바다에 밀려온 작은 새를 그것을 건져 올리는 너의 손목을 본다. 너의 어깨 너머로 흐르는 어둠을 어둠 속의 빛을 그 속에 저물어가는 너를 본다. 너를 보면 네 안에 문이 있고 노래가 있고 너를 바라보는 내가 있다. 내가 있다.
　　　　　—정다연, 「산책」(『내가 내 심장을 느끼게 될지도 모르니까』, 현대문학, 2019) 전문

　정다연의 시 「산책」은 시적 주체의 시선과 함께 전개된다. 빛이 새어들자 시적 주체는 '너'를 보고, 그를 비추는 햇빛을 본다. '너'의 어깨 너머로 흐르는 구름과 구름 속 석양, 석양 속 코끼리 무리를 본다. 1연에서 '보는' 행위의 연쇄를 통해 '너'를 둘러싼 환경을 포착한 시적 주체는 다시 '너'를 본다. 2연에서 시적 주체는 "너의 눈동자 속에 비친 내 얼굴"을 본다. 마치 "그림 안과 밖에서 서로를 마주 보는 심정으로 너를" 보고, "우리의

간격"을 본다. 그러다 좀 더 다가서서 얼굴을 만진다. 얼굴을 만지자 느껴지는 '너'의 온기는 곧 형상이 된다. "한 번도 부화한 적 없는 심장"을 지닌 시적 주체는 그 심장을 품은 채 '너'를 만지고, 잠든 '너'의 심장을 본다. '너'라는 대상을 그저 바라볼 뿐이었던 시적 주체의 산책은 3연에 가서 그 결이 달라진다. 심장이 있었으되 부화한 적 없었던 시적 주체는 "거대한 것들의 죽음은 거대해서 작은 것들의 죽음은 작아서 슬프다"라고 말하며 상실의 슬픔에 대해 말할 수 있게 된다. 이는 시적 주체가 바라본 '너'로 인해 발견된 감정의 결과다. 그러면 '너'는 어떤 존재인가? 온기로 잡히는 형상으로 표상되었던 '너'는 4~5연에 가서 구체화한다. "코끼리는 마음이 너무 아프면 죽을 수 있다고 말하던" 입술을 가진 존재. 슬픔 속에 죽어가는 코끼리를 본 적도 없는 '나'에게 "너를 통과해 빠져나가는 붉은 코끼리를" 보게 하는 존재. 두 발목이 잠기도록 "바다에 밀려온 작은 새를" 건져 올리는 손목을 가진 존재. 시적 주체는 "너의 어깨 너머로 흐르는 어둠을 어둠 속의 빛을 그 속에 저물어가는 너를" 보게 되고, "너를 보면 네 안에 문이 있고 노래가 있고 너를 바라보는 내가 있"음을 깨닫게 된다. '너'만 보면서 시작한 산책의 끝에서 '나'를 발견하게 된다.

물론 그렇다고 해서, '너'가 있고 '나'가 있다고 해서, 서로가 서로에게 바로 가닿을 수 있는 것은 아니다. 두 개의 무력이 있다. 하나는 인간의 감정이나 고통이 지극히 주관적이고 사적인 것이라는 고정관념이다. 이 관념은 적어도 2014년 4월 16일, 세월호 침몰 이후의 한국 사회를 살아가는 우리에게 얼마간 무력해진 감이 있다. 시인이 아닌 이들에게도 그날의 충격은 '옆'을 발견하지 않을 수 없게 하는 커다란 사건이었다. 옆의 소리가 들려온다. 옆을 돌아보았는데 거기 있는 내 이웃이 울고 있다. 그런데

남의 일 같지가 않고 어쩌면 나에게 일어날 수도 있었을 일이라는 생각이
든다. 슬퍼하는 이의 얼굴을 발견하는 순간 그의 슬픔은 사적인 것이 아니
게 된다. 슬픔과 고통의 당사자성은 이렇게 무력해진다. 또 하나의 무력은
슬픔에 빠진 이웃의 손을 잡아도 그 커다란 비탄을 위로할 수는 없다는 사
실에서 온다. 손을 잡고 감정을 나누는 방식이든 감정을 나누고 그 끝에
손을 잡는 방식이든 감히 울지도 못했던 '잃은 자들'에 대해 목소리를 내
고 울 수 있는 시간은 더없이 소중하지만, 그것만으로 슬픔의 농도가 희석
되거나 휘발되지는 않는다. 슬픔의 모루[3]는 언제고 다시 나타나서 그 주
인을 때려눕힌다. 우리가 슬퍼하는 이웃들을 보며 케테 콜비츠의 그림
〈부모〉1923를 떠올리는 데까지 나아갔다 해도 캔버스 밖이나 저마다의 방
에서 울고 있는 상한 마음들을 다 헤아릴 수는 없다. 이렇듯 헤아릴 수 없
는 슬픔이 있음을 기꺼이 인정하고서 전개된 시인들의 작업이 있다. 세월
호 사고로 희생된 안산 단원고 아이들의 시선으로 쓰인 육성 생일시 쓰기
가 그것이다.

> 생일 모임은 단순한 이벤트가 아니라 아이가 좋아했던 사람들이 아이를 마
> 음에 새기고 부모님과 친구들, 주위 사람들을 위로하는 치유 프로그램의 하
> 나입니다. 그중에서 '생일시'가 가장 핵심이고요. 시를 통한 예술 치유 작업
> 을 오래해오고 있어서 그 효과를 너무도 잘 알고 있습니다.

---

[3] 론 마라스코와 브라이언 셔프는 사별의 슬픔이 지니는 다양한 측면을 섬세하게 분석하면
서 슬픔을 '모루'에 빗댔는데, 이 표현은 슬픔—특히 사별의 슬픔—에 대한 적절하고도
직관적인 비유이다. "슬픔에 빠진 사람들에게는 항상 그들을 후려치는 모루가 있다. 사랑
하는 이를 떠나보낸 지 서너 달이 지나 그럭저럭 지내는 것 같을 때, 예상치 못한 계기로
촉발된 감정에 휘둘려 만신창이가 된다."(론 마라스코·브라이언 셔프, 김설인 역, 『슬픔
의 위안』(개정판), 현암사, 2019, 65쪽)

아이의 시선으로 쓰는 '육성시'의 형식입니다. 아이들 부모님이 공통적으로 하는 얘기가 있습니다. "아이에게 잘 있다는 말 한마디만 들을 수 있으면 숨을 쉴 수 있을 것 같다"는 말입니다. 그래서 지인들 꿈에라도 자기 아이가 나왔다고 하면 어떤 방식으로든 그걸 확인하려고 합니다. 그래서 아이의 '생일시'에서 그 메시지가 어떤 방식으로든 부모에게 전달됐으면 하는 소망이 있습니다.

—정혜신·이명수, 「intro」(곽수인 외, 『엄마. 나야.』, 난다, 2015) 부분

인용한 글은 세월호 참사 이후 안산 와동에 거주하며 치유공간 '이웃'의 이웃 치유자로 세월호 유가족을 비롯한 이웃들과 긴 시간을 함께한 정신과 의사 정혜신과 심리기획가 이명수가 시인들에게 보낸 '생일시' 청탁 메시지의 일부이다. "단순한 이벤트가 아니라 아이가 좋아했던 사람들이 아이를 마음에 새기고 부모님과 친구들, 주위 사람들을 위로하는 치유 프로그램"인 생일 모임에 대해 다룬 영화로 이종언 감독의 〈생일〉2019이 있다. 죽은 아이의 생일에 그 아이를 기억하는 사람들이 모여 마음을 나누고 슬픔뿐 아니라 기억까지도 함께 나눈다. 아이가 살아 돌아오는 기적을 꿈꿀 수는 없겠지만 아이의 목소리로 한마디 말이라도 듣는 것이 유가족들에게는 어떤 직접적인 위로의 말보다 큰 위안과 울림을 준다. 시인들 저마다는 사라진 아이의 목소리를 각기 다른 방식으로 환대하고, 그 얼굴을 복원한다. 아이들의 복원된 얼굴과 목소리는 생일 모임의 현장을 메운다. 생일 모임에서 시인의 입을 통해 듣는 아이의 목소리는 상실을 견디는 이들을 내버려 두지 않으면서도 조용히 다가가 말을 건넨다.

여기선 한꺼번에 다 보여요.

내가 태어난 그날부터

내가 없는

나의 생일까지.

(…중략…)

보고 싶었어요.

보고 싶어요.

보고 싶을 거예요.

애타게요.

그럴 때는 살짝 고개를 돌려 옆을 봐요.

내가 팔짱을 끼고 있을 테니까.

바람.

구름.

빛.

더러워질 줄 모르는 것들.

나는 그렇게 곁에 있을 테니까.

　　　　　　　　―신해욱, 「바람과 구름과 빛과 호연이와」(곽수인 외, 『엄마. 나야.』) 부분

"그리운 목소리로 호연이가 말하고, 시인 신해욱이 받아 적다"라는 부기가 붙은 위 시는 11월 26일에 태어나 단원고 2학년 4반에 속했던 김호연 학생을 기억하기 위해 쓰였다. 시적 주체, 아니 제 삶의 주체였던 '호연

이'는 자신의 생일에 보고 싶은 가족들을 하나하나 호명하며 자신이 "25
시간보다 훨씬 더 긴 하루"를 보내고 있다고 말한다. "내가 태어난 그날부
터 / 내가 없는 / 나의 생일까지" 한꺼번에 다 볼 수 있는 곳에서 아이는
담담하지만 다정한 목소리로 애타는 그리움과 그보다 큰 사랑을 속삭인
다. 다시는 닿을 수 없다는 생각으로 참담했던 모두에게 "내가 팔짱을 끼
고 있을 테니까" 보고 싶을 때면 "살짝 고개를 돌려 옆을" 봐 달라고 말한
다. 바람, 구름, 빛, "더러워질 줄 모르는 것들"처럼 "나는 그렇게 곁에 있"
겠다고 말한다. '바람과 구름과 빛과 호연이'로 종결되지 않고 '바람과 구
름과 빛과 호연이와'로 이어지고 열려 있는 이 시의 제목처럼 말이다. 호
연이가 남겨진 가족을 돌보겠다는 선언을 하지 않고도 목소리의 형태로
나마 가족을 돌볼 수 있었듯이, 시는 이웃을 돌보겠다는 선언을 하지 않고
도, 어쩌면 그렇기 때문에 이웃을 돌볼 수 있다. 세월호 참사 이후 한국 사
회는 너무 많은 아이들을 잃어버렸기 때문에 아이들에 대해 계속해서 말
하지 않을 수 없는 병에 걸리고 말았고, 너무 많은 상실에 처했기 때문에
소중한 것들을 잃어버렸던 순간으로부터 자유로울 수 없게 되었다. 망각
으로 나아간다면 손쉬울 수도 있을 일을, 시는 계속해서 토로하고 끝끝내
기억하면서 험한 길을 멈추지 않고 자진해서 걷는다.

> 손과 손을 마주한다는 것
> 아무도
> 아무것도 들어가지 못하도록
> 손과 손을 붙인다는 것
> 불구가 된 손을 입술 위에 갖다 댄다는 것

*

죽은 아이의 생일시를 쓴다

아이가 그러는지 내가 그러는지

자꾸 운다

*

검은 옷과 검은 모자를 쓴 노인이

창 밖 언덕을 오르고 있다

저 노인을 안다

한 시간 뒤 다시 언덕에서 내려올 것이다

언덕은

봄에게 자리를 내어주고 있었다

믿을 수 없다

　　　　　　　—이원, 「4월의 기도」(『사랑은 탄생하라』, 문학과지성사, 2017) 전문

　이원 시집 『사랑은 탄생하라』 4장에는 '큐브'라는 제목이 붙어 있다. 이 장에는 「4월의 기도」라는 제목의 시가 거듭 두 편, 「사월四月 사월斜月 사월死月」이라는 제목의 시가 연달아 세 편씩 실려 있다. 입구와 출구를 구별해 내기 어려운 큐브 안에서 시적 주체는 '4월의 기도'를 거듭하고, '사월四月 사월斜月 사월死月'을 주문처럼 왼다. 「4월의 기도」라는, 위의 시와 같은 제목이 붙은 다른 시에서 이원의 시적 주체는 "나의 두 손을 맞대는데 / 어

떻게 네가 와서 우는가"라고 말한다. 두 편의 「4월의 기도」는 두 손을 맞
대자 어느샌가 찾아와 곁을 지키며 우는, 너무 많은 '너'에게 보내는 시적
주체의 전언이자 작은 입맞춤이다. "손과 손을 마주한다는 것"은 "아무도
/ 아무것도 들어가지 못하도록 / 손과 손을 붙인다는 것"이다. 그렇게 "불
구가 된 손을 입술 위에 갖다 댄다는 것", 기도한다는 것이다. 기도는 "죽
은 아이의 생일시"를 쓰는 행위로 이어지고, 그 행위는 "아이가 그러는지
내가 그러는지" 모를 울음을 만들어 낸다. 아이는 없는데 "검은 옷과 검은
모자를 쓴 노인이 / 창 밖 언덕을 오르고", 내가 아는 '저 노인'은 "한 시간
뒤 다시 언덕에서 내려올" 예정이다. 봄이 언덕의 자리를 차지하는 동안
여전히 납득되지 않은 아이의 죽음은 "믿을 수 없다"라는 말만 중얼대게
한다. 손과 손을 마주해도 믿을 수 없는 것들은 끝끝내 수정되지 않는다.
'죽은 아이'는 돌아오지 않고 의미 없이 불길한 풍경이 4월을 눈물의 기도
로 적시고, 이 모든 것을 믿을 수 없게 한다.

> 정면에서 찍은 거울 안에
> 아무도 없다
>
> 죽은 사람의 생일을 기억하는 사람
> 버티다가
>
> 울었던
> 완벽한 여름

어떤 기억력은 슬픈 것에만 작동한다
슬픔 같은 건 다 망가져버렸으면 좋겠다

어째서 침묵은 검고, 낮고 깊은 목소리일까
심해의 끝까지 가닿은 문 같다

아직 두드리는 사람이 있었다

생각하면
생각이 났다

— 안미옥, 「질의응답」(『온』) 전문

　　안미옥 시 「질의응답」은 "정면에서 찍은 거울 안에 / 아무도 없"는 의아한 장면에서 시작된다. 거울을, 그것도 정면에서 찍었는데 안에 아무도 없을 리는 만무하다. 이 시에서 일반적인 상식과 배치되는 것은 이 상황만이 아니다. '질의응답'의 주체를 관찰하거나 스스로 그 주체여야 할 것 같은 시적 주체는 이 시의 문면에 드러나지 않는다. 마치 1연의 장면처럼 말이다. 시적 주체는 심지어 "죽은 사람의 생일을 기억하는 사람"이 버티다가 울어버린 여름을 '완벽한 여름'이라고 부른다. "어떤 기억력은 슬픈 것에만 작동한다"라고 말하면서도 그 중요해 보이는 "슬픔 같은 건 다 망가져버렸으면 좋겠다"라고 말한다. 하지만 그러면서도 슬픔이라는 감정을 망가뜨리진 않는다. 시적 주체는 직접적으로 슬프다고 말하지 않으면서도 남김없이 슬퍼하는 존재다. 슬픔에 관한 한 시적 주체는 무수한 질의응답을 해 왔을 존재일 것이다. 저 사람은 왜 죽어야 했을까, 어떤 기억력은 왜 슬픈 것에만 작동할까, 어쩌면 모든 것이 무너진다는 증거가 아니었을까. "어째서 침묵은 검고, 낮고 깊은 목소리일까"라는 문장이 조금도 가벼울 수 없는 이유가 거기에 있다. "심해의 끝까지 가닿은 문"에는 아직 '두드리는 사람'이 있었다. 두드리면 열릴 것이라고 했는데, 왜 저 '두드리는 사람'에게는 그렇지 못했는가. 아무리 묻고 아무리 답해도 "생각하면 / 생각이 났다".

포스트휴먼-팬데믹이라는 조건은 항의와 분노의 대상이 분명하지 않은 고통을 점점 더 양산하고 있고, 그럼에도 개개인이 느끼는 일련의 감정은 충분히 표현되거나 위로받지 못할 가능성이 커졌다. 지금 이 순간에도 세월호 참사와 같은 20세기적 사건·사고는 장소만 바꾼 채 항만, 물류창고 등 곳곳에서 여전히 일어나고 있고, 사회적 거리 두기라는 생존 대책은 광장에 모여 목소리를 쏟아내던 상호 공감의 기억을 희미해지게 한다. 온라인상에 구축되고 그 세를 키워 가는 새로운 형태의 광장에는 혐오가 넘쳐나고, '타인에 대한 연민'은 마치 도서관 서가에서나 찾아볼 수 있는 순진한 믿음으로 치부되는 것 같다. 공정 담론이 교묘하게 변질되고 약자가 조롱의 대상이 되며 '내로남불'이라는 말로 서로를 삿대질하는 이들이 많아졌다. 대면 체험의 기회가 줄어들고 광장에 모여 서로의 고통을 확인하고 나눌 길이 요원해진 이 시대에 공감과 연민의 상상력이 절실해진다. 고통받는 사람들은 여전히 존재하고 여전히 언어를 필요로 하지만, 고통의 한가운데에서는 그 무게와 깊이 때문에 자신의 마음을 토로할 엄두조차 내지 못한다. 하물며 그 고통이 "구체적인 개인보다는 제도, 구조, 법률, 집단 등 비인격적인 힘이 고통을 가하는 힘으로 작용"손봉호, 『고통받는 인간』, 서울대

출판문화원, 1995, 140쪽하여 항의와 분노의 대상이 불분명한 경우에는 그가 느낄 좌절감을 이루 말할 수 없을 것이다. 시인들은 그들이 느끼는 상실의 슬픔을 시에 기입하고, 고통받는 이에게 언어를 찾아 주고, 그 고통을 목격하는 이에게는 감정 수업에 동참하게 함으로써 어제의 상실뿐 아니라 도래할지도 모르는 결핍까지 위로한다. 경험주의만으로 메울 수 없는 윤리의 간극을 상상적으로 채움으로써 치유의 가능성을 열어 준다. 이 모든 과정이 정교한 계획이나 의도, 목적 없이 이루어진다는 점에서 시는 무용하지만 바로 그렇기 때문에 모든 가능성을 품고 싹틔울 수 있다. 다름 아닌, 시가 찾아 준 '우리'와 함께 말이다. 제 마음을 직접 혹은 이웃의 마음을 대신 토로하는 이들이 있는 한, 시는 슬픔을 수치라고 가르치지 않는다. 세월호 이후의 시에서 나타나는 서정의 방식은 우리에게 필요한 연민의 상상력과 그 윤리를 펼쳐 보여 준다. 다음 장에서는 시를 통해 연결되고 확장되는 '우리'의 모습을 발견하고 감정 공동체가 형성되는 방식을 살펴보고자 한다.

4. '우리'의 확장과 '느슨한 연대'의 윤리

지금까지 많은 이들이 인간을 인간이게 만드는 것이 감정이고 그 목록에는 슬픔이 들어 있다고 말해 왔다. 찰스 다윈은 인간의 기본 감정을 '공포, 분노, 혐오, 슬픔, 놀람, 행복'의 여섯 가지로 보았고, 맹자는 인간이라면 마땅히 품어야 할 마음으로 '측은지심惻隱之心, 수오지심羞惡之心, 사양지심辭讓之心, 시비지심是非之心'을 꼽으며 그것이 인간과 다른 동물을 변별하는 요소라고 보았다. 하지만 포스트휴먼과 팬데믹이라는 조건 속에서 불확실성이 심화하고 세상이 상상조차 하지 못했던 속도로 빠르게 변해 가는 것에 비해, 그동안 우리가 자명하다고 믿어 왔던 것들에 대한 질의응답이 얼마나 풍성했는가는 다소 의문이다. '인간은 슬픔을 느끼는 존재'라는 명제에 비해 '인간이 슬픔을 어떻게 다루는가'라는 질문은 충분히 던져지지 못했다. 누구나 소중한 것을 잃어버릴 수 있다. 더군다나 우리는 언제 어디서 무언가를 상실해도 이상할 것 없는 시대를 살고 있다. 그러나 소중한 것을 잃어버린 자는 결코 부주의했기 때문에 그것을 잃어버린 것이 아니다. 설령 누군가가 자신의 부주의 때문에 소중한 것을 잃어버렸노라고 자책할지라도 그것은 사실이 아니다. 슬픔은 수치가 아니며 폐기하거나 처리하거나 통제해야 할 대상이 아니다. 시는 이 사실을 곱씹고 되새기며 천천히 '우리'를 만든다. 이 장에서는 '우리'의 범주를 만들고 확장하는 시들을 살펴봄으로써 그것이 감정 공동체로 연결되는 방식을 확인할 것이다. 이를 통해 시가 열어 보여 주는 치유의 가능성을 확인하고 포스트휴먼-팬데믹 시대 공동체와 연대의 윤리로 나아가는 시의 여정을 그려 보고자 한다.

해변을 걷다 보면 내가 자꾸 떠내려온다. 발이 많으면 괴물처럼 보이지. 나는 편지를 쓰러 해변에 자주 온다. 무엇인가를 썼다고 생각했는데 다 젖어버렸다. 다시 쓰러 기울어진 선박으로 들어간다. 물 가까이에서 살면 산책할 때마다 울게 돼. 그 울음을 헤치고 나아가느라 발이 많은 괴물아. 체육복을 입은 소녀들이 서로 발이 엉켜 모래밭에서 뒹군다. 파도는 그들에게 닿지 못한다. 오래된 과자 봉지를 뜯으며 다 죽었는데 발처럼 많아지는 마음을 들여다본다. 너무 살려고 애쓰지 마. 물을 뚝뚝 흘리며 소녀들이 모래사장을 걸어간다.
모두 돌아가자. 쉴 수 있어. 해변에서.

　　　　　　　—이영주, 「4월의 해변」(『어떤 사랑도 기록하지 말기를』, 문학과지성사, 2019) 전문

　　이영주 시 「4월의 해변」에서 시적 주체는 "해변을 걷다 보면 내가 자꾸
떠내려온다"라는 믿기 어려운 문장으로 말문을 연다. 시적 주체는 하나인
동시에 여럿인 존재다. 혹은 하나이지만 순행하는 시간을 은연중에 거스
르는 자다. 그러니 4월의 해변에서 한 번 떠내려갔으면서도 '자꾸' 떠내려
오고, "발이 많"아서 "괴물처럼 보이"는 것이다. 해변에 자주 오는 까닭은
'편지'를 쓰기 위함이고, 분명 "무엇인가를 썼다고 생각했는데" 그건 나도
모르는 사이에 자꾸 떠내려오는 나처럼 다 젖어 있다. 나에게든 너에게든
보내기 위해 썼을 편지는 젖어서 보낼 수가 없고, 시적 주체는 편지를 "다
시 쓰러 기울어진 선박으로 들어간다". 위험을 불사하는 시적 주체의 이
러한 행위는 연달아 나오는 문장과 조응한다. "물 가까이에 살면 산책할
때마다 울게" 된다는 시적 주체는 "그 울음을 헤치고 나아가느라 발이 많"
아진 '괴물'이기도 하다. 물이 너무 많아서 울음도 잦아졌고, 그 울음을 헤
치지 않고서는 앞으로 나아갈 수 없어서 발이 많아졌고, 다시 불어나는 물
때문에 자꾸 떠내려오고. '나'가 그러는 동안 "체육복을 입은 소녀들"은
서로 발이 엉켜서 모래밭에서 뒹구는데, '나'를 삼켜 떠내려가게 만들던
파도가 이상하게 그들에게는 닿지 못한다. "발처럼 많아지는 마음"을 들
여다보다가 누군가가 "너무 살려고 애쓰지 마"라고 말한다. 어떻게든 나
아가기 위해서 발이 많아진 괴물의 마음이 발처럼 많아진다면 그를 정말
괴물이라 할 수 있을까. 세월호 이후의 시에서 걷거나 울거나 생각하거나

'마음'을 바라보는, 때로는 위 시처럼 그 모든 행동을 보여 주는 시적 주체가 자주 나타나는 것은 결코 우연이 아니다. 후반부로 갈수록 이 시의 시적 주체는 발화의 주인이 누구인지 명확하게 알아보지 못하도록 한다. 시 후반부의 말들이 '나'의 것인지 소녀들의 것인지 우리 모두의 것인지 헷갈릴 무렵, 파도가 닿지 못했던 '소녀들'은 어느새 "물을 뚝뚝 흘리며" 모래사장을 걸어간다. "모두 돌아가자. 쉴 수 있어. 해변에서"라는 담담한 희망과 함께. 한 번도 '우리'라는 말을 한 적 없지만 이 시가 '우리'에 대한 시일 수 있는 이유는 여기에 있다.

> 어둠이 쏟아지는 의자에 앉아 있다. 흙 속에 발을 넣었다. 따뜻한 이삭. 이삭이라는 이름의 친구가 있다. 나는 망가진 마음들을 조립하느라 자라지 못하고 밑으로만 떨어지는 밀알. 옆에 앉아 있다. 어둠을 나누고 있다.
>
> ―이영주, 「연대」(『어떤 사랑도 기록하지 말기를』) 전문

이영주 시집 『어떤 사랑도 기록하지 말기를』의 마지막에 배치된 시 「연대」는 그 짧은 길이에도 불구하고 오래 태워져 짧아진 촛불처럼, 시라는 연대의 장을 환히 밝힌다. 시적 주체는 빛이 아닌 "어둠이 쏟아지는 의자"에 앉아서 흙 속에 발을 넣고 '따뜻한 이삭'을 생각한다. '이삭'은 곡식의 낟알이기도 하고 구약성서에 나오는 아브라함의 아들이기도 하다. 시적 주체는 그 모든 것이면서 동시에 '친구'인 이삭을 떠올린다. 단원고 2학년 5반이었던 정이삭 군[4]을 연상케 하기도 하는 "이삭이라는 이름의 친구"를

---

4 4.16세월호참사 가족협의회, 「6월 19일 생일인 5반 정이삭을 기억합니다」, 『4.16세월호참사 가족협의회』, 2020.6.19. https://416family.org/index.php/remember-n1/?boa

말이다. 어둠이 쏟아지는데도 이삭은 따뜻하고, 그런 온기를 가진 이삭이라는 이름의 친구가 있고, 그런 친구를 둔 '나'는 "망가진 마음들을 조립하느라 자라지 못하고 밑으로만 떨어지는 밀알"이다. 그렇게 '옆'에 앉아서 어둠을 나누고 있는 '나'에게 공동체는 어둠 속에서도 온기를 나눌 수 있는 연대의 공간이다.

　　이곳에선 누구나 아름답게 웅크리는 법을 연습합니다

　　집으로 돌아가는 사람들의 우산이 뒤집히고 비에 젖은
　　거리는 깨뜨리기 좋은 가로등을 기도처럼 매달고 있습니다

　　나는 가만히 돌을 쥐고 명멸하는 불빛을 봅니다

　　모래야 나는 얼마큼 적으냐 정말 얼마큼 적으냐 중얼거리며
　　나만 혼자 커다랗다는 부끄러움
　　열매처럼 매달린 시퍼런 발들을 끌어내리며
　　노을은 얼마나 휘저어야 다다를 수 있는 고요의 높이인지 생각합니다

　　눈을 감으면 오는 기차
　　여기 두 발을 자르면 국경을 넘어 떠날 수 있을 것 같지만

rd_name=remember&mode=view&search_field=fn_title&search_text=%EC%9D%B4%EC%82%AD&order_by=fn_pid&order_type=desc&board_page=1&list_type=list&board_pid=585

흙더미 속에서 걸어오는 짐승들

파도를 끌어안고

덤불숲 너머 불타오르는 바다를 바라다보는 것입니다

이제 나는 흙 묻은 손으로

어떤 기다림에 대해 생각해야 합니다

쓰러진

큰 나무에 대해

촛불을 켜놓은 밤입니다

인간보다 몸집이 큰 개들이

밤새도록 인간의 잠을 지킬 것입니다

—안희연, 「소인국에서의 여름」(『너의 슬픔이 끼어들 때』) 전문

　안희연의 「소인국에서의 여름」은 집회의 현장에서 잉태했을 것으로 보이는 시다. '이곳'으로 지칭되는 집회의 현장에서 사람들은 "누구나 아름답게 웅크리는 법을 연습"한다. 연습이 끝나면 집에 돌아가는 이들의 우산은 뒤집히고, 비에 젖은 거리는 "깨뜨리기 좋은 가로등을 기도처럼 매달고 있"다. 귓갓길의 '나'는 가로등 불빛이 허공과 젖은 땅에 퍼져 명멸하는 것을 '가만히' 본다. 김수영 시 「어느날 고궁을 나오면서」에서 빌려온 "모래야 나는 얼마큼 적으냐 정말 얼마큼 적으냐"를 중얼거리는 시적 주체는 '돌'을 쥐고도 '모래'를 부르며 한껏 웅크린다. 그런 그가 느끼는

감정은 "나만 혼자 커다랗다는 부끄러움"이다. 웅크린 사람들 사이에서 웅크리는 법을 그렇게 연습했으면서도 나만 혼자 커다랗다고 느끼며 마치 '소인국'에 온 듯하다고 말하는 시적 주체의 부끄러움은 윤동주의 오래된 미래 같기도 하다. 시적 주체는 가로등을 매단 거리처럼, 열매 같이 매달린 시퍼런 발들로 인해 곤혹스럽다. 얼마나 더 휘저어야 노을이라는 "고요의 높이"에 다다를 수 있을까 생각한다.

걸리버가 그랬듯 소인국에서 거인은 무력하다. '나'라는 거인의 소극성은 "눈을 감으면 오는 기차"나 "여기 두 발을 자르면 국경을 넘어 떠날 수 있을 것 같"다는 생각의 연쇄로 이어진다. 특별한 행동을 하지 않았음에도 불구하고 흙더미 속에서 짐승들이 걸어 나오는 장면은, 그저 함께 아름답게 웅크렸다는 이유만으로 펼쳐진 것 같다. 아름답게 웅크릴 수 있는 것은 인간만이 아니니 말이다. 짐승들은 "파도를 끌어안고 / 덤불숲 너머 불타오르는 바다를 바라다보"며 이 여름밤의 화재를 관조하고, '나'는 "흙 묻은 손으로 / 어떤 기다림에 대해 생각해야" 한다. 연습하고, 중얼거리고, 생각하던 시적 주체 '나'가 무언가를 '해야 한다'고 말하는 이 대목에서 이 시의 분위기는 달라진다. "쓰러진 / 큰 나무"는 스스로를 부끄러운 거인이라고 느꼈던 '나'가 생각해야만 하는 대상이자 '어떤 기다림'이다. 소인국에서도 해야 할 것이 생긴 거인은 숨거나 떠나지 않는다. 서서히 작은 사람들 속으로 녹아든다. 웅크리는 사람들이 많은 여름밤은 "촛불을 켜놓은 밤"이고, 그 밤과 '인간의 잠'을 "인간보다 몸집이 큰 개들이 / 밤새도록" 지킬 것이다.

바다 밑바닥은 생각보다 아늑해. 이곳엔 두 눈을 멀게 하는 태양도 늑대들

의 울부짖음도 없고

발바닥을 간지럽히는 물의 감촉. 꿈인 듯 꿈 아닌 듯. 이렇게 가지런히 누워 흔들흔들 흔들리고 있으면 구원을 기다리는 일 따윈 하지 않게 돼.

누군가는 이곳을 빛의 점멸 구간이라고 불러. 깜빡깜빡. 깜빡깜빡. 수초 사이로 지나는 물고기떼가 은빛 동전처럼 반짝거리면

손을 뻗어 잡으려다 말고 나에게 손이 없다는 것을 깨닫는다.

그후론 손에 대해서만 생각했어. 밤을 잃어버리고 나서야 밤을 노래하는 사람들처럼. 손의 실종. 손의 실종. 무언가를 쥐어볼 수 없다는 것……

발도 얼굴도 흩어지고 내가 아주 작은 목소리가 되었을 때. 잠시 흰 돌고래의 몸을 빌려 수면 위로 솟구쳐본다면 멋질 거야. 지상에 전하는 마지막 윙크처럼.

너무 오래 슬퍼하지는 않기를. 너무 오래 슬퍼하지는 않기를. 밤낮없이 바다만 들여다보는 사람들에게.

아주 오래된 옛날에. 나는 이곳에 와본 적이 있는 것 같아. 신이 떨군 커다란 눈물방울. 영원히 마르지 않는.

—안희연, 「슬리핑백」(『너의 슬픔이 끼어들 때』) 전문

「슬리핑백」의 시적 주체는 '바다 밑바닥'이 생각보다 아늑하다고 말한다. 이때의 '바다'는 세월호 관련 시편에 등장하는 '바다'의 상당수가 그렇듯 세월호가 가라앉은 바다를 뜻한다. 이곳에는 "두 눈을 멀게 하는 태양도 늑대들의 울부짖음도 없"다. 고요한 바다에서 "발바닥을 간지럽히는 물의 감촉"은 꿈을 꾸고 있는 건지 아닌지 헷갈리게 만든다. 그럼에도 그 혼란 속에 몸을 맡기고 "흔들흔들 흔들리고 있으면 구원을 기다리는 일

따윈 하지 않게" 된다. 깊은 어둠 속에 있을 것 같은 '이곳'을 누군가는 "빛의 점멸 구간"이라고 부르고, "수초 사이로 지나는 물고기떼가 은빛 동전처럼" 깜빡거리며 반짝인다. '나'는 작은 점들이 모여 이룬 그 빛에 손을 뻗어 잡으려다가 자신에게 "손이 없다는 것을 깨닫는다". 태양도 늑대도 없지만 구원도 손도 없는 심해에서 시적 주체는 "손에 대해서만 생각"하는 시간을 보낸다. "밤을 잃어버리고 나서야 밤을 노래하는 사람들처럼", 소중한 것을 잃어버리고 난 뒤에야 그것을 그리워하는 사람들처럼 말이다. 두 번이나 반복되는 '손의 실종'은 "무언가를 쥐어볼 수 없다는 것"이다.

희미한 빛만이 함께하는 바다 밑바닥에서 시적 주체는 "발도 얼굴도 흩어지고 내가 아주 작은 목소리가 되었을 때"를 상상한다. "잠시 흰 돌고래의 몸을 빌려 수면 위로 솟구쳐본다면 멋"지지 않겠냐는 생각을 한다. "깜빡깜빡. 깜빡깜빡" 반짝이며 지나가는 물고기떼처럼, 돌아갈 수 없는 "지상에 전하는 마지막 윙크"를 보내면 어떻겠냐는 것이다. 손의 실종을 깨닫고도 비교적 명랑함을 유지했던 시적 주체는 오히려 지상에 남겨진 이들을 떠올리며 기도한다. 이곳은 생각보다 아늑하니까, 손이 없지만 아직 목소리는 남아 있으니까, 언젠가 남은 이들에게 윙크를 보낼 날이 있을지 모르니까 "너무 오래 슬퍼하지는 않기를. 너무 오래 슬퍼하지는 않기를. 밤낮없이 바다만 들여다보는 사람들에게"라고 말이다. "아주 오래된 옛날에" "이곳에 와본 적이 있는 것 같"다고 믿게 된 시적 주체에게, "영원히 마르지 않는" "신이 떨군 커다란 눈물방울"이기도 한 '바다 밑바닥'은 무섭거나 슬프기만 한 공간은 아니다. 그러니 "밤낮없이 바다만 들여다보는" 당신들도 "너무 오래 슬퍼하지는" 말라고, 손이 실종되었으면서도 생사마저 넘나드는 연대의 손길을 건넨다.

> 자유는 대개 타자와 함께 행사되는 것이고, 이를 위해 꼭 통일되거나 일치된 방식이 필요하진 않다. 자유는 어떤 집단적 정체성을 상정하지도 생산하지도 않으며, 오히려 상호지원, 갈등, 관계의 끊어짐, 기쁨, 그리고 연대를 포함하는 활성적이면서도 역동적인 관계들의 집합을 만들어낸다.
>
> ─주디스 버틀러, 김응산·양효실 역, 『연대하는 신체들과 거리의 정치』,
>
> 창비, 2020, 43쪽.

주디스 버틀러는 인간이 처한 생명정치적 상황을 '불안정성의 일상화 precaritization'로 규정하면서, 자유가 대개 타자와 함께 행사되는 것이며 이를 위해 반드시 "통일되거나 일치된 방식"이 필요하지 않다고 지적한다. 실제로 포스트휴먼 시대를 살아가는 동시에 '사회적 거리 두기'로 표상되는 코로나 팬데믹의 시기를 통과해야 하는 우리가 통일되거나 일치된 방식으로 행동하기란 점점 더 어려워질 전망이다. 노동 유연성은 나날이 증대되고 있고 우리는 저마다 다른 처지에 놓여 있다. 먹고 사는 일이 가장 중요하다고 생각하는 주의인 이른바 '먹고사니즘'의 기세는 꺾이지 않을 것만 같다. 지구 어딘가에선 기술이 날마다 자신을 넘어서는데, 또 다른 곳에서는 유혈의 민주화 혁명이 치열하게 전개되고 있다. 세계 곳곳에 만연한 불안정성 때문에 개개인은 함께 행동하는 상태를 꾸준하게 지속하기 어려우며, 어떤 목표의 달성을 순진하게 믿을 수도 없다. "함께 행동할 수 있는 조건들이 파괴되고 와해되었을 때 함께 행동"주디스 버틀러, 위의 책, 36쪽하기 위해서, 지금보다 더 높은 뜀틀을 넘고자 시도하기 위해서, 더 멀리

가보기 위해서는 '사회적 거리 두기'를 적절히 전유하는 시도가 필요할지 모른다. "상호지원, 갈등, 관계의 끊어짐, 기쁨, 그리고 연대를 포함하는 활성적이면서도 역동적인 관계들의 집합"을 만들어 내기 위해서는 '뭉치면 살고 흩어지면 죽는다' 식의 연대에 대한 맹목적 믿음을 좀 내려놓을 필요가 있다. 이제 단 하나의 구호와 목표를 중심으로 광장에 모여 일치된 목소리를 내(야 하)던 시대는 지나가 버렸다. 연대의 현장에서 잉태한 시의 언어조차 구호나 격문이 아닌 까닭도 이러한 일련의 상황과 유관해 보인다. 민주주의의 역사가 축적되고 삶의 방식이 다원화된 데다 포스트휴먼-팬데믹이라는 조건까지 가세하면서 격문이 설 자리는 점점 좁아지고 있다. 그러나 끈끈하고 단단한 연대를 상상하기가 쉽지 않아졌다고 해서 연대에 대한 모든 상상을 접어둘 수는 없는 일이다. 어쩌면 살아간다는 건 한 예외상태로부터 다른 예외상태로 건너가는 일의 연속인 것 같지만, 변화하는 조건 속에서도 우리는 함께 살아갈 수밖에 없다.

소중한 것을 잃어버린 자, 잃어버리고도 잃어버린 줄 모르는 자, 애초에 잃어버릴 것조차 없는 자, 보이지 않는 곳에 갇혀 있는 자, 인간에 의해 만들어진 자, 폐기된 자, 인간을 사랑하지만 그래서 더 많이 삶의 터전을 빼앗긴 자—그 모든 자들의 존재를 우리는 우선 인지해야 하고, 모두가 함께할 수 있는 새로운 광장을 개척해 나가야 한다. 그러려면 서 있는 자리가 좀 다르더라도 서로를 포용할 수 있는 유연하고 느슨한 연대가 필요하다. 그 과정에서 연약한 이들을 지속적으로 돌볼 수 있는 '난잡한 promiscuous 돌봄'이 병행되어야 함은 물론이다. '난잡한 돌봄'은 돌봄의 관계를 맺을 때 대상을 차별하지 않고 가능한 한 많은 사람을 돌보며 그 관계를 무한하게 증식해야 한다는 의미로 영국의 학술 단체 '더 케어 컬

렉티브The Care Collective'가 『돌봄 선언—상호의존의 정치학』니케북스, 2021에서 제시한 개념이다. 그들은 돌봄과 연민의 힘이 시장화된 개인의 이기심보다 항상 앞서야 한다고 강조하면서, 직접적인 돌봄노동뿐 아니라 타인들과 지구의 번영에 대해 관여하고 염려하며 공동으로 책임을 져야 한다고 말한다. 자신의 고유성을 지키면서도 타자를 받아들이고 서로를 정신적으로 돌볼 수 있기 위해서는 좀 더 느슨한 경계가 필요하고, 더 많은 존재들이 따로 또 같이 그리고 오래 함께할 수 있는 연대를 구축하는 것이 중요하다. 이때 시는 아주 좋은 양식이자 방식이 된다. 우리가 맺고자 하는 느슨한 연대에 시는 격문보다 커다란 힘을 갖는다. 시는 그저 관조할 수 없는 타인의 고통에 다양한 언어를 부여하고 목소리를 내게 한다. 시는 의도하지 않았더라도 하나인 동시에 여럿인 존재를 돌볼 수 있고, 어둠 속에서도 온기를 나눌 수 있으며, 저보다 크거나 작은 존재를 이웃으로 삼을 수 있다. 나아가 잃어버리고, 슬퍼하고, 죽기까지 하는 인간의 숱한 한계에도 손을 내밀 수 있다. 이런 움직임이 종래에는 인간 아닌 존재들까지도 부드럽게 포용할 수 있을 것이다.

단지 위로하기 위해서 말을 건넨다면 위로가 실패했을 때 그것이 설 자리는 영영 없어지고 만다. 고통을 줄이거나 지워 주기 위해 다가선다면 그 행위가 부정적인 결과로 돌아왔을 때 타인의 고통에 다가설 두 번째 기회는 얻지 못하게 될지도 모른다. 하지만 시는 그 모든 것들을 할 수 없다는 사실을 스스로 분명하게 자각하고 있다. 시는 고통을 지워 주지 못한다. 그렇기 때문에 시는 무력하지만, 바로 그 이유 때문에 존재 의의를 지닌다고도 할 수 있다. 시는 대단한 사회 변화를 추동하거나 구체적인 삶의 문제를 해결해 주지 못한다. 그렇지만 시는 우리가 당한 상실의 고통과 그로 인해 느끼는 슬픔을 잘 간직할 수 있도록 해 준다. 그 시도가 실패하리라는 것을 누구보다 잘 알면서도 감정 공동체를 건설하려는 노력을 멈추지 않는다. 현실적으로는 무력할지언정 상상적으로는 모든 가능성을 내포하고 있기 때문에 성공과 영광뿐 아니라 실패와 상실의 경험까지도 끌어안을 수 있다. 인간이 하는 어떤 일의 성공과 실패를 예측하기가 더욱 어려워진 포스트휴먼-팬데믹 시대에, 실패까지도 끌어안을 수 있는 유연한 공동체는 그 자신뿐 아니라 구성원들 모두의 회복탄력성을 향상함으로써 치유의 가능성을 높일 수 있다. 이 지점에서 시를 통해 만들어지는 감정 공동체의 가치와 의의를 발견하게 된다.

5. 결핍을 끌어안는 감정 공동체의 가능성과 의미

열병처럼 치러낸 근대를 제대로 반성하기도 전에 삶의 여건은 놀라운 속도로 변해 버리고 말았다. 인간보다 자본이 우선시되어 벌어진 수많은 사고를 진지하게 반성하고 사건화하기도 전에 새로운 유형의 사고가 터지고 마는, 모두가 같은 꿈을 꾸도록 강요받는 시대가 휘몰아치고 있다. 정말이지 우리에게는 반성할 겨를이라는 것이 사라지고 말았다. 그럼에도 우리는 감정을 느끼고 나날을 꾸려 나간다. 어쩌면 슬픔에 휘둘리고 필연적 결핍을 안고 사는 인간은 포스트휴먼 시대와 동떨어진 존재인지도 모른다. 심지어 인간은 감염병의 팬데믹 상황에서 몸과 정신의 극심한 제약을 받는 무기력한 존재이기도 하다. 일의 전문성이나 상황 판단 능력만 하더라도 인간의 것을 넘어서는 비인간들이 상상 이상으로 많이 존재한다. 학습과 우연에 의해 빚어지는 인공지능의 창의성은 가히 놀랍다. 그들에게는 팬데믹이라는 인간의 전 지구적 곤혹이 적용되지 않으며, 성장 속도도 나날이 빨라질 것으로 전망된다. 포스트휴먼-팬데믹이라는 이중의 구속 안에서 우리는 머지않아 인간의 인간다움마저 초과될 것만 같은 악몽에 저마다 조금씩 가위눌리고 있는지 모른다. 그러나 역설적이게도 인간은 바로 그 우왕좌왕함과 서성거림, 모자람, 비합리성 때문에 인간다움을 유지할 수 있다. 어떤 결핍을 발견할 때마다 '인간적이다'라고 말하게 되는 것은 우연이 아니다. 그런 면에서 시는 가장 인간적인 장르라고 말할 수 있을지 모른다.

그동안 인간이 인간이기 때문에 느끼는 숱한 감정을 통제하려는 시도는 꾸준히 있어 왔다. 개인의 노력과 성실이 점차 크게 강조되면서 성공을 위한 '팁'을 주는 자기계발 산업이 비대해졌고, 생산성 강박에 사로잡힌 사회에서 그 영향력은 여전히 강력하다. 최근에는 '마음챙김Mindfulness'이라는 이름으로 스트레스와 고통을 줄이려는 움직임이 산업으로까지 팽창해 있다. 자기계발 신화를 꽤 성공적으로 대체하는 것 같은 이 복음은 다분히 상품화되어 있으며, "도덕적 기준이나 윤리적 책무 없이, 사회적 공익에 대한 비전이 없이, 시장의 정신에 닻을 내리고 있"[5]다는 혐의에서 자유롭지 못하다. 마음을 챙기는 것은 일상이 될 수는 있어도 지극히 개인적이고 비정치적인 일이며, 우리가 시스템 안의 상황에 더 잘 대처하고 효율성과 순종성을 장착할 수 있도록 돕는다는 점에서 반혁명적이다. 챙긴다는 미명 하에 다듬어지는 우리의 '마음'은 생산성 향상에 기여하기 위해서라도

5　로널드 퍼서, 서민아 역, 『마음챙김의 배신－명상은 어떻게 새로운 자본주의 영성이 되었는가?』, 필로소픽, 2021, 19쪽.

점점 납작해진다. 자기몰입의 중요성을 부각하는 방식으로 이루어지는 마음챙김은 본래 의도와 달리 자폐적 내면을 공고히 하는 결과를 초래할 수 있다. 어쩌면 마음챙김은 자기계발 산업과 동전의 양면 같은 존재인지 모른다. 우리가 두 지점 사이를 영원히 왕복해야 하는 저주에 걸려 버린 것은 아닌지 우려스럽기도 하다. '아직은'이라는 말로 애써 외면하고 있는 로봇시인이 시를 납작하게 할 수 있다면, 꾸준히 성행하고 있는 마음챙김 산업은 사람과 그의 감정을 납작하게 만든다. 작은 바람에도 흔들리는 인간의 마음을 보기 좋게 조각해서 모난 부분을 둔감해지게 만드는 것이다. 그러나 시에서 돌보거나 풀어헤치고자 하는 마음은 마음챙김류의 순치된 마음과는 다르다. 시는 우리의 마음이 더 많이 부딪치고 더 잘 실패할 수 있도록 돕고, 정직한 언어로 자기감정과 대면할 수 있는 용기를 준다. 나아가 타자를 향해 뻗는 길을 열어 보여 준다. 가장 심오한 형태의 공감이 "고통과 불안, 상실이라는 공통의 경험에서 비롯된다"[6]는 점을 염두에 둔다면 시가 보여 주는 용기는 보다 높은 차원의 감정 교육을 가능케 한다고 말할 수 있다.

미국의 소설가 조앤 디디온은 누구도 남편을 잃는다는 것의 의미에 대해 말해 주지 않았기 때문에 그것을 글로 썼다. 자신의 슬픔을 스스로 이해해 보겠다는 생각은, 신앙 없는 사람을 애도에 대해 말하게 했다. 자신이 겪은 상실의 슬픔을 발견하고, 멀리 있는 것 말고 지금의 고통에 말을 거는 방식으로 말이다. 디디온의 작업은 누군가를 위로하기 위해 시작된 것이 아니었음에도 사별의 아픔을 겪는 이들의 감정 공동체를 만들어 냈

---

6   로먼 크르즈나릭, 김병화 역, 『공감하는 능력』, 더퀘스트, 2014, 111쪽.

다. 포스트휴먼-팬데믹 시대에 태어나고 숨 쉬는 오늘의 시뿐 아니라, 새롭게 읽히는 어제의 시들이 만들어 온 발자국이 그러했다. 시를 통해 이루어지는 감정 공동체, 윤리 공동체는 시야말로 인간의 감정을 가장 입체적으로 재구하고 돌볼 수 있게 하는 가장 강력한 매개라는 믿음을 품게 한다. 시는 인간의 잉여와 결핍, 모순의 지점과 기꺼이 손을 맞잡는다. 손들의 마주침은 감정의 공시적 전이와 통시적 전이 모두를 가능케 한다. 오래전 쓰인 백석의 시가 지금까지도 우리에게 울림을 주는 이유가 여기에 있다. 비록 타인의 감정과 타인의 언어로 직조된 것일지라도 그것이 다름 아닌 인간의 것이기에 우리는 거기에서 인간의 얼굴을 마주할 수 있다. '발견'에서 시작된 시의 몸은 '공감'으로 나아감으로써 얼굴을 갖게 된다. 이 메커니즘이 시의 존재 의의라고도 할 수 있을진대, 여기서 "시에서 휴머니즘을 쉽게 포기/폐기할 수 있는가?"라는 질문은 인문학의 위기 담론만큼이나 무용한 질문일 수 있다. 시가 휴머니즘을 변주할 수는 있지만 그 모든 것들을 일거에 무너뜨린 채 폐허 위에 설 수는 없다. 포스트휴먼 시대를 맞이한 우리의 과제를 수행하기 위해 "인간중심주의의 낡은 휴머니즘으로 회귀하지 않으면서, 첨단 기술을 토대로, 인간과 비인간의 경계를 해체하고 양자의 상호 얽힘과 분리불가능성을 강조하며, '인간-비인간 하이브리드'로서의 존재를 새로운 실재로서 인정하"[7]려는 몸짓을 누구보다 성실하게 반복해 온 것은 다름 아닌 시이다.

시는 인간의 오류와 결핍의 역사를 극복할 수 있다고 말하지 않는다. 시는 인간의 모든 오류와 결핍을 끌어안고 감당하면서 우리에게 온다. 그것

---

7   김재희, 『시몽동의 기술철학—포스트휴먼 사회를 위한 청사진』, 아카넷, 2017, 205쪽.

은 시가 모든 것을 용서한다는 말은 아니다. 시는 모든 것에 분노할 줄을 알고, 모든 것을 사랑할 줄 알며, 어떤 것에게도 말을 건넬 수 있다. 모순을 인정하고 결핍을 감당할 수 있는 삶. 더 잘 실패하고 서성거릴 수 있는, 마침내 연대할 수 있는 삶. 그것이 이 시대의 인간으로서 지켜야 할 윤리가 아닐까. 디지털 인문학자 구본권도『로봇 시대, 인간의 일』어크로스, 2015에서 "인공지능 시대에 사람을 사람답게 만드는 것은 무엇보다 결핍과 그로 인한 고통"이라고 말한다. 인류의 역사와 문명도 결핍과 고통에서 느낀 '감정'을 동력 삼아 발달했다는 것이다. "결핍에서 오는 절박함이 만들어 낸 인간의 유연성과 창의성은 기계에게 가르치기가 거의 불가능한 속성"이므로 "인간의 약점은 인간을 인간답게 하는, 기계와 구별되는 최후의 요소"327쪽라는 것이 그의 견해이다. 우리가 근대를 치러내느라 미처 돌보지 못한 인간의 가치들을 한 번 더 어루만지기 전에 인간(성)의 특별함을 단순히 폐기 처분해야 한다고 말하는 것은 섣부르다. 발레리는 인간을 영원히 미래인 구멍이라 정의했고, 보부아르는 채워질 수 없는 존재이자 도래할 내일의 충만성을 기다리는 존재, 공허와 결핍의 자유를 가진 자라고 보았다. 어떤 시기에도 인간은 완성되었던 적이 없었고, 그 사실은 앞으로도 변함이 없을 것이다. 하지만 인간의 결핍은 무언가를 위해 나아갈 수 있는 가능성이기도 하다. 우리가 직면한 '인간이란 무엇인가'라는 질문이 인간 존재의 존립 기반을 뒤흔든다고 느낄 수도 있겠지만, 오히려 이것이 인간이라는 존재를 정교하고 겸손하게 단련하는 기회가 될 수도 있다.

인간은 과거에 잃어버린 것들에 대한 상실감뿐 아니라 잃어버릴지도 모르는 수많은 것들에 대한 조급함을 안고 살아간다. 다가오지 않은 미래를 두려워하는 감정으로 다채로운 문화를 만들어 내기까지 한다.『타인에 대한 연민』의 저자 마사 누스바움은 각자의 소망이 위태로워지기 쉬운 일상에서, 목전의 두려움에서 한발 물러날 때 우리는 더 깊이 생각하고 서로를 더 잘 이해할 수 있다고 말했다. 서로를 온전히 이해하고 위로할 수 있는 것도 결국은 인간이 아닐까. 더 많은 '옆'을 발견하고, 더 많은 결핍에 손을 내밀면서, 더불어 숲을 이루는 것이 인간의 일이다. 인간은 그 가능성만으로도 다른 인간뿐 아니라 이미 나타났거나 도래할 비인간까지도 끌어안을 수 있다. 그러기 위해서 우리에게는 더 많은 '감정 수업'이 필요하다. 시는 기꺼이 거기에 동행할 것이다. 온갖 감정의 결을 감싸 안고 돌보면서, 어제와 오늘의 슬픔, 기쁨만이 아니라 도래하거나 도래하지 않을 미래의 두려움, 행복, 절망까지도 포용하면서, 구체적인 언어에 인간의 보편성을 은연중에 기입하면서, 시는 미래의 슬픔까지도 위로할 것이다. 결국 중요한 것은 결과가 아니라 과정이고, 규범이 아닌 상상력이고, 연대의 경험이다. 우리는 상실을 중심으로 한 일련의 감정을 나누고 돌보며 연대했던, 시간적으로 가까운 사회적·문학적 경험을 되새김으로써 치유와 연대의 가능성을 새롭게 모색할 필요가 있다. 2010년대 중반 이후 시가 한국 사회의 중요한 전환점이기도 했던 세월호 이후의 상실을 다루는 방식은 포스트휴먼-팬데믹이라는 곤혹 속에서도 시가 지켜야 할 자리가 어떤 것인지를 귀납적으로 보여 준다. 세월호 이후의 우리 시에서 끝끝내 포기하지 않고 새겨 온 상실과 그로부터 파생된 여러 감정의 결, 감정 공동체를 형성하고 연대하려는 시인의 노력 등은 그 자체로 우리가 주목해야 할 시의 역할과 윤리라 할 수 있다.

[언어] 관계성을 고민하는 생성의 언어

포스트휴먼 시대와 시의 언어

윤은성

1. 낯설게하기와 시어의 확장

최근 시에서 시어의 용법은 매우 다양해져서, 시어가 어떤 속성을 지니는가에 대해서 단순하게 일반화하기는 어렵다. 잘 알려져 있듯 시어의 범위는 한정되어 있지 않다. 또 시어는 지시적 의미를 비틀고 초월한다. 시어가 낯설게하기를 통해 기존의 의미와는 다른 새로운 용법으로 사용된다는 것은 분명해 보인다. 특히 최근의 시는 더욱 시어의 용법을 다양화하여, 이제는 시어가 단순히 일반적인 의미와는 다르게 쓰이고 있다는 것만을 발견하는 것으로는 부족해 보인다. 많은 시들이 기존의 시의 경계를 지우고 시의 영역을 새로 확장하는 생성적인 면모를 보이는 것이다.

이와 관련하여 최근 시가 종종 비판의 대상이 될 때 그 이유는 시가 정제되지 않고 많은 말로 가득 차 있다는 것에 있곤 했음을 언급해야겠다. 그러나 그와 같은 비판은 시란 어떠해야 하는지에 대한 고정된 시각에서 연유한 것일 테다. 그러한 견해에 따른다면 시는 운신의 폭이 매우 좁아진다. 특히 자아와 세계 간 동일화를 추구하는 것으로서의 서정시로 통칭되는 동일성의 시에는 시가 열어줄 수 있는 복합적인 국면을 기대하기 어렵다. 그렇다면 시어가 생성적인 면모를 보인다는 것이 의미하는 바는 무엇인가? 어휘 차원의 미시적 구조를 넘어서 시적 언어에 대한 이해에 접근해야 할 것 같다.

무덤을 안은 듯이 목소리가 나오지 않는다. 나는 죽은 사람 비슷하다.

목소리는 나를 떠나 정처 없이 떠돌아다니고 있다. 도처에서 내 목소리를 들었다는 증언이 쏟아졌다. 언젠가는 잃어버린 목소리를 찾아 헤매다가 내 목소리와 똑같은 목소리를 직접 들은 적도 있다. 나는 나를 쫓아갔지만 목소리는 점점 더 멀어져 갔다.

또 무서운 꿈을 꿨구나, 어린 시절에 엄마는 나의 혼란을 그렇게 정리해주었다.

꿈이면 무서워도 괜찮고, 아파도 괜찮고, 죽어도 괜찮고, 죽여도 괜찮은 것일까. 그래서 인생을 꿈같다고 말할 때 두 눈을 껌벅이는 것일까. 인생이 꿈같으면 죽었다가 살아나고 죽었다가 살아나고…… 진짜처럼 죽었다가 또 거짓말처럼 살아나기를 얼마나 되풀이하게 되는 걸까. 이것이 대체 몇 번째 겨울나무란 말이냐. 분명히 꿈에서 비명을 질렀는데 일어나보면 현실에서 비명을 지르고 있었다.

나는 지금 몇 번째 봄나무를 기다리고 있는 걸까. 한그루 겨울나무를 알몸처럼 껴안고 있다. 펄펄 흰 눈이 내리고…… 설령 여기서 내가 잠이 든대도 이것은 꿈같지 않다.

　　　　　　　　　　　　　── 김행숙, 「겨울-나무로부터 봄-나무에로」

　　　　　　　　　　　(『무슨 심부름을 가는 길이니』, 문학과지성사, 2020) 전문

인용한 김행숙의 시는 황지우의 시를 패러디한 것으로, 종료되는 텍스트가 아닌 생성의 텍스트로 구현된다. 인용한 시에서 목소리는 시적 주체인 "나"를 소외시킨 채 "나"로부터 떠나 떠돌아다닌다. 시적 주체는 자신의 목소리를 찾아 헤매지만 목소리는 점점 더 멀어져 갈 뿐 그것을 찾아서 자신에게 고정시키는 것은 불가능해 보인다. 목소리를 잃은 시적 주체는 스스로를 "죽은 사람 비슷"한 사람이라고 규정한다. 마치 살아있는 것처럼 보이지도 않고 그렇다고 죽은 것은 아닌 상태. 그것은 "도처에서 내 목소리를 들었다는" 타인들의 증언으로만 어딘가 있을 것이라 짐작될 뿐 그 온전한 실체가 확인되지는 않는다. 자신을 떠난 목소리를 찾아내는 것은 이루어질 수 있는 일이 아닌 듯하다.

황지우의 원본 텍스트 속 주체가 위기의 상황을 인내하면서 "온몸으로" 자기 자신 곧 동일자가 되어가는 과정을 보여주는 것과는 달리 김행숙의 이 시는 아무리 노력해도 스스로의 합일에 이르지 못할 것으로 보인다. 목

소리와 주체의 어긋남, 그리고 영원히 그 목소리를 되찾을 수 없다는 것은 시적 주체의 끊임없는 방황을 예상케 한다. 그렇다면 이 텍스트는 목소리의 행방을 쫓아가는 시적 주체의 여정이 결말 없이 무한정 이어질 가능성이 잠재된 텍스트라고 할 수 있겠다. "몇 번째"의 겨울인지 셀 수도 없는 채로 기다림이 연장되는 가운데, 목소리는 "점점 멀어져"간다. 상황은 종료의 기미가 보이지 않는다. 그런데 역설적으로 그 종료 불가능성에 대한 인정으로 인해 이 텍스트가 종료가 아닌 생성의 텍스트가 되고 있다는 점은 주목해야 할 부분이다.

무슨 일이 일어났던 것일까? 자신의 목소리를 잃고 "죽은 사람"처럼 되어버리고 만 데에는 아마도 시적 주체가 규범화된 언어를 사용하는 사회 내에서 인정받지 못한 채 소외된 언어, 현실의 언어와 대비되는 "꿈"의 언어를 발화하는 사람이기 때문이지 않을까 싶다. 하지만 이 꿈은 현실과 대비되는 것으로서의 꿈 즉 타자("엄마")에 의한 규정으로 구획된 꿈과는 구분되어야 한다. 시적 주체를 현실의 정상 세계로 끌어내기 위해 "엄마"는 현실과 꿈("무서운 꿈")의 분리를 권한다. 그러나 이 시의 주체가 해명하고자 하는 혼란은 현실에서 분리되는 꿈(자면서 꾸는 꿈)이 아닌, 현실에 혼재된 비현실, 다시 말해 현실과 분리되지 않는 영역의 꿈일 것이다. "도처"에서 자신의 목소리를 들었다는 사람들의 증언은 주체의 목소리를 더욱 소외시킨다. 여기서 "목소리"는 사람들이 규정한 방식에 따라 주체 자신조차 모르는 곳에서 발견만 될 뿐 온전히 포획되지 않는다.

지난밤 당신은 의자처럼 앉아 있었고 의자가 놓인 곳이라면 저는 어디든 앉아 당신의 지난 일들을 보고 들었습니다 같은 자리에서 우리는 정말 같은 자리였던 적 있었을까, 당신이 제게 물었습니다 시소와 그네가 비어 있어 저도 모르게 눈앞의 풍경에 대해 대답했습니다

한 명의 아이도 보이지 않던 놀이터는 금세 어두워졌고 연인이 떠나면 노숙자가 다가왔습니다 그들은 서로 같은 사람들 같았습니다

당신은 지난 일들을 제게 들려주었고 고개를 돌릴 때는 슬픔에 잠겼습니다 창문이 나 있었고 창가의 별빛이 두 눈에 익숙해지면 이전의 풍경은 남지 않았습니다

거리에는 아무도 없었습니다 아이는 거리를 지나면 놀이터가 나온다는 사실을 알았지만 놀이터에서 막 돌아왔던 건지도 모릅니다

저는 가만히 멈춰 선 아이를 바라봤습니다 아이는 길을 잃어버린 것 같았고 혼자 남은 아이에 대해 누군가 묻는다면 제가 행방을 알려 줄 수 있을 것 같았습니다

저는 아이가 어째서 어디로도 가지 않는지 몰라 답답했습니다 피곤했고 아이가 저의 존재를 의식하는 거라고 믿게 되었습니다

창가에 다가갔습니다 이제는 제 이야기를 해도 되겠다고 생각했습니다 유리 벽이 사이를 가로막았기 때문입니다

창가에 비친 저는 아이의 곁에 나란히 서 있는 것 같았습니다 당신의 어릴 때 모습 같아 등을 돌렸는데 당신은 언제 자리에서 일어났습니까?

제 방에는 의자 하나만 덩그러니 놓여 있었습니다 집에 오랜만에 들어오는 것 같았습니다 하루가 지났다는 것을 저는 알게 되었습니다

—오은경, 「한 사람의 불확실」(『한 사람의 불확실』, 민음사, 2020) 전문

생성의 텍스트는 얼마든지 다른 전개방식으로도 구축될 수 있다. 인용한 오은경의 시는 의미를 이룰 듯 잘 이루지 못한 채 이어지는 진술들로 이뤄진다. 애써 의미화를 시도하고자 언어를 직조하려 한 흔적 없이 각 문장이 그려내는 장면들은 파편적이다. 이 시의 주체 "저"는 "당신"을 비롯해 정체가 뚜렷하지 않은 타자들이 한 자리에서 교체되는 것을 바라보며 그(들)에 대한 인식의 불가능함에 대해 사유한다. 그들이 등장해 있는 사태의 인과에 대해 시적 주체는 잘 알지 못하는 듯 보인다. 시적 주체는 천천히 사태 자체를 직시해보고자 시도한다. 더듬는 듯 조심스럽게, 그러나 집중하며 이루어지는 그 시도는 조급하지 않다. 마치 꿈속의 일인 듯 천천히 타자와 대화를 시도하고 그(들)과 대면하는 자리에 서 보기도 하면서, 이 시의 주체는 흐릿하기에 서로 닮아있는 타자들과 자신의 정체성의 흔적을 사유한다.

결국 이 시의 주체는 "당신"의 정체성을 온전히 사유해내지도, 자신의 이야기를 시작해보지도 못한 채 "하루"라는 시간을 속절없이 보낸다. 그 하루라는 시간의 내부에서 발견한 인물은 여러 사람이 아니라, 경계가 모호하여 여러 사람으로 혼동되는 단 "한 사람"이었을지도 모른다. 혹은 반대

로 그 "한 사람"은 여러 정체성을 흐릿하게 겹쳐 지닌 채로 시적 주체와 비껴가는 대화의 자리에 앉아 있었던 타자들이었는지도 모른다. 마치 그것이 자신의 존재의 이유를 밝히는 작업이라도 되는 듯이 이 시의 장면은 "답답"한 것으로 묘사되지만 결코 닿지 못할 대화의 시도는 종내 진지하다.

김행숙의 시에서는 시적 주체가 자신의 이루어질 수 없는 발화로 인해 꿈과 현실이 혼재된 확장적인 시적 공간을 떠돌 수밖에 없었다면, 오은경의 이 시는 타자들과 자신의 자리를 동질적으로 겹치기도, 해체하기도 하면서 생이라는 불가해한 국면 속 "불확실"한 정체성을 정답 없이 더듬는다. 시적 계기와 양상은 다르지만 단순하게 정리되지 못할, 내부에 접혀 있는 무한대의 시적 국면이 잠재되어 있음을 짐작할 수 있다는 점에서 이 두 시는 연결이 가능하다.

어쩌면 이처럼 불확실하고 불가해한 무한대의 시적 국면은 인간으로서 초월하는 것이 불가능한 영역의 것일 수 있다. 쉽사리 다 안다고, 이해한다고 말하지 못하는 어떤 국면들. 인간의 영역처럼 보이는 시는 인간이 닿을 수 없는 영역을 매혹적으로 보여준다. 언어의 영역처럼 보이는 시는 언어로 닿지 못하는 영역이 있어 한없이 작아지는 인간의 자리를 보게도 한다. 불가해함에 대해 다루는 시의 구조는 이렇게 시의 외연을 확장하여 신비의 영역을 열어 보여준다.

이렇게 생각한다면 시라는 것이 일차적으로는 언어라는 질료로 구성되지만, 무엇보다 언어라는 규범으로는 표현하지 못할 언어 밖의 영역을 향해 계속해서 자신의 몸을 열고자 하는 장르라는 이해가 어렵지 않아진다. 그렇다면 앞서 언급한, 시에 고정된 형식이 있을 것이라는 일부의 믿음 즉 고정된 코드로 읽어낼 시의 문법이 있다는 믿음은 인간성 외부의 신비를 오히려 인정하지 않는 완고한 관점일 수밖에 없다. 시의 언어가 고정될 수 있다는 관점은 여기서 근대적 기획으로서의 인간human에 대한 완고하고 기만적인 믿음의 관점과 궤를 같이하는 것으로 이해할 수 있게 된다.

최근의 시들에서는 매우 작아서 애초부터 출생조차 되지 않은 것으로 의미화되는 주체성현아, 「미출생 주체의 투명한 사랑」, 『학산문학』, 2021, 또는 안희연의 시 「자이언트」에서처럼 "더 뒤로" 물러서서 세계를 이해하는 노력을 포기하지 않으려 하는 작은 주체『여름 언덕에서 배운 것』, 창비, 2020를 통해 세계와 관계를 맺는 방식들을 자주 만날 수 있다. 그렇다면 질문을 더 추가해보자. 인간으로서의 우리는 시에 무엇을 기대할 수 있을까? 기대가 가능하다면, 시의 언어는 어떤 방식으로 우리의 기대에 부합할까? 혹은 우리의 기대에 부합하지 않을 수도 있을까?

2. 은폐된 폭력으로서의 아이러니

시는 흔히 1인칭의 장르로 이해되곤 한다. 자기 고백의 형식과 성찰의 내용은 이른바 진정성이 강화되는 요소들일 것이다. 한편 진정성의 내용은 작품에 따라, 그리고 구현할 내용에 따라 특정한 이중화된 구조를 전경화하는 경우도 빈번히 있어 왔다. 예를 들어, 일부러 나쁘게 말하는 위악의 어법이나 이중화된 시점을 통해 입체적으로 이해해야 하는 아이러니 등은 시적 효과를 극대화하는 대표적인 시적 언어들이다. 그런데 유의해볼 것은 아이러니나 위악적 어법이 타자 혐오를 정당화하기에 용이한 시적 언어일 수 있을 것이라는 점이다.

우리는 일반적으로 시가 폭력의 장르라고는 생각하지 않는다. 오히려 시가 숭고하고 진정성 있는 담론의 장르이기를, 시를 구성하는 고백과 성찰과 깨달음이 윤리적이기를 기대하는 것이 그보다는 보편적인 믿음일 것이다. 하지만 시라는 장르가 자주 취하는 깨달음과 성찰, 자기 고백적 특성은 타자를 대상화하는 우를 은폐하는 알리바이가 되기도 한다. 그 경우 오히려 특유의 성찰적인 어조로 인해 윤리적인 시편이라는 기만적인 가면을 쓰게 될 여지가 크다.

은유·직유와 같은 비유가 차이를 내포한 동일성에 의거한 시적 언어라면, 아이러니는 문맥을 이중화하는 것으로서 비동일성에 의거한 시적 언어이다. 이 모두는 언어가 지시적 의미의 감옥에 갇히는 것을 벗어나 새로운 용법으로 쓰이도록 운용된다. 여기서 검토해 볼 작품은 아이러니가 사용된 경우이다. 비동일성을 바탕으로 언어를 해체하고 그 간극을 넓혀 시적 효과의 극대화를 꾀하는 시적 언어인 아이러니는 작품의 완성도와는 별개로 종종 여성 혐오를 내면화해 구사되는 경우로 사용되기도 하였다. 발표된 지 30년이 넘은 작품들이라는 점을 기억하면서 시적 언어의 입장에서 고민해 보자.

> 홀린 듯 끌린 듯이 따라갔네
> 그녀의 희고 아름다운 다리를
> 나 대낮에 꿈길인 듯 따라갔네
> 또박거리는 하이힐은 베 짜는 소린 듯 아늑하고
> 천천히 좌우로 움직이는 엉덩이는
> 항구에 멈추어 선 두 개의 뱃고물이

꿈결을 안고 넘실대들 부드럽게 흔들렸네

(…중략…)

그 동네는 바로 내가 사는 동네

바로 내가 사는 아파트!

　　　　　　　—장정일, 「아파트 묘지」(『햄버거에 대한 명상』, 민음사, 1987) 부분

　이 시는 도시적 삶의 의미가 발견되는 시로, 김준오에 따르면 '구조적 아이러니'의 시적 언어를 구사하는 시이다. "나"는 도시에서 생활하는 회사원으로 일상적인 삶 한가운데에서 한 여인을 우연히 보게 된다. 그리고 종아리가 "희고 아름다운", 마치 대낮에 만난 여우인 듯 성적이면서 신비스러운 분위기로 묘사되는 그 여인을 "나"는 홀린 듯이 따라간다. 여인을 따라간 시적 주체는 뜻밖에도 그녀가 자신이 사는 아파트의 호실 맞은편에 산다는 것을 알고 놀란다. 바로 이웃에 사는데도 얼굴조차 알고 지내지 못했던 것, 여기에서 바로 아이러니가 발생한다. 도시 문명의 익명성으로부터 차단된 신비를 발견하고, 극적 반전을 통하여 극대화된 놀라움이 표현되고 있는 작품이라고 이해할 수 있겠다.

　그런데 시의 주제에 해당하는 도시의 익명적 삶을 형상화하기 위해 이 시가 전경화하고 있는 것은 "그녀의 희고 아름다운 다리"라는 여성 신체이다. 마치 사람을 매혹한 후 잡아먹는 "여우"라도 되는 듯 성애적 시선으로서만 이 여인을 집요하게 뒤따르는 이 시적 주체에 대하여, 우리는 "일종의 원시주의"로서 도시의 익명적 삶과의 대비를 극대화김준오, 『시론』, 삼지원, 1997한다고 동의할 수도 있을 것이다. 하지만 여기에서 아이러니 구조를 지탱하는 계기적 요소가 성애적 제유인 "종아리"라는 점에서 우리는 잠시

멈칫하게 된다. 이 시는 반전이 일어나는 사안의 격차를 최대치로 벌려 거기서 발생하는 아이러니를 효과적으로 구현하기 위해서 여성의 "종아리"를 동원한다. 성애적 시선과 결합해서 발생하는 아이러니가 시 텍스트 형성의 주요 계기가 된 셈이다. 이 작품에서의 아이러니는 이미 성애적 시선이 전제되어야만 등장할 수 있는 시적 언어인 셈이다.

> 그녀는 횡단보도에서 넘어져 버렸다.
> 하이힐의 뒤꿈치가 비칠 하더니, 그만
> 무릎을 꿇으며 신호등이 켜진 횡단보도
> 가운데 뒹굴어졌다. (…중략…)
>
> 오늘은 그와 만나는 날
> 그녀는 그에게서 전화가 오기 전에
> 일찌감치 욕조 속에 들어가 온몸을
> 씻어 내렸다. 부옇게 김이 피어오른
> 욕탕의 희미한 거울을 손바닥으로 닦고
> 그녀는 자신의 탄력 있는 몸매를
> 비춰보았다. 그리고 손가락으로 피아노 건반을
> 튕기듯 살찐 엉덩이를 누르며 혀를 내어 보였다.
>
> 몇 시간 후면, 탱자술같이 혀 끝에 감쳐오는
> 정념의 맛을 볼 수 있다. 짐승같은 그 남자,
> 그 남자는 오늘 밤 지옥불 속으로 그녀를

데려갈 것이다. 벤츠를 탄 것같이 매끈하게

그는 나를 악몽의 가장 가까운 지경으로

데려다줄 것이다. 멀리 있는 남편에겐 미안하지만

식은 침대 위에서 홀로 자는 일에 나는 진력이 났다

아무리 정숙한 부인일지라도 밤에는

그 엉덩이를 까닥이는 법인데……

(…중략…)

길 건너에서 그 남자는 자꾸 손짓을 해대고

양쪽에 늘어선 자동차의 위험한 경적이 울 때

스타킹 속의 발목은 제 맘대로, 뜨겁게 부어 오른다

―장정일, 「붉은 신호에 걸린 여자」

(『햄버거에 대한 명상』, 민음사, 1987) 부분

  인용한 시는 이중 시점이 사용된 아이러니 구조의 시이다. 이 시에는 3
인칭 인물인 "그녀"가 등장한다. 여기서의 발화하는 주체는 전지적 시점
이거나 관찰자의 시점에 있으며, 3인칭 "그녀"가 내용상의 주체이다. 이
경우는 김준오의 시론에서 '논증시'로 설명하는 시에 해당한다.

  "그녀"는 횡단보도 신호등이 바뀌어 횡단보도 건너편으로 건너가지도,
되돌아가지도 못하는 상황에 처해있다. 겉으로 드러나는 것은 이 같은 정
보뿐이지만 발화하는 주체는 그녀를 대상으로 상상을 펼친다. 상상의 내
용은 "그녀"는 현재 자신과 외도 관계에 있는 남성에게로 향하는 길이며,
지루한 일상을 일탈하여 쾌락이라는 본능에 충실하고자 한다는 것, 그러

나 횡단보도 한가운데에서 넘어지고 말아서 남성에게로 가는 길이 지체되고 있다는 것이다. 이 일탈이 성공할지의 여부는 이 시에서 보여주지 않는다. 바로 이와 같은 욕망이 성취되는 것을 유보하는 결말이 이 시가 도달한 진리를 논증하는 지점일 것이다. 결코 만족되지 않는 삶에서 인간은 욕망을 느끼고, 그 욕망에 따르고자 하나 최종적으로 그 욕망은 채워지지 않는 것. 쉽게 욕망과 화해되지 못하는 이 지점에서 인간 욕망의 구조가 고스란히 드러난다.

그녀의 욕망이 성취되지 못하는 것은 양심 때문이 아니라 전적으로 환경적인 요인(횡단보도 한가운데에서 움직이지 못하는 것) 때문이다. 거기에서 일종의 비애가 발생하는 것이겠다. 욕망은 예상치 못한 곳에서 영원히 유보된 채 성취되지 못할 것이라는 일종의 진리의 얼굴이 발견되는 것이다. 이 지점에 아이러니가 있다. "그녀"는 그녀의 욕망 성취가 유보된 상황의 의미를 모르지만, 그녀를 관찰하고 그녀에 대해 발화하는 주체의 입장에서는 유보된 상황의 의미를 아는 위치에 있기 때문이다. 바로 어리석음을 비웃고 슬퍼하는 시적 주체의 일종의 판단의 자리, 이것은 아이러니 구조에서 "에이런(이상에 대한 알라존의 동경을 비웃는 겸손한 자)"의 자리이다.

이 시의 언어가 구사된 데에는 일차적으로는 그녀의 욕망이 성취되지 못하는 상황을 만들어 보여줌으로써 욕망의 구조를 드러내는 것에 그 주된 목표가 있었다고 할 수 있겠다. 그러나 그녀에 대해 확인하지 못한 상황, 더구나 그녀에게 있을지 없을지 모를 성적 욕망에 대하여 외설적으로 상상해낸 것에 의해 서사화한 전개방식은 여성 혐오의 문법과 닿아 있다. 이것은 여성에게 성적 욕구가 없는데 있는 것으로 호도되고 있다고 지적하는 것이 아니다. 여성의 성적 욕구를 과장한다고 지적하는 것도 아니다.

이 시는 여성이 남성을 성적으로 욕망할 것이라는 전제하에 제3자인 여성을 성적으로 대상화하여 그 내면을 상상한 판타지의 층위를 고스란히 이 시의 구조로 삼고 있다. 시의 언어가 비판과 폭로의 언어로서 여성 혐오의 문법을 내장할 수 있다는 것은 간과해서는 안 될 지점이다.

어째 그녀는 요즘 자꾸 자기가 자는 옆에서 공부하라더니만

1

『金洙暎全集1詩』를 들추다가

아니, 이건 또 무슨 짓이야, 『全洙暎全 1詩』라니!
「晩時之歎은 있지만」이란 詩에 나타난 金洙暎의 〈책〉에 관한 의식을 추적해 보다가 이 밤 나는 또 한번 그녀의 강펀치를 맞고 얼얼해짐을,

옆에서 세상 모르고 자는 그녀를 흔들어 깨우니 '응, 응, 낮에 심심해서 잉크지우개로 지워 버렸지……' 한다

그녀의 장난끼와 욕구 불만, 金洙暎의 詩처럼 돌올한 두 개의 '全'字는
전체주의에 반항한다는 한 이기적인, 더욱 전체주의적인 『方法通說』의 경직성을 향해
'晩時之歎은 있지만 제발 阿附에도 여유는 좀 있어야 한다는 말일세' 하면서 匕首처럼 파고

2

들었다, 나는 그제서야 어렴풋이 '아내'가 睡眠을 위한 운동 기구라느니 세탁 기계 돌리는 기계 또는 고물 피아노 둥당거리는 보온, 밥통……만도 아님을 어렴풋이…… 黃××이 지가 먼데! [→ 맙소사, 이건 어느 선생님, 아니 싸부님에게 야단 맞고 술이 떡이 되어 돌아온 날 그녀가 내뱉은, 맙소사, 내 사람이여!]

3

지금도 그녀는 자면서도 싱긋 웃으면서 난 닭이 되고 싶어…… (암탉이 울면……) 무슨 계란 같은 개꿈을 꾸고 있는 모양이다

　　　　　　　—박남철, 「그리고 貧妻」(『地上의 人間』, 문학과지성사, 1984) 전문

인용한 시는 풍자와 아이러니가 작품을 지배한다. 시에 등장하는 부부는 빈곤하지만 애정이 있다. 아내는 전적으로 남편의 편이 되어 주고, 남편에게 육체적인 사랑을 요구하기도 하는 인물이다. 그러나 동시에 아내의 무지는 시적 주체인 남편에 의해 풍자의 대상이 된다. 시적 주체가 아껴 읽었을, 그리고 빈곤하고 지리멸렬한 생활에 있어 위로를 얻었을 김수영 시집이 시적 주체에게 어떤 의미인지 아내는 이해하지 못하고, 도리어 아내는 김수영 전집의 표지 위에 장난을 쳐놓는다. 이와 같은 아내에 대한 시선에는 분명 빈처貧妻를 바라보는 남편의 애정이 녹아 있을 것이다. 그런데 자신의 진지함과는 사뭇 다른 아내의 단순하고 속물적인 모습을 풍

자적으로 그리고 있다는 것, 그리하여 아이러니가 발생하는 바로 이 부분은 쉽게 납득되기는 어려운 지점이다.

　자면서도 닭이 되어 남편이 처한 부당함을 대변해주고 싶어 하는 아내의 잠꼬대에 대한 남편의 즉각적인 반응은 괄호 안에 기입한 발화처럼 '암탉이 울면 집안이 망한다'는 여성 비하적인 표현을 떠올려보는 것이다. 김수영의 '생활'에 대한 사유를 계승한 것으로 보이는 이 시는 김수영이 남겨놓은 바인 여성 혐오적 시선의 실체가 무엇인지에 대한 과제까지도 계승한 것으로 보인다. 그렇다면 이처럼 여성보다 자신을 우위에 두는 방식이 아닌, 여성에 대한 감정이입과 동일시로 구축되는 시의 경우는 어떨까?

　　　마지막 옷을 벗는 순간

　　　나는 사라진다

　　　발밑의 땅은 텅 비어 있고

　　　숨죽이며 벗은 내 몸에 시선이 집중될 때

　　　　　붉은 피,

　　　몸 속에서 녹슬어가는

　　　쇠와 콘크리트를 먹으며 다가올 시간

　　　나는, 뼈만 남아

　　　쓰레기통에 던져져 아무도 거들떠보지 않고

　　　비에 젖어 부서질 것이다.

　　　너무 많은 생각은 몸에 해롭다

　　　평생 동안 나를 괴롭힌 것은 태양,

　　　얼룩진 화장 지운 뒤 무대 밖으로 나가면

쏟아지는 투명한 햇빛

복면한, 세계의 철면피함

　　나의 아름다움?

　　천만에

그들은 다만 쇠꼬챙이로 내 몸을 쑤시고 싶을 뿐이다

고통은 영원하다

그것은 이 세상에서 다음 세상으로 연결된다

　　　　　　—하재봉, 「비디오/스트립 걸」(『비디오/천국』, 문학과지성사, 1990) 전문

　한국 현대시에서 타자를 대상화함으로써 시적 효과를 만들어낸 경우는 숱하게 있었다. 특히 설사 시적 대상으로서의 여성의 편에서 쓰인 시라고 하더라도 남성 중심적 시각이 경유되었을 가능성이 크다. 인용한 시에서, 시적 주체는 "나"로 등장하는 스트립걸이며 TV나 비디오 등 영상매체에 등장하는 여성이다. 그러나 이 시는 단일한 시각의 시가 아니라 영상매체 속 스트립 걸을 바라보는 남성의 시각이 이중화되어 있다는 사실이 제목을 통해 노출되고 있는 시로, '가면의 화자', '배역시配役時'로 이해할 수도 있겠다.

　이 시에는 스트립쇼에 출연하는 여성의 비애와 고통이 생생하게 묘사되고 있다. 이 시의 주체는 남성의 "시선" 앞에 자신의 벗은 신체를 내보이는 삶에 대하여, 그리고 화려한 무대 위에서 벌거벗겨진 채 쇼를 진행하는 내면이 "뼈만 남"은 것으로 묘사되는 삶에 대하여 건조하게 고백한다. 아마도 수치감보다 공포감이, 공포감보다 공포에 대한 무감함이 더 익숙해

보이는 듯도 싶다. 시적 주체인 "나"가 도달한 결론은 쇼를 관람하는 자들이 "다만 쇠꼬챙이로 내 몸을 쑤시고 싶을 뿐"인 변태적 성욕의 대상으로만 자신을 바라본다는 것이다.

음탕한 시선으로 쇼에 등장하는 여성을 보는 것이 정당화되는 스트립쇼의 소통구조는 TV나 비디오와 같은 영상매체가 영상을 송출하여 시청자들의 시선을 확보하는 소통구조와 닮아 있다. 이 시는 "비디오"라는 키워드를 중심으로 한 연작시 중 한 편으로, 연작시의 방향성 내에서 이 시의 문제의식을 읽어야 할 것이다. 이 시가 문제 제기하는 것은 영상매체와 관음증적 시청자의 욕망이 결탁하는 세태이며 이는 연작시와의 관계 속에서 추론할 수 있다. 이 점은 여성 주체를 가면의 화자로 설정한 것의 설득력을 높이는 부분이지만, 연작시를 통해 주제화되는 방향성에 여성 주체가 소모적으로, 또 피학적으로 동원되었다는 점에서 그 설득력은 무색해진다. 무엇보다도 문제는 결코 동일시될 수 없는 위치상의 다름을 구조상 드러내고 있음에도 불구하고 이 시의 언술을 담당하는 주체는 스트립 걸 "나"에 동일시하여 발화하고 있다는 점일 것이다.

이 시가 연작시의 일환으로 창작되었음을 고려하더라도, 마지막 연의 진술은 그 잔혹한 성적 학대의 이미지가 충격적이기까지 하다. 연작시 전체를 통해 세태 비판의 기획을 읽어낼 수 있다고 하더라도, 오히려 위 시는 연작의 다른 작품들이 보여주는 남성 중심적 관음증의 시선에서 크게 벗어나지 못하고 있어 비판의 윤리를 의심하게 한다. 결국 우리는 이 연작시 기획의 성패에 의문 부호를 칠 수밖에 없는 것이다. 이 시에서 취하는 시점의 전환은 결국 남성 중심적 시각으로 환원되며 여성 신체를 가학적으로 소비하고 있다.

3. 부당함을 폭로하는 약자의 윤리

그러나 아이러니와 위악적 어법과 같은 복잡한 층위가 절묘한 정당성을 확보하며 시적 언어로 사용된 경우도 적지 않다. 특히 젠더 감수성의 변화와 함께 최근 시도된 이소호 시에서의 아이러니는 이중화 구조의 새로운 지평을 열었다고 할 수 있다. 이소호의 일련의 시들은 여성의 목소리를 삭제하고 남성의 목소리만으로 구성된다. 이는 마치 여성이 수동적으로 남성의 말을 듣는 위치에 놓인 듯한 장면을 상상하게 한다. 그러나 그 일방적인 목소리로 구성된 시, 발화하는 주체와 청자의 위치가 시 텍스트 내에서 역전되곤 하는 이소호 시의 구조는 남성 목소리의 폭력성과 여성 혐오를 고스란히 폭로하는 구조로 작용한다. 결국 비판하는 자인 남성이 이 시의 구조에 의해 비판받는 자로 역전된다는 점에서, 이소호의 시는 구조적 아이러니라는 시적 언어의 강력한 지배를 받는다.

> 뭘말하고싶어?아프면죽이나끓여먹지왜나한테전화해?나이제욕하는것도
> 지쳐너욕하고싶은거참고있는거지그런거지뭐가두려워?나는내모든것을나눠
> 줬는데년만족할줄을몰라이래서난우울한여자는싫어야징징짜지말고똑바로
> 말해그리고말하기전에다시한번생각좀해봐내가이렇게무식한여자랑사귀었
> 었나? (…중략…) 니가이럴때마다미칠거같아이러니까네가그동안남자들한
> 테차인거야나니까지금까지같이사귀는거야서운하게생각하지마연인사이에
> 이런말도못해?우린이세상누구보다제일가까운사이잖아너생각하는건나뿐이
> 야잊지마그러니까너오빠한테잘해
>
> ─이소호, 「오빠는 그런 여자가 좋더라」(『캣콜링』, 민음사, 2018) 부분

인용한 시는 화자와 청자의 구조가 역전된 예이다. 시적 주체는 발화자가 아닌 전적으로 청자의 자리에 놓여 있지만 청자인 여성은 목소리가 삭제되었을 뿐 이 시에 구축된 대화의 자리에서까지 그 존재가 삭제된 것은 아니다. 그러므로 이 시의 시적 주체는 모든 말을 쏟아놓는 "나"로 등장하는 "오빠"가 아니라, 그의 말을 듣고 있는 삭제된 목소리의 여성이다. 발화하는 인물인 "오빠(나)"는 시적 주체를 향해 여성 혐오의 발화를 쏟아놓는다. 몸이 아픈 시적 주체가 "오빠"에게 연락한 상황에서 "오빠"는 그녀의 절박한 상황을 안중에 두지 않는다. 그는 단지 자신에게 전화해 왔다는 사실 자체에 진절머리를 내며 시적 주체에게 비난을 퍼붓는다. 이때 시적 주체인 여성은 "오빠"로부터는 이해되지 못할 섬세하고 복잡한 내면을 지닌 인물이지만, 이 여성의 내면이 전달되는 것은 "오빠"로부터 전적으로 차단된다. 그의 발화는 휴지 없이 쏟아진다. 띄어쓰기의 생략은 폭력적 발화가 주는 심리적 억압과 효과적으로 연결된다.

남성 중심의 시각으로 여성이 취하기를 기대하는 수동적인 여성성을 시적 주체에게 주입시키는 것으로 그의 쏟아지던 말은 종료된다. 시적 주체는 이 "오빠"의 남성 중심적 표현들에 대하여 자신이 직접 반박하지 않는다. 어쩌면 그 반박은 이미 수없이 체념되었던 것인지도 모르겠다. 시적 주체는 차라리 "오빠"의 말을 시의 구조 자체로 박제해 버리는 방식으로 그 권위적이고 폭력적인 발화를 폭로의 대상으로 바꾼다. 자신에게 상처를 입히는 권위적 담론을 폭로 대상으로 전환해 그 부당함을 폭로하는 담론으로 활용한다는 점에서 시적 주체의 청자로서의 수동성은 오히려 파괴성과 효율성을 극대화한다. 여성 혐오의 발화 내용을 구어의 특징을 살려 노출하는 것은 그 발화의 승인을 의미하는 것이 아니다. 그것은 오히려 폭로의 효과가 큰 정당한 아이러니이다.

그렇다면 아이러니로 구성되었다는 공통점이 있음에도 이 시와 앞선 시들의 차이는 무엇일까? 아이러니는 희랍어 에이로네이아eironeia에서 유래한 말로, 이는 변장의 기술을 뜻한다. 아리스토텔레스는 변장의 기술과 관련하여 '알라존Alazon'과 '에이런Eiron'이라는 인물 유형을 구분한다. 알라존이 자신을 실제 이상의 존재처럼 가장하는 인간 유형으로서 강자이자 우둔한 자라면, 에이런은 약자이지만 지혜롭고 겸손하다. 알라존은 시적 주체가 가장한 인물, 즉 표면적인 퍼소나이다. 하지만 결국은 알라존과 에이런 이 양자의 대립에서 승리하는 것은 에이런이다. 아이러니 구조에서 궁극적으로 시인이 동일시하는 것은 에이런으로, 에이런은 숨겨진 퍼소나라고 할 수 있겠다.

그렇지만 앞서 살폈듯 모든 아이러니가 정당한 승리로 귀결되는 것은 아니다. 이제 우리는 정당하다고 할, 그리고 부당하다고 할 법한 아이러니 구조를 대비적으로 정리할 수 있을 것이다. 아이러니에 알라존과 에이런의 시점이 공존한다고 할 때 아이러니가 공정하게 성립되는 경우는 에이런의 자리에 취약한 자가 대입될 때일 것이다. 반대로 힘의 논리에 있어서 강자의 자리에 놓인 자가 자신보다 취약한 자의 입장을 취할 때, 그때 발생하는 아이러니는 윤리를 가장한 폭력이 될 여지가 크다. 사회적 강자가 약자인 에이런의 시점을 차용할 때 아이러니의 정당한 성립은 어렵다는 것이다. 더구나 젠더 문제와 같은 경우 남성이 우위를 점해온 시선의 역사를 인정한다면 남성 시선이 여성 대상과 관련해 스스로 취하는 에이런의 자리가 도출하는 시적 진리에는 기만적 시선이 도사리고 있는 것이다. 그렇게 정당한 구사가 어려우면서도 젠더적 위계 구조를 통한 아이러니는 놀라울 만치 그간 그 은폐성이 함구된 채 남성 시선으로 술하게 구사되어 왔다. 지금까지 예로 든 것처럼 젠더적 차이 자체가 시적 아이러니 구조의 계기가 될 때 젠더 영역에서의 위계 구조는 고스란히 시적 구조에 기만적 위계를 내장한 시 작품이 될 수밖에 없다.

이제 우리는 아이러니를 구성하는 목소리에서 알라존과 에이런의 대립적인 자리에는 어떤 위계가 존재한다는 것을 알 수 있겠다. 이 위계는 사회·문화·정치·역사 전반에 있어서 구분되는 약자와 강자의 관계를 반영한다. 그런데 이 지점에서 우리는 시인과 화자의 관계에 대해 고민하지 않을 수 없게 된다. 시라는 장르에서는 시에 구현된 주체와 시를 쓴 자의 거리가 매우 가깝게 받아들여지곤 한다는 것, 궁극적으로 시인-화자가 동일시되곤 한다는 것에 대해 고민하지 않을 수 없다는 것이다. 여기서 시인이 인간적으로 윤리적이어야만 하는가는 문제되는 것이 아니다. 아이러니가 '위장'에 그 기원이 있음을 상기해야 한다. 제반 사회의 위계적 층위가 반영된 구조로서의 아이러니 시에 있어서 시적 주체의 자리가 에이런의 위치에 있는 것으로 '위장'하여 설정될 때, 해당 시를 창작한 이가 그 '위장'이라는 장치의 흔적을 지운 채 폭로를 수행하고자 한다면 그 폭로는 순수하게 작동하지 않는다는, 아이러니의 기능에 있어서의 문제이다. 그 '위장'은 은폐되는 것이 아닌 감지가 가능한 방식으로 시에 노출되어 있어야 그 '위장'을 통한 반어는 비판의 기능을 성공적으로 수행한다. 이는 또한 시인이 현실사회에서는 해당 아이러니 작품에서 구조화한 위계 질서의 어느 위치에 있는지의 문제이기도 하다. 작품 속 위계에서의 위치와 작품 밖 현실에서의 위치를 비교하여, 그가 현실에서든 시에서든 강자의 정체성을 은폐하는가의 여부가 해당 시의 담론이 발화 가능한 발화인지 아닌지를 판가름할 것이다. 아이러니가 드러내는 것이 결국 은폐된 기만이라고 할 수 있을 텐데, 그 은폐된 기만을 폭로할 정당한 위치에 있는가의 문제라는 말이다.

이소호 시에서의 아이러니는 사회적 약자라 할 여성이 에이런의 위치에서서 구사하는 아이러니로 폭로의 기능을 수행한다. 이러한 폭로는 취약한 자의 위치에 있는 자가 구사하는 것으로, 그 정당함은 지지를 넘어 같은 위계에 있는 취약한 이들의 공감을 불러일으킨다. 아이러니 외에 취약한 자가 구사할 수 있는 폭로의 어법 중에는 악하지 않음에도 일부러 악하게 말하는 위악 어법을 들 수 있다. 악하지 않음에도 일부러 악하게 말한다는 것은 일종의 역설로서, 아이러니와 함께 이중화 장치 중 하나이다. 다음은 취약한 자의 위악 어법이 구현된 시이다.

기린이 보고 싶어서
기린을 보러 간다.

기린은 보지 못하고
기린을 만든다.

(…중략…)

보려던 것을 못 보면 가짜를 만들게 된다.
나는 사람 같은 모형이 된다.

이 세계도 어느 세계의 모형에 불과하다.

보고 싶은 세계를 보지 못해

이 세계를 만들던 손들이 지금

이 세계를 부수고 있다.

　　　　　　　　—임솔아, 「모형」(『괴괴한 날씨와 착한 사람들』, 문학과지성사, 2017) 부분

도시를 만드는

게임을 하고는 했다. 나무를 심고 호수를 만들고 빌딩을 세우고 도로를

확장했다. 나의 시민들은

성실했다. 지루해지면

아이 하나를 집어 호수에

빠뜨렸다. 살려주세요

(…중략…)

나는 빌딩에 불을

놓았다.

허리케인을 만들고 전염병을 퍼뜨리고 UFO를 소환해서 정갈한 도로들을

쑥대밭으로 만들었다. 선량한 시민들은 머리에 불이 붙은 채 비명을 지르며

뛰어다녔다. 내 도시 바깥으로 도망쳤다. 나는 도시를 벽으로 둘러쌌다. 그

러나 모든 것을

태우지는 않았다.

나의 시민들이 다시 도시를 세울 수 있을 정도로만 나는 도시를 망가뜨렸다. 더 놀고 싶었기 때문에. 더 오래 게임을 하고 싶었으니까. 나는 나의

시민들에게 미안하지
않다. 아무래도

미안하지가 않다.

약간의 사고와 불행은 나의 시민들을 더 성실하게 했다.

―임솔아, 「아홉 살」(『괴괴한 날씨와 착한 사람들』) 부분

이 세계가 "지옥"임을 증명하겠다고 선언「아름다움」한 바 있는 임솔아의 시에는 무수한 부자연스럽고 부당한 상황과 전언들이 등장하고, 또 그 부당함과 전언을 곱씹는 취약한 주체가 자주 등장한다. 인용한 「모형」에 명시된 것처럼, 추구하는 것의 확보가 어려울 때 우리는 무한히 "가짜를 만들게" 된다. 이 생각은 하나의 대상("기린")에서 "이 세계"로 확장된다. 이 세계도 어느 세계의 "모형"에 불과하다는 진술에 함의된 것은 이 세계라는 모형을 만들어 낸 자들의 과도한 욕망에 대한 비판이다. 세계라는 모형을 간파함으로써 이 시가 비판하는 것은 인간들이 만들어 낸 자본주의 체계이자 신이라는 최종 심급의 권력이기도 하다. 이 세계의 실체가 충족되지 못한 욕망이 만들어 낸 가상이라고 보는 점은 충격적이다. 이 충격은 한 단계에서 끝나지 않고 파괴적인 전망을 보여준다. "세계를 만들던 손들"이 "이 세계를 부수고 있"다는 것이다. 이 세계라는 모형을 제작하는

것만으로는 욕망이 충족되지 못하고, 욕망은 세계를 다시 부수고 판을 흔드는 거대한 권력으로 확장된다.

흥미로운 점은 이 시의 주체가 자신 역시 탈취적인 세계의 구조에 동참하고 있다는 것을 자인하고 있다는 것이다. 아이러니 구조와 관련하여, 「모형」의 시적 주체는 자신을 전적인 약자의 자리에 두는 방식으로 아이러니 구조의 위계 층위를 설정하지 않는다. 스스로의 필요를 충족하기 위해 "기린"을 만든 자신을 드러내는 것으로부터 이 시는 시작한다. 이는 욕망에서 기인한 폭력적인 세계를 발견하고 비판의 목소리를 내는 자리와 그 세계에 연루된 자신의 자리가 같은 선상에 있다는 그 아이러니를 지우지 않는 것이다. 자신이 절대적으로 순수한 피해자가 아니라는 것을 밝히는 것은 폭력의 구조에 동참하고 있는 인간 주체의 위치를 파악한 사례라고 할 수 있겠다. 폭력에 동참하는 것을 묵인하겠다는 뜻이 아닌, 자기 폭로에 가깝다.

「아홉 살」에서는 신이라는 대타자가 최종 심급의 폭력으로 등장한다. 그런데 이 시의 주체는 자신이 그 최종 심급의 폭력과 결코 동일하지 않으면서도, 자신을 그 폭력 기원의 자리에 두는 역할 놀이를 벌인다. 폭력적인 신이라는 배역을 맡은 가면의 화자가 벌이는 이 역할극에서 임솔아의 시는 앞서 언급한, 약자의 자리에 부당하게 취임한 배역시들과는 다른 차원의 정당함을 확보한다. 이 정당함이 타당성을 얻게 되는 것은 바로 위악 어법을 통해서이다. 자신이 정말 폭력적인 신이 아님에도 신을 자임하면서 자신이 얼마나 큰 힘으로 인간 세계를 악무한에 빠뜨리는지를, 악의를 숨기지 않는 표현들을 통해 드러내는 것이다. 임솔아 시에서의 위악과 '가면'은 바로 이 자리에서 고유한 성찰을 보여준다.

신으로 자임한 이 시의 주체는 "선량한 시민"들을 별다른 이유 없이 자신이 "지루"하다는 이유만으로 살상하는, 폭력 자체인 이 세계의 구조를 스스로 폭로한다. 그 폭력 때문에 일상이 파괴된 시민들은 "도시 바깥" 변방으로 도망친다. 이 폭력은 세계를 완벽한 폐허로는 만들지 않고 적당히 시민들이 살 수 있게 해준다. 그 이유는 죽이지 않은 시민들이 끊임없이 자발적으로 박탈의 구조에 기여하고 그 박탈의 구조가 영속하도록 하기 위함이다. 시민들은 불가항력적인 권력의 횡포로부터 시달려왔음에도 그 폭력을 "약간의 사고와 불행"으로 여기며 일상을 꾸려가는 쳇바퀴 속을 계속해서 달린다. 자신이 처한 부당한 현실의 의미를 일개 시민들은 다 파악할 수 없다. 인간이 살아가는 세계임에도 이 세계의 구조를 인간 자신들을 위하여 개선할 수 없다는 역설을 읽어낼 수도 있겠다.

이 시에는 여러 가지 시적 언어가 혼재되어 있다. 특히 전경화되고 있는 것은 신의 자리에 취임한 시적 주체 '나'의 역할이다. 김준오 시론을 참고하여 이 시의 '나(신)'는 퍼소나로서의 화자로 보고 이 시에는 배역시配役詩라는 명칭을 부여할 수 있겠다. 배역시와 관련해서는 단순히 배역을 취했느냐 아니냐가 중요하다기보다는, 취하고 있는 배역의 특수함이 무엇인지가 관건일 것이다. 이 시에서는 배역의 위계가 실제 주체의 위계보다 월등히 높다는 점에서 배역을 선정한 윤리적인 이유를 얻게 되는 것을 확인할 수 있다. 취약한 자가 취하는 높은 위계의 배역은 해당 배역의 폭력적이고 비윤리적인 속성에 대하여, 폭력을 겪어본 자의 상처를 뒤집어 위악의 언어로서 생생하게 구사할 것이다. 약자로서 강자의 목소리로 말하는 것, 이 시에서 역시 아이러니 구조를, 정당한 아이러니 구조를 확인할 수 있다.

한편 이 시의 구조를 알레고리로 이해하는 것도 가능하다. 알레고리로서의 시는 인간 세계의 그 누구도 해당 알레고리의 법칙에서 제외될 수 없다는 것을 밝히는 우화로 기능한다. 이 시에서의 알레고리는 신의 목소리를 구사함으로써 보편적인 폭력을 말하는 지평을 얻는다. 그런데 스스로를 지칭할 때 인간적인 1인칭 호칭인 '나'를 반복적으로 사용함으로써 마치 이 세계에 속한 존재자 모두가 '나'이자 '신'으로서 폭력 행사에 연루되었다는 것을 밝히는 기능이 수행될 수 있다는 점도 눈여겨볼 부분이다.

기계가 아이를 낳지 않아도 아무도 비난하지 않는다
기계가 작동을 멈추고 침묵해도
모든 걸 잊어버려도
우리는 용서한다
뒤에 인간이 있다고 믿기 때문이다
인간이 기계의 영혼이라고 믿기 때문에
기계가 점을 봐줄 수 있다거나 기계가 사주팔자를 가졌다고 믿지 않는다
시골에서는 종종 눈도 뜨지 않은 개나 고양이 새끼들을
어미 몰래 거둬 땅에 묻거나 빠뜨려 죽였다
가끔 갓난애도 이불로 덮어두었다
이웃 나라에서는 그것을 코케시라고 하여 인형을 집에 둔다고 한다
대개 여자애들이다
기계인간이 왜 되고 싶은지 묻기에
질문이 틀렸다고 답했다
　　　　　　　—김복희, 「데츠로와 나」(『희망은 사랑을 한다』, 문학동네, 2020) 전문

인용한 시에서는 인간성이란 무엇인지를 묻는 문제의식이 기계와 여성 간의 유비적 관계를 제시하는 것을 통해 가시화된다. 기계는 '기계처럼 출산할 것이 기대되는 여성'처럼 생산적이라는 점에서 여성과 유사하고, 반대로 여성은 기계처럼 생산적으로 출산할 것이 요구된다는 점에서 기계와 유사하다. 이 관계를 성립게 하는 것은 바로 기계와 여성 모두 '생산성'을 공통적으로 요구받는다는 것이다. 물론 기계는 상품을, 여성은 인간사회를 유지할 '남자 아기'를 생산할 것을 요구받는다는 점에서 다르지만, 유비적 관계 구도 내에서 결국 여성은 남자 아기를 생산하지 못할 경우 기계보다 못한 위상에 놓이게 되어버린다.

이 유비 관계 자체가 새로운 것은 아니나 이 시는 이 기계와 여성의 유사 구도를 포스트휴머니즘 담론 하에서 일종의 인유로 활용하면서, 인간에 대한 문제의식과 젠더적 위계구조에 대한 문제의식이 정확히 연결선상에 놓여 있음을 드러내고 있어 충격적이다. 기계에 영혼이 없다는 기정사실을 근거로 기계의 뒤에 있는 "인간성"을 믿는 통상적인 믿음은, 남성성 중심의 인간사회에서 폭력에 노출된 여성들을 양산하는 구조에서의 야만적이라 할 인간성과 같은 인간성이다. 생산성을 중시하는 사회는 인간이 기계에 연장되어 생산력을 높이기를 종용하는 사회일 것이며, 그와 같은 입장에서 마지막에 등장하는 누군가의 질문이 제시되었을 것이다. 기계인간이 왜 되고 싶은지 묻는 그 질문은 "기계인간"이 되는 것이 일상이 되는 사회가 상정되어 있는 듯하다.

"기계인간이 왜 되고 싶"은지를 시적 주체에게 묻는 타자의 질문에 대하여 시적 주체는 '기계인간이 차라리 과도한 여성성을 요구받지 않을 테니까'라는 식의 구구절절한 답변을 통해 대응하지 않는다. 그렇게 제기하는 질문 자체가 옳은 질문이 아니라는 것을 지적하며 종료되는 이 시의 발화 방식은 독특하다. 이토록이나 야만적인 존재가 인간이라면 차라리 기계가 되는 게 낫다는 것은 기계가 정말 나아서라고 믿는다는 것이 아니라 반어irony에 해당하는 것이다. 이 반어가 이중화하는 의미는 복잡해 보이지만 날카롭다. 기계가 차라리 인간보다 낫다는 것이 표면상의 의미라면, 여성을 착취하는 젠더 구조의 사회에서 인간이라는 존재는 기계보다 공정하지 못한 존재가 아니냐는 것, 나아가 인간이 인간을 착취하는 사회에서 인간성이란 어떤 것인가를 묻는 물음이 궁극적인 의미일 것이다.

그런데 더 나아가 보자. 어렴풋이 이 시의 주체는 인간보다 기계의 편에 더 우호적인 입장에 있다는 추측도 가능하다. 이 시에서 기계되기를 소망하는 것은 인간의 한계를 넘어 초인간이 되고자 기계에 연장되기를 모색하는 낙관적인 것이 아니다. 이 시가 폭력적 젠더 구조와 기계적 생산 구조를 겹쳐 읽을 수 있는 인간성을 해체한다고 읽을 때, 이 시에서의 입장은 높은 생산성을 목적으로 가동되는 기계에 인간이 연장되는 것에 비판적일 것이다. 즉 기계에 대한 우호적인 입장은 인간의 윤리성 회복을 촉구하는 아이러니적인 입장이라고 읽어낼 수 있다.

지금까지 시에서 문제제기하는 제반사회적 현상들에 있어서 시적 발화의 윤리적 정당성은 발화하는 주체의 위치의 문제와 결부된다는 점을 살펴보았다. 힘의 논리에 있어서의 약자가 폭로하는 세계는 강압적이고 폭력적인 세계이다. 약자로서 겪을 수밖에 없던 부당함에 대하여 효과적으로 발화하는 방식으로서의 아이러니와 위악은 이소호의 시에서는 위계 구조 내에서의 발화자와 시적 주체의 자리를 바꾸고, 임솔아의 시에서는 약자인 시적 주체가 강자의 자리에 취임해 역할극을 보여주는 방식으로 활용되고 있다. 김복희의 시에서는 복잡한 유비를 활용해 힘의 논리에 문제 제기하는 방식이 아이러니적으로 구사되고 있다. 특히 김복희의 시에서는 인간이 만들어 낸 젠더적 위계에 있어서의 원초적이고 폭력적인 장면으로부터의 환멸이 기계에 대한 반어적인 옹호로 치닫게 하고 있어 포스트휴먼적 논의와 직접적으로 연결된다. 차라리 기계가 기계적이라는 이유로 인간보다 낫다는 것은 인간을 대체하는 포스트휴먼적 비전에 변증법적으로 동조하는, 그러나 그 동조가 인간성의 윤리적인 의식에 대한 호소임을 드러내는 아이러니의 지점이 된다.

4. 타자를 향해 열려 있는 시어로서의 일상어

이 글의 서두에서 우리는 생성되는 시에 대하여 고민하였다. 생성되는 시는 고정된 의미를 전제하지 않으며 흔들리는 인식의 방향을 고스란히 담지하며 무한히 뻗어 나간다. 그러한 경향은 시어와 어떤 관계에 있을까? 최근 시의 경향은 인간 중심적 사고에서의 인간human과 대비되는 '작은' 인간 주체가 세계에 대해 반응하는 긴장과 그에 대한 감각을 동원하는 방식으로, 또 타자와의 관계성을 두루 고려하며 시어를 다루는 것으로 보인다. 이러한 경향을 전제로 어휘 차원에 한정하여 하나의 시어에 대해 잠시 언급해보려 한다.

"여름"이라는 시어를 생각해보자. 여름은 보편적으로 사계절 중 가장 뜨거운 한 계절이다. 이 자명한 계절의 이름인 여름은 시어로, 또 문학적인 언어로 자주 각별하게 사용된다. 황인찬 시인이 여름이라는 시어를 반복해서 사용할 때 그때의 여름은 의미로 가득 찬 듯 보이지만 종내 인간의 의지와는 무관하게 잃어버리고 말, 신의 영원성과는 대비되는 어떤 무성하고 무상한 한때의 시간성을 의미할 것이다황인찬, 「소실」, 『희지의 세계』, 민음사, 2015. 안희연 시인이 "여름 언덕에서 배운 것"안희연, 「여름」, 『여름 언덕에서 배운 것』이 무엇인지를 헤아린다고 할 때, 그때의 여름은 세계에 내던져져 있는 자신의 현존재뿐만 아니라 세계가 상처받은 채로 자신에게 열어 보여주는 그 관계적인 국면들에 대하여 윤리적으로 알아가게 되는, 시적 주체가 고스란히 통과하는 한 과정으로 읽힌다. "여름"을 기다리는 민구 시인의 시에서는 어떤가. 중의적으로 읽히는바 "당신"을 해변이라는 공간에서 만나기 위하여, "당신"이 올 수 있는 자리로서 미리 마련되어야 할 전제가 되는 계절이 바로 "여름"이다. 여기서 여름은 "당신"과의 조우에 필요한 환경을 준비하는 시적 주체의 관계적 성실함으로 보인다민구, 「여름」, 『당신이 오려면 여름이 필요해』, 아침달, 2021.

일상어이지만 각각의 시에서 각각의 용법을 지니며 구별된 시어로 사용되는 것. 언급한 '여름'들은 각각의 작품에 따라 일반적 언어 용법이 아닌 특별한 용법으로 사용되었다고 이해할 수 있겠다. 그런데 조금 더 생각해 보자. 여기에서 예로 든 '여름'은 모두 근래에 발표된 젊은 세대 시인의 시에 등장하는 시어들이다. '여름'이 최근 시의 전유물은 아니며 일반어로서도 시어로서도 범용될 수 있는 어휘이지만 최근의 시에서 보다 풍성하고 다채롭게 자주 사용되고 있는 것으로 보인다. 다른 계절 어휘들이 문학적으로 쓰일 때 쉽게 지니게 되는 함의들이 다소 좁은 의미 맥락을 지니는 것에 비해, '여름'은 여러 정동을 수반할 수 있으면서 젊고 신선한 감각으로 확장할 수 있는 어휘라 여겨지는 것이 아닐까. 특히 이 '여름'들은 최근 시의 경향이라고 할 법한 타자와의 관계성에 대한 고려, 그리고 매우 작은 인간 주체에 대한 인식이 내면화되어 있는 것을 읽을 수 있는 어휘들이기도 하다.

타자와의 관계를 향한 윤리적인 품을 열고자 하는 시어의 예는 무수하다. 지금부터는 일상어가 어떻게 시어로 채택되는지를 보여주는 작품들을 읽어보기로 하자. 먼저 살필 임지은의 시에는 생활의 영역이 고스란히 시어로 들어온다.

이 작고 주름진 것을 뭐라 부를까?
가스 불에 올려놓은 국이 흘러넘쳐 엄마를 만들었다

나는 점점 희미해지는 것들의
목소리를 만져보려고 손끝이 예민해진다
잠든 밤의 얼굴을 눌러본다

볼은 상처 밑에 부드럽게 존재하고
문은 바깥을 향해 길어진다

엄마가 흐릿해지고 있다
자꾸만 사라지는 것들에게 이름표를 붙인다

미움은 살살 문지르는 것
칫솔은 관계가 다 벌어지는 것

일요일은 가능한 헐렁해지는 것

　　　　—임지은, 「모르는 것」(『무구함과 소보로』, 문학과지성사, 2019) 부분

아침에게 발견되지 않으려고 장롱 안에 숨었다

나라는 사실이 숨겨지지 않았다

벽을 문지르자 덩어리가 만져졌다

밀실 안에서 반죽이 부푸는 방식으로

나는 두 명이 되었다

(…중략…)

우리는 아프게 찔러대는 포크의 기분을 갖게 되었다

팔과 다리가 섞인 채로 밥을 먹었다

토론은 너무 고단했기에

종종 식탁 위에서 잠이 들었다

　　　　—임지은, 「내가 늘어났다」(『무구함과 소보로』, 문학과지성사, 2019) 부분

　　임지은 시의 주체는 타자와의 관계로부터 받는 영향의 질감을 잘 보여준다. 그러한 임지은의 시에 등장하는 시어의 특징은 일상에 편재한 평범한 사건이나 대상들이 시적 주체에 의해 "이름표"「모르는 것」 붙여지면서 존재로서 드러난다는 것이다. 임지은의 시에서는 시적 주체가 놓인 일상의 균열을 나타내는 다양한 현상적인 표지들이 호명을 통해 포착된다. 시적 주체가 "아침에게 발견되지 않으려"는 기분이 들 때, 이때의 "아침"은 일상적

하루가 반복적으로 시작되는 시간이면서 시적 주체가 자신의 정체성을 하나로 고정해야만 하는 억압 그 자체로 기능하는 시어이다. "발견"되고 싶지 않아하는 심정은 곧 자신에게 부여되는 정체성의 역할을 선택해야 하는 것, 또 그 정체성의 존재에게 기대되는 역할을 자신이 훌륭히 수행해야 하는 것에 대한 의문과 긴장, 지루함과 피로함 등으로부터 야기된다.

임지은 시에서 주체는 여러 대상들로 분열되고 분리되어 다른 대상들과 같은 위상에 놓인다. 인용한 「내가 늘어났다」에서 "밀실"에서 자신을 은폐하고자 하거나 "식탁"에서 스스로와 토론을 벌이듯 주체의 통합을 시도하지만 그것은 쉽지 않다. 그리하여 임지은 시의 주체는 일상에 은폐된 복잡다단한 자신의 기분을 발견하게 되고, 그 기분들이 설명될 새로운 문장이 이름표처럼 붙는다. "아프게 찔러대는 포크의 기분", 그리고 혼재된 정체성을 통합하려는 시도가 엿보이는 "팔과 다리가 섞인 채로 밥을 먹"는 것, "미움은 살살 문지르는 것 / 칫솔은 관계가 다 벌어지는 것 / 일요일은 가능한 헐렁해지는 것"「모르는 것」 등의 문장이 그것이다. 대상들에 대한 기분들은 손에 만져질 듯한 구체적이고 감각적인 질감의 언어로 전환한다.

임지은의 시에 있어 일상은 친근하지만 지루하고, 동시에 자신의 마음대로 컨트롤되는 대상이 아니라는 점에서 시적 주체보다 높은 지위에 있다. 그러나 일상의 통제 불가능성은 역설적으로 각 현상에 대한 이름 붙이기의 작업으로 전환되면서 일상은 시적 주체로부터 새롭게 그 성격이 드러난다. 정상성을 강제하는 일상이라는 표면에서는 보이지 않는 흐릿한 관계적 질서가 파악된다고도 할 수 있겠다. 이는 단순한 인식과 이해에 그치는 것이 아닌 언어를 통해 일상을 재배치하는 것이라고 할 수 있을 것이다.

퇴근한 남편이 재활용품을 분리하러 갑니다

나는 큰 상자를 질질 끌며 따라갑니다

넓고 길쭉한 마음을 접어놓지 않았습니다

돌아와 유통기한이 지난 식빵에

설탕을 뿌리고 달걀을 입힙니다

하고 싶은 말이 프라이팬 위에서 까맣게 타고 있습니다

저녁의 한쪽 면을 뒤집습니다

우리는 시간을 담은 박스처럼

나란히 앉아 코미디를 봅니다

오늘은 왜 야구를 보지 않아요?

남편이 자기 마음이기 때문이라고 합니다

남편에게 마음이 있다는 사실을 자꾸 잊어버립니다

마음을 글러브처럼 들고 있고 싶습니다

던지면 어디서든 받을 수 있게

있잖아요, 수요일이 창문을 흔듭니다

남편은 저녁도 거른 채 잠이 들었습니다

나는 불도 켜지 않은 채 냉장고로 가

다정함을 꺼내 먹습니다

다정함은 차갑습니다

말랑말랑합니다

하필 귤 맛이 납니다

나는 미처 닫지 못한 창문처럼 앉아 있습니다.

크고 두툼한 손에 다정함을 쥐여줍니다

　　　　—임지은, 「차가운 귤」(『무구함과 소보로』, 문학과지성사, 2019) 부분

　일상은 애증이라고 할 만한 역설적인 기분이 동전의 양면처럼 공존하는 세계이다. 애증이라는 간편한 감정보다는 다정함과 낯섦, 혹은 친근함과 지루함 같은 여러 양가적인 감정들이 일상의 구체를 이룬다고 할 수 있겠다. 그 일상의 중심에는 가장 친밀한 인간관계가 자리해 있기도 하다. "남편"「차가운 귤」과 "어머니"「모르는 것」와 같은 대상들은 주체와 거리가 먼 곳에 있는 타자 일반이 아닌, 주체의 일상의 형식을 규정짓는 주요한 관계적 타자들이다. 임지은 시의 주체는 그들과의 사이에서 영향을 받는다. 흥미로운 점은 일상에서의 부조리가 파악될 때 흔히 사용될 법한 위악의 어법이 사용되지 않는다는 것이다. "퇴근한 남편이 재활용품을 분리하러" 갈 때, "재활용품을 분리"하러 "가는" 남편의 행위는 일상적인 것이다. 그러나 "큰 상자를 질질 끌며 따라가"는 아내인 시적 주체의 행위를 나타내는 문장이 후행절에 이어지면서 그들의 재활용품 분리는 그 자체로 일상적 균열을 보여준다. 남편은 다정하지 않고 차가운데 그것으로부터 소통 불가능성을 발견하는 것으로 보이는 시적 주체에게서는 긴장이 감지된다.

　시적 주체가 남편에게 "하고 싶은 말"은 현실의 대화가 되지 못하고, 그

때의 시적 주체의 마음은 "프라이팬 위에서 까맣게" 타버린 요리에 비유된다. 시적 주체는 이 시에서 "다정함"으로 치환 가능한 "귤"을 꺼내 먹거나 그것을 남편에게 쥐어 주기도 한다. 한편 「모르는 것」에서 "가스 불에 넘쳐 흘러내린 국"의 "얼룩"은 엄마에 대한 자신의 기분을 설명한 것이 된다. 이러한 장면들은 모두 위악의 어법으로서 대상을 비판하거나 폭로하는 것이 아니다. 임지은 시의 주체는 관계의 균열과 긴장을 고스란히 자신이 떠맡고, 자신이 속한 일상의 언어적 재배치를 통해 자신의 기분을 설명하여 그 기분의 정당함을 설득해낸다. 일상의 부조리는 위악이라고는 전혀 찾아볼 수 없는, 그래서 더 주체의 이름 붙이기가 성실하게 수행되는 작업을 통하여 드러나게 된다.

순간이라는 말을 사전에서 찾았다

'아주 짧은 동안'

소리 내서 발음하자
두 번은 없다고 누군가 말해주었다

소리 내서 발음하자
한 번뿐이라고 누군가 대답해주었다

그것은 일 분 뒤면 사라질 것같이 굴다가
오랫동안 귓가에 맴돌았다

땅에서 올라온 새싹 한 줄기
네 이름이 뭐였더라?
나는 순간이라고 이름을 붙이고
영영 잊어버렸다

그런데 어느 날 기다란 나무가 마당에 서 있는 걸 보곤
놀라서 웃고 말았다

오늘 아침, 이곳에는
한여름인데 겨울바람이 분다

바람에 실려 온 냄새가 기억나서
무심코 너의 이름을 부른다
너는 웅? 하고 대답하는 대신
노트를 펼쳐주었다

나는 순간으로 시작되는 문장의 편지를 쓰다가
깨끗이 지우고 드라이플라워를 만지작거렸다
그리고 어제보다 더

좋은 향기가 난다고 적었다

—민구, 「일 분이 되기 전 영원한 오십구 초」

(『당신이 오려면 여름이 필요해』, 아침달, 2021) 전문

민구의 시는 일상적이고 주관적인 시어가 타자를 향해 열리는 가능성으로 기능하는 시어를 보여준다. 인용한 시는 "순간"이라는 단어의 사전적인 뜻과 그 단어가 거느리는 초월적인 시간성 사이의 간극을 열어 보인다. "순간"이라는 단어는 시 본문에서도 나와 있듯 사전적으로는 아주 짧은 동안의 시간을 의미한다. 또 3연과 4연에서 "누군가"라는 타인이 개입해 일러주듯이, 상식적으로 "순간"은 단 한 번에 일어나는 사태이지 반복적으로 일어나는 것일 수 없다. 반복적이고 지속적인 일을 우리는 "순간"이라는 말로는 지시하지 않는다. 그렇지만 이 시의 주체는 "순간"의 의미를 곱씹고, 그 아주 짧은 동안의 시간이 지속적으로 미치는 마법과 같은 영향력을 알아챈다.

우리는 일일이 이름을 붙일 수 없이 수많은 타자에 둘러싸인 채, 그리고 그 타자들에 큰 의미를 부여하지는 않은 채 가볍게 지나치기도 하면서 살아간다. 그러나 자신이 지나친 순간들은 저마다의 속도로 자신만의 사태를 지속한다. 우리는 그 무수한 사태들의 연관 속에서 언뜻 포착되는 한순간에만 잠시 접속될 수 있다. 그러나 이 시는 그것으로 끝이 아니라는 것을 말해 준다. 이 시에서의 "순간"은 타자와의 관계를 향해 열려 있는 시간이다. 단순히 열려 있다기보다는 부지불식간에 알아채는, 우리가 미처 다 파악하지 못한 타자와의 관계적인 성숙을 확인케 하는 계기이기도 하다.

그 관계에 있어서 성실한 마음의 태도를 점검케 해주는 매 순간의 고백과 같은 역할을 그 "순간"이라는 시간은 수행한다. "순간"이라는 시간성으로 다음의 장면들이 연결된다. 먼저 언젠가 잠시 본 적 있던 새싹 한 줄기는 시적 주체도 모르던 새에 나무로 자라 있어 시적 주체에게 놀라움을 안겨준다. 또 "너"와의 관계에서 "너"는 시적 주체의 부름에 대해 즉각적인 응답을 하는 것이 아닌 "노트"를 펼쳐 보여주는 방식으로 천천히 응답한다. 마지막으로 시적 주체는 "순간"으로 시작되는 편지를 쓰고자 했지만 그것이 아닌 "드라이플라워"를 만지작거리는 것, 그리고 "순간"이라는 어휘를 대체하여 "더 // 좋은 향기"가 나게 되었다고 쓴다.

우리가 무언가를 감각하는 것은 순간적인 시간에 이루어지지만 그 감각의 대상의 고유한 특성은 오랜 시간 동안 형성된 것일 테다. 민구의 시에서는 타자와의 관계가 시작되는 시기, 그리고 점차 관계가 성숙해져 가는 모든 "순간"이 그것이 '영원'과 같은 거창한 표현으로 연결되는 것은 아닐지라도 지속되는 시간을 향해 열려 있다. 그 열림을 파악하는 것은 "순간"이라는 어휘가 지닌 규범적 의미의 한계를 경험에 비추어 곱씹을 때이다. 지시적인 의미의 언어로는 이 시의 시선 속에서 발견하고 있는 의미의 외연을 다 파악할 수 없다.

그는 어느날 문득 새를 기르겠다는 결심을 했다

산책 길에서 만난 새 한 마리가
죽은 아내처럼 보였기 때문이다

그 새는 그를 계속 따라왔고
그의 주변을 오래도록 배회했으며
당신이야? 물었을 땐
까악 까아악 하고 울었다

새의 종은 알 수 없었으나 대체로 흰 빛을 띠었고

발목 부근에는 검은 반점이 있었는데

아내의 발목에 있던 흉터를 떠오르게 했다

그날 이후 그는 매일 그곳에 가서 새를 기다렸다

기다리는 새는 오지 않았지만

새의 먹이를 잘게 잘라 접시 위에 올려놓거나

물그릇을 만들어주는 일을 하다보면

하루하루 시간이 잘 갔다 계절이 바뀌어 있을 때도 있었다

그러나 그는 종종 절망에 사로잡혔다

하루는 비슷한 새를 구하러 나서기도 했다

모란앵무, 금화조, 카나리아, 자코뱅

상점 유리창 너머 주인을 기다리는 알록달록한 새들을 바라보았지만

어느 것도 그 새는 아니었다 어떤 것도 그 새는 될 수 없었다

대신 그는 새와 관련된 모든 책을 읽었다

그는 새에 관한 모든 것을 알았고 새에 관한 일이라면

누구나 그에게 의견을 구했다

그의 집 어디에도 새는 없었지만

그가 새를 기르지 않는다고 생각하는 사람은 없었다

오늘도 그는 새를 기다리러 간다

그의 새장은 아직 비어 있고

아직 오지 않은 것은 영영 오지 않는다는 것만 제외하면

모든 것이 완벽하다

— 안희연, 「반려조(伴侶鳥)」(『여름 언덕에서 배운 것』) 전문

  인용한 시에서 3인칭 주인공으로 등장하는 '그'는 죽은 아내를 연상시키는 새와의 조우 이후 그 새를 다시 만나기를 기다린다. 새는 정말로 그의 아내일까? 죽은 아내가 먼 길 가기 전, 지상에 혼자 남게 된 그가 눈에 밟혀 마지막으로 얼굴을 보고 가려 했던 것일까? 그런 설화적인 느낌을 자아내는 이 시는 그러나 새의 입장에 대해서는 많은 것을 알려주지는 않는다. 단지 아내일 수도 있을 것이라고 추측게 하는 정황을 암시할 뿐이다.

  이 시는 서사로 이뤄져 있다. 시인-시적 주체가 동일 인물이라고 읽을 수 있는 시 또는 시인의 퍼소나로서의 3인칭 주인공이 등장하는 것으로 이해되는 시들과 이 시는 차이를 보인다. "그"는 오랜 시간 그 새를 기다리고, 다른 새들에게로 눈을 돌려보기도 한다. 시간이 흐르면서 그에게 새에 관한 전문적인 지식이 쌓이기까지 한다. "그"는 아내를 온전히 떠나보내지 못하고 그리워하면서, 오지 않을 아내를 기다리는 사람이다. 애도에 성공하지 못하는 사람이라는 뜻이다. 그런데 점검해 볼 지점이 있다. 새가 죽은 아내의 화신일지 아닐지 이 텍스트는 정확히 말해 주지는 않으며, 여기서 새는 아내를 연상하도록 하는 역할을 하고 사라진다. 새와 아내를 동일한 존재로 연결하는 것이 가능하다면, 새는 남편에게 왜 찾아온 것일까? 남편이 자신을 일평생 잊지 못하고 슬픔과 그리움에 젖은 채로 한없는 기다림에 처해 살아갈 것을 아내는 몰랐던 것일까? 남편을 사랑하기에

남편이 애도에 성공하기를 원하여 오히려 남편을 찾아오지 않는 편이 아내가 내릴 결정으로 더 타당할 듯하다. 그것이 더 옳다고 할 수 있다면, 새는 아내에 대한 "그"의 그리움이 너무나 커 마치 아내인 것처럼 투사한 상관물에 불과한 것은 아닌가. 그러나 시라는 신비 안에서 그것은 명확하게 말해질 수는 없을 것이다.

역시 시라는 신비 안에서, 부각되는 것은 그가 오랜 시간 한결같이 그 새를 기다리는 것, 다시 만나지 못할 것을 앎에도 불구하고, 아내가 부재한 자리를 그대로 비워둔 채 그가 고독 속에서 지내고 있다는 것이다. 아내의 부재를 대신하는 것은 유일한 그 새이고 그 새의 부재를 대신할 수 있는 것은 '기다림' 자체뿐이다. 기다림의 형식은 곧 연쇄되는 상실인 듯하다. 새는 어쩌면 아내의 부재를 영원히 다른 것으로 채우지 않겠다는 그의 다짐이 매개한 기표인 것은 아닐까. 애도의 성공을 거절하는 형식으로서 말이다.

시인으로부터 분리된 3인칭의 서사라는 관점으로 돌아가 보자. 타자가 경험한 상실, 그리고 그에 대한 애도의 방식에 대해 다루면서, 이 시는 1인칭의 발화를 구사하지 않고 있다. 오래도록 기억하되 감히 침범할 수 없는 타자의 죽음과 슬픔에 대하여 섣부른 감정적 목소리를 날것으로 내지는 않고 있다. 시에 도입된 서사구조는 타자의 윤리와 상통하는 발화의 가능성을 지니는 것이 아닐까.

지금까지 타자에게로 열려 있는 시어로서의 일상어가 시에 어떠한 방식으로 들어와 어떠한 기능을 하는지 살펴보았다. 타자에게 위악적이지 않은 방식으로 주체 자신을 정립하기 위한 분리를 시도하는 것, 그럼에도 타자가 일상에 개입된 흔적들에 이름을 붙이는 것(임지은). 그리고 일상적인 어휘가 지시적 의미를 초월하여 타자를 향한 관계적 성실함의 태도가 녹아 있는 시어로서 새로이 사용되는 것(민구). 타자의 상실에 대한 깊은 관심과 배려의 방식으로서의 서사 구축과 3인칭 시점의 도입(안희연).

이 글에는 언급하지는 못했지만 이외에도 많은 시인들이 타자의 윤리를 모색하는 시적 주체를 깊이 있게 작품에 그려낸다. 최지은의 시에는 타자들의 슬픔에 동일시하지 않는 독립된 '나'가 등장하는데 그 독립의 의미가 고통에 직면해 있는 타자들을 품어줄 수 있음에 있다는 것을 보여준다. 상실을 어루만지는 부드러운 비격식체 종결어미의 두드러진 사용을 통해서도 그것은 사려 깊게 나타난다. 최지은, 「나는 나라서」, 『봄밤이 끝나가요, 때마침 시는 짧고요』, 창비, 2021 故 김희준 시인은 설사 돌봄이 충분치 못한 어린 날의 상황에서조차, 자신에게로 다가오는 애정의 의미를 헤아리며 한 자리에서 "우체통"처럼 타자들의 처지를 품는다. 김희준, 「우체통」, 『언니의 나라에선 누구도 시들지 않기 때문」, 문학동네, 2020 이와 같은 작품들에서 구사되는 다양한 시적 언어는 이제 해당 작품에서의 용법을 떠올릴 때, 더 이상 일상에서 마주치는 해당 어휘의 지시적 의미로만은 기억되지 않을 것 같다. 시어들이 타자에게로 열리는 자리를 일상에서 음미할 때 일상에 개입되는 시적 지평은 단순히 낯선 언어적 물성 그 이상으로 확장될 수밖에 없다.

5. 관계성을 확장하는 '듣기'의 시

우리 시대의 시는 이제 자기동일성의 시, 윤리적 폭력을 은폐한 시가 아닌 타자와의 관계 속에서 구성되는 시를 향해 시의 언어를 열어두는 경향을 보인다고 이해할 수 있겠다. 고립이 아닌 열림. 그런데 우리의 시대는 코로나-19라는 팬데믹을 통과하면서 개개인이 이전과는 비교할 수 없을 만큼 고립된 채로 과학기술에 기대어 생활하기 시작한 시대로 기억될 것이다. 예상치 못한 팬데믹 상황은 우리 모두가 그 의미를 다 이해하지 못한 채로 겨우 변화에 맞춰 큰 곤란 속에서 살아가게 하였다. 이제 우리는 어떻게 될까. 그리고 이 상황에 대해 문학은 어떻게 그리고 있는가. 사실 소설과 영화 등의 서사 장르에서는 이미 오래전부터 인간 삶과 과학기술을 연결하여 미래 사회를 상상해왔다. 시는 어떠할까.

겨울 목초지로 가자.

기기 속 프레임의 바깥. 차양 아래에서 낙엽들을 주워 담으면 우리 입력되지 않은 고유명사들로만 이루어진 NPC

문을 열면 죽은 양들. 기다렸어. 다정하게 말하는 목소리들이 있고.

뚜벅뚜벅. 둘러앉아 우리는. 각자의 조약돌을 건네며. 복제된 돌을 하나씩 나눠 갖고도 기뻐하는 얼굴로. 일정한 골목을 돌면 나오는 포탈. 그 너머에서 은밀하게 시든다.

이곳은 안전한 곳이라면 좋겠다. 네가 너의 아픔을 지울 필요 없는. 시간을 보듬는 단풍잎이 있고. 그 위에 드러누우면 다가와 볼을 간질이는 양.

빛이 결정체가 되어 내린다. 고장 난 문자음성자동변환기술은 모두가 잠든 사이 몰래 히든 스토리를 읽고. 우리가 죽기 전에 녹음된 목소리가 우리의 서사를 발음하면 억양이자연스럽지않고발음이다소부실해정확도가떨어진다 그건 내가 사랑하는 이곳의 엉성한 부분. 불안이 입력되지 않아 이토록 불안한 네가 불안에 떨 수 없을 때. 나는 너를 안을 수밖에 없다고 생각하고. 괜찮아 여기선. 너는 무슨 말인지 알아듣지 못해도 허물어지는 희미한.

영원이 아닌 낙엽
여기 누군가 살고 있다고 말하지 말기로 하자.
— 최다성, 「히든 스테이지」(『시인동네』 2020. 7, 독자 투고 선정작) 전문

시는 단순히 주제나 소재의 면에 있어 새로운 과학기술의 사회에 대하여 상상하는 기능이 특화될 수 있는 장르가 아니다. 오히려 시라는 장르 내에서는 이와 같은 영역의 상상에 대하여 이미 오래전부터 다채롭게 열려 있었다고 볼 수 있겠다. 다만 미래 사회를 예감하는 인간이 과학기술의 발달로 인해 출현한 새로운 비인간 주체와의 관계에 있어 어떠한 태도나 감정을 보여주는가 하는 지점이 시에 있어서의 관건일 것이다.

이 시에서 주체는 "우리 입력되지 않은 고유명사들로만 이루어진 NPC"로, 복수의 비-인간이다. 일반적으로 NPC Non Player Character에게는 게임의 유저가 운용하는 캐릭터들에게 게임의 각 스테이지를 안내한다든가, 서사를 캐릭터가 직접 선택할 수 있도록 옵션을 제공하는 등의 역할이 설정되어 있다. 그러나 기계적 역할을 부여받은 NPC는 이 시에서 '아픔'을 느끼고, 서로가 겪었을 아픔으로 인해 서로를 염려하는 비-존재들로 그려

진다. 입력된 정보대로 역할을 수행해야 하지만 이들은 자신들이 "입력되지 않은 고유명사"들로 이루어져 있다고 진술한다. 게임 세계의 내부에서 오류가 있는 비-존재로서 존재하는 그 기이한 장면에는 패배적 분위기가 짙게 드리워져 있다.

여기에서는 비-인간 주체들이 상호 인간적인 감정 반응을 하는 것에서, 그리고 유보된 몰락의 시간을 살아간다는 것에서 멜랑콜리를 읽을 수 있다. 인간처럼 아픔을 느끼지만 결코 그것이 제작자인 인간에 의해 전적으로 허락된 적 없는, 전적으로 인간에게만 허락되어야 마땅한 파국으로부터의 슬픔을 이들 NPC들은 느끼는 것이다. "안전한 곳"을 찾으며 서로만이 서로를 안위할 수 있는 이들의 언어는 고스란히 상처를 보듬는 언어이다.

비-인간에게 있어 감정이 가능한지에 대한 고민은 영화 〈블레이드 러너〉 등에서도 이루어진 바 있는 낯설지만은 않은 것이다. 그보다 이 시에서 주목할 부분은 비-인간의 감정에 대한 고려가 이루어지고 있다는 점이다. NPC의 입장에 대한 고려로부터 이 시는 출발했을 수 있어 인간-너머의 입장에 대한 성찰이 엿보이기 때문이다. 오류를 지닌 채로서만 스스로의 존재 방식을 고찰할 인간의 언어를 얻는 이들 NPC는 결국 그 세계에 스스로를 유폐한다. 네트워크 내부의 가상공간으로 연장된 우리는 우리가 다 파악하지 못한 공간들을 찾아가 유토피아로 삼을 수 있다. 이는 낭만주의자들이 그러했듯 현실에 대한 부정에 의해서 도달하게 되는 공간과 닮아 있다. 그런데 "영원이 아닌 낙엽"으로 묘사되는 이 가상세계 역시 완벽한 유토피아가 아니라 현실 세계의 파국과 다를 바 없는 소멸해 갈 세계에 불과하다.

이 시에는 소멸이라는 불안스러운 전망 속에서도 전해져 오는 독특한

다정함이 있다. 줄곧 구어체의 문장으로 전개되는 이 시에는 전반적으로 부드러운 독백과 대화가 섞이고, "고장 난 문자음성자동변환기술"에 의해 부자연스러운 발음으로 송출되는 기계음이 틈입한다. 가라앉은 채 부드러운 문장들이 이어질 때, 이 시에서 주요한 감정인 "다정"함, 그리고 불안함을 다독이는 위안이 전해지는 것이 아닐까. 게임 공간의 낯선 풍경을 환기하는 기계음조차 존재와 비-존재를 아울러 모든 이들이 처한 파국적 상황의 불완전함을 다정하게 바라보는 시선과 어우러진다.

그는 고철로 된 기계가 아니지만 로봇이란 표현은 재래적인 느낌을 감출 수가 없다

죽음이라는 말을 제가 써도 기이하지 않겠습니까 그는 죽어가는 과정으로 세계를 배우고 있다고 말한다 잠들지 않는 그는 아늑한 밤을 만들어주고 싶다며 나에게 털이 희고 순한 양을 한 마리씩 세어주기로 한다
양 한 마리 양 두 마리 양 세 마리 당신의 양은 전기로 된 양인가요 양 네 마리 양 다섯 마리 당신이 눈물을 흘린다면 짜릿할 것 같아요 무언가 혼선이 생긴 탓이겠지만 (…중략…)

영원히 멈추지 않는 곡을 쓰고 있다며 131년 후에 연주될 부분이 나의 눈물로부터 영감을 받아 지금 완성되었다고 말한다 나는 무척 놀라며
허락도 없이 어떻게 그럴 수 있느냐고 소리친다 그는 단숨에 슈퍼루키가 될 것이지만 죽고 나서 한참 뒤에야 나의 소절을 넣은 것은 독선적이다

그에게 인간의 피는 차갑고 시큼하다고 한다

따끔하고 뜨거워서 손도 대지 못하는 당신 내부와 다르지 않네요

그는 새로운 전구를 갈아 끼우고 있다 어리고 건강한 새를 새장에 조심스레 넣는 것처럼

사실 인공적인 불빛으로 이루어진 장소는 모두 잔혹하다고 생각합니다 당신의 주변 모든 곳에 피가 흐르는데 그것을 바라보며 환하고 아름답다고 말한다면 어떤 심정일 것 같습니까

(…중략…)

그와 함께 거리를 걷기로 한다 그는 어느 발부터 움직이도록 입력된 걸까 그는 로맨틱 코미디에 대해 비교적 일관된 취향을 가지고 있다 가령 운명적인 전개에 큰 관심을 보이지 않으며 입술이 두껍고 과장되게 눈썹을 움직이는 배우에게 시큰둥하다 또한 그는 지나치게 성실하다 꾀도 부릴 줄 알고 심술도 낼 줄 알아야 없던 호감까지 생기는 법인데도

그는 수명이 다된 부품을 슴어서 갈아 끼운 뒤 나에게 손을 내민다 손에 땀이 난 것도 아닐 텐데

과열된 기계가 그럼에도 움직이는 것은 혹사입니까 사랑입니까

나는 나의 악수가 열성적이지 못한 것 같아 미안하고 그는 수분 때문에 애를 먹으면서도 수도꼭지를 제대로 잠그지 않는다 미신이나 징크스도 일종의 애정이 될 수 있다 그는 중요한 날마다 나를 필요로 하게 될 것이다

그의 영혼이 전기 작용으로 간단하게 정리될 수 있다는 말을 믿지 않는다
─ 유승현, 「비정기적 보고서」(『다층』 2020.겨울) 부분

이 시는 기계의 관점에 대한 고민을 시도한다. 여기서는 영화 〈블레이드 러너〉와 그 원작 소설로부터 안드로이드 모티프를 비교적 원본의 특색을 보존한 채로 차용하고 있다. 기계의 관점을 고민하는 자체가 신선한 것은 아니지만, 시에 구현된 것이 과학 기술과 관련한 새로운 상상인가 아닌가를 논의하는 일은 불필요한 일이다. 인간을 대체한 로봇이 인간성에 있어서 인간을 역전하는 장면은 여러 예술 장르에서 반복 변주되는 모티프로 활용된다. 중요한 것은 반복되는 모티프에 내재된 인간성에 관한 물음을 어떻게 표현하고 있는가이다. 유승현은 이 모티프를 차용하여 로봇과 대화하는 형식으로 인간과 유대관계를 맺고 있는 기계에 대한 복잡한 인간 주체의 감정을 보여준다.

이 시에는 안드로이드의 목소리를 귀 기울여 듣는 인간 주체가 등장한다. 이 시의 대화에서는 인간 주체와 안드로이드가 공유하는 지점을 펼쳐 보여준다. 인간이 놓친 "영원"이라든가 아름답고 소중한 것에 대한 조심스러운 행위들, 그리고 인간성의 잔혹함에 대해 인식하고 반응하는 감정들을 통하여 이들은 연민의 공동체를 이룬다. 유승현의 이 시에서는 최다성의 시에서와 마찬가지로, 인간성에 대한 물음의 계기가 되는 비-인간과 그를 바라보는 인간이 공유하는 멜랑콜리를 읽을 수 있다. 이 멜랑콜리에는 몰락해가는 세계에 대한 부정적인 전망과 연민이 중심에 있다.

시의 언어는 사회와 영향 관계에 있다. 이제 시적 언어는 어디를 향해 가게 될까? 문학작품을 창작하는 AI에 대한 상상과 그 실현 가능성에 대

한 검토는 이미 이루어지고 있다. 시 쓰는 AI가 정교한 형태로 등장하게 될 것에 대한 전망은 충분하다. 그리고 인공지능이 쓴 시를 더 좋다고 판단할 수 있는 여지까지도 충분히 열어둘 수 있을 것이다. 다만 지금 이 시점에서는 시를 구성하는 시적 언어가 타자와의 관계를 검토하는 방향성을 지닌 채 쓰인다는 것이다. 다양한 관계적 형태를 존중하며 그 관계의 의미가 무엇인지 '듣는' 작은 주체들의 시적 언어는 매우 세밀하다.

> 닭 소리는?
> 원숭이 소리는?
> 말 소리는?
> 고양이 소리는?
> 사람들은 저마다 그 동물에 흡사하다고 느끼는 소리를 내는군요. 소리 내면서 춤추는군요. 밤이로군요. 그때 누군가는 소리치는군요.
> 인간의 소리는?
> 모두들 잠깐 침묵. 그렇게 침묵하다가 사람들은 웃고 있었습니다. 나는 침묵과 침묵 뒤의 웃음이 인간의 소리라고 이해했어요. 침묵. 침묵 뒤 웃음. 그것은 인간의 소리. 침묵. 침묵 뒤 웃음. 끝없는 인간의 소리. 끝없는 들판이로군요. 지평선뿐이로군요. (…중략…) 여전히 밤이로군요. 들판뿐이로군요. 보이지 않는 사람은 보이지 않는 춤을 추고 나는 저 멀리 걸어갈 수도 있을 것 같군요. 혼자 춤추면서 끝 모르게 멀어지는군요. 그렇게 멀어지자 들려오는 소리는 기이하군요.
> ─안태운, 「인간의 소리」(『산책하는 사람에게』, 문학과지성사, 2021) 부분

시어가 지향하는 것으로서 간과될 수 없는 것이 결국 인간의 일이라면 관련한 시편들의 예는 무수할 것이다. 그렇다면 시어는 계속해서 인간의 일에 대하여 고민하는 자리를 만들어가는 생성적인 움직임을 보일 것이다. 때로는 "인간의 소리"가 어떤 소리인지 물으면서. 또 때로는 "인간의 소리"가 과연 어떤 소리인지 들을 수 있도록 귀를 기울이면서 말이다. 그 것은 동물이나 기계를 비롯한 비-인간으로부터 들려오는 소리에 귀 기울이는 것과 다르지 않다. 인용한 안태운의 시에서 인간의 소리는 동물들의 소리와 구분되지 않는다. 이 시에서 인간은 동물들의 소리를 흉내 내며 쾌락을 즐길 뿐이다. 안태운의 이 시에서는 동물의 소리와 인간의 소리를 겹쳐놓음으로써, 스스로를 고귀하고 우월한 존재의 자리에 두었던 인간의 지위를 해제한다. 그리고 그 기만적인 자리에서 물러서지 않는 인간 무리에서 거리를 확보한 채로 그 기이한 소리로부터 인간성의 본질을 묻는다. 그의 '듣기'의 내용은 지속되는 산책을 통해 계속해서 생성되고 확장될 것이다.

이 글에서는 시적 언어가 무엇인지에 대하여 시어 차원을 넘어서 시적 구조까지 고려하여 파악해 보았다. 시적 언어를 이해하는 것은 그 정체를 규정하려 하기보다는 시적 언어가 한 작품 내에서 작동되는 방식을 살피는 것을 통해 이루어질 수 있다. 특히 특정한 시적 언어가 시의 생성에 기여하는 점이 무엇인지를 살피는 관점에서 논의한다면 생산적 논의가 가능할 것이다. 무엇보다 시적 언어의 생성적인 면모는 인간 주체로서 다 장악할 수 없는 이 세계를 존중하는 것과 결을 같이 하는 것으로 보인다. 이 세계 내에서 나와 연결된 타자를 지켜내는 윤리적인 방향성과도 결을 같이 한다고 이해할 수 있겠다.

특별히 이 글에서는 아이러니에 상당한 주의를 기울였는데, 기존의 시론에서 다루지 못했던 바인 폭력을 은폐한 채 윤리적인 시편임을 가장할 수도 있는 시의 기만성을 아이러니 구조에서 읽어낼 수 있었다. 다만 아이러니 자체가 문제인 것이 아니라 제반 사회 위계 구조를 반영하기 마련인 아이러니 구조를 과연 어떤 위치에서 사용할 것인가 하는, 주체의 위치가 문제가 된다는 점이 이 글에서 주목한 지점이었다. 아이러니가 아닌 다른 방식의 시적 언어로 구축된 시라고 하더라도 주체가 해당 발화를 할 수 있는 위치에 있는가 하는 점은 고스란히 시의 정당성에 직접 관여한다. 아이러니는 주체의 위치 문제를 가장 잘 확인할 수 있는 구조라는 점에서 유의미한 분석의 대상이었다.

주체의 위치가 문제라는 것은 결국 주체와 타자의 관계가 문제가 된다는 것이다. 아이러니를 포함해 시에 구사되는 모든 시적 언어는 시적 전개의 방향성에 기여한다. 타자를 향해 관계적으로 열려 있는 시적 주체의 자리에서 우리는 지시적 용법을 초월하고 새로운 의미를 얻는 시어들을 발견할 수 있었다. 여기서의 타자가 인간만을 의미하지 않는다는 점은 더 이상 부연이 불필요할 것이다. 기능적으로든 의미적으로든 생성적인 확장의 면모를 발견하기 어려운 시라면 거기에 쓰인 시적 언어는 지시적인 차원을 초월한 용법으로 쓰였다고 보기 어려울 것이다. 더구나 자기중심성을 인정하지 않고 완고한 인간성을 폐기하지 않는, '듣기'를 수행하지 않는 시라면 말이다.

[이미지] 불순한 혼종들을 위한 잡상雜想/象

포스트휴먼 시대 시와 이미지

백선율

◆   ◆   ◆

1. 포스트휴먼을 위한 새로운 그림

　로지 브라이도티는『포스트휴먼』에서 탈-인간중심적 접근 방식이 우리 시대의 주체성과 주체 형성을 어떻게 이해하게 하는지, 그리고 인간 중심적 주체 이후 무엇이 오는지에 관해 질문하며 포스트휴먼 시대의 변화와 그 방향에 대해 논의한다. 포스트휴먼 시대의 도래로 인한, 그리고 이 새로운 시대를 향한 중요한 질문들을 던지면서 브라이도티는 인간 중심적 주체 이후의 '무엇'을 어떻게 표현할 것인가에 대한 고민 역시 놓치지 않는다. 특히 그는 '-되기로서의 포스트휴먼'을 강조하면서 언어와 재현再現의 문제에 관해 반복적으로 언급한다.

인간을 중심으로 한 기존의 언어적 관습은 포스트휴먼 시대를 적절하게, 그리고 올바르게 재현하는 데에 한계를 갖는다. 브라이도티는 탈-인간중심주의로 선회하는 길목에서 필요한 것이 "주체성의 틀과 영역을 확대"하고, "환경에 속한 주체성의 요소들을 지시하는 새로운 형상화와 새로운 어휘"109쪽를 고안하는 일임을 강조한다. 인간과 세계에 대한 사유의 근본적 변화를 불러일으키는 포스트휴먼과 그 시대를 위한 언어는 재현보다는 개발과 창조의 영역에 가까우며, 새로운 형상화와 어휘는 저절로 생겨난다기보다 "비판적 지성의 도구들과 더불어 상상력의 자원"109쪽을 소집하여 이 시대를 새롭게 표현하고자 하는 노력에 의해 가능해진다.

문학은 포스트휴먼 시대를 위한 새로운 형상화와 어휘를 앞서 탐구하고 고안해내는 분야 중 하나라고 볼 수 있다. 특히 최근 시인들은 '인간 중심적 주체 이후'에 대해 끊임없이 탐구하고 이를 보여주고 있다. 인간 주체가 등장하여 주체의 인식을 통해 세계를 자아화하는 것이 전통적인 서정시의 문법이었다면, 최근의 시는 서정시의 문법으로부터 탈피하는 것은 물론 인간 중심적인 세계 그 자체로부터 달아나 인간의 시야와 이해를 벗어난, 그래서 아직은 '무엇'으로밖에 명명될 수 없는 존재들과 마주하려 한다. 최근의 시는 포스트휴먼이라 말할 수 있는 '무엇'들의 세계를 그려냄으로써 포스트휴먼 시대 시의 새로운 이미지들을 제시하고 있다.

본래 시에서의 이미지는 지각, 재현, 기억 등과 관련해 다뤄져 왔다. 김준오에 따르면 시의 이미지는 감각과 지각의 대상과 특질을 가리키며, 비유적 언어인 은유와 직유의 보조관념을 가리키기도 한다『시론』, 167~168쪽. 박현수는 이미지를 다루는 능력이 상상력인데, 이것은 다시 말하면 심상을 이용해 '새로운 것을 만들어 내는 능력'이라고 말한다『시론』, 179쪽. 시에 있어서 상상력은 늘 중시되어 왔지만 포스트휴먼이라는 새로운 주체를 표현하기 위해서는 상상의 힘이 더욱 강조된다. 특히 포스트휴먼적 상상력을 지닌 최근 시들에 나타난 이미지는 기존의 시 이미지에 관한 정의들을 확장시켜 나가고 있다. 주체에 의한 실재의 재현이나 주체의 지각과 기억을 전제로 하는 이미지로부터 벗어나고 있기 때문이다. 최근 시는 쉽게 명명될 수 없는, 인간의 감각과 인식에서 벗어난 세계를 창조해 내면서 인간 중심적 주체 이후의 '무엇'을 형상화하고자 한다. 브라이도티의 말처럼 그 과정은 '더 이상은 아닌' 것과 '아직은 아닌' 것 사이인 현재에 "잠재적 가능성을 현실화"하면서 과거와 현재, 그리고 미래를 뒤섞는다.[1] 혼란과 반성과 기대 사이에서 낯선 '무엇'과 대면하는 시들은 우리로 하여금 인간이라는 공고한 벽을 뛰어넘어 포스트휴먼 시대로 나아가도록 이끈다.

이 글에서는 최근 시에 나타난 새로운 이미지가 어떠한 양상을 보이는지, 그리고 그것이 어떻게 포스트휴먼 시대와 관계되는지 살펴보고자 한다. 최근 시에 나타난 '무엇'들의 세계가 우리에게 선사하는 낯선 혼란을 느끼며 포스트휴먼 시대로 한발 더 나아갈 수 있을 것이다.

---

[1] 이때 브라이도티가 강조하는 것은 '낯설게하기'의 최전선에 놓여 있으며 '-되기'의 가장 극단에 있는 '지각불가능하게-되기'이다. 지각불가능하게-되기는 자아들이 소거되거나 사라진 상태에서 "그것들이 환경(milieu), 중간계들, 지구 자체의 근본적 내재성과 그것의 우주적 공명 안으로 융합해 들어가는 지점"을 말한다. 이는 "재현되지 않는 사건"으로, "이미 사라진 것처럼 글쓰기, 혹은 경계지어진 자아 너머로 생각하기"로서 "낯설게 하기의 궁극적인 제스처"이다(로지 브라이도티, 이경란 역, 『포스트휴먼』, 아카넷, 2015, 177쪽).

2. 은유될 수 없는 혼종과의 공존

인간 주체가 세계를 인식하고 표상하는 방식인 은유는 시의 구성 원리 중 하나로, 시의 이미지를 말하는 데 있어서도 중요하다. 은유의 상위 개념이라 할 수 있는 비유는 수사학의 차원, 언술의 차원, 이미지의 차원 등 다양한 관점에서 다루어져 왔다. 비유의 유형으로는 직유, 은유, 제유, 환유 등 여러 가지가 있지만 그중 "비유적 이미지의 핵심은 은유"[2]라고 할 수 있다. 신비평 이론가들은 "언어의 한계 때문에 비유가 태어나는 게 아니라 인간이 본질적으로 지니는 동일화identification에의 욕망 때문에 비유가 존재"[3]한다고 말한다. 인간이 본질적으로 지니는 동일화에의 욕망이 비유를 가능하게 한다고 보았을 때 시 작품에 나타난 비유에는 인간 주체가 대상을 동일화하고자 하는 욕망이 내재되어 있다고 볼 수 있다. 인간 주체를 중심으로 대상을 동일성의 원리에 가두는 것이기에 주체와 대상 사이에는 위계가 작동하게 된다. 대체로 동물, 식물, 사물 등이 그 대상으로 자리하게 되는데, 문학작품에서는 특히 동물이 비유 대상으로 자주 등장해 왔다.

로지 브라이도티는 인간이 자신의 "미덕과 도덕적 탁월성의 사회적 문법"93쪽을 보여주기 위해 동물을 말해 왔다고 주장하며, 인간이 동물을 은유하는 방식의 문제점을 지적한다. 은유는 인간의 "자기 투사와 도덕적 열망을 지탱하는 의미화 체계"94쪽로서 기능하며, 은유에는 인간 주체가 비단 동물만이 아니라 식물, 사물 등을 포함한 인간 아닌 존재를 자신의 미감, 도덕성, 감정 등을 투사하기 위한 수단으로 여긴다는 인식이 내재되

---

2   이승훈, 『시론』, 태학사, 2005, 207쪽.
3   위의 책, 208쪽.

어 있다는 것이다. 브라이도티는 위계가 전제된, 인간과 동물의 이분법을 해체하고 이들 사이의 "깊은 조에평등성을 인정"98쪽해야 한다고 말한다. 이를 위해 '인간-동물 연속체'를 위한 새로운 이미지와 비전, 재현이 필요함을 강조하며 온코마우스와 같은 혼종적 형상화에 대한 다나 해러웨이의 논의를 다음과 같이 언급한다.

해러웨이는 인간-동물 연속체를 위한 새로운 이미지의 비전과 재현이 필요하다고도 강조한다. 그녀는 온코마우스의 혼종적 형상화를 통해 인간-동물의 상호작용을 다시 생각해보자고 제안한다. 세계에서 처음으로 특허 받은 동물이자 연구 목적으로 창조되고 형질전환된 온코마우스는 포스트휴먼이라는 용어의 모든 가능한 의미에서 포스트휴먼이다. 그것은 연구소와 시장 사이에서 이루어질 이윤을 창출하기 위한 거래를 목적으로 창조되었으며, 특허 사무실과 실험실 작업대 사이를 항해한다. 해러웨이는 이 형질전환 동물과 친족 의식을 수립하려 한다. 해러웨이는 온코마우스를 "남성 혹은 여성인 […] 나의 형제자매, 그녀/그는 나의 누이다"(1997 : 79)라고 부르면서 온코마우스가 피해자이면서 동시에 유방암 치료법을 발견하여 많은 여성의 삶을 구하기 위한 희생제물로서 자신을 희생하는 예수 같은 인물이라고 강조한다. (…중략…) 돌리와 마찬가지로 그것은 태어난 것이 아니라 만들어진 것이라는 그 단순한 사실 때문에 자연의 질서를 오염시키는 결코 죽지 않는 존재다. 그/그녀는 기존의 코드들을 뒤섞어 포스트휴먼 주체의 안정성을 흔들 뿐만 아니라 재구축하기도 하는 사이버기형적 장치다. 돌리나 온코마우스 같은 형상화들은 은유가 아니다. 우리의 이해력을 현재의 변화하는 전경 안에 상상적으로 위치시키는 수단이다.
— 로지 브라이도티, 이경란 역, 『포스트휴먼』, 아카넷, 2015, 99~100쪽, 강조는 인용자

은유화에 내재된 문제점을 설명하면서 브라이도티는 인간과 동물의 상호작용을 다시 생각해 볼 수 있는 새로운 이미지들, 즉 온코마우스와 같은 혼종적 형상화가 필요하다고 말한다. 인간의 암 유전자가 이식된 쥐인 온코마우스는 상품화된 생명이며(해러웨이는 이 사실을 강조하기 위해 상표 기호를 덧붙여 '앙코마우스™'이라고 쓴다),[4] 생명과 상품 그리고 인간과 동물의 구분을 무너뜨리는 혼종적 존재이다. 온코마우스는 기존의 코드들을 뒤섞어 버림으로써 포스트휴먼 주체의 안정성을 흔들고 재구축하는 '사이버기형적 장치'이며 "은유가 아니다". 혼종적 존재들은 인간 중심적 이해로부터 벗어나 있기에 은유화와 같은 인간의 위계적이고 관습적인 사고에 포섭되지 않으며 역으로 인간의 이해력을 "변화하는 전경 안에 상상적으로 위치시"킬 수 있기 때문에 중요하다.

온코마우스와 같은 혼종적 존재, 즉 '자연의 질서를 오염시키는' 것으로 여겨지지만 우리의 주변에서 '결코 죽지 않는' 존재로서 실재하며 쉽게 은유될 수 없는 존재에 대한 형상화는 최근 시에서도 발견된다. 인간과 인간 아닌 것의 경계에 놓인 혹은 인간과 인간 아닌 것을 횡단하는, 혼종적 존재는 이분화된 자연과 문화를 교란하고 종種의 범주를 무너뜨리면서 인간 중심적 세계의 익숙함과 안온함에 균열을 낸다. 인간 주체의 이해 속에서 결코 '은유된' 동물이 아닌 채로 말이다. 김복희의 시에 나타난 '새 인간' 형상이 바로 그 예이다.

새 인간을 하나 사 왔다 동묘앞 새 시장에서 새 인간을 판다는 소문을 들었

---

4 다나 J. 해러웨이, 민경숙 역, 『겸손한_목격자@제2의_천년.여성인간©_앙코마우스™를_만나다』, 갈무리, 2007, 49~50쪽.

다 내가 원하는 바로 그 새처럼 우는 법을 배운 새 인간이 동묘앞 새 시장에 매물로 나올 거라는 소식이었다 날개가 있지만 날 수 없고 곤충과는 달리 머리 가슴 배로 구성되지 아니하였으며 다족류가 아니며 두 쌍의 팔다리를 지녔고 갈퀴는 성장 환경에 따라 생겨날 수도 있고 영영 생기지 아니할 수도 있고 큰 소리로 웃지 않으며 달리지도 않으며 먹어선 안 될 것들이 많아 병들기 쉽지만 청결한 잠자리를 유지해 주면 동반 인간의 반평생 가까이 살고 평생에 단 한 번 번식하며 때에 따라 번식하지 않는 경우도 있다는 것이다 인어를 키운다는 녀석들에게 보란 듯이 내 새 인간을 말해 주고 싶었으니까 나는

　새 인간을 하나 사 왔다 엊그제도 친구 하나가 산소 공급기 청소를 깜빡하는 바람에 죽어 버린 인어를 하수구에 흘려보내다가 주인집에서 정화조 청소를 하는 바람에 크게 곤욕을 치렀다는 이야기를 들었다 음식물 쓰레기는 쓰레기봉투에 버리라는 이야기였다 새 인간을 사러 갈 것이라고 말하자 친구는 수조를 잘게 부숴 종이봉투에 넣는 중이라면서 세상에 그런 새 인간이 어디 있느냐고 비웃었다 날지 않는 새 인간은 들어 본 적도 없고 새 인간이 날지 않는다면 기형이거나 날개 밑 근육을 절제했을 가능성이 높으니, 불법일 거라고 덧붙였다 그리고 범법자가 되어서 도망쳐야 한다면, 자수를 결심할 때까지 자기 집에서 하루 이틀 정도는 재워 줄 수 있다고 했다 물론 집주인 때문에 새 인간은 출입 금지니 새 인간 문제는 알아서 처리해야 한다고 강조했다 내가 사랑하는 새 인간은 그런 것이 아니라고 보여 주고 싶었으니까 나는

　　　　　　—김복희, 「새 인간」(『내가 사랑하는 나의 새 인간』, 민음사, 2018) 부분

　이 시의 제목인 '새 인간'은 중의적 의미를 지닌다. 이미 언급되었던 것처럼 '인간'과 나란히 놓이는 '새'는 새로운new이라는 의미를 지닌 것이라

고 할 수도 있고, 시에서 새 인간을 묘사하는 내용을 참조했을 때 새bird를 의미한다고도 볼 수 있기 때문이다.[5] 새new 인간이자 새bird 인간은 새로운 인간이라는 측면에서도, 그리고 새와 인간의 결합이라는 측면에서도 일반적인 이해를 벗어나는 존재이다. 새 인간을 완전한 인간으로도, 동물로도 볼 수 없다는 점에서 그는 자연적인 종種으로는 분류되기 어렵다. 더군다나 새 인간이 "동묘앞 새 시장"에서 구매자의 목적을 달성하기 위해 판매된다는 점에서 그는 자연적으로 탄생했다기보다 "연구소와 시장 사이에서 이루어질 이윤을 창출하기 위한 거래를 목적으로 창조"로지 브라이도티, 100쪽된 존재에 더 가깝다.

새 인간은 "날개가 있지만 날 수 없"다는 점에서 새bird의 구실을 못하는 새 같기도 하고, "머리 가슴 배로 구성되지 아니하였"다는 점에서 곤충에 속하지도 않는다. 또 "다족류가 아니"라 "두 쌍의 팔다리를 지녔"다는 점에서 인간처럼 보이기도 하나 "성장 환경에 따라" 갈퀴를 지닐 수도, 그렇지 못할 수도 있다는 점에서 인간의 모습으로부터도 멀어진다. 그러나 명칭이 '새new 인간'이라는 점에서 또 인간이 아니라고도 할 수 없는 혼종적인 존재이다. 어떤 종種에도 명확히 분류되지 않고 그 경계에 있는 새 인간은 인간과 동물이라는 기존의 범주를 혼들어 놓는다.

새 인간을 명확히 어떤 종種으로 분류할 수 없다는 점은 사실 시적 주체에게는 중요하지 않다. 그에 대해 시적 주체가 주목하는 점은 몇 가지 조건만 갖춰진다면 "동반 인간의 반평생 가까이" 산다는 사실뿐이다. 시적

---

5   이 시집의 해설을 쓴 이수명은 '새 인간'의 '새'가 'new'와 'bird'를 동시에 가리키며, "'bird'의 이미지를 지닌 'new', 즉 새로운 인생, 새로운 인간의 모습이 '새 인간'으로 구체화되고 있다'고 말한다(이수명, 「시의 척후병 – 분열과 시 쓰기 이야기」, 『내가 사랑하는 나의 새 인간』, 민음사, 2018, 134~135쪽).

주체는 이 혼종적인 인간-동물과 동반 관계를 수립하는 데 중점을 두기 때문이다. 그러나 인간과 동물의 경계에 놓인 혼종의 존재들은 사회로부터 거부된다. '인어' 역시 물고기와 인간의 경계에 놓여 있다는 점에서 새 인간과 마찬가지로 특정한 종種으로 분류할 수 없는 혼종적 존재이다. "인어를 키운다는 녀석들에게 보란 듯이 내 새 인간을 말해 주고 싶었"던 '나'는 인어를 키웠던 친구로부터 산소 공급 문제로 친구의 동반 인어가 죽게 되었으며 그 인어를 하수구에 흘려보내다가 곤욕을 치렀다는 이야기를 듣게 된다. 오물을 처리하는 하수구에 버려진 죽은 인어는 그 종種이 자연적인 것이 아니고 인간과 동물 중 어디에도 명확히 속할 수 없다는 점에서 오염된 것으로 취급받는다.

자연의 질서에 어긋난 존재는 인어뿐만 아니라 새 인간도 마찬가지다. 인어를 정화조에 흘려보낸 '친구'는 날지 않는 새 인간이 "기형이거나 날개 밑 근육을 절제했을 가능성이 높으니, 불법일" 것이라 말한다. 인어나 새 인간은 인간의 삶 속에 동반하는 존재로 실재하지만, 자연으로부터 "태어난 것이 아니라 만들어진 것"로지 브라이도티, 100쪽이라는 점으로 인해 쉽게 오염 혹은 불법으로 여겨진다. 더불어 새 인간이 불법으로 여겨지기에 그의 동반자인 '나' 역시도 '범법자'가 될 위험에 처한다.

새 인간이나 인어와 같은 존재는 기존의 자연의 범주에 속하지 않는 인간-동물의 변형 내지는 혼종으로, 세계의 안정성을 뒤흔드는 존재로 나타난다. 이러한 인간과 동물의 혼종은 인간이 동물을 자신과 동일시하며 상상했던 기존의 방식으로 설명될 수 없다는 점에서 은유의 바깥에 놓인다. 더불어 인간 주체와 비인간 대상 사이의 위계적 관계가 해체됨으로써 시적 주체는 새 인간과 새로운 방식의 관계 맺음을 시도해야만 한다.

나의 새 인간이 되어 주세요 나는 인사말을 연습했다 내가 원하는 바로 그 새 인간의 잠든 모습이 보일 것만 같고 새 인간이 잠든 동안 내가 할 수 있는 일들 방바닥을 조용히 닦는 것 옷을 개키는 것 새 인간이 입을 잠옷을 수선하기 위해 돈을 벌러 나가는 것 그래서 무슨 일을 해야 새 인간과 더 오래 함께 있을 수 있을까 궁리하면서 나는 동묘 앞으로 향했다 새 인간이 혹시 날아가 버리려고 하면 어떡하나 업자가 날아다니는 새 인간을 데려와 버려서, 내가 그 새 인간이 마음에 들어 버려서, 날아가 버릴 것을 알고도 새 인간과 살기로 결정해 버리면 그런 비극은 어떻게 처리해야 하나 처리할 수 없을지도 모르지만 나는

새 인간을 하나 사러 나의 새 인간을 가지러 두 시간을 걸어갔다

새 인간은 지금 팔랑거리며 잠들어 있다

생각보다 새 인간이 너무 가벼워서 놀라워하며 으깨질 것 같아서 두려워 벌벌 떨면서 새 인간을 받아 들어 버스를 타고 집에 왔다 버스가 너무 흔들렸고 큰 소리로 통화하는 사람이 있어 새 인간이 깰까 봐 두려웠다 새 인간이 집에 도착하기도 전에 죽어 버릴까 봐 겨드랑이에 땀이 났다 새 인간이 그 냄새를 맡고 나를 싫어하게 될까 봐 또 두려웠다 새 인간 이제 나의 새 인간

시체를 갖게 될까 봐 친구의 전화에도 문자로만 답하고 구덩이를 깊이 구덩이를 여러 개 파 놓고 도망칠 구멍을 뚫어 가며 개미처럼 일하는데 조끼를 입은 집주인이 하나뿐인 계단을 올라오고 있다 나의 새 인간이 빛나고 있어서 두꺼비집이 자꾸 내려간다는 것이다 나의 새 인간이 잠들어 있다 이 조끼 가득히 날 수 있지만 나를 위해서 날지 않기로 마음먹고 죽고 싶지만 죽지 않기로 결심한 나만의 새 인간이 긴 얼굴을 돌리고 내가 잠든 동안에만 날개를 펼쳐 보이는 나는

얼음 속에는 물과 빛이 있고 내가 사랑하는 나의 새 인간이

— 김복희, 「새 인간」(『내가 사랑하는 나의 새 인간』) 부분

인간과 동물이 맺었던 그간의 관계가 인간의 일방적인 요구와 이해에 따른 것이라면 새 인간과 그의 동반 인간이 된 '나' 사이에는 그러한 관계 맺음의 방식이 작동할 수 없다. "동묘앞 시장"에서 새 인간을 구입해 온 시적 주체는 그가 매매의 대상임에도 불구하고 "나의 새 인간이 되어 주세요"라고 청한다. 또한 시적 주체는 새 인간의 허락을 받기 위한 인사말을 연습하고, 그로부터 선택받아 "더 오래 함께 있을 수 있"는 방법들을 "궁리하면서" 새 인간을 만나러 간다. 그러나 '나'의 노력에도 불구하고 새 인간과의 동거는 '나'만의 선택으로 결정될 수는 없다.

매매의 대상인 새 인간은 인간의 필요나 요구에 의해 판매됨에도 불구하고 수동적인 대상으로서 그려지지 않는다. 시적 주체는 새 인간이 자신을 떠나버리는 비극을 막기 위해 그의 마음을 얻으려 한다. 새 인간이 "으깨질 것 같아서 두려워" 하고, 흔들리는 버스와 "큰 소리로 통화하는 사람" 때문에 "새 인간이 깰까 봐" 경계한다. 무엇보다 새 인간이 땀 냄새 때문에 "나를 싫어하게 될까 봐 또 두려"워 한다. 새 인간과 함께 무사히 집에 도착한 후에는 그가 죽지 않도록, 또 '나'를 떠나지 않도록 "친구의 전화에도 문자로만 답하고" 구덩이와 도망칠 구멍을 파 놓으며 "개미처럼 일"한다. 시적 주체와 새 인간의 관계는 인간과 동물이 이제껏 맺어왔던 관계 맺음의 방식과는 거리가 멀다. 시적 주체의 동반적 존재인 새 인간은 내가 보살펴야 하는 존재임과 동시에 '나'의 일방적인 선택이나 요구로는 관계 맺을 수 없고 오히려 내가 선택받아야 한다는 점에서, 그럼에도 "나

를 위해서 날지 않기로 마음먹고 죽고 싶지만 죽지 않기로 결심"한다는 점에서 스스로의 의지를 지닌 존재이다.

　인간과 동물의 경계에 놓인 새 인간은 인간의 삶 속으로 스며들어 인간에게 익숙했던 사고방식과 삶의 방식을 뒤흔들고 새롭게 구성한다는 점에서 인간 주체와 비인간 대상의 자리를, 그리고 자연과 문화의 구분을 뒤섞고 재구축하는 포스트휴먼적 존재라고 볼 수 있다. 새 인간으로부터 흘러나오는 빛이 "두꺼비집"을 자꾸 내려서 인간('집주인')의 일상에 직접적인 영향을 끼친다는 점에서 불법이자 오염인 새 인간은 아직 숨어 있지만 인간의 삶 속으로 침투하여 인간이 영위하는 공간과 일상을 뒤흔들고 균열을 내기에 더 이상 거부될 수 없는 존재로 그려진다. 인간인 '나'와 새 인간의 공존은 오직 서로에 대한 인정과 배려로 가능해진다. 시적 주체는 새 인간과 함께 살기 위해 인간으로서 익숙하고 편안했던 일상을 바꿔 나가며 이러한 존재와 관계를 범법犯法으로 여기는 체제를 거부한다. 모든 종의 순수성, 그리고 스스로 탄생한 인간과 통제받을 타자라는 구분이 '잡종과 인간답지 못한 인간들'에 의해 깨어지는 것이다(해러웨이, 250쪽). 그런 의미에서 김복희 시의 새 인간은 인간도, 동물도 아닌 잡종의 존재로서 인간과 동물에 대한 기존의 사유와 범주를 흔들고 바꿔 나간다는 점에서 '새bird' 인간이면서 '새new' 인간이 된다.

#2

줄무늬의 줄에 매달려
우리는 염탐을 합니다, 꼼짝없이, 헌 생명에서

새 생명이 나온다, 아아,

녹내장의 녹과 백내장의 백이 섞여 눈동자가 만들어집니다

갓난아기의 색깔과 원숭이의 색깔이 배합되어 피부에 입혀집니다

핏속에 녹아 있는 천사의 농도를 조절하기 위해 정맥에 주삿바늘이 들어갑
니다

피로 쓴
피보다 뜨거운 진실로
피를 식힐 수는 없을까

피로 쓴
피보다 붉은 거짓말을
피로 지울 수는 없을까

우리는 탄식을 합니다, 아아, 진정성의 얼룩은
무던히도 지워지지 않는구나

— 신해욱, 「채색삽화」(『무족영원』, 문학과지성사, 2019) 부분

신해욱의 시에 등장하는 존재들 역시 인간과 동물이라는 범주로 쉽게
나뉠 수 없어 보인다.[6] 「채색삽화」에서 서술되는 생명의 탄생 과정을 주

목해 보자. 얼핏 "헌 생명에서 / 새 생명이 나온다"라는 발화는 한 생명이 또 다른 생명을 잉태하고 출산하는, 우리가 흔히 자연적이라고 여기는 생명의 탄생을 말하는 것처럼 보인다. 그러나 그 이후에 서술되는 부분에서 생명은 자연적으로 탄생되는 것이라기보다는 '만들어지는' 것에 가깝다. '새 생명'은 부모로부터 물려받은 유전자를 갖고 자궁에서 태어나는 것이 아니라 "녹내장의 녹"과 "백내장의 백"이 섞여 눈동자가 만들어지고, "갓난아기의 색깔과 원숭이의 색깔이 배합되어 피부에 입혀"지면서 탄생한다. 인간의 것과 동물의 것이 여러 방식으로 혼합되어서 새 생명이 되는 것이므로, 이 시에서 생명의 탄생은 하나의 종種이 그 계보를 잇는 과정이 아니라 혼합, 배합을 통해 종種을 뒤섞고 그 범주를 허물고 이탈하는 과정이 된다. 기존의 종種의 목록에는 없었던 이 생명을 우리는 인간이라고 불러야 할까, 원숭이라고 불러야 할까? 심지어 새 생명은 인간과 동물을 넘어서 "핏속에 녹아 있는 천사의 농도"까지 조절해야 완성된다. 그렇다면 이 생명을 천사라고 부를 수 있을 것인가?

이 시는 새로운 생명이 하나의 순수한 종種이 아니라 인간과 동물과 천사가 농도를 갖춰 잘 '배합'되어야만 탄생된다는 사실을 보여주고 있다. 그렇기에 새 생명이 태어나는 곳은 자궁이 아니며, 배합하고 농도를 조절하는 데에 용이한 실험실과 같은 공간임을 짐작할 수 있다. 실험실 같은 공간에서 인간과 동물, 그리고 천사라는 종種의 혼합을 통해 탄생한 새 생

---

6 이근화 역시 신해욱의 시집 『무족영원』에 나타난 혼종적 존재에 관해 다음과 같이 언급한 바 있다. "생물학사와 생물철학에서 사용되는 은유를 연구한 도나 해러웨이(Donna Haraway)의 작업이 생각났어요. 개체와 집합, 여성과 남성, 인간과 동물, 생물과 기계 등의 이분법을 깨고 혼종적 존재들에 관심을 갖고서 다른 삶을 구상하는 전투적인 여성입니다."(양경언·양윤의·이근화, 「이 계절에 주목할 신간들」, 『창작과비평』 48-1, 창비, 2020.3, 333쪽)

명의 "관습을 거스르는 위반적인 경계-횡단은 가계를 오염시키"고 "창세기 설화의 끝없는 반복"마저도 "위험에 처"하도록 만든다나 해러웨이, 140쪽.

　種의 범주를 초월한 새 생명의 탄생 과정을 "염탐"하던 시적 주체가 '피'에 관해 발화하는 부분은 새 생명의 탄생으로 인한 시적 주체의 반성적 사유가 담겨 있다. 피는 "식힐" 것과 "붉은 거짓말"로 설명되는데, 이것은 다름 아닌 혈연을 가능하게 했던 인간만의 순수한 피와 인간 피의 우월성을 진실이라고 믿는 인간들의 '거짓말'을 가리킬 것이다. 인간 중심의 역사에서 강조해 왔던, 인간과 인간의 결합으로만 이어지는 '순수한' 인간의 피가 이제 식히고 지워져야 할 것으로 언급된다.

　시적 주체는 순수한 피에 대한 인간의 열망을 "피보다 뜨거운 진실"로 지우고, 순수한 피가 가능하다는 인간의 "붉은 거짓말"을 또 다른 '피'로 지우고자 한다. 이때 '뜨거운 진실'이란 시적 주체가 새로운 생명의 탄생을 염탐함으로써 알게 된 진실, 즉 종의 순수성 혹은 진정성이라는 것은 인간이 만든 허구에 불과하며 새 생명은 순수한 종의 결합이 아닌 종의 배합을 통해서 가능해진다는 진실일 것이다. 더불어 인간 종의 피만이 순수하고 진정한 것이라는 "붉은 거짓말"은 종의 혼합으로 탄생된 새 생명이 지닌 순수하지 않은 피에 의해 지워져야 할 거짓이 된다.

　"순수한 인간성만을 추출하여 / 정제된 의인화를 시도"「휴머니티」하고자 했던, 인간의 순수한 피에 대한 열망은 시적 주체가 새로운 생명의 탄생을 '염탐'하는 순간 무너지게 된다. 시적 주체는 배합을 통해 탄생한 새 생명의 존재에도 불구하고 "무던히도 지워지지 않는" "진정성의 얼룩"에 "탄식"하며 인간이 열망하는, 인간이라는 종의 순수성에 대한 허구를 고발하고 반성한다. 혼종적 존재들의 탄생 앞에서 "정제된 의인화"「휴머니티」란 더 이상 불가능해진다.

요정이 왔다.

요정은 계란옷을 뒤집어쓰고 있었다. 껍질을 밟고 서서

계란옷은 흘러내리고 있었다.

나와라. 나와. 내가 불렀던가. 침침한 눈을 비볐던가. 가지가 달린 플라스크 바닥의 히죽거림. 눈금이 지워진 시험관 속의 액상 신경. 나는 소원을 빌었던가. 부글부글 끓었던가. 우리의 소원은 통일. 죽어도 소원은 통일.

계란옷은 흘러내리고 있었다.

흐느낌 같기도 했고 덥다는 표현 같기도 했다.

긴장의 풀림 같기도 했고 항변 같기도 했고

나는 나무람을 당했던가. *못써. 그러면.* 귀를 막았던가. 끓어오른 기포가 죽는 소리. 상처를 핥는 혓바닥의 소리. 마스크 속의 숨소리. 병아리의 울음소리. 영혼의 잡탕도 못 되는. 잡탕의 재탕 삼탕쯤을 휘저으며. 압도적인 못씀을 증류하며.

나는 요정이 숨을 데를 찾아주어야 했다.

바닥을 닦아야만 했다.

계란옷이 흘러내리고 있었다.

계란옷이 흘러내리고 있었다.

—신해욱, 「난생설화」(『무족영원』) 전문

　알에서 태어난 사람을 다룬 '난생설화'는 우리가 잘 알고 있듯이 고대 국가를 건국한 영웅들을 신비화하기 위해 우리에게 오래 전해져 내려온 이야기 구조이다. '알에서 태어남'이라는 특별함이 평범한 민중과 차별화되는 영웅의 초인적 능력을 강조해 왔다. 하지만 이러한 탄생의 신비로움도 결국은 가장 인간다운 인간, 보다 위대한 인간의 형상을 만들기 위해 동물의 탄생 방식을 은유한 것에 불과하다. 난생설화도 세계를 지배하는 영웅 인간을 합리화하기 위해 동물을 은유하는 인간의 오래된 정신적 산물이라 볼 수 있다.

　신해욱의 「난생설화」는 알에서 태어난 인간 영웅의 신비함을 노래한 보편적 이야기 구조를 비틂으로써 인간의 위대함을 지우고 알에서 태어난 인간 대신 알로부터 온 '요정'을 등장시킨다. 이 요정은 "계란옷을 뒤집어쓰고" 자신이 탈출한 "껍질을 밟고"서 나타난다. "가지가 달린 플라스크", "눈금이 지워진 시험관", 그리고 그 속의 "액상 신경"은 단번에 과학 실험실을 연상하도록 하는데, 그 공간은 알에서 온 요정이 어떤 실험으로부터 인위적으로, 자연적이지 않은 방식으로 탄생된 존재임을 보여준다. 위대한 인간의 탄생 설화에, 실험에 의해 인위적으로 태어난 요정이란 존재를 기묘하게 겹쳐 놓음으로써 '난생설화'는 다시 쓰이게 된다.

서양 신화나 동화에서의 요정은 날개 달린 인간의 모습으로 자주 등장하지만 완전한 인간도, 그렇다고 동물도 아니라는 점에서 인간과 인간 아닌 것의 경계에 있는 존재라 할 수 있다. 하지만 요정 역시 인간이 아님에도 불구하고 인간의 속성을 지닌 것으로 그려져 왔다는 점에서 은유된 존재라고 볼 수 있다. 이 시는 그 요정이 실험실의 알에서 "계란옷을 뒤집어 쓰고" 탄생한다는 낯선 이미지를 통해 요정 역시 실험실에서 만들어진 존재로 그려낸다. 새로운 난생설화가 쓰이는 가운데 시적 주체는 "죽어도 소원은 통일"인 '우리'의 오랜 사고, 즉 분류할 수 없고 명명할 수 없는 다양다종의 존재를 무시한 채 모든 것을 하나로 통일시키려 했던 인간의 오래된 역사와 관습을 간접적으로 비판한다.

실험실에서 태어나 통일될 수 없는 요정은 "흐느낌"인지 "덥다는 표현"인지, 그도 아니면 "긴장의 풀림"이나 "항변"인지 알 수 없는 말과 행위와 함께 묘사되는데, 시적 주체는 요정의 말과 행위의 의미를 정확히 포착하지 못한다. 시적 주체는 인간의 말로 소통할 수 없는 요정의 말과 행위를 인간의 방식으로 해석하려 들지 않는다. 대신 *"못써. 그러면."*이라는 '나'를 향한 나무람을 떠올리면서 잡탕처럼 뒤섞인 소리들 속에서 "영혼의 잡탕도 못 되는" "잡탕의 재탕 삼탕쯤을 휘저으며" "압도적인 못씀을 증류"한다. 잡탕을 앞의 맥락과 연결 지어 생각해 본다면 통일과는 대비되는, 다시 말하면 순수한 종種이 아니라 실험실에서 만들어진 요정과 같은 혼종적 존재들을 지칭하는 것이라 볼 수 있다. 이들은 "죽어도 소원"이 통일인 자들에게 "압도적인 못씀"으로 취급받으며 거부된다.

하지만 시적 주체가 하는 일은 나무람으로부터 "요정이 숨을 데를 찾아주"는 일이다. 어쨌든 자신이 이 세계에 탄생하여 존재하고 있음을 증명하는, 요정의 계란옷을 닦아내면서 시적 주체는 이미 태어나 통일을 뒤흔드는 요정을 없애지 않고 숨겨준다. 숨겨주는 행위에는 인간이 분류한 종種의 범주 어떤 곳에도 분류될 수 없는 요정이 '압도적인 못씀'의 존재로서 제거되거나 사라지지 않고, 또 다시 '통일'되지 않고 만들어진 그 자체로 그를 보호하고 그와 공존하겠다는 생각이 포함되어 있다. 통일된 종種의 범주를 허물며 탄생한 혼종적 존재와의 공존을 택하면서 인간 영웅의 탄생 설화였던 난생설화는 '잡탕'들의 탄생 설화로서 다시 서술된다.

'새 인간'이나 '새 생명', '요정'과 같이 '만들어진' 혼종적 존재들은 인간과 동물의 구분을 넘어서서 우리 앞에 또 다른 종種으로서 실재하게 된다. 그런 존재들 앞에서 자연적인 생명 탄생의 고귀함이나 피와 종種의 순수성, 그리고 인간과 인간 아닌 것들을 구분했던 인간 중심적인 이분법들은 깨지기 시작한다. 이들은 인간 중심적 사고로 쉽게 이해되거나 설명될 수 없는 혼종적 존재라는 점에서 더 이상 인간의 완전한 인간성을 위해서 은유될 수 없다. 브라이도티나 해러웨이가 강조한 바처럼 이러한 존재들은 인간과 동물의 상호작용을, 그리고 인간/동물, 자연/문화라는 이분법 자체를 다시 생각하도록 한다.

3. 체험하지 않을(못할) 고유한 생기

　인간의 '인간적'인 잣대는 문화와 자연의 구분 속에, 종種의 목록 속에 다양다종의 비인간을 편의상 분류해 왔다. 그리고 인간 아닌 존재가 지닌 고유한 힘에 대해 인간적인 가치를 부여하여 인간의 언어로 그들을 평가하고 해석해 왔다. 최근 시에 등장하는 혼종적 존재는 인간과 인간 아닌 존재가 인간의 생각처럼 쉽게 분류되거나 설명될 수 없다는 사실을 깨닫게 한다. 더불어 그들이 인간보다 열등하고 불순하다는 인간의 오만 역시 반성하게 한다. 인간과 인간 아닌 존재는 위계로 구분되는 것이 아니라 세계 속에서 각각 고유한 존재로서 함께 거주하고 있을 뿐이다. 인간과 비인간이 동반의 관계로 공존하기 위해서는 세계를 인간 중심적으로 생각하고 설명하는 습관을 멈춰야 한다.

　『생동하는 물질』에서 제인 베넷은 인간 신체에 제한되지 않을 뿐 아니라 인간으로서는 도무지 상상될 수 없는 형식에 내재한 '비인격적 정동'이 있음을 말한다16~17쪽. 그는 비인간에 내재된 생기, 활력, 힘 등에 주목함으로써 "주체성으로 경직되는 경향이 없는 힘의 장을 형성"18쪽하는 일이 세계가 '수동적인 대상'과 그것을 제어하는 '능동적 인간 주체'로만 구성되어 있다는 환상을 깰 수 있도록 만든다고 본다20쪽. 최근 시에서는 인간의 생명력, 인간성, 이성 등으로 설명되는 인간적인 힘들을 적극적으로 거부하고 있다. 오히려 인간 아닌 존재가 지닌 힘에 주목하면서 세계가 인간을 중심으로 구성되어 있다는 환상으로부터 달아난다. 인간 주체를 중심으로 구성되었던 힘의 장場은 인간 아닌 존재들의 생기로도 채워져 있으며, 인간은 그 고유한 힘을 도무지 체험하거나 해석할 수 없다. 다만 '인간적'인 생각을 멈추고 그들의 생기를 가만히 느껴볼 뿐이다. 그리고 인간으로서의 자신을 반성할 뿐이다.

나는 죽어 간다 또는
내가 죽었구나

그렇게 생각하기
멈추기
생각하던 사람들이 잔디밭에 시체들처럼 넘치는 게 보기 좋다

눈에 보이는 자연과 눈에
보이지 않는 자연이
썩어 가는 과정을
자연사라는 희망을
기대하기

땅과 가까워지니
땅이 나를 적신다 젖어 가는 등이 평평해서
세상의 평평함도 느낀다

더는 생각할 수 없을 때가 오는 것
받아들이기
그런데 생각할 수 없는 몸으로 흘러드는 소리를 몸이 감각하고 있고

그 몸을 누가 도둑질하고 있고

도둑질당한 몸들이 잔디밭에 펼쳐져 보기 좋다
소리 주입된 몸들이 꿈틀거리는 게 보기 좋다

꿈틀거리는 몸들이 비치는 비눗방울들이 프레임 바깥으로 흘러간다

　　　　　　　　—송승언, 「활력 징후」(『사랑과 교육』, 민음사, 2019) 전문

　송승언의 시 「활력 징후」는 인간의 힘을 거부하는 선언으로 시작된다. 인간 주체인 '나'는 세계 속에서 이제 죽어 가는 중이거나 이미 죽어버린 채 등장한다. 혹은 "그렇게 생각하기"로 하고 인간으로서의 '나'를 "멈추기"로 한다. "생각하던 사람들"이 "잔디밭에 시체들처럼 넘"쳐나고 '나'는 이것이 "보기 좋기" 때문이다. 생각하던 사람들은 다시 말하면 "이성적 의사Willkür를 갖는 주체적이고 의지적인 존재자"[7]로서의 인간일 것이다. 생각하던 사람들이 시체로 넘쳐나는 과정은 생물학적 죽음을 말한다기보다 세계를 인식하고 판단하는 합리적 이성인 '생각'의 죽음을 의미한다.

　시적 주체는 "눈에 보이는 자연과 눈에 / 보이지 않는 자연"으로 나뉜 것들이 모두 "썩어 가는 과정", 즉 "자연사"에서 "희망을 / 기대"한다. 여기서 '눈에 보이는 자연'이 인간의 시야에 포착되어 인간이 임의적으로 명명한 자연이라면, '눈에 보이지 않는 자연'이란 인간의 눈에 포착되지 않아 자연으로 명명되지 않았던 것을 말한다고 보아도 좋을 것이다. 시적

7　백종현, 「포스트휴먼 사회와 휴머니즘 문제」, 한국포스트휴먼연구소·한국포스트휴먼학회 편저, 『포스트휴먼 시대의 휴먼』, 아카넷, 2016, 81쪽.

주체는 생각하던 사람들에 의해 이분법적으로 구분된 자연이 모두 "썩어 가는 과정", 즉 자연사라는 죽음을 통해 그 경계가 흐려지는 데 희망을 기대하고자 한다.

그렇다면 자연사가 가져오는 '희망'이란 구체적으로 무엇일까? 죽어 가는 혹은 죽은 '나'는 "땅과 가까워지"고 땅과 맞닿은 등이 땅과 같이 평평해짐을 느낀다. '나'의 등이 평평해지면서 내가 느끼는 것은 곧 "세상의 평평함"이다. 죽음 혹은 죽어감의 과정 속에 놓이기 전 생각을 지니고 직립하던 수직의 사람으로서는 알 수 없었던 "세상의 평평함"을, '나'는 자연사의 과정을 위해 땅 위에 '나'를 수평적으로 눕게 함으로써 느낄 수 있게 된다. 그러나 시적 주체가 느끼는 것은 땅과 내가 동등하게 평평해지는 순간만이 아니다. "더는 생각할 수 없을 때가 오는 것", 즉 인간의 생각이 세상의 기준이 될 수 없는 때가 오는 것을 내가 "받아들이"려는 순간 시적 주체가 세계의 다른 국면과 맞닥뜨리게 되기 때문이다.

"그런데"라는 접속 부사로 강조된 국면은 생각하던 사람들이 전혀 알 수 없었던 새로운 사건을 부각한다. '생각할 수 없는 몸'은 '생각할 수 없음'의 상태로 그치는 것이 아니라 생각할 수 없는 몸을 갖게 되었을 때에만 맞이할 수 있는 세계의 또 다른 단면을 느낄 수 있게 된다. "생각할 수 없는 몸"이 되어가는 '나'의 몸으로 소리가 "흘러"들고, 더 나아가 이제 '나'의 몸이 아니게 되어가는 '그 몸'을 "누가 도둑질하"는 일이 발생한다. 이때 생각하던 사람들은 모두 '시체'가 되었으므로 소리를 흘려보내고 몸을 도둑질하는 주체는 사람 이외의 존재라고 볼 수 있다.

시적 주체가 몸으로 "흘러드는 소리를" 감각하게 되고, 몸이 "도둑질당" 하는 사건을 겪게 되는 것은 다름 아닌 생각하던 내가 죽었기 때문에 가능하다. 이 과정을 통해 "생명은 정말로 계속 진행되며, 그것을 활성화시키는 생기적 힘은 잔혹할 정도로 인간과 무관하다"로지 브라이도티, 177쪽는 사실을 알게 된다. "썩어 가는 과정" 속에서 '나'를 적시는 땅의 힘과 "세상의 평평함"을 느낄 수 있게 되며, 죽은 몸속에 주입되는 소리와 그 몸이 도둑질당하는 사건을 통해 인간과는 무관한 생명의 생기적 힘들을 느끼게 된다. 인간이 세계를 활성화한다는 '생각'이 무너지게 되는 순간인 것이다.

"생각하던" 내가 죽어 가는 혹은 죽어버린 결과 '나'는 세계를 활성화하는, 인간 아닌 생명들의 생기적 힘이 원래 세계 속에 존재하고 있었다는 사실을 깨닫게 된다. 시적 주체는 인간 아닌 존재들의 활력을 알게 된 순간에 생각을 담고 있던 신체였던 '나'의 몸으로부터 완전히 벗어나 '그 몸'이라고 지칭하며 거리를 획득하게 된다. 시적 주체는 '나'라는 자아가 "사라진 것처럼" 혹은 "경계지어진 자아 너머로 생각"로지 브라이도티, 177쪽함으로써 생각하는 사람으로서는 알 수 없었던, 세계를 구성하는 인간 아닌 존재들이 지닌 고유의 생기와 힘들을 느낀다. 이에 이제는 '나'의 몸이 아니게 된 '그 몸'을 보며 "도둑질당한 몸들이 잔디밭에 펼쳐"지고, "소리 주입된 몸들이 꿈틀거리는 게 보기 좋다"고 말할 수 있게 된다.

'맥박, 호흡, 체온, 혈압과 같이 생물에게 생명이 있다는 것을 입증해 주는 징후가 되는 요소'라는 의미의 '활력 징후'는 이 시에서 인간의 생명에 대한 것이 아니라 인간 이외의 생명에 대한 것을 가리킨다. 시적 주체는 인간의 '생각'이 멈춘 시공간을 "보기 좋다"고 말하며 인간 아닌 생명의 활력 징후에 "희망을 / 기대"한다. 인간의 "꿈틀거리는 몸들"이 "비치는 비눗방울들이 프레임 바깥으로 흘러"가는 순간은 인간의, 인간에 의한, 인간을 위한 생각과 가치들이 인간 이외의 존재들이 생동하는 세계라는 프레임 바깥으로 사라지는 순간이다.

　　　손바닥에 물고기를 올리고 가만히 쥐어 보았다

　　　차갑고 미끌거리는 힘을 냈다

　　　따뜻하지 않아도 살아 있는 것

　　　계속 서 있었다

　　　대궐같이

　　　궁전같이

　　　동물원 대관람차같이

　　　환상 같은 것도 못 보고

　　　환상을 만나지도 못하고

　　　양동이에서 튀어나온 물고기를 집어 들었다가

　　　그게 꿈틀거려 바닥에 떨어지는 것을 보았다

　　　뒷걸음질쳤다 아가미가 움직였다

　　　힘을 빼는 데도 힘이 필요해

　　　물이 물고기를 털어 내듯이

　　　물풀이 모래를 빗물을 만지고 버리듯이

　　　다음 날

　　　주번이 그것을 화단에 묻었다고 말했다

　　　그 애는 땅속을 헤엄치는 물고기 이야기를

　　　문집에 실었다

　　　나는 환상 같은 것도 못 보고

　　　화단을 등지고 서 있었다

보라

완전히 이용당한 자

신의 선지자같이

무엇이 되려고

나는 그게 되었다가 아니게 되어 가는 중일까

—김복희, 「구원하는 힘」(『내가 사랑하는 나의 새 인간』) 전문

세계를 구원하는 인간 주체, 인간 영웅의 형상은 포스트휴먼 시대에서는 불가능해진다. 인간은 기계보다 나약하고, 인간 아닌 존재보다 윤리가 결여된 채 새로운 시대 속에 놓인다. 「구원하는 힘」의 시적 주체 역시 "신의 선지자"로 여겨져 왔던 인간의 힘과 그것이 지닌 구원의 가능성에 대해 다시 사유해 본다.

이 시의 주체가 주목하는 힘은 인간의 것이 아니다. 시적 주체는 손바닥 위에 놓인 '물고기'로부터 "차갑고 미끌거리는 힘"을 느끼는데, 그것은 시적 주체에게 "따뜻하지 않아도 살아 있는 것"으로 다가온다. 따뜻함이라는 속성은 그간 인간의 생명, 윤리성 등과 결부된 휴머니즘을 향한 수식이었으며 그 따뜻하고도 인간적인 힘이 세상을 구원한다고 여겨져 왔다. 그러나 시적 주체는 따뜻함이란 위장 속에 숨겨진, 인간의 폭력을 감지하고 더 이상 휴머니즘이 주창했던 인간의 따뜻함에서 살아 있음을 느끼지 못한다. 대신 차갑고 미끌거리는 "'생명'의 인간-아닌 생기적 힘vital force"로 지 브라이도티, 81쪽을 가만히 느껴본다. 이 낯선 순간은 시적 주체로 하여금 세계에 대한 새로운 인식을 불러일으킨다.

인간 아닌 존재의 힘을 감각하는 순간 시적 주체는 "대궐같이 / 궁전같

이 / 동물원 대관람차같이" 세계를 관람하는 인간이 아닌 채로 서 있게 된다. '관람'에는 보는 주체가 관람의 대상을 관찰하고 판단하는 행위가 전제되어 있으며, 이때 주체와 대상 간에는 위계가 작동한다. 그러나 시적 주체는 비인간의 살아 있음을 느끼는 순간, 인간이 인간 아닌 대상을 관람하고 판단하고 해석했던 행위가 모두 인간의 '환상'에 불과했음을 깨닫게 된다. 인간의 따뜻한 힘이 세계의 동력이라는 환상, 비인간에게 인간이 활력을 부여해 준다는 환상을 거부하며 시적 주체는 세계를 관람하는 인간의 자리에서 벗어나 대궐과, 궁전과, 동물원 대관람차처럼 서 있으며 그 환상과 만나지 않으려 한다.

"힘을 빼는 데도 힘이 필요"하다는 말에서 전자의 힘이 인간만이 지녔다고 믿어져 왔던 모든 힘, 이를테면 인간과 인간 아닌 존재를 나누고 인간을 우위에 두는 일을 정당화해 온 인간의 권력을 가리킨다면 후자는 그간 인간이 보지 못했던 인간 이외의 존재가 지닌 고유의 힘을 의미할 것이다. 인간 이외의 존재가 지닌 힘은 "(인간) 주체가 그것들에 부여하는 맥락으로 온전히 환원될 수 없는"제인 베넷, 43쪽 것이다. 물고기가 물을 털어 내는 것, 모래가 물풀을 만지고 빗물이 물풀을 쓸어버리는 것뿐만 아니라 "물이 물고기를 털어 내"고 "물풀이 모래를 빗물을 만지고 버리"는 힘이 그 자체로 자기 조직적이고 주체적이며 의지적인 힘을 갖고 있다는 사실은 인간이 오래 지녀왔던 환상을 버리게 만든다. 물이 물고기를 털어내는 힘, 물풀이 모래와 빗물을 만지고 버리는 힘의 세계는 인간이 도무지 체험할 수 없기 때문이다.

그러나 시적 주체의 깨달음과 달리 세계는 여전히 인간을 중심으로 인식되고 구성된다. 이 시는 세계를 구성하는 비인간 주체들의 생기를 새롭게 발견하고 인간 중심의 세계에 대해 의문을 던지는 데에 그치지 않고 여전히 세계의 중심에 서 있으려는 인간에 대한 반성까지 나아간다. 시적 주체가 물고기, 물, 물풀, 모래, 빗물로부터 인간이 설명할 수 없는 그들만의 고유한 생기를 발견한 것과 달리 세계는 여전히 인간이 기획한 인간 중심의 서사를 통해 작동되기 때문이다.

"다음 날" 시적 주체는 주변이 물고기를 "화단에 묻었다"는 말을 듣게 된다. 그러나 문집에 실리는 이야기는 인간이 물고기를 화단에 묻었다는 사실이 아닌, "땅속을 헤엄치는 물고기 이야기"이다. 인간이 물고기라는 생명을 화단에 묻어버린 일이 인간의 문집 속에서 아름다운 이야기로 탈바꿈된다. "차갑고 미끌거리는 힘"을 지닌 비인간 대상은 인간에 의해 죽게 될 뿐만 아니라 인간을 위한 서사로 이용된다. 인간이 경험하거나 설명할 수 없는, 인간 아닌 존재의 고유한 힘이 있다는 것을 깨달은 시적 주체는 물고기가 묻힌 "화단을 등지고" 선 채로 "신의 선지자같이 / 무엇이 되려고" 했던 인간에 대해 반성한다. 인간이 "되었다가" 또 그게 "아니게 되어 가는 중"인지 스스로에 대한 질문과 반성을 시도하면서 오랫동안 스스로를 신의 선지자로 여겼던 인간이 아니라 물고기와 물, 물풀과 모래와 빗물에 세계를 '구원하는 힘'이 있음을 깨닫는다. 그 속에서 인간은 인간의 잣대로 타자를 경험하려는 습관을 멈추고, 다만 스스로를 반성할 뿐이다. 세계를 구원하는 힘에는 인간의 반성도 포함되어 있어야 한다.

> 죽은 채로 들어와서 죽은 채로 퇴장하는 피조물을 위해
> 우리는 다 같이 야맹증을 앓아야 한다

그런 피조물의 등은

도무지 아름답지 않을 수가 없기 때문이다

타 넘고 싶은 유혹이 간절해서

눈을 뜨고 또 떠도 차마

본 것만 말할 수는 없기 때문이다

귀를 파고 또 파도

터널을 뚫을 수는 없기 때문이다

오늘 밤만. 부디 오늘 밤만

먹을 갈까

곡을 할까

그런 피조물의 삶은

도무지 추체험을 할 수가 없고

그런 피조물을 위한 노래는

너무 짧아서 끝을 맞출 수가 없고

　　　　　　　　　— 신해욱, 「레퀴엠」(『무족영원』) 전문

인간은 너무 잘 알고, 잘 보고, 잘 말하기 때문에(혹은 스스로 그렇다고 생각하기 때문에) 잘 알지 못하고, 잘 보지 못하고, 잘 말하지 못한다. 인간의 자기중심적인 사고는 인간 외의 피조물을 그 자신의 생기대로, 생명대로 살지 못하게 만들어 왔다. 그들을 "죽은 채로 들어와서 죽은 채로 퇴장하"게 했다. 이 시의 시적 주체가 말하는 죽음은 인간 아닌 존재들이 스스로의 생명을 보이지 못한 채 인간에 의해 그 생명력이 결정되고 설명되어 왔기에 죽은 채로 들어와서 죽은 채로 퇴장할 수밖에 없었음을 말한다. "도무지 아름답지 않을 수가 없"는 "피조물의 등"이 지닌 아름다움을 제대로 알기 위해서는 "본 것만 말할 수는 없"어서 더 말하고자 하는 인간의 유혹, 그 아름다운 등을 "타 넘고 싶은 유혹"을 버려야만 한다. 인간은 "눈을 뜨고 또 떠도", "귀를 파고 또 파도" 인간 외의 피조물이 지닌 아름다움을 제대로 보고 들을 수가 없기 때문이다. "그런 피조물의 삶은 / 도무지 추체험을 할 수가 없"다. 피조물의 아름다움은 인간에 의해서 설명되는 것이 아니라 "야맹증을 앓"는 인간들의 보지 않는 눈이 있어야 온전해진다.

인간에 의해 "죽은 채로" 등퇴장한 피조물들을 위한 진혼곡은 "너무 짧아서 끝을 맞출 수가 없"다. 피조물들이 죽어간 역사가 그만큼 길기 때문이다. 인간의 눈과 귀로 피조물들을 인간 중심적으로 체험하려 했던 역사가 다름 아닌 '오늘 밤'과 같은 어둠의 시간을 만들고야 말았다. 시적 주체는 기나긴 역사 속에서 인간에 의해 죽어간 피조물들의 넋을 위로할 수 있는 유일한 방법은 그들의 아름다움을 향한 인간의 눈과 귀를 가리는 일뿐이라고 말한다.

인간 아닌 존재들이 가진 고유한 힘을, 그들의 아름다움을 인간이 도무지 이해하고 경험할 수 없다는 사실은 유일무이한 주체였던 인간을 겸손하게 만든다. 최근 시는 인간을 말하기 위해서 혹은 인간이 이해한 대로 인간 아닌 존재가 지닌 생기를 설명하지 않는다. 그럴 수 없음을 고백하고 인간 스스로를 반성할 뿐이다. 인간의 생각과 경험을 지운 자리에서 인간 아닌 존재의 고유한 생기가 인간과는 무관하게 늘 존재하고 있었음을 인간은 다시금 깨닫게 된다. '인간적'인 생각이 무너지는 장면 속에서 우리는 인간이 도무지 알 수 없었던, 인간 아닌 존재들의 다양하면서도 고유한 힘과 마주하게 된다.

4. 인간을 배반하는 불순한 상상

포스트휴먼 시대의 시는 인간에 대한 절대적인 믿음을 의심하고 인간을 반성한다. 인간에 대한 반성은 더 인간적인 삶을 위한 것이 아니라 인간 아닌 모든 존재에게 평평한 자리를 돌려주고 모두가 함께 공존하기 위한 일이다. 지금의 시는 단일한 종種으로 분류될 수 없는, 다양한 혼종들의 모습과 그들이 지닌 고유한 생기를 그려내면서 이제 우리가 종種의 구분과 위계가 사라지는 포스트휴먼 시대를 살아가게 될 것임을 보여준다.

인간을 넘어서고 인간으로부터 달아나기 위해서 우리에겐 더 많은 상상이 필요하다. 인간과 비인간의 경계를 넘어서고 인간이 만든 기준에 의해 명명되거나 분류될 수 없는 종種을 반복적으로 상상하고 그려내야 한다. 인간 중심의 재현이 아니라 포스트휴먼에 대한 '새로운 형상화와 어휘'가 풍부해져야만 한다. 그들은 인간과는 무관한 고유함을 지녔고, 인간의 모습과 속성을 닮지 않았다. 인간에 의해 온전히 이해되거나 비유될 수 없다. 그들은 인간이 구분한 종種의 목록에 없다. 인간일 수도 있고, 동물일 수도 있고, 기계일 수도 있다. 그 외의 다른 것일 수도 있다. 순수한 피와 동일한 유전자를 가진(그렇게 믿어왔던) 인간과 달리 마구 뒤섞여져 있기도 하다. 논리적이라고 여겨져 왔던 인간 중심의 언어는 그들에 대해 어떤 말도 할 수 없다. 혼잡하고 불순한, 그래서 새로운 말과 그림들이 필요하다.

우리는 자연과 문화를, 인간과 비인간의 경계를 허물고 뒤섞어서 우리 모두가 서열화될 수 없는 다양다종의 혼종들이며 그저 각자의 고유한 생기를 지닌 채 살아갈 뿐이라는 사실을 깨닫는 시대에 놓여 있다. 숨 쉬는 인간처럼 다양다종의 비인간들이 뿜어내는 숨이 우리가 사는 곳에 활력을 부여하고 있다. 시는 인간이 인간보다 열등하다고 여겨왔던 자연과 잡종과 사물과 기계가 그저 인간과 함께 세계를 이루고 있으며, 인간은 그들과 공존할 수밖에 없는 하나의 존재일 뿐임을 고백한다. 시는 종種의 구분과 위계를 넘어 인간과 인간 아닌 존재가 각자의 생기대로 지구에 함께 거주하고 있음을 말한다. 로지 브라이도티는 이러한 "생명 자체의 역동적이고 자기조직적인 구조인 조에"가 종과 범주를 가로질러 횡단하는 힘이며, "조에중심의 평등주의가 탈-인간중심적 선회의 핵심"82쪽이라 말한다. 각자의 고유한 생기가 나란히 존재한다는 사실은 다른 모든 것 위의 인간이라는, 인간의 오만을 배반하면서 인간 아닌 종種들의 복잡다단한 힘들을 펼쳐 보인다.

포스트휴먼을 위한 새로운 형상화와 어휘가 상상과 현실의 영역을 가로지르며 가능해진다면, 시는 이미 상상과 현실을 가로지르는 본연의 임무를 수행하면서 포스트휴먼 시대로 나아가고 있다. 과거와 현재와 미래를 뒤섞으면서 지금의 시는 인간을 배반하는, 불순한 그림들을 그리고 있다.

제3부

플랫폼의 변화와 미래의 독자

플랫폼의 변화와 시의 미래 | 이경수

당신은 어떤 독자입니까?
포스트휴먼 시대 시의 독자에 대한 단상 | 이경수

플랫폼의 변화와 시의 미래

이경수

1. 창작 주체의 각성과 세계의 붕괴

최근 시단을 뜨겁게 달군 몇 가지 사건은 관행이라는 이름으로 별 문제의식 없이 지속되어 온 부당하고 비상식적인 방식의 폐기를 강력히 요청하며 시단의 자성을 촉구하고 있다. 2020년 문단에서 젊은 시인, 작가, 비평가들을 중심으로 전개되어 온 원고료 투쟁과 저작권에 대한 인식의 확산, 등단 제도의 공정성 시비, 그리고 '#문단_내_성폭력' 해시태그 운동이후 벌어진 피해자에 대한 2차 가해와 이에 대한 폭로 등은 모두 달라진 시대와 변화한 독자 및 창작 주체들을 단적으로 보여주는 사건이었다. 김봉곤 작가의 「그런 생활」이 사적인 대화를 함부로 인용한 사실이 알려지면서 이러한 문제 제기에 제대로 대처하지 못한 문학동네와 창비를 향해 독자들의 불매운동이 벌어진 현상만 보아도 새로운 독자의 출현을 기성의 문단이 충분히 예민하게 감각하고 있지 못함을 알 수 있었다.[1] 주체적이고 실천적인 새로운 독자들의 행보는 예상보다 더 빠른 속도로 계간지 문학의 몰락을 앞당길 수도 있겠다는 예감이 든다. 황혼이 더디게 오래 지속될 수도 있겠으나 어쩌면 예상보다 더 볼품없는 모습으로 아무도 기억하지 않는 황혼이 될 수도 있을 것이다. 그렇다고 해서 '시'의 미래가 암울할 거라고 생각하지는 않는다. 하나의 세계가 붕괴되고 다른 세계가 도래할 것이다. 그것은 아마도 시가 오랫동안 추구해 왔던 가치에 더 부합하는 형태의 창안으로 이어지지 않을까.

관행과 타협하거나 관행에 길든 기성의 방식을 거부하는 젊은 창작 주체들과 독자들의 행보는 신선한 충격을 넘어서 이제는 문학의 장을 새롭게 구성하는 지각변동의 실천으로 나아가고 있다. 그 출발은 일련의 '#문단_내_성폭력' 폭로로부터 촉발되었다고 보아야 할 것이다. 일상의 속도와 다른 속도를 살아가며 소외된 자리에 함께해 온 시의 본질과 시적 정의에 대한 기대를 배반한 것은 물론이고 실로 하찮고 알량한 문학 권력과 출판 권력을 행사하며 '문청'들 위에 군림하고자 했다는 사실은 시를 사랑하는 독자들에겐 그 자체로 엄청난 충격이었다. 시 독자의 상당수가 창작 주체를 희망한다는 점에서 그 파장이 예비 시인들에게로 확산되어 갔음

---

[1] 물론 이러한 현상의 부작용이 없었던 것은 아니다. 가령 작가로서의 김봉곤의 잘못을 편집자로서의 김봉곤의 밥벌이의 문제로까지 끌고 들어가 문학동네에 압력을 행사한다든가 그가 편집한 책의 저자들을 향해, 그것도 유독 여성 작가들을 향해 입장표명을 요구한다든가 하는 것은 문제의 본질에서 벗어난 비이성적인 처사로 보인다. 다만 이러한 부작용은 그렇게 오래가지는 않을 거라 기대해 본다.

은 물론이다. 2016년 이후의 문단은 젠더 감수성의 각성을 넘어서 이제는 오랫동안 지속되어 온 문단의 오랜 관행들과 전면적인 싸움에 돌입했다고 할 수 있다. 이상문학상 파문, 젊은 작가상 수상 작품집의 폐기 및 문학동네와 창비를 향한 판매 거부 운동, 『시인동네』의 폐간으로 이어진 일련의 사태 등이 모두 2020년에 터져 나왔다는 것은 이것이 일시적인 현상이 아니라 달라진 독자와 창작 주체를 보여주는 상징적인 사건임을 예감케 한다.

새로운 시대가 밝았음을 새로운 독자와 창작 주체는 이미 선언했으며, 선언으로 그치지 않고 적극적인 실천에 돌입했다. 이들은 문단에 환멸을 느끼고 자신이 사랑하는 시를 외면하기보다는 무엇이 자신들이 읽고 쓰고자 하는 시인지 본격적으로 보여주는 선택을 감행한다. '우리의 시대는 다르다'황인찬, 「우리의 시대는 다르다」는 선언을 통해 기성의 시를 넘어선 새로운 시, 휴머니즘에 바탕을 둔 인간의 가치를 넘어선 새로운 인간에 대한 탐색을 본격적으로 시작했다고 말할 수도 있겠다. 누구도 이렇게 빨리 우리 일상을 지배할 것이라고 예측하지 못했지만, '코로나-19'가 앞당긴 팬데믹 시대를 맞아 인간을 넘어선 '포스트휴먼'이 우리 시에도 전격적으로 등장한 셈이다. 우리가 읽을 시를 우리가 선택하겠다는 독자들의 출현, 더 이상 평론가의 권위에 기대지 않는 독자들의 등장은 세상이 변하는 속도와 무관하게 안전지대에서 보호받고 있었던 시와 시인과 시단을 시대의 변화 속으로 강력하게 이끌며 시험에 들게 하고 있다.

2. 새로운 플랫폼의 등장

새로운 독자의 출현은 필연적으로 플랫폼의 변화를 가져왔다. 사실상 신춘문예나 추천제도, 신인상 등으로 대표되는 등단 제도를 향한 비판적인 문제 제기는 오랜 세월 반복되어 왔다고 해도 과언이 아니다. 역사를 거슬러 올라가면 식민지 시대에서 기원을 찾을 수 있는 등단 제도는 시대가 바뀌고 문단의 분위기도 바뀌면서 그 실효성에 대한 문제 제기가 지속적으로 있어 왔다. 최근에는 문학 권력을 양산하는 역할을 등단 제도가 해왔다는 자성이 일어나면서 예비 시인들 사이에서는 등단 제도를 거부하거나 다른 플랫폼을 실험하려는 움직임까지 일어나고 있는 추세이다. 2019년 『경향신문』 신춘문예로 등단한 성다영 시인이 문학세계사에서 나오는 『신춘문예 당선시집』에 시를 수록하는 것을 거부하는 것으로 촉발된 운동은 뜻을 같이하는 시인들의 지지를 얻었는데, 사실상 '#문단_내_성폭력'에 대한 투쟁의 연장선에서 일어난 사건이었다. 2017년 강제추행죄로 유죄를 선고받은 시인이 기획이사로 있던 출판사라는 것이 성다영 시인이 내건 이유였다. 시인으로서의 첫 출발을 부당한 관행과의 유착을 끊는 것으로 시작하겠다고 선언한 것이라는 점에서 의미 있는 선택이 아닐 수 없었다. 무엇보다도 2016년 이후 문단과 사회를 떠들썩하게 했던 '#문단_내_성폭력 해시태그 운동'이 문단의 실질적인 변화를 이끌어내지 못했다는 자성과 함께, 피해자들에 대한 2차 가해도 이루어지고 있었던 시점에서 제기된 선언이라는 점에서 2019년 시단의 또 하나의 중요한 사건이었다고 평가하지 않을 수 없다.

이러한 변화는 일회적인 사건으로 끝나지 않고 지속적으로 이어지고 있다. 2020년 신춘문예 당선 시인들 중에는 이원석 시인과 차도하 시인이 성다영 시인의 뒤를 이어 『신춘문예 당선시집』에 작품을 싣는 것을 거부하기에 이르렀다. 이들의 선택은 여기서 그치지 않고 새로운 문학 플랫폼을 창안하는 데까지 나아갔다는 점에서 더욱 의미를 지닌다. 내부의 잘못된 관행에 무관심하거나 관대했던 기성의 문단에 사실상 공동 책임이 있다는 것이 이들의 판단이었을 것이다.

새로운 창작 주체는 새로운 독자들과 만나기 위한 장을 발상의 전환을 통해 모색하기 시작했다. 제도 바깥의 문학의 열기가 제도 안의 문학의 열기와 공존하며 생기를 불어넣던 시절이 과거에도 있었다. 1980년대의 무크지도 그런 대표적인 예라고 할 수 있고, 등단이라는 제도를 거치지 않고도 작품을 발표할 수 있는 기회가 주어졌던 경우들도 사실상 적지 않았다. 노동자들의 수기나 노동자들의 문학 역시 그런 예라고 할 수 있겠다. 문학의 상업화가 본격화되면서 어쩌면 그러한 제도 바깥의 활기가 제도 안으로 포섭되었다고 볼 수도 있을 것이다. 그러다 2016년 이후 기성 문단에 대한 실망으로 다른 플랫폼을 모색하는 창작 주체와 독자들의 열망이 만나면서, 그리고 2000년대 말부터 이미 생겨나 자생력을 갖기 시작한 독립서점 및 독립출판물의 경험이 축적되면서 제도 바깥의 문학의 열기가 다시 끓어오르게 되었다고 진단할 수도 있을 것이다.

스스로 원하는 공간이나 플랫폼을 만들고 원하는 창작물을 기획해 만드는 작은 공동체들이 문학의 생태계 안에도 자연스럽게 생겨나 이런저런 실험들을 거듭하고 있다. 뜻을 함께하는 젊은 시인, 작가들을 중심으로 독립잡지나 독립출판물을 만들어 독립서점에서만 유통하는 경우가 이미 여러 차례 있었고, 그러한 기획과 창작 경험의 축적은 본격적인 문학 플랫폼의 구축으로 이어지고 있다. 대표적인 예로 온라인 문학 플랫폼 던전 d5nz5n.com, S-R-SSubject Re : act Supplement, 웹진 '아는 사람', 트위터의 메일링 서비스 등을 들 수 있다. 트위터, 페이스북, 인스타그램, 더 나아가 브이로그나 유튜브 등의 매체가 활성화되면서 이러한 매체를 통해 독자들과 직접 소통하려는 창작 주체들의 등장이 다양한 방식의 플랫폼 실험을 이끌고 있다고 볼 수 있겠다.

'양방향 문학 플랫폼'을 표방한 던전d5nz5n.com은 작명이나 디자인에서 온라인 게임 플랫폼을 연상시킨다는 점이 우선 눈길을 끈다. 네이버 웹툰이나 웹소설 사이트처럼 접근성이 좋고 더 많은 신인 작가들에게 지면을 제공하고 독자들에게도 매일의 읽을거리를 제공한다는 취지로 박서련, 서호준 작가를 중심으로 뜻을 함께하는 젊은 시인, 작가들이 모여서 만든 유료 온라인 플랫폼이다. 30일 구독 신청에 7,000원, 90일 구독 신청에 19,900원을 지불하면 해당 기간 동안 이 플랫폼에 올라온 모든 작품들을 읽을 수 있다. 기성 문인들뿐 아니라 비등단 시인, 작가들도 일정한 요건만 갖추면 연재 지면을 얻을 수 있다는 것도 던전의 매력이다. 던전은 요일별로 특정 작가의 작품이 연재되는 형식을 취하고 있는데, 시, 소설, 희곡, 평론뿐 아니라 좌담이나 인터뷰 같은 것도 연재 가능하다. 특히 시의 경우에는 한 권의 시집을 염두에 두면서 작품을 연재할 수 있다는 점에서 꽤 매력적인 플랫폼이다. 7일간 무료로 작품들을 읽을 수 있고 그 후에도 계속 원하는 작가의 작품을 읽기 위해서는 정기구독을 통해 돈을 지불해야 한다. 리뷰 코너에 리뷰를 남겨 작가와 소통할 수도 있고, 리뷰를 남기면 제공되는 물약으로 마음에 드는 작가들을 지원함으로써 자신의 기호를 드러낼 수도 있다. 정기구독료는 연재하는 작가들에게 골고루 배분되는 방식으로 원고료로 지급되고 있는 것으로 알고 있다.

　이러한 던전의 시도는 상당히 흥미로운 실험이라고 볼 수 있는데, 아직까지는 확장성이 그렇게 큰 것으로 보이지는 않는다. '던전'이라는 작명에서 연상되는 특유의 분위기와 그로 인해 독자들이 기대하게 되는 장르문학을 연상시키는 작품의 취향이 '던전' 플랫폼에 실제로 연재되는 작품들과 다소 어긋나면서 기대했던 만큼의 확장성을 가져오지 못한 것이라는 진단도 가능하겠다.[2] 한편으로는 '던전'에 작품을 싣는 비등단 시인, 작가들도 다른 지면으로의 확장이나 좀 더 많은 독자와의 소통을 원하고 있는데 이들의 작품이 비평의 대상에서 소외되면서 확장성에 제약이 생겼다고 볼 수도 있다. 최근에는 던전으로 작품 활동을 시작한 시인의 시집이 시집 시리즈가 출간되는 출판사 파란에서 출간이 결정되기도 했지만, 이것이 단지 일회성의 사건에 그치거나 이 플랫폼이 기성 문단으로 진입하는 통로로 활용되는 것에서 멈춘다면 이 새로운 플랫폼의 실험은 실패로 끝날지도 모른다. 물론 실패로 끝난다고 해도 이 실험은 분명 2020년대 문학사에서 기억할 만한 사건으로 남을 것이다. 대형 출판사에서 운영하는 무료 웹진들 속에서 이 유료 온라인 플랫폼이 살아남는다면 이것은 한층 더 의미 있는 실험으로 기억될 것이다. 그런 점에서 던전의 작품들을 편견 없이 읽고 즐기는 비평가들의 등장을 기대해 본다.

　S-R-SSubject Re : act Supplement는 소설가 차현지가 큐레이터가 되어 "언어로 하는 모든 움직임과 반응을 담는 아카이브 프로젝트"를 표방한 유료

2　그러나 이미 장르문학과 순문학의 경계가 허물어진 시대임을 생각한다면 이 또한 판단 착오일 수도 있을 것이다. 독자들의 변화를 비평의 속도가 따라가지 못하고 있다는 생각을 요즘 자주 하게 된다.

온라인 플랫폼이다. 다양한 작가들의 참여와 그들의 텍스트에 대한 리액션을 통해 끊임없이 새로운 프로젝트들을 만들어가는 기획 의도를 지니고 있는 이 온라인 플랫폼은 크게 'text shop'과 'blog'로 구성되어 있다. text shop에 실린 시와 소설은 일정한 금액을 지불하고 구매해서 볼 수 있으며, blog에 실린 글들은 자유롭게 누구나 볼 수 있다. text shop에는 창작 주체의 개성적인 흑백 사진과 작품의 제목이 노출되어 있고 클릭하면 작가와 작품에 대한 소개를 볼 수 있다. 이 정보를 통해 읽고 싶은 작품을 골라 구매할 수 있다. text shop이 시, 소설 등의 작품 중심으로 구성되어 있다면, blog에는 시, 소설뿐 아니라 문학비평이나 영화평 같은 좀 더 다양한 글이 실려 있다. text shop이 흑백 사진들로, blog가 컬러 사진들로 구성되어 있는 점도 인상적이다. '대안 독립 매체 만세!'라는 기획 아래, 대안 독립 매체를 구축하는 활동을 실제로 하고 있는 시인, 작가, 독립출판 편집자 등이 연재한 다섯 편의 글을 특히 인상 깊게 읽었는데, 대안 독립 매체 활동가들끼리의 연대를 확인할 수도 있고 오늘의 한국문학에 대한 날카로운 비평도 만날 수 있다.

차도하, 한소리 시인 등이 참여하고 있는 웹진 '아는 사람'도 최근에 인상적인 행보를 이어가고 있다. '아는 사람'은 1인 기획자를 중심으로 프로젝트마다 팀원이 달라지거나 추가되는 다회성 문화예술 프로젝트 집단이자 독립 출판사라고 소개되어 있는데, 이런 성격은 'S-R-S'Subject Re : act Supplement의 'blog'와 다소 유사한 면이 있다. 이 웹진이 눈길을 끄는 것은 우선 시각과 청각을 동시에 자극하는 방식에 있다. 웹진 '아는 사람'에 들어가면 시인의 육성으로 낭독한 시가 반복해서 들리는데 이 낭독이 상당히 중독성이 있어서 오래 머무르게 된다. 낭독시는 매주 교체되는데 이 또한 독자의 호기심을 자극하는 요인인 것 같다. 감각적인 디자인과 중독성 있는 시 낭송, 그리고 여러 가지 흥미로운 기획들이 돋보인다. '아는 사람'이라는 작명에 대해 웹진의 첫 페이지에는 다음과 같이 소개되어 있다. "가난한 청년, 열등한 청년, 성숙한 청년, 퀴어인 청년, 우울증을 앓는 청년, 문신을 크게 새긴 청년, 취직을 했거나 하지 않은, 혹은 못한 청년, 살고 싶지 않은 청년, 아프고 슬픈 청년들, 단순히 청춘이니 아픈 거란 말로 포장되지 못하는 우리는 어디에나 있고 당신의 '아는 사람'이다." 실제로 시인의 육성으로 나지막이 낭송되는 시는 우리가 아는 사람인 저 청년들의 목소리이자 그들과 공감하는 목소리가 아닐까 싶다. '아는 사람'은 '#여름이었다_로_끝나는_시_쓰기', '#괴담에_관련된_시_쓰기'로 2020년 8월의 시 특집을 꾸려 원고를 모집했고 꽤 많은 작품들이 투고된 것으로 알고 있다. 선정된 작품에 대해서는 웹진에 공개된 계약서가 발송되고 계약 내용에 동의하면 원고료가 지급되는 수순을 따른다.

이상에서 살펴본 던전, S-R-S, 웹진 '아는 사람' 외에도 시인들이 직접 시를 낭송해서 독자들을 찾아가는 메일링 서비스라든가 다양한 형식의 북토크나 낭독회 등 새로운 플랫폼의 형식은 계속해서 진화하고 있다. 최근에는 '코로나-19'의 여파로 북토크나 낭독회 개최가 어려워지면서 '각자옥상낭독회' 같은 형식의 랜선으로 즐기는 온라인 낭독회가 시도되고 있기도 하다. SNS가 바꾼 세상이 팬데믹 시대를 만나면서 앞으로도 다양한 형식의 온라인 플랫폼과 온라인 소통이 활발히 이루어지고 한층 더 진화할 것으로 보인다. "우리의 파급력은 현재진행형입니다"라는 S-R-S 첫 페이지의 문구처럼 이 새로운 온라인 플랫폼의 파급력은 놀라운 속도로 우리 시와 시단의 풍경을 바꿔놓고 있다.

3. 우리가 읽을 시는 우리 손으로

　오랫동안 관행이라는 이름으로 허용되거나 눈 감아져 온 부당함에 대해서 공정을 중시하는 오늘날의 독자들은 당당하게 말한다. 우리는 이런 시를 거부한다고. 새롭게 등장한 독자들은 시단을 향해 선언한다. 우리가 읽을 시는 우리 손으로 선택하겠다고. 새로 출현한 플랫폼들에는 그렇다면 어떤 시들이 실리고 읽히고 있을까? 몇몇 시들을 통해 그 새로운 가능성을 타진해 보자. 먼저 '매일 만나는 문학 플랫폼'이라는 콘셉트의 온라인 웹진 '던전'을 소개하는 문구는 다음과 같다.

　'매일 만나는 한국문학', 던전에 오신 것을 환영합니다.

　던전은 계간, 월간 등으로 진행되던 문예지 출간 관행과
　출판사 중심 문학 생태계의 대안으로
　문학 저변을 확대하려는 온라인 문학 플랫폼입니다.

　문예지를 경유하지 않으면
　최신 문학 작품을 접하기 어려운 것이 현실입니다.
　이같은 상황을 해소하고자, 일 단위 문학의 정착을 통해
　라이프 스타일로의 문학 소비와 생산 확립을 추구합니다.

　던전은 매일 연재, 자유 투고제, 리뷰 기능 등을 통해
　통상적인 의미의 '문학 웹진'을 넘어

'양방향 문학 플랫폼'으로 자리매김하고자 합니다.

작품 게재는 청탁이 아닌 투고를 기반으로 하며,
시, 소설, 희곡, 평론, 산문, 대담, 작가 인터뷰 등의
문학 콘텐츠들이 던전의 주요 콘텐츠입니다.

월요일부터 토요일까지는 작가들의 작품이 연재되고
일요일엔 인터뷰, 대담 등의 특집이 발행됩니다.

동시대 문학의 새로운 창구,
던전에 오신 것을 환영합니다.

네이버 웹툰이나 웹소설 사이트들처럼 좀 더 접근성이 좋고 더 많은 작가들에게 지면을 제공해주면서 독자들과 자유롭게 소통하는 플랫폼을 만들려는 기획 의도가 읽힌다. 사실상 '문장' 웹진이나 문학동네에서 운영하는 웹진, '문화多' 같은 웹진들도 있지만 그런 웹진들이 무료로 제공되는 데 비해 문학 플랫폼 '던전'에 실린 작품들은 7일이 지난 후에도 작품을 계속해서 보려면 구독을 해야 한다는 점이 특징적이다. 등단한 시인, 작가뿐 아니라 등단하지 않은 시인, 작가들도 투고가 가능하고 일정한 기준을 통과하면 특정 요일에 연재 지면을 얻을 수 있다는 점도 다른 웹진과 차별화된 점이다.

출판사 중심 문학 생태계의 대안으로 문학 저변을 확대하고 라이프 스타일로의 문학 소비와 생산 확립을 추구하려는 의도에서 만들어진 온라

인 플랫폼임을 던전 소개 문구에서는 분명히 밝히고 있다. 던전 사이트에는 시, 소설, 희곡, 비평, 산문 등이 투고될 수 있는데, 박서련 작가를 비롯해 기성 작가도 특정 요일에 연재를 하지만, 등단하지 않은 시인, 작가들도 특정 요일에 연재하는 지면을 얻을 수 있고 이미 연재 지면을 얻은 시인, 작가들에게 등단 여부가 구별의 표지가 되지는 않는다. 오로지 작품으로 독자와 만날 수 있는 플랫폼이라고 할 수 있다. 특히 시의 경우에는 매주 특정 요일에 시 작품을 올릴 수 있어서 기간이 쌓이면 한 권의 시집 분량을 발표할 수 있다. 처음부터 한 권의 시집을 염두에 둔 기획이 가능하다는 점도 이 플랫폼이 가지고 있는 장점이라고 할 수 있다. 독자의 입장에서는 매일 다양한 장르의 문학작품을 읽는 것이 가능하다. 구독 여부는 일주일 동안 작품을 둘러보고 결정할 수 있고, 접근 편의성이라는 측면에서 발표되는 작품들을 바로 읽을 수 있다는 장점을 가지고 있다. 다만 이러한 온라인 플랫폼이 확산성을 가지고 더 많은 능동적인 문학 독자들을 끌어들일 수 있으려면 기존의 웹진과 어떤 점에서 차별화 되어야 하는지에 대한 고민은 지속적으로 필요해 보인다.

　　인간이 시간여행을 가능하게 할 수 있을까? 남자애들이 내가 보던 책을 붙잡고 입씨름을 하고 있다 나는 그거 내 책이야, 말했지만 아무도 듣지 못한 것 같다 교실 구석에는 사람 하나 가뿐히 들어갈 크기의 수납장이 있다 수납장 문이 열리고 미래의 내가 들어오는 상상을 한다 미래의 내가 내 옷자락을 붙잡고 말한다 그 남자와 만나지 마 그 남자와 입맞추지 마 그 남자를 불쌍하다고 생각하지 마 그치만 그 남자가 그런 남자인지는 만나 봐야 알 수 있는걸? 말하는 와중에 미래의 나는 수납장 속으로 뛰어들어간다 그 사이에 남자애들 사이에서 시간여행은 닫힌 고리를 형성한다는 유력한 가설이 나온다 그 말 뜻은 과거로 돌아가도 일어날 일은 반드시 일어난다는 것이다 남자애 하나가 나에게 열심히 설명해주는 사이에, 나는 시간이 지나도 견딜 수 없을 일들을 생각했다 내 표정이 어두워지니까 너는 무엇이든 될 수 있어, 상냥하게 말하는 남자아이 그 말에 대한 기분을 정하는 사이 새롭지만 논리적이지 않은 가설이 등장하고 입씨름이 몸씨름이 된다 수납장 속에서 속삭이는 목소리가 들린다 너는 말해봤자 소용이 없구나 미래의 내가 한숨을 쉬는 것 같다 모든 가설이 폐기되고 남자애들은 우리가 왜 이렇게 싸우기 시작했는지 되짚어보기 시작한다 책에 내 이름이 쓰여 있다 왜 그렇게 많은 남자들이 너를 풀이할 수 있게 놔두니? 남자애들이 일제히 나를 보며 말한다 나는 이대로 가만히 웃고 있기로 하는 시간선 위에 있다 남자애들은 못된 년 못된 년 하면서 자꾸만 내 가슴에 팔꿈치를 가져다 대지 마지막 장까지 보지 않고도 알 수 있는 삶이란 어떤 것일까? 교실에는 숨을 곳이 없었다 수납장 안에는 미래의 내가 떨고 있으니

— 류가은, 「끈 이론」 전문

실리는 시작품의 완결성과 입소문이 더 많은 독자들을 끌어들일 수도 있겠지만 시의 독자들의 상당수가 시인을 꿈꾸는 이들이 된 지 오래임을 상기해 보면, 등단을 기다리다 지쳐 우리가 플랫폼을 직접 만들었다는 문제의식에서 더 나아가 판을 바꾸는 상상력이 필요해 보이기도 한다.

류가은의 시는 끈 이론, 시간여행, 미래의 내가 과거의 나를 만나는 일에 대한 상상을 통해 학창시절을 거쳐 성인이 되기까지 많은 여성들이 경험했을 법한 폭력과 혐오의 상황을 실감나게 형상화함으로써 공감을 자

아내고 있다. 폭력과 혐오를 오가며 여성이 어떻게 대상화되는지, 기회만
되면 맨스플레인mansplain이 어떻게 이루어지는지, 그 속에서 마녀사냥이
나 백래시가 어떻게 이루어져 왔는지를 시간여행과 끈 이론이라는 모티
프와 비유를 활용해 그려내는 데 성공하고 있다. 이 매체를 통해 이런 시
들이 더 많은 동시대의 독자들과 소통할 수 있기를 기대한다.

차현지 작가가 운영하는 S-R-S, 즉 'Subject Re : act Supplement'의
첫 페이지에는 다음과 같은 소개문이 쓰여 있다.

이곳은 언어로 하는 모든 움직임과 반응을 담는 아카이브 프로젝트입니다.

소설가 차현지가 큐레이터가 되어, 청탁과 리뷰를 싣습니다.

다양한 게스트 큐레이터와의 만남을 통해 새로운 프로젝트를 도모합니다.

글을 쓰는 행위는 언어 그 자체에 대한 대리보충입니다.

그리고, 우리는 우리의 글쓰기가 서로의 대리보충이기를 원합니다.

다양한 작가들의 참여와 그들이 만든 텍스트의 리액션이 타래처럼 엉키며
비평의 장을 확대하고,

신선하고 상큼한 포맷의 텍스트들이 자유롭게 드러누울 수 있는 장소가 될
것입니다.

글을 쓰는 자는 모두 작가. 글에 대한 책임이 있는 자는 모두 작가.

이곳을 서로에게 반응과 반응의 장소로 이용하십시오. 자유와 해방은 모두
당신의 것.

우리의 파급력이 어떤 속도로 어디를 향해 돌진할지는 알 수 없지만,

우리는 말할 수 있습니다.

그럼에도, 우리의 파급력은 현재진행형입니다.

언어로 하는 모든 움직임과 반응을 담는 아카이브 프로젝트를 표방한 S-R-S는 소설가 차현지를 큐레이터로 다양한 작가들이 참여해 작품을 싣고, 독자들은 해당 작품을 구매해서 읽고, 텍스트에 대한 리액션이 다양한 방식으로 얽히며 비평의 장을 확대하고 독자들에게 양질의 읽을거리를 제공하는 새로운 플랫폼이다. 비교적 최근에 등단한 젊은 시인, 작가들을 중심으로 기성 문예지의 청탁을 수동적으로 기다리는 대신 우리 작품을 발표할 지면은 우리가 만든다는 적극적 태도가 인상적이다.

앞서 살펴보았듯이 S-R-S는 크게 'text shop'과 'blog'로 구성되어 있는데 그중 blog에 실린 '대안 독립 매체 만세!'라는 기획은 눈여겨볼 만하다. 먼저 이 기획의 첫 번째 연재 원고를 쓴 던전의 운영자 박서련 작가의 글을 일부 인용한다.

영화가 영화상과 관계없는 것처럼 문학도 문학상과 관계가 없다(상금이 작가의 생계와 관계있을지언정). 그건 그렇지만 나는 상을 타고 나서 비로소 나의 실력과 내 문학의 방향 대신 제도에 물음을 던질 수 있게 되었다. 상을 받기 전에 내가 그렇게 말했다면 문예창작과를 나오지 않은 작가의 열등감 발사로밖에 들리지 않았을 것이다. 제도를 통해 제도에 대해 발화할 용기를 얻는다는 것은 모순적인 말이지만, 그렇다.

때때로 상을 받기 전에도 그렇게 할 수 있어야 했다는 자책을 느낀다. 이미 일어난 일들을 무를 수는 없고 사실은 무르고 싶은 속성의 일도 전혀 아니다. 다만 내가 이전에 갖지 못했던 용기를 여기서부터는 어떤 식으로 펼쳐갈 수 있을 것인가를 고민하게 된다. 내게는 독립문예지면을 꾸려가는 이들이 그런 용기를 지닌 사람들로 보인다. 누군가의 인정을 구한 다음 드러내는 것이 아니라, 나타난 다음 자 어쩔래? 인정하지 않을 수 없을 걸, 하고 묻는 것처럼 보인다. 나같은 사람이 이 흐름에 보낼 수 있는 힘도 분명히 있을 것이다. 이 흐름에서만큼은 나도 장외자가 아니라는 안도를 나는 거의 물리적으로 만질 수 있고 기댈 수 있는 물체처럼 의지하고 있다.

함께 던전을 만든 친구들은 내가 장편문학상을 타고 작가로서의 내 입지가 변화하기 전부터 같이 글을 써 오던 이들이다. 던전의 개장을 준비하는 동안에 나뿐 아니라 친구들에게도 크고 작은 변화가 일어났지만 던전과 같은 공간이, 지면이 필요하다는 생각만큼은 나도 친구들도 바꾸지 않았다. 우리 스스로 이것을 만들자고 생각했다기보다 시대가, 시절이 우리에게 그런 생각을 하게 만든 것에 가깝지 않은가 하는 의심이 든다. 굳이 우리가 던전을 만들지 않았어도, 누군가 지금보다 조금 늦을 뿐인 어떤 시기에 비슷한 모양의 물건을 내놓지 않았을까 상상하게 된다는 말이다. 그랬으면 나는 아마, 왜 난 진작 이런 생각 못했지 하면서, 부럽고 분해서 죽으려고 했을 것이다. 이건 거꾸로 말하면 나 스스로 질투를 느낄 수도 있을 만큼 내가 한 일을 자랑스럽게 여긴다는 의미도 된다. 우리에게는 더 많은 지면이 필요하고, 지금까지 신봉해온 어떤 제도를 다시 생각해볼 수 있는 실험의 장도 필요하다. 우리가 하고 있는 일은 그런 것이다. 때문에 나는 다시 2019년 7월 27일로 돌아가도 서호준한테 전화를 걸 것 같다. 야, 좆같아서 안 되겠어. 우리가 만들자. 기어이 그렇게 말하고 이 모든 고생길을 다시 걷고 말 것 같다.

─박서련, 「[기획] 대안 독립 매체 만세 #0-1. 심한 말」 부분

왜 던전이라는 새로운 문학 플랫폼을 구상하고 실제로 문학사적 사건이라고 할 만한 일을 벌이게 되었는지를 잘 보여주는 글이다. 아마도 독립문

예 지면을 꾸려가는 많은 이들이 가지고 있는 문제의식도 이와 유사할 것으로 보인다. 특히나 "우리 스스로 이것을 만들자고 생각했다기보다 시대가, 시절이 우리에게 그런 생각을 하게 만든 것에 가깝"다는 박서련 작가의 판단에 동의한다. 아마 '던전'이 아니었어도 조만간 유사한 독립 매체가 출현했을 거라는 생각이 든다. 시인, 작가들에게는 더 많은 지면이 필요하고, 지금까지 우리가 당연하다고 여기며 의심하지 않았던 등단과 발표라는 문학 제도에 대해서 근본적으로 다시 생각해 볼 수 있게 하는 실험의 장이 지금-여기의 우리 문학에는 절실하다. 대학 시절부터 글 쓰는 친구들과 어울려 다녔던 나 또한 등단 문턱에서 십여 년 넘는 시간을 소모하다 진이 다 빠질 무렵 등단이라는 제도를 겨우 통과하거나 도중에 나가떨어져 결국 문학과 멀어지는 '문청'들을 숱하게 보아 왔다. 내가 문청이던 시절에도 그런 선후배 동료들이 있었고 지금도 물론 등단의 문턱에서 좌절을 반복하는 문청들이 적지 않다. 가끔 그들에게 이미 시인이라는 말을 하곤 하지만, 전혀 위로가 되는 것 같지는 않다.

오랜 단련 기간이 필수적으로 필요하다고 생각하는 사람들도 있을 것이다. 나 또한 그런 생각을 했던 적이 없었다고는 할 수 없다. 하지만 지금은 생각이 좀 다르다. 경험의 시간이 오래 쌓이다 보니 등단 여부를 가르는 막이 생각보다 헐겁고 어느 정도의 수준에 오르게 되면 등단 여부는 별 의미가 없다는 생각을 자연스럽게 하게 되었다. 우리의 경우, 너무 많은 시인, 작가들이 등단에 지나치게 많은 시간과 에너지를 쏟는다는 생각, 그래서 미학적 완성도는 높아질지 모르겠으나 시인, 작가로서의 생기와 활력은 감소하는 것 같다는 생각도 드는 게 사실이다. 문턱을 낮추고 독자들에게 맡기는 방식이 우리에게도 얼마간 필요하다. 이런 유형의 실험적인 온라인 플랫폼의 등장이 시의 독자들을, 그리고 우리의 시와 문학을 어떤 방향으로 이끌 것인지 미리 예단하고 경계할 필요는 없어 보인다. 지금의 시단에는 바깥의 에너지가 좀 더 많이 필요하다는 생각이 든다. 저물어 가는 황혼을 속절없이 바라보고만 있기보다는 새로운 상상력과 실험을 통해 죽어가는 시단에 새로운 활기와 에너지를 불어넣고자 하는 젊은 시인, 작가들의 시도에 공감과 응원의 마음을 전하고 싶다.

> 사과 잘 깎는 애를 좋아해
> 하지만 사과를 잘 깎는단 말은 우스워하지
>
> 복숭아 먹겠냐는 말을 좋아해
> 하지만 복숭아즙을 팔뚝까지 흘리는 건 웃겨하지
>
> 초콜릿 사 오는 애를 좋아해
> 하지만 술 사 오는 어른은 더 좋아하지
>
> 토론할 줄 아는 애를 좋아해
> 하지만 말없이 아이스크림을 떠오는 애도 좋아하지
>
> 애는 발등에 뼘을 얹는 애를 좋아해
> 하지만 개, 손바닥 아래 따뜻한 뺨도 좋아해
> 빵처럼 부푸는 미소도 좋아하고

나는 좋아해 제 무릎 아래

가지 마 가지 마 하면서 손을 쥐고 흔드는 응석을 좋아해

그림자들이 식탁 아래서 쑥덕거리는 소리를

분명 들은 것 같다

우리끼리 더 놀고 싶어

낮잠 좀 자 저녁이 오면 놀아줄게

나는 목이 잠겨

먹는 시늉 자는 시늉 걷는 시늉으로 꾸려진

놀이에 대해서 눈을 감고 생각한다

내가 나 아닌 것을 벽에 비춰보고 좋아하던

— 김복희, 「인간 놀이」 전문

그런 점에서 2021년 8월에 올라온 웹진 '아는 사람' 11호에 실린 김복희의 시는 고무적이다. 다양한 시도를 하고 있는 웹진 '아는 사람'에는 투고작도 실리지만 구별 없이 기성 시인의 시도 실린다. 『내가 사랑하는 나의 새 인간』, 『희망은 사랑을 한다』 두 권의 시집에서 '새-되기'의 적극적 실천을 통해 새로운 주체의 탄생을 선언적으로 보여준 바 있는 김복희의 시는 이제 인간/비인간의 경계를 훌쩍 뛰어넘어 '인간 놀이'를 수행하는 주체가 된다.

어떤 것을 좋아한다고 말하는 것은 취향을 분명히 드러내는 말이다. 우리에겐 저마다 취향이 있지만 개인보다 집단이 중시되는 분위기 속에서는 어느 순간 취향이라는 것을 잃어버리게 된다. 대개 어려서 분명했던 취향이 나이 들면 흐려지기도 하고 취향을 누리거나 존중받으며 살지 못한 날들이 쌓이다 보면 취향이 흐릿해지기도 한다. 그런 점에서 어떤 사람을, 무엇을 좋아한다고 분명히 말할 수 있다는 것은 취향을 지니고 있다는 뜻이기도 하겠다. 그렇게 서로의 취향을 이야기하는 "그림자들이 식탁 아래서 쑥덕거리는 소리"를 듣는 누군가가 있다. 들여 쓰인 이 목소리의 주체는 앞서 등장한 서로의 취향을 나누는 소리를 '그림자들의 소리'라고 부른다. "나는 좋아해 제 무릎 아래 / 가지 마 가지 마 하면서 손을 쥐고 흔드는 응석을 좋아해"라고 말하는 목소리와 "나는 목이 잠겨 / 먹는 시늉 자는 시늉 걷는 시늉으로 꾸려진 / 놀이에 대해서 눈을 감고 생각한다"라고 말하는 목소리는 서로 다른 주체의 목소리다. 들여 쓰인 '나'는 들려오는 다른 소리를 '그림자들의 쑥덕거리는 소리'라고 부르지만 누가 그림자고 누가 인간 놀이를 하고 있는지 사실 분명히 알 수는 없다. 우리의 식탁 위와 식탁 밑은 대개 다른 목소리를 지니고 있을 테니 사실상 식탁 위의 인간은 식탁 밑의 그림자더러, 식탁 밑의 그림자는 식탁 위의 인간더러 인간 놀이를 하고 있다고 말한다 한들 아니라고 부정할 수 있을까? 어쩌면 "내가 나 아닌 것을 벽에 비춰보고 좋아하던" 우리는 모두 '인간 놀이'를 하고 있는 그림자들인지도 모르겠다.

김복희의 이 시는 Parker Coffman이라는 이름을 가진 사진작가의 사진과 나란히 놓여 있다. 빛이 들어오는 창과 식탁과 식탁 의자와 카펫에 드리워진 그림자가 만들어 내는 색감과 빛이 인상적인 사진을 보고 영감을 얻어 쓴 시일 것이다. 웹진답게 사진과 시를 나란히 놓는 이런 시도를 이 지면에서는 지속적으로 하고 있다. 시도 사진도 이미지와 리듬과 의미를 창조해 낸다는 점에서 서로 진정한 의미의 융합이 가능한 장르일지도 모른다. 웹진이라서 가능한 이런 시도들을 통해서 새로운 플랫폼의 가능성을 다양하게 실험해 보고 있는 것으로 보인다. 아마도 새로운 플랫폼에서는 기존의 잡지 형식에 구애받지 않고 더 많은 다양한 시도가 충분히 가능하겠다는 생각이 든다. 2년 가까이 예측이 어려운 삶을 경험하게 하는 팬데믹 시대가 플랫폼의 변화, 독자들과 만나고 소통하는 방식의 변화를 더욱 빨리 앞당길 것으로 예측된다.

4. 무엇을 읽고 쓸 것인가

달라진 풍경의 첫 장은 아마도 무엇을 읽고 쓸 것인가에 대한 질문과 대답으로 채워질 것이다. 2016년 '#문단_내_성폭력' 해시태그 운동 이후 사실상 적지 않은 목소리들이 이 질문을 던져 왔고 답을 찾고자 했다. 한동안은 자성의 분위기가 형성되는 것처럼 보이기도 했다. 그러나 노골적인 백래시의 흐름 또한 적지 않았다. 어쩌면 우리는 너무 오랫동안 위악이라는 이름으로 폭력을 행사하고 불편함을 유발하는 시에 길들여져 왔는지도 모르겠다. 그것이 시라고, 좋은 시라고 배워 왔으며, 시대가 달라져도 정전이라는 이름으로 반복 학습되었다.『문학을 부수는 문학들』,『#문학은_위험하다』같은 의미 있는 시도들을 통해 문학 정전에 대한 젠더적 관점에서의 비판적인 문제 제기가 있었지만 대부분 소설을 중심으로 한 작업이었다. 국어나 문학 교과서에 실리고 문학사에 등재되면서 오랫동안 정전으로 추앙받아 온 시작품의 상당수가 오늘날의 젠더 감수성으로는 읽기 불편하거나 읽을 수 없는 시들임을 최근 몇 년 사이에 나는 절감하고 있다. 이런 시들을 어떻게 읽어야 하는지에 대한 구체적인 고민과 담론 투쟁, 그리고 문학사의 뒤안길로 사라진 시에 대한 발굴과 재평가, 기존의 시사와 시론을 전면적으로 검토하고 다시 쓰는 일. 이런 작업들이 절실히 요청되고 있다.

불편함을 느끼면서도 불편하다고 말하지 않고 회피했던 시간들이 내게도 있었다. 그 시간을 더 이상 살게 하고 싶지는 않다. 시를 배우고 좋아하며 읽었던 시절의 나는 그 불편함의 정체를 정확하게 몰랐거나 응시하려 들지 않았거나 모른 척 눈감기도 했는데, 시를 가르치는 교수자의 자리에선 지금은 그 사이 우리 사회의 젠더 감수성에 많은 변화가 있었음을 날마다 실감하며 살고 있다. 그리고 이것은 돌이킬 수 없는 흐름임을 안다. 시를 배반한 시인들을 향해 미래의 독자들은 말한다. 그것은 시가 아니라고. 이제 우리가 직접 쓸 것이라고. 그리고 우리가 읽을 시는 우리가 정하겠다고 말이다. 독자 시대라는 이름에 부합하는 미래의 독자들과 우리 시의 미래를 이끌어 갈 시인들이 새로운 플랫폼의 발굴과 창안을 통해 이미 이를 실천에 옮기고 있다. 우리 시가 이 시간을 어떻게 통과하느냐에 따라 시의 미래는 전혀 달라질 것이다.

당신은 어떤 독자입니까?

포스트휴먼 시대 시의 독자에 대한 단상

이경수

1. 독자들의 반란

때는 2016년. 트위터, 페이스북, 인스타그램 등의 SNS를 중심으로 시집을 내다 버린 인증 숏이나 경험담이 올라오면서 시의 독자를 자처해 왔던 사람들과 그들과 연결되어 있던 SNS가 뜨겁게 달궈졌다. 이른바 '#문단_내_성폭력' 이슈가 터지면서 오랫동안 문단의 고질적인 병폐로 남아 있었던, 이따금 드러나거나 대개는 조용히 은폐되어 왔던 문제들이 수면 위로 드러나며 많은 독자들이 충격에 휩싸였다. 시와 시인에 대해 경외심을 가지고 있던 독자들의 충격은 사실상 더 컸다. 고양예고 문창과 졸업생 연대 '탈선'의 지지 선언을 통해, 페미라이터 활동과 『참고문헌 없음』의 발간 과정을 통해, 쏟아지는 '#문단_내_성폭력' 고발을 통해 '예고-문창과'로 이어지는 유착 관계와 폭력적인 합평 문화, 문단 권력과 출판 권력을 공공연히 행사하려 든 시인들에 이르기까지 파도 파도 끝이 없을 것 같은 충격적인 소식들이 뒤를 이었다.

문학 잡지와 시집을 내는 출판사를 중심으로 편집위원 교체, 세대 교체 등을 통해 자성의 목소리를 내려는 움직임이 있었지만, 등 돌린 시 독자들의 마음을 되돌리는 것은 아마도 역부족이었을 것이다. SNS를 통해 시가 예전과는 또 다른 방식으로 향유되는 시대에 일련의 '#문단_내_성폭력' 사건은 시에 대한 낭만적 동경과 경외심을 가지고 있었던 독자의 일부를 잃게 만들었다. 그러나 한편으로는 이를 적극적으로 고발하는 '#문단_내_성폭력 해시태그 운동'과 '#Me_Too 운동'을 통해 새로운 독자의 출현을 예고하기도 했다. 낭만적 동경에서 깨어나 각성한 시의 독자들은 훨씬 적극적인 방식으로 시단의 고질적인 병폐를 고발하고 새로운 시대에 요구되는 새로운 시를 적극적으로 읽고 향유하는 길을 선택하게 된다.

시가 노래와 한 몸이었던 출발의 자리를 생각해 보면 시는 서정성을 지닌 장르였지만 짧은 길이와 즉흥적으로 쓰일 수 있는 속성은 시에 늘 전위성을 담보하기도 했다. 태생적으로 정치성을 지닌 장르였다고 말할 수도 있는 장르가 시였지만 최근 우리 시에서 그런 의미에서의 전위성이 다소 후퇴하고 있었다는 생각도 한편으로는 든다. 그런 면에서 2016~2017년에 이르는 '#문단_내_성폭력' 고발이라는 일련의 사태는 시의 전위성을 일깨우는 사건이기도 했다. SNS를 중심으로 확산된 '#문단_내_성폭력' 해시태그 운동은 전위를 감당하기는커녕 사회의 보편적인 젠더 감수성조차 따라가지 못하는 낡아빠진 자리에 시를 놓아둘 수는 없다는, 시를 진정으로 아끼는 독자들의 선언이자 반란이기도 했다는 생각이 든다.

이 글에서는 우리가 이미 살아가고 있고 가까운 시기에 좀 더 분명한 현실로 도래할 '포스트휴먼 시대'에 시의 독자들이 어떻게 변화할 것이고 어떤 시를 독자로서 요청할 것인지 진단하고 전망해 보고자 한다. 코로나-19가 앞당긴 팬데믹을 경험하며 '포스트휴먼'을 상상하는 일이 더 이상 상상이 아닌 또렷한 현실이 되어버렸다. 인간 이후를 상상하면서도 우리는 시를 읽고 쓸 것인지, 어떤 시를 어떻게 읽어야 할 것인지 고민하면서 이제 포스트휴먼 시대의 독자에 대해 사유해 보고자 한다.

2. 시의 독자라는 독특한 자리

장영은은 『쓰고 싸우고 살아남다』 2020에서 "여성 작가들은 하나같이 오랫동안 좋은 독자였다가 어느 날 멋진 작가가 되었다"고 했는데, 여성 작가의 독특한 자리를 보여주는 이 구절을 읽으며 나는 한편으로는 시의 독자라는 독특한 자리에 대해 생각했다. 시의 독자들의 상당수는 시를 좋아하며 읽다가 어느 순간 시를 쓰게 되고 시인을 꿈꾸게 되곤 한다. 물론 시를 종종 쓰곤 했던 독자들 모두가 시인이 되는 것은 아니다. 아니 등단을 해서 시인이라는 자격을 부여받는 것에 한해서 시인이라고 지칭할 경우에만 그렇고 사실상 상당수의 독자들은 등단 여부를 떠나 시인으로 살아가기도 한다. 이미 마음속에 시인을 품고 살아가는 이들을 시인이라 부르지 않을 이유가 어디 있겠는가.

여기서 잠깐 의문을 품어 볼 수 있겠다. '시인 공화국'이라 불릴 정도로 많은 시인을 보유한 이 땅에서 아직도 많은 이들이 시를 쓰며 살아가고 있고 더 나아가 시인이라는 자격을 획득하고 싶어하는 이유는 어디에 있을까? 그런 것치고는 시집이 불티나게 팔리거나 읽히는 것은 아닌데도 말이다. 그것은 결국 자기 서사에 대한 갈망 같은 것이겠다. 내 인생을 글로 쓰면 소설이 될 거라고 말하는 이들을 우리는 종종 만나게 되지만 사실상 그런 이들이 소설 쓰기에 본격적으로 돌입하게 되지는 않는 것 같다. 그에 비해 시는 좀 더 자기 고백적인 장르로 이해되는 경향이 아직은 강한 것으로 보인다. 나의 감정과 나의 이야기를 시라는 형식을 빌려서 풀어내고 싶어하는 이들은 언어에 매료되어 시를 쓰는 이들 못지않게 여전히 많은 듯하다. 시를 읽으며 위로를 받았다고 말하는 독자들이 생각보다 많은 이유도 어쩌면 이와 관련이 있을 것이다. 젊은 시절 나도 시가 가지고 있는 위로의 기능을 애써 모른 척했다. 그런 시도 분명 존재하지만 그런 시만 있는 것이 아니라고 강변하고 싶은 욕망이 더 강했다.

어쩌면 강단에서 시를 가르치기 시작하면서 문학이 주는 위로와 자기 치유라는 힘에 대해 좀 더 진지하게 생각하게 되었던 것 같다. 한창 시가 쏟아지던 이십 대 후반에서 삼십 대 중반까지의 시기를 돌아보면 내게도 시는 그런 자기 치유의 기능을 했었다. 아니, 했었다고 지금에 와 인정하게 되었다. 시를 써서 시인이 되겠다는 목적이 있었던 것도 아닌데 시를 쓰고 싶었고 시가 써지던 시절, 한편으로 나는 고달픈 현실과 아픈 마음을 부여잡고 쓰기를 통해 스스로를 견디고 버텼는데 돌아보면 그런 시간을 통해 위로받고 다독이며 성장할 수 있었던 것 같다.

대학에서 시를 가르치며 많은 학생들을 만났는데 본격적으로 시인을 꿈꾸는 학생들은 사실 소수였고 훨씬 더 많은 대부분의 학생들은 시에 별 관심이 없거나 시에 대한 낭만적 동경을 아직도 가지고 있는 경우에 속했다. 시인이 되고 싶어하는 학생들은 그냥 내버려 두어도 시를 쓰며 시인의 길을 걸어가곤 했다. 중도에 그만두는 경우도 있었지만 계속하는 것도 그만두는 것도 사실 당사자의 선택이자 의지였지 바깥의 동력에 의해 좌우되는 것은 아니었다. 그에 비해 호기심에서 시를 읽거나 전공이라 어쩔 수 없이 시 수업을 듣는 학생들의 경우에는 남은 인생을 시와 무관하게 사느냐, 시의 독자로 남느냐가 시를 읽는 즐거움이나 공감의 경험을 제공해 주느냐의 여부에 어느 정도 달려 있다는 생각이 들었다. 그 때문이었을까. 미래의 시 독자를 키운다는 마음으로 학생들과 함께 시를 읽어 나가곤 했었다. 그러면서 시를 읽으며 위로를 받았다고 고백하는 학생들의 경험을 무시할 수 없게 되었던 것 같다. 오만한 비평가의 자리에서 내려와 시를 읽는 즐거움을 처음 느꼈던 순수한 독자의 마음으로 돌아갈 수 있었던 경험이기도 했다.

시의 독자라는 독특한 자리를 생각해 볼 때 시를 읽으며 위로를 받았다고 말하는 독자의 경험을 무시할 수는 없었다. 문제는 그런 독자의 마음이 아니라 독자의 수준과 반응을 미리 재단해 이런 시가 위안을 주거나 공감을 자아낼 거라고 생각하며 시를 쓰거나 비평해 온 시인이나 비평가에게 있었을지도 모르겠다. 무언가에 영합하는 시에 대한 거부감이 독자에 대한 우월감으로 오독되었던 것은 아닐까. 여전히 독자의 자리에 머물며 시에 대한 동경과 경외의 마음을 가지고 시를 읽는 독자들도 있고, 독자의 자리를 넘어 시의 창작자가 되기를 꿈꾸는 독자들도 있다. 그 사이의 거리가 생각보다 멀지 않다는 데서 시를 읽는 독자의 독특한 위치를 찾아볼 수도 있겠다. 부지런히 출간되는 시집을 따라 읽는 좋은 독자이다가 시를 쓰고 싶다는 생각을 하거나 시인을 본격적으로 꿈꾸는 경우가 아직도 적지 않을 거라는 생각을 해본다.

3. 독자의 위상 변화

천정환은 『근대의 책 읽기』2014에서 독자를 "실제로 책을 읽고 그것에 반응을 나타내는, 개별적인 동시에 집합적인 사회적 실체"라고 정의한다. 독자가 취향을 가진 개인이면서 이데올로기에 호명당하는 집합적 주체이기도 함을 부인할 사람은 없을 것이다. 독자 대중의 실체가 불분명하게 여겨지거나 창작자나 비평가에 후행하는 수동적인 존재로 오인되었던 적도 있었지만, 최근에 와서는 이데올로기보다 취향이 더 부각되거나 독자가 오히려 전면에 나서서 자신의 문학적 취향을 분명히 드러내는 경향이 우세하다. 무작정 시인을 낭만적 동경의 대상으로 바라보거나 비평가의 말을 무조건 신뢰하던 시절은 지나가 버렸다. 비평을 참조하지 않으며 자신의 문학적 취향을 분명히 밝히거나 시인을 향해 시대적 요구를 드러내는 독자들이 더 많아졌다고 말할 수 있겠다. SNS라는 사회적 소통을 가능케 하는 개인 매체가 발달한 탓도 있을 것이고, 시와 시인에 대한 오래된 환상이 깨진 탓도 있을 것이고, '#문단_내_성폭력' 해시태그 운동을 거치며 스스로 성장한 자생적 독자들의 목소리가 커진 탓도 있을 것이다. 독자 대중이 예측 가능한 궤도에서 이탈하여 자유롭게 움직이는 하나의 예를 여기서 발견할 수도 있을 것이다.

오늘날의 독자들은 훨씬 적극적으로 내가 읽을 수 있는 시를 내가 선택하겠다는 태도를 취한다. 적잖은 시집에서 해설이 빠지는 현상도 어쩌면 이런 흐름과 연관되어 있을지도 모르겠다. 시와 시인에 대한 존중이 사라졌다기보다는 오랫동안 바뀐 시대의 젠더 감수성에 뒤처져 있었던 시들에 대해 더 이상 그런 시는 읽지 않겠다는 일종의 선언의 목소리가 울려 퍼진 것이라고 볼 수 있다. 오래 독자의 자리에서 시를 읽어 오며 성실하고 좋은 독자였던 이들이 자신이 좋아한 시를 지키기 위해서, 자신이 좋아한 시는 결코 그런 것이 아니었음을 좀 더 적극적으로 말하기로 한 것이겠다. 이런 시대를 '독자 시대'라고 부르는 이유도 그런 데 있는 것이 아닐까? 수동적인 독자에서 좀 더 진화해 독자반응비평에서 고려하는 능동적인 독자 정도로 그 영향력을 인정받던 자리에서 더 나아가 이제 독자가 전면에 나서서 자신의 '포에지'를, 자신의 젠더 감수성과 문학적 취향을 발화하기 시작한 것이다.

시단의 세대교체도 이러한 변화를 이끌었을 것이다. 젊은 독자와 젊은 시인의 소통을 통해, 전통이라는 말로 담아내기에는 너무 낡아빠진 구태를 더 이상 시의 이름으로 용납하지 않겠다는 선언이 시작된 것이다. 물론 이에 대한 반발이나 백래시의 흐름도 없지는 않다. 그러나 그런 구태의연으로는 시대의 흐름을 되돌릴 수는 없을 것이다. 지난 시대 문학의 공과가 있었음을 알지만 과거의 영광에 빌붙는 방식으로 시의 생명을 연장할 수는 없을 것이다. 이 시대에 요구되는 시의 전위, 시가 지켜야 하는 정신이 있다면 무엇인지 치열한 고민과 성찰이 필요하다는 이야기다.

이런 맥락에서 눈여겨봐야 할 풍경이 있다. 2000년대 초반 도전적으로 제기되었지만 이후 공전하던 문학 권력 논쟁의 궤도를 벗어나 2010년 이후에는 새로운 형식의 매체를 끊임없이 실험하려는 적극적인 시도들이 있었다. 이른바 독립문예지의 출현. 독립서점과 독립출판사의 약진이 그 배후에 있었음은 물론이다. 다양한 형태의 웹진과 새로운 플랫폼을 통한 끊임없는 형식 실험도 기억해야겠다. 이는 장 안에서 대립하거나 선수 교체하는 방식이 아니라 장 자체를 바꾸는 실천으로, 이에 대한 검토를 통해 독자의 위상 변화를 짚어볼 수 있을 것이다.

먼저 독립문예지 『더 멀리』를 언급하지 않을 수 없다. 텀블벅 펀딩으로 제작된 『더 멀리』는 강성은, 김현, 박시하 시인이 주축이 되어 만든 잡지로 원고 모집 알림에 쓰인 문장이 이 잡지가 추구하는 방향을 단적으로 보여준다.

더 멀리는 문학·비문학, 등단·비등단 혹은 여기와 저기를 구분하지 않습니다.
쓰길 원하는 모든 이들의 모든 좋은 원고를 기다립니다.
함께 더 멀리 가요.

쓰는 권력이 문단 곳곳에서, 심지어 문단 바깥에서조차 여러 가지 문제를 발생시켜왔던 것을 생각할 때, 『더 멀리』가 추구한 이러한 방향은 쓰는 권력을 포함한 문학 권력, 사실상 출판 권력과 떼놓고 바라볼 수 없는 문학 권력을 분쇄해 나갈 적절한 방향이었다고 생각한다. 『더 멀리』에 발표한 김현 시인의 글이 '문단 내 성폭력'을 고발하고 수면 위로 끌어 올리는 역할을 했음을 기억할 때 이 독립문예지가 처음부터 가지고 있었던 인식과 방향에 대해서는 온당한 문학사적 평가가 이루어져야 할 것이다. 사실상 독립문예지가 독립문예지로서 정체성을 가지기 위해서는 기성의 문예

지나 출판 권력과는 차별화된 방향성과 전략이 있어야 했고 그것은 기성의 문단에 경종을 울리는 방향, 의심받지 않거나 의심받으면서도 은폐되어 온 문제들에 대해 지속적으로 의미 있는 문제 제기를 하는 역할을 감당해야 했을 것이다. 그런 점에서 『더 멀리』는 비록 오래 지속되지는 못했지만 존립의 이유에 걸맞은 역할을 수행했다고 볼 수 있다.

이후 수많은 독립문예지가 생성되고 사라지고 하는 과정을 되풀이하고 있다. '문화多', '딘전', 'S-R-S', '아는 사람'처럼 새로운 형식의 웹진이나 플랫폼을 실험한 경우도 마찬가지였다. 문학을 넘어 문화로 저변을 확대하려는 시도를 보였던 웹진 '문화多'가 올 초에 재정비를 위한 무기한 휴간에 돌입했고, 웹진 'S-R-S' 역시 더 이상 운영을 하지 않는 것으로 보이며, 새로운 플랫폼과 새로운 원고 게재의 방식을 취했던 문학 플랫폼 '딘전'도 2021년 12월을 마지막으로 문을 닫는다는 소식이 들려온다. 2년 가까이 계속되고 있는 코로나-19의 여파도 영향을 미쳤을 것이고 주축이 된 구성원들의 소명의식과 희생만으로 버티기엔 녹록지 못한 것이 현실이기도 하겠다.

새로운 대안 매체를 지향하는 이런 매체들이 오래 버티지 못하는 이유는 자본 탓이 크기는 하지만 더 결정적인 이유는 결국 확장성과 대안 매체로서의 비전을 얼마나 제시해 줄 수 있는가의 문제라는 생각이 든다.[1] 어려운 이야기고 이상적인 이야기지만 독립 매체나 새로운 형식의 플랫폼

---

[1] 사실 확장성과 자본의 문제, 당장 원고료의 문제만 생각해도 이것이 서로 무관하지는 않음을 알 수 있다. 『영향력』의 편집인이자 발행인으로 오랫동안 함께해 왔던 김정애는 『학산문학』에 실은 '독립문예지 고군분투기'라는 기획에서 고료의 문제와 독립문예지의 현실, 그리고 좋은 취지로 시작한 독립문예지가 문단의 생태계를 파괴하는 데 일조하고 있는 것은 아닌가 하는 자괴감 사이에서 고민했음을 토로한 바 있다. 김정애, 「오늘도 쓰는 당신에게」, 『학산문학』 2021.봄, 57~58쪽.

을 추구한다면 그에 걸맞은 다양한 실험과 시도가 필요하다는 생각이 든다. 기존의 문학 독자에 기대는 방식이 아니라 새로운 독자를 끌어들이고 만들어 내는 방식에 대한 고민이 좀 더 필요했을 것이다. 아니 그런 고민을 하지 않았을 리는 없지만 매체의 속성에 걸맞은 좀 더 자유로운 형식 실험이 지속되어야 할 것이다. 한두 사람의 열정에만 의존하는 방식으로는 지속성을 갖기는 힘든 것이 현실이다. 다만 하나의 매체가 사라지고 문을 닫는다고 해서 그 실험을 중단해서는 안 된다고 생각한다. 매체마다 지속하지 못하는 이유는 다양하겠지만 오래 버티지 못한다고 해서 그 의미를 과소평가할 필요는 없을 것이다. 이들은 문을 닫아도 '아는 사람'은 아직 버티고 있고, 후속 매체들이 끊임없이 만들어지고 있는 것을 보면 그 방향성은 충분히 의미 있고 매력적이라는 생각이 든다. 무엇보다도 이런 다른 매체를 경험하고 향유했던 독자들의 존재와 성장만으로도 다른 대안 매체의 가능성을 꿈꾸는 일은 한 단계 진전했다고 볼 수 있을 것이다. 지속성을 갖는 대안 매체가 얼마나 많아질 것인지는 쉽게 예측하기 어렵겠으나 적어도 그 이전으로 돌아가지는 않을 거라는 점은 분명히 이야기할 수 있다. 독자의 성장과 위상 변화에 나는 좀 더 의미를 부여하고 싶다.

4. 포스트휴먼 시대 시의 변화와 독자의 요청

지금까지 오랫동안 우리가 시라고 믿어 오고 시의 독자라고 생각해 왔던 대상에 대한 검토를 했다면, 이제 이러한 눈에 띄는 변화를 통해 다가오는 포스트휴먼 시대에 시의 독자들은 무엇을 요청하고 있는지에 대한 이야기를 시작해 보려고 한다.

　포스트휴먼 담론은 철학과 교육학 분야에서 주도해 오다가 최근에는 현대소설을 중심으로 다양한 논의가 펼쳐지고 있다. 로지 브라이도티는『포스트휴먼』에서 포스트휴먼 조건에 우울한 함의가 있음을 인정하면서도 집요하게 포스트휴먼을 사유한다. '인간'에 대해서는 아무런 향수가 없다고 고백하며 그는 "포스트휴먼 선회를 우리가 어떤 존재가 될 수 있으며 우리가 누가 될 수 있는지를 함께 결정할 수 있는 놀라운 기회"로 보고 있다. 지금까지의 인류와는 다른 '포스트휴먼'이 도래하고 있음을 부정하기는 어려운 시대를 사실상 우리는 살아가고 있다. "우리는 이제 우리 자신에 대해 다르게 생각하기를 배워야 하며, 무엇을 인간/휴먼의 새로운 기본적인 공통의 참조 단위로 간주해야 할지를 근본적으로 새로운 사유 체제로 실험해야 한다"는 로지 브라이도티의 제안을 귀담아들어야 한다. 근래 들어 SF소설이 적극적으로 쓰이고 포스트휴먼 담론이 문학작품에서 활발히 다루어지는 것도 이런 변화와 깊이 관련되어 있다. 인간 너머와 다른 세계를 상상하지 않고는 인류와 지구가 함께 봉착한 멸절의 위기를 극복할 방법이 없음을 알고 있기 때문이다. 아직 본격적이라고 이야기할 수는 없을지 몰라도 최근의 시에서 동물권이나 '동물-되기'에 대한 주제가 다뤄지고 인간 너머나 포스트휴먼을 사유하는 시가 적극적으로 창작되기 시작한 것도 이러한 흐름과 무관하지 않다.

　최근에 나온 김선우의 시집『내 따스한 유령들』은 '포스트휴먼'이라는 관점에서도 눈여겨볼 만하다. 기후환경 위기를 다루거나 공존·공생을 선택하지 않으면 멸절하게 될 인류의 미래를 다루는 시들이 이번 시집에서는 자주 눈에 띈다. 가령 인간의 특권적 지위를 내려놓고 다른 생명체와 더불어 살아가는 길을 택하자고 말하는 이런 시들.

1
만약 그럴 수 있다면
구할 수 있지 않을까요?

이대로라면 백년 안에
인류사는 끝날 텐데

2
인간 주거지를 이동합시다
겨울의 시간으로 물러납시다

봄과 여름은 인간 외의 생명체에게 온전히 넘깁시다
봄 여름 가을 겨울을 전부 갖겠다고
더는 욕심부리지 맙시다

우리는 겨울의 시간으로 갑시다
봄과 여름이 살 수 있도록

가을엔 섞여 살아도 괜찮을 것 같습니다

봄과 여름이 살아나면

가을과 겨울이 살아날 수 있어요

이대로는 공멸입니다
봄 여름 가을 겨울이 모두
　　― 김선우, 「지구주민평의회가 만들어진다면」(『내 따스한 유령들』, 창비, 2021) 부분

　인간의 욕심이 지구를 어떻게 병들게 하고 마스크를 쓰고 살아가는 시대를 열었는지, 코로나-19가 가져온 팬데믹이 우리에게 무엇을 경고하고 있는지 김선우의 이번 시집 수록시는 계속해서 말한다. "인간 주거지를 이동"하고 "겨울의 시간으로 물러"나고 "봄과 여름은 인간 외의 생명체에게 온전히 넘"기지 않는다면, 그 정도의 멈춤을 당장 실천하지 않는다면 인간은 물론 지구에도 미래가 없음을 경고한다. "더 오래 멈춰야 해. / 그래야 살아. / 너희만 빼고 다 아는 사실이야." "멈춤, 지금 멈춤, 더 오래 멈춤"「마스크에 쓴 시 7」만이 우리를 구원할 수 있음을 김선우의 시는 말한다. 지금까지의 '인간-휴먼'과는 전혀 다른 '포스트휴먼'이 도래하고 있음을 김선우 시의 주체도 알고 있다.
　구제역, 조류독감 등으로 살처분당한 동물의 수가 상상을 초월하는 "매몰된 땅에서 그들의 냄새가 밤낮없이 풍겨 나오는데 / 그들의 살이 차오르는 매립지에 금을 그어놓고 / 인간은 다시 땅장사를 시작한다". 오직 자본의 논리가 지배하는 이 땅에서 이 생명들은 더 이상 생명이 아니다. "그들은 생명이 아니었기에" "그 땅들에 죽음은 없다". 생명이 존중받지 못하고 자본의 논리가 지배하는 세상에서 저 생명들을 위해 할 수 있는 일이라고는 "울어주는 일"뿐임을 김선우의 시는 말한다. "시집은 울어주는 집이

기도 하니까"「울어주는 일, 시를 쓰는 일」, 시인의 말처럼 우리 시대 시가 할 수 있고 해야 하는 일은 어쩌면 함께 울어주는 일인지도 모르겠다. 시를 쓰는 일은 바로 울어주는 일임을, 아무도 기억하지 않는 죽음을 기억하고 애도하는 일임을 말이다.

최근에 이런 시들이 늘어가고 있다는 것은 그만큼 우리가 인간을 특권적 존재로 사유하던 시대에서 벗어나 비인간은 물론 다른 존재와 더불어 살아가는 세상을 모색할 수밖에 없기 때문이겠다. 포괄적인 의미에서 포스트휴먼에 대한 상상력을 보여주는 시들이라고 할 수 있을 것이다. 이러한 문제의식은 시인의 것이기도 하지만 오늘의 독자들과 공감하며 함께 만들어가는 것이기도 하다. 김준현은 『웹소설 작가의 일』에서 웹소설 독자에 대해 게시판의 참여자이기도 하고 댓글을 통해 즉각적인 피드백이 이루어지는 경우가 많으며 따라서 부정적인 댓글이 달리는 경우도 많지만 웹 환경이 필연적으로 가져오는 특징이기도 함을 정리하였는데, 새로운 플랫폼이 필연적으로 가져오게 될 시인과 독자와의 관계 변화를 고려할 때도 이러한 언급을 참조할 필요가 있어 보인다.

시인이라는 특권의식을 내려놓은 시인, 독자와 더불어 고민하며 시 쓰기를 사유하고 실천하는 시인을 어쩌면 우리 시대는 요구하고 있는 것인지도 모르겠다. 시인이라는 특권적 지위를 내려놓고 좀 더 가까이에서 시인과 소통하고 대화하기를 바라는 오늘의 독자들과 대화하며 우리 시가 열어갈 포스트휴먼 시대에 대해 우리의 고민도 계속되어야겠다. 나는 어떤 독자인지, 우리는 어떤 독자일 수 있는지 우리의 가능성을 실험하고 실천하면서 머뭇거리거나 나아갈 때 우리의 시도 생명의 빛을 얻을 수 있을 것이다.

참고문헌

기본 자료

강혜빈, 『밤의 팔레트』, 문학과지성사, 2020.

곽수인 외, 『엄마. 나야.』, 난다, 2015.

권　박, 『이해할 차례이다』, 민음사, 2019.

김복희, 『내가 사랑하는 나의 새 인간』, 민음사, 2018.

＿＿＿, 『희망은 사랑을 한다』, 문학동네, 2020.

김선우, 『내 따스한 유령들』, 창비, 2021.

김행숙, 『무슨 심부름을 가는 길이니』, 문학과지성사, 2020.

김　현, 『글로리홀』, 문학과지성사, 2014.

김희준, 『언니의 나라에선 누구도 시들지 않기 때문,』, 문학동네, 2021.

민　구, 『당신이 오려면 여름이 필요해』, 아침달, 2021.

박남철, 『地上의 人間』, 문학과지성사, 1984.

송승언, 『사랑과 교육』, 민음사, 2019.

신해욱, 『생물성』, 문학과지성사, 2009.

＿＿＿, 『syzygy』, 문학과지성사, 2014.

＿＿＿, 『무족영원』, 문학과지성사, 2019.

안미옥, 『온』, 창비, 2017.

안태운, 『산책하는 사람에게』, 문학과지성사, 2021.

안희연, 『너의 슬픔이 끼어들 때』, 창비, 2015.

＿＿＿, 『여름 언덕에서 배운 것』, 창비, 2020.

오은경, 『한 사람의 불확실』, 민음사, 2020.

유승현, 「비정기적 보고서」, 『다층』 2020.겨울.

이다희, 『시 창작 스터디』, 문학동네, 2020.

이소연, 『나는 천천히 죽어갈 소녀가 필요하다』, 걷는사람, 2020.

이소호, 『캣콜링』, 민음사, 2018.

＿＿＿, 『불온하고 불완전한 편지』, 현대문학, 2021.

이영주, 『어떤 사랑도 기록하지 말기를』, 문학과지성사, 2019.

이　원, 『사랑은 탄생하라』, 문학과지성사, 2017.

이원하, 『제주도에 혼자 살고 술은 약해요』, 문학동네, 2020.

임솔아, 『괴괴한 날씨와 착한 사람들』, 문학과지성사, 2017.

임승유, 『아이를 낳았지 나 갖고는 부족할까 봐』, 문학과지성사, 2015.

_____, 『그 밖의 어떤 것』, 현대문학, 2018.

_____, 『나는 겨울로 왔고 너는 여름에 있었다』, 문학과지성사, 2020.

임지은, 『무구함과 소보로』, 문학과지성사, 2019.

장정일, 『햄버거에 대한 명상』, 민음사, 1987.

정다연, 『내가 내 심장을 느끼게 될지도 모르니까』, 현대문학, 2019.

최다성, 「히든 스테이지」, 『시인동네』, 2020.7.

최지은, 『봄밤이 끝나가요, 때마침 시는 짧고요』, 창비, 2021.

하재봉, 『비디오/천국』, 문학과지성사, 1990.

황인찬, 『희지의 세계』, 민음사, 2015.

_____, 『사랑을 위한 되풀이』, 창비, 2019.

단행본

고봉준, 『문학 이후의 문학』, 도서출판b, 2020.

구본권, 『로봇시대, 인간의 일』, 어크로스, 2015.

권혁웅, 『시론』, 문학동네, 2014.

김낙현·임현열·한승우, 『인공지능 인문학 Full Course』, 인문과교양, 2020.

김재인, 『인공지능의 시대, 인간을 다시 묻다』, 동아시아, 2017.

김재희, 『시몽동의 기술철학─포스트휴먼 사회를 위한 청사진』, 아카넷, 2017.

김종갑, 『혐오, 감정의 정치학』, 은행나무, 2017.

김종훈·김진희·이경수·최현식 외, 『현대시론』, 서정시학, 2020.

김준오, 『시론』, 삼지원, 1997(제4판).

김준현, 『웹소설 작가의 일』, 한티재, 2019.

김현경, 『사람, 장소, 환대』, 문학과지성사, 2015.

몸문화연구소, 『지구에는 포스트휴먼이 산다』, 필로소픽, 2017.

박일준, 『인공지능 시대, 인간을 묻다』, 동연, 2018.

박현수, 『시론』, 울력, 2015.

손봉호,『고통받는 인간-고통문제에 대한 철학적 성찰』, 서울대 출판문화원, 1995.

이승훈,『시론』, 태학사, 2005.

이중원 편,『인공지능의 존재론』, 한울아카데미, 2016.

장영은,『쓰고 싸우고 살아남다』, 민음사, 2020.

천정환,『근대의 책 읽기』, 푸른역사, 2014.

한국포스트휴먼연구소·한국포스트휴먼학회 편저,『포스트휴먼 시대의 휴먼』, 아카넷, 2016.

한병철,『피로사회』, 김태환 역, 문학과지성사, 2012.

다나 J. 해러웨이, 민경숙 역,『겸손한_목격자@제2의_천년.여성인간©_앙코마우스™를_만나다』,
　　　　갈무리, 2007.

더 케어 컬렉티브, 정소영 역,『돌봄 선언-상호의존의 정치학』, 니케북스, 2021.

로널드 퍼서, 서민아 역,『마음챙김의 배신-명상은 어떻게 새로운 자본주의 영성이 되었는가?』,
　　　　필로소픽, 2021.

로먼 크르즈나릭, 김병화 역,『공감하는 능력』, 더퀘스트, 2014.

로지 브라이도티, 이경란 역,『포스트휴먼』, 아카넷, 2015.

론 마라스코·브라이언 셔프, 김설인 역,『슬픔의 위안』, 현암사, 2019(개정판).

리처드 왓슨, 방진이 역,『인공지능 시대가 두려운 사람들에게』, 원더박스, 2017.

마르틴 하이데거, 신상희 역,『숲길』, 나남출판, 2020.

마사 누스바움, 박용준 역,『시적 정의』, 궁리출판, 2013.

＿＿＿＿＿＿, 임현경 역,『타인에 대한 연민』, ㈜알에이치코리아, 2020.

맥스 테그마크, 백우진 역,『맥스 테그마크의 라이프 3.0』, 동아시아, 2017.

빅토르 쉬클로프스키 외, 한기찬 역,『러시아 형식주의 문학이론』, 월인제, 1980.

스티븐 존슨, 김명남 역,『감염도시』, 김영사, 2020.

슬라보예 지젝, 강우성 역,『팬데믹 패닉』, 북하우스, 2020.

시몬 드 보부아르, 박정자 역,『모든 사람은 혼자다』, 꾸리에, 2016.

얀 무카로브스키, 박성곤·류인정 역,『무카로브스키의 시학』, 현대문학사, 1987.

유발 하라리, 조현욱 역,『사피엔스』, 김영사, 2015.

＿＿＿＿＿＿, 김명주 역,『호모 데우스』, 김영사, 2017.

제인 베넷, 문성재 역,『생동하는 물질』, 현실문화, 2020.

주디스 버틀러, 조현준 역,『젠더 트러블』, 문학동네, 2008.

_____, 양효실 역, 『윤리적 폭력 비판』, 인간사랑, 2013.

_____, 유민석 역, 『혐오 발언』, 알렙, 2016.

_____, 김응산·양효실 역, 『연대하는 신체들과 거리의 정치』, 창비, 2020.

켄지 요시노, 김현경·한빛나 역, 『커버링』, 민음사, 2017.

파커 J. 파머, 김찬호 역, 『비통한 자들을 위한 정치학─왜 민주주의에서 마음이 중요한가』, 글항아리, 2012.

논문 및 평론

강은교·김은주, 「한국 SF와 페미니즘의 동시대적 조우」, 『여성문학연구』 49, 한국여성문학학회, 2020.4.

강진구, 「자기서사를 통해 본 한국사회의 혼혈인 인식」, 『중앙대학교 문화콘텐츠기술연구원 학술 대회 자료집』 12, 중앙대 문화콘텐츠기술연구원, 2008.

고학수·박도현·이나래, 「인공지능 윤리규범과 규제 거버넌스의 현황과 과제」, 『경제규제와 법』 13-1, 서울대학교 공익산업법센터, 2020.5.

김대산, 「'인공지능-기계-동물'과 마주한 '자연적-인간적-경험적 자아'의 입장」, 『쓺』 8, 사단법 인 문학실험실, 2019.3.

김미현, 「포스트휴먼으로서의 여성과 테크노페미니즘」, 『여성문학연구』 49, 한국여성문학학회, 2020.4.

김민우, 「당신의 생각과 감정을 우리는 이해할 수 있는가?」, 『쓺』 8, 사단법인 문학실험실, 2019.3.

김수이, 「인공지능 시대, 인간의 글쓰기는 계속 가능한가」, 『리터러시 연구』 10-3, 한국리터러시학 회, 2019.6.

김승래, 「AI시대의 지식재산권 보호전략과 대책」, 『지식재산연구』 12-2, 한국지식재산연구원, 2017.6.

김영희, 「해설─간결한 마인드맵」, 『온』, 창비, 2017.

김정배, 「포스트휴먼 시대의 글쓰기 교육 방안─'스피치 노트' 애플리케이션의 활용을 중심으로」, 『열린정신 인문학연구』 20-3, 원광대 인문학연구소, 2019.12.

김정애, 「오늘도 쓰는 당신에게」, 『학산문학』 2021.봄.

김형주·이찬규, 「포스트휴머니즘의 저편─인공지능 인문학 개념 정립을 위한 시론」, 『철학탐구』 53, 중앙대 중앙철학연구소, 2019.2.

노대원, 「한국 포스트휴먼 SF의 인간 향상과 취약성」, 『한국문학이론과 비평』 86(24-1), 한국문학 이론과 비평학회, 2020.2.

듀　나, 「새로운 영혼의, 헛소리」, 『쑄』 8, 사단법인 문학실험실, 2019.3.

류도향, 「포스트휴먼 시대의 인간다움 - 심미적 진정성」, 『철학연구』 145, 대한철학회, 2018.2.

박종현, 「침묵의 디아스포라 - 양공주와 혼혈아 재현방식」, 『기초조형학연구』 17-1, 한국기초조형
　　　학회, 2016.

박홍진, 「'인공지능', '기계학습', '딥러닝' 분야의 국내 논문 동향 분석」, 『한국정보전자통신기술학
　　　회논문지』 13-4, 한국정보전자통신기술학회, 2020.8.

배명훈, 「볼 때마다 또 놀라는 인공지능 이야기」, 『쑄』 8, 사단법인 문학실험실, 2019.3.

백욱인, 「인공지능과 문화」, 『쑄』 8, 사단법인 문학실험실, 2019.3.

백종현, 「포스트휴먼 사회와 휴머니즘 문제」, 한국포스트휴먼연구소·한국포스트휴먼학회 편저,
　　　『포스트휴먼 시대의 휴먼』, 아카넷, 2016.

백지연, 「포스트휴먼 시대의 젠더정치와 괴물 - 비체의 재현방식」, 『비교문화연구』 50, 비교문화연
　　　구소, 2018.3.

복도훈, 「트랜스휴먼의 풍경들」, 『쑄』 8, 사단법인 문학실험실, 2019.3.

서승희, 「포스트휴먼 시대의 여성, 과학, 서사 - 한국 여성 사이언스픽션의 포스트휴먼 표상 분석」,
　　　『현대문학이론연구』 77, 현대문학이론학회, 2019.6.

선정우, 「문학작품을 쓰는 인공지능」, 『쑄』 8, 사단법인 문학실험실, 2019.3.

성현아, 「무지개면서 지우개인」, 『현대시』 2021.7.

_____, 「미출생 주체의 투명한 사랑」, 『학산문학』 112(2021.여름), 학산문학사, 2021.6.

_____, 「이차원의 사랑법」, 성현아 외 11인, 『2021 신춘문예 당선 평론수필집』, 정은출판, 2021.

손혜숙, 「인공지능 시대, 감정 지능 교육 방안 고찰」, 『리터러시연구』 10-4, 한국리터러시학회,
　　　2019.8.

손화철, 「포스트휴먼 시대의 기술철학」, 한국포스트휴먼연구소·한국포스트휴먼학회 편저, 『포스
　　　트휴먼 시대의 휴먼』, 아카넷, 2016.

신상규, 「포스트휴먼의 조건과 인간-기계의 공존」, 『쑄』 8, 사단법인 문학실험실, 2019.3.

신해욱, 「헬멧을 쓴다」, 『쑄』 8, 사단법인 문학실험실, 2019.3.

양경언, 「최근 시에 나타난 젠더 '하기(doing)'와 '허물기(undoing)'에 대하여」, 소영현 외, 『#문
　　　학은_위험하다』, 민음사, 2019.

오연경, 「쓰는 기계의 존재론」, 『모 : 든시』 2017.가을, 세상의 모든 시집, 2017.9.

유성호, 「우리 시대의 '시적인 것'과 윤리성」, 『서정의 건축술』, 창비, 2019.

윤경희, 「디지털 님프 소고」, 『쑄』 8, 사단법인 문학실험실, 2019.3.

이경수, 「독자 시대, 시의 미래에 대한 단상」, 『서정시학』 87(2020 가을호), 서정시학, 2020.9.

_____, 「서정과 젠더－젠더적 관점에서 서정을 말한다는 것에 대하여」, 『시애』 13, 창원시 김달진 문학관, 2019.9.

_____, 「인공지능 시대 시의 윤리와 시적 정의－인공지능 인문학을 위한 제언」, 『국제어문』 82, 국제어문학회, 2019.9.

이병규, 「'AI'와 교육제도에 대한 헌법적 논의」, 『공법학연구』 20-4, 한국비교공법학회, 2019.11.

이성우, 「디지털 기술과 한국 현대시」, 고려대 박사논문, 2005.

이수명, 「시는 괜찮다－인공지능 시대의 시」, 『표면의 시학』, 난다, 2018.

_____, 「시의 척후병－분열과 시 쓰기 이야기」, 『내가 사랑하는 나의 새 인간』, 민음사, 2018.

이재승, 「포스트휴먼은 인간의 존엄성을 위협하는가?」, 『철학논총』 94, 새한철학회, 2018.10.

이재혁, 「인간-사물 범주와 근대 소유권 문제」, 『한국사회학』 53-2, 한국사회학회, 2019.

이종관, 「포스트휴먼을 향한 인간의 미래?」, 『Future Horizon』 26, 과학기술정책연구원, 2015.11.

이중원, 「인공지능의 현재와 자율적·도덕적 행위자로서의 전망」, 『쓺』 8, 사단법인 문학실험실, 2019.3.

정준화, 「인공지능(AI) 정책의 주요 쟁점과 과제」, 『한국지역정보화학회 학술발표대회 논문집』, 한국지역정보화학회, 2019.12.

정혜신·이명수, 「intro」, 곽수인 외, 『엄마. 나야.』, 난다, 2015.

조대한, 「1인칭의 역습, 그리고 시」, 『문학과 사회』 32-3, 2019.8.

조재룡, 「시(詩), 그리고 인공지능」, 『모 : 든시』 2017.가을, 세상의 모든 시집, 2017.9.

천현득, 「인공지능의 존재론」, 『쓺』 8, 사단법인 문학실험실, 2019.3.

최소담, 「포스트휴먼 시대의 뉴 노멀」, 『서정시학』 86(2020 여름호), 서정시학, 2020.6.

현남숙, 「포스트휴먼적 미래는 인간적일까?」, 『인간연구』 25, 가톨릭대 인간학연구소, 2013.7.

황현산, 「말라르메의 언어와 시」, 스테판 말라르메, 황현산 역, 『시집』, 문학과지성사, 2005.

나이절 스리프트, 「글래머의 물질적 실행에 대한 이해」, 『정동 이론』, 갈무리, 2015.

Daeshik Kim, "The concept of truth in the age of A.I.", *The Impact of Artificial Intelligence on Human and Society*, ICAIH2019 : The 2nd International Conference on Artificial Intelligence Humanities, Chung-Ang University, Centennial Hall(#310), 2019.8.14.

조르주 바타유, 「옴므(Homme)」, 『도큐망』, 1929(플로렌시아 콜롬보·빌레 코코넨, 『인간, 물질 그리고 변형－핀란드 디자인 10 000년』, 국립중앙박물관, 2019에서 재인용).

플로렌시아 콜롬보·빌레 코코넨, 「물질은 살아 움직인다」, 『인간, 물질 그리고 변형 – 핀란드 디자인 10 000년』, 국립중앙박물관, 2019.

기타

양경언·양윤의·이근화, 「이 계절에 주목할 신간들」, 『창작과비평』 48-1, 창비, 2020.3.

「오은의 옹기종기 : 황인찬 "제 꿈은 전업 시인입니다"」, 팟캐스트 〈책읽아웃〉, 2020.1.2. (https://audioclip.naver.com/channels/391/clips/227)

'인류의 과제에 도전한다' 유발 하라리 교수 인터뷰, 「AI에 수학·과학 맡기고, 우린 감정지능 과목 만들자」, 『조선일보』, 2017.3.21.

4.16세월호참사 가족협의회, 「6월 19일 생일인 5반 정이삭을 기억합니다」, 『4.16세월호참사 가족협의회』, 2020.6.19. (https://416family.org/index.php/remember-n1/?board_name=remember&mode=view&search_field=fn_title&search_text=%EC%9D%B4%EC%82%AD&order_by=fn_pid&order_type=desc&board_page=1&list_type=list&board_pid=585)

Katie Canales, "'Your tweets are a blight' : Elon Musk got roasted in a poem written by the AI created by a company he helped found", *INSIDER*, 2020.8.7. (https://www.businessinsider.com/elon-musk-poem-tweets-gpt-3-openai-2020-8)

Yuval Noah Harari, "the world after coronavirus", *Financial Times*, 2020.3.20. (https://amp.ft.com/content/19d90308-6858-11ea-a3c9-1fe6fedcca75)

수록 글 발표지면

이경수, 「인공지능 시대 시의 윤리와 시적 정의」, 『국제어문』 82, 국제어문학회, 2019.9.30

이경수, 「포스트휴먼 시대 시 교육의 역할과 방향」, 『국어국문학』 193, 국어국문학회, 2020.12.31.

이경수, 「독자 시대 시의 미래에 대한 단상」, 『서정시학』 2020.가을.

이경수, 「당신은 어떤 독자입니까?」, 『POSITION』 2021.가을.

성현아, 「비인간에게 부여된 죄성(罪性)을 극복하는 포스트휴먼 시대의 시 연구」, 우리문학회 제126차 학술대회 '재난과 문학', ZOOM 온라인 회의, 2021.8.25.

황선희, 「포스트휴먼-팬데믹 시대 시의 역할과 윤리-감정교육과 치유의 가능성을 중심으로」, 『한국근대문학연구』 44, 한국근대문학회, 2021.10.31.